心药

THE KNOT IN THE HEART
NEEDS TO BE UNTIED
WITH HEART

龚莹莹 著

百花洲文艺出版社
BAIHUAZHOU LITERATURE AND ART PRESS

图书在版编目（CIP）数据

心药 / 龚莹莹著. -- 南昌 : 百花洲文艺出版社，2019.9
ISBN 978-7-5500-3213-2
Ⅰ. ①心… Ⅱ. ①龚… Ⅲ. ①长篇小说－中国－当代
Ⅳ. ①I247.5
中国版本图书馆CIP数据核字(2019)第053324号

心药
龚莹莹 著

责任编辑 刘 云
美术编辑 王 鑫
制 作 徐 倩
出版发行 百花洲文艺出版社
社 址 南昌市红谷滩世贸路898号博能中心A座20楼
邮 编 330038
经 销 全国新华书店
印 刷 涿州汇美亿浓印刷有限公司
开 本 787mm×1092mm 1/16 印张 17
版 次 2019年9月第1版第1次印刷
字 数 227千字
书 号 ISBN 978-7-5500-3213-2
定 价 49.00元

赣版权登字 05-2017-346

邮购联系 0791-86895108
网 址 http://www.bhzwy.com

目录
contents

楔　子

公元2010年2月2日这天下午，一架塞斯纳C-172飞机正低空飞行，它轻轻地掠过桑给巴尔海峡，在石头城的上空巡游。这里是地球上最美丽的岛屿，是商人、探险家、淘金者心中的乐园。长长的海岸线上，浪花翻卷，翡翠般的海水抚拍着细腻的沙滩，只需稍稍抬眼，松绿色的大海便闯进视野，挤胀着眼眶。机身折转而返，海峡对面是国家公园成片的红树林和盐沼地，东非大陆上成群结队的长颈鹿、平原斑马和大羚羊在金合欢树下狂野地奔跑。

老米开着草篷车沿着鲁伏河的支流疾驰，空气中弥漫着红树林的麝香味，村落的黑顶茅屋隐隐约约，不远的山丘上是老朋友丹巴的白房子。眼下，草地葱茏繁茂，像所有的非洲大草原一样，这里阳光充足，恰到好处。头顶的塞斯纳C-172训练机发出巨大的轰鸣呼啸而过。草篷车后排的黑人小子显得异常兴奋，他伸展双臂朝天呼喊："呦吼！明天我也上航校啦！"粗犷的笑声在身边响起，丹巴用黝黑的大手从木桶中舀起一瓢牛奶，他递给黑小子说："感谢中国朋友吧！上了航校，不背《圣经》，妮索奶奶也会把孙女嫁给你的！"黑小子咧着嘴，雪白的牙齿在阳光下熠熠闪光，他望着天空大喊："好嘞，等着我！"丹巴侧着头对老米说："看吧，火枪和《圣经》征服不了这片大陆！"

老米没理会他们，他正眯着眼睛打望着头顶的飞机，嘀咕道："怎么感觉是在摇摇晃晃地往下降……"话没说完，只听"轰隆"一声巨响，那飞机侧身撞进开满黄色花朵的灌木丛，尾翼打到丹巴的白房子栅栏上，折断后才停下。

"出事了！"汽车未停稳，丹巴已经腾空而起，他率先冲了上去。坍塌的栅栏外停着那架失事的飞机，机身连接尾翼的部分已经损坏，正冒着滚滚黑烟。“会爆炸呐！”黑小子喊了一句，丹巴立刻停在十米开外的地方，犹豫着不敢朝前。老米顾不得解释，三步并作两步，跨到飞机跟前，他握着拳头敲打玻璃，试图掰开被挤压卡死的舱门。座驾上歪斜着两个生死不明的亚洲人，老米掏出卫星电话丢给丹巴，急促地吼道：“通知航校！”

航校的直升机很快赶到，六个身穿制服的教员走下来，招呼丹巴帮忙抬出两名伤者，便迅速地离开了。紧接着，消防车和警车呼啸而至，封锁了现场。

坠机事件轰动一时，居民看到当地电视台播出的影像——那已经是封锁之后的画面：记者站在丹巴的白房子外，手里提着麦克风，狂风刮得衣襟呼呼作响，“2月2日16时20分左右，在萨达尼村附近，一架塞斯纳C-172飞机发生坠毁事故，当时机上有两名中国籍机组人员。据称，事故发生后不久，另一架直升飞机赶到现场，运送两名伤员离开。一位目击者称‘飞机从半空俯冲，摇晃着往下，感觉想要迫降’。”

……

1. 被压下的报道

苏青垚很长时间都记不得是怎么从坦桑尼亚回来的。

两年前那樱花雨冷的春天，是她扶灵把父亲接回北京的。这位卓越的功勋飞行教官，还没来得及卸任就牺牲在了异国的土地上。青垚活不下去了，殡仪馆的炉门一关她就昏了过去，模糊中是外婆平静的脸，声音渐行渐远，眼珠子却亮得像天上的星星，“人一辈子，哪个不是哭着嚎着活不下去了，又死命活起的！啥时候麻木了，就是各人的福气！”那时，她并不知道话里的意思，身心在愤怒与恐惧中消磨后，才领悟到什么叫“麻木是福气”。当旁人逐渐淡忘，死亡的话题轻飘飘地脱口而出，没有麻木的痛苦才真正来临了。从记事起，苏炳桓与她们母女就是聚少离多，即便如此，父亲的形象始终像西岭的雪山那样驻扎在心里。高山已然崩塌，她害怕塌陷的残墟随着时间的推移飞灰湮灭。她想跟幸存者谈谈，想知道飞行最后出了什么状况，她试图用各种方式联系幸存者，但都是徒劳，无数次的失望渐渐滋生出愤怒，“说是家属不让接触，鬼鬼祟祟地，怕啥？”妈妈林翘音回答说：“幸存者有自己的生活，集团尊重对方，我们也要尊重对方。”青垚气馁至极，愤愤不平地说：“是怕我缠啊，还是他有难言之隐啊！”

“别这样想，弱者才搞阴谋。”

话虽有理，但林翘音说起来却势如蚊蝇，对青垚没有起到丝毫安慰。

在中国的腹地，青藏高原和横断山脉以东，有一片广袤的盆地，北缘秦岭巴山，南连云贵高原。古人云：“晓看红湿处，花重锦官城。”龙泉山、龙门山和邛崃山之间，府河玉带缠腰，环抱着一座极具神韵的城市，这就是成都。

“妈妈，小叔让我去北京。”

C大的教师公寓，青垚望着厨房里忙碌的林翘音，往嘴里塞着龙眼酥说道。

林翘音沉下脸说：“苏炳浩陷进去了，你不准跟他胡闹！陈扬跟你一道回国的，人家已经在协和上班两年了，真的想让你妈养你？”

一听妈妈说起陈扬，青垚便悻悻地。他是青垚的同学，中国留学生的偶像，曾经在驻英大使馆烧了一道红烧肉，抢了厨子风头，受到大使嘉奖。回国参加招考，以第一名的成绩打败了来自牛津的学霸，当年就被协和收入囊中。当青垚将这段往事讲得如同说书般精彩时，林翘音忍不住“嘶”了一声，质问道：“你不踩扁陈扬就找不到人生坐标，是吗？”青垚抹了抹嘴，说：“他还就靠我虚张声势呢！不信再等两年，没我他准辞职！”

青垚执意要去北京，说是陈扬陪同，林翘音这才笑了，“我给老陈打电话，让陈扬到机场接你。”

青垚高中毕业就去了英国，独自出行已是家常便饭。这天她只带了个随身的小挎包，拎着薄薄的旅行袋，咖啡色薄毛衫搭牛仔裤，脚上一双杏黄色羊皮平底鞋。由于机票订得仓促，自助值机显示只有最后一排，“我要是陈扬那样的学霸，一定直接坐头等舱了。”她钳着登机牌嘀咕，转身跟一个身穿蓝色毛衫的男人撞了个满怀。

“对不起！”

“不好意思！”

那声音不高却直钻心肺，青垚抬起头来，目光陷落在一双漆黑的眼眸里，虚妄得让人眩晕。待她拔出眼光，男人结实的双臂正稳稳地托着她的胳臂。“见鬼……”青垚心想，原是极寻常的瞬间，却如此别扭，那双让人过目不忘的眼睛，仿佛带着黑洞般强大的吞噬力，看得人像剥光了一样。

她磨磨蹭蹭地走进机舱，后排的过道上有个体态臃肿的女人，正喋喋不休地请求空姐帮她换位置。靠窗的人充耳不闻，双手抱胸仰靠在椅座上，脸上盖着一本航空杂志，青垚一眼便认出那身蓝毛衣。空姐试探性地询问：“靠窗的先生，可以换个位置吗？”

“对不起，”男人拿下书，肤色在机舱的灯光下显得过于苍白，举止说不出的傲慢，“帮我拿条薄毯。”

空姐抱歉地看了看胖女人，安慰她先坐下。青垚递上自己的登机牌，示意可以换一换。女人喜出望外，夸张地将她抱到座位上，为她扣上安全带。男人的双眸停留在她脸上点了点头，眉眼间全无热情。“嗨，真巧！”她展颜一笑，作为伦敦大学营销管理专业的毕业生，她深知在陌生环境里建立良好关系的重要性。可男人显然不愿聊天，他接过空姐递上来的薄毯，蒙在头上呼呼大睡。

青垚敏感地察觉到他根本没睡着，飞机离地的刹那，他全身一战，腰背紧绷得如同拉满的弓。青垚悄悄叹了口气，心想每个人都有自己的毛病，飞行恐惧症算不得什么。每当这种玛丽亚附体的时候，青垚都会觉得自己头顶上闪放着圣母的光辉。随着飞机在气流中颠簸蹿升，身边的男人蜷缩在座位上，双手揪着薄毯。他在控制自己不哼出声来。青垚倾过身去，轻轻拨开毯子，小心地问道："帮你叫空乘好吗？"

"不，没事！"声音像从喉咙里挤出来，说话间他紧紧地扣住了青垚的手腕，"帮我，落地就好。"青垚没见过飞行恐惧症患者，他看起来挺严重，五指铁箍一样抓着她，痛得人直咧嘴。航程飞了一半，机舱里渐渐安静下来。周围人开始打瞌睡，身旁的男人不知什么时候松了手，头靠在她肩上睡着了。薄毯滑下来，露出半边面庞。从青垚的方向看去，他的额头宽阔饱满，鼻梁挺括，肤色很白，是男人少见的苍白，一对浓密的剑眉下眼窝微陷，深长的睫毛羽翼般安静地叠合在一起。

青垚心想，这熟睡的样子比他睁眼时可爱多了。

飞机开始落地滑行，青垚肩头一松，身边的男人坐直腰板，长吐了一口气。他拿下头上的薄毯，转头看见青垚正盯着自己，苍白的脸泛了些红晕，抱歉地说道："不好意思。"

"没关系。"青垚甜美地笑起来，努力表现得见多识广的样子。男人抹了把头发问："你是四川人？"青垚点头说："你也是吧，不过口音变了。"

"嗯，很久没回家了。"男人说着，露出难得的笑容。

"那还不多住些时候。"青垚跟着笑。

"临时有事，得赶着清明节到北京。"男人突兀地说道，"火车来不及了。"

青垚明白他在试图解释什么，一边打望着过道上缓缓移动的人群，漫不经心地说："火车多累，飞机上坚持一小时而已。"男人会心一笑，不再继续这个话题。他抬起头说："我帮你拿行李。"青垚没拒绝，随他走出机舱，两人并肩走到接站口。

陈扬老远看到了青垚，正挥着手朝她打响指。

因为还要转回去等行李，男人伸出手来道别："我叫沈绎心，有机会请你吃饭。"青垚灿烂地笑了，接过旅行袋，抬抬手，回答说："好啊！"

"你叫什么名字？"

"苏青垚！"

陈扬接到青垚，汽车一路疾驰，直到城中一个胡同口把车停下来。

"走两步吧。"陈扬停好车，带着青垚往胡同里走，"小叔等你御驾亲征呢！”

整个胡同窄窄的，老电线杆下停了好些车，线网如蛛丝般交纵，路旁还堆放着石灰水泥，看起来凌乱不堪，青垚忍不住皱了皱眉。沿着青灰色的围墙走了一段，陈扬停下脚步，只见一道防盗门突兀地出现在墙面上，像临时凿出来的。他侧头看了青垚一眼，伸手按下墙上的门铃。

“咯吱”一声，门开了。

踏进铁门，青垚感到眼前敞然一亮。北京深藏的旧式院落很多，眼下便是一个。精巧的庭院四周栽种着高大的槐树，枝叶不甘寂寞地伸出青灰色的围墙外。这是一处独立的四合院建筑，正门朝向东南角，是气派的古铜色厚重木门。院中殿堂精致，彩画斑斓，院内古木参天。陈扬报了个名字，穿着青花瓷旗袍的妹子带着他们沿院墙朝里走，踏上青石板铺陈的小径，脚下忽然开出一道缝隙，一脉泉眼流淌而出，顺着碎石填出来的沟壑，盘旋着一簇竹林萦绕弥开，转眼间又没入墙体不见了。妹子把他们引到一间竹林掩映的包厢外，扣着门钹推开，一眼望进去，包厢里古风陈设，钟鼎书画各自阵列。

“青垚来啦！”浑厚的男中音从紫檀圈椅上传出，伴随一缕清茶的香味扑鼻而来。

“苏炳浩！”青垚刚想放肆，看见旁边还坐着一个身穿鸦灰色毛衣的男人。她立刻收敛娇憨的姿态，恭敬地叫了声“小叔”。

“给你介绍一下，老米叔叔，这里的‘一把手’。”青垚被苏炳浩拍着后背，推到站立起身的男人面前，“青垚，我哥的女儿。大妞儿跟陈扬是同学，人家工作两年了，她还跟掉脑袋的苍蝇一样乱晃。”

那位“一把手”的年纪跟苏炳浩不相上下，中等个子，气场很强。他笑眯眯地握了握青垚的手说：“我老家那边有句俗话，说读书多的女娃别回头，飞沙走石鬼见愁。你们家的人却把智慧和美貌集于一身，还让不让人活啦！”老米虽然说的是青垚，却转头在跟苏炳浩讲话。这时，陈扬上前恭恭敬敬地叫了声：“炳浩叔叔、老米叔叔。”

“呵，陈扬，别把我们叫老了，一码归一码，场面上叫声‘哥’得了。”苏炳浩拉着陈扬坐下，说不出的亲切友好。

他们是旧识，青垚心想。

雕漆的乌木椅前，是张抱石的工夫茶茶几，老米在主位上给大家泡茶。青垚的眸子在苏炳浩和陈扬的脸上游离，礼貌而温和地倾听着老米品茗论世，闲扯京城趣闻。他们说的那些人和事，青垚都不知道，但看在主人一见面就称赞自己漂亮的份上，只好做出美貌和智慧并举的姿态来。天下人总是对隐秘的事感兴趣，青垚记得小时候坐黄包车游胡同的时候，拉车的师傅就喜欢一口京片儿地讲宫闱秘史，就跟他亲自趴桌子底下听的那般详细动人。

突然，老米说到些什么，猛然牵动了青垚的神经。

“媒体人最恼火的就是，报道发不出事实，视频又播不了真相。一会儿他来了，亲自问吧，当年他也在巴加莫约，专门负责跟那件事。”

他说的当然是坠机的事，否则苏炳浩不会让青垚专程赶到北京吃顿饭。如果情绪能用色彩表达，她脸上此刻一定是五彩斑斓的。陈扬眼光扫过苏青垚，抿嘴笑了笑，不由自主地伸出手去捏了捏她的指尖。晚饭后苏炳浩没回家，陈扬开车将青垚送到后海，那里有苏炳浩的别墅。

清明节至，樱花初绽，深夜的北京依旧阴冷。青垚独自坐在露台上吹风，脑袋里一遍一遍地回忆着最后到来的那位客人说过的每一个字。

他是当年报道坠机事故的新闻记者，他说，电视报道的坠机事故是两伤，然而当年苏炳桓从驾驶位被抬出来的时候，就已经死亡了，另一名年轻的飞行教官也是奄奄一息，但好在还有生命体征。航校第一时间压下了档案，这名飞行教官没有入住当地医院，所以去向成谜。但是，他幸运地接触到了这名飞行员的父母。

“那夫妻二人是乘专机直接到出事地点的，与抢救离开的直升机前后相差不到三十分钟，可惜他们不接受采访。”

老米好奇地问：“啥来头？”记者回答说：“知道修远国际吗，做制药、生物技术和医疗器械研发的。”老米和苏炳浩异口同声地说：“纽交所挂牌的中国公司！”

记者显得很兴奋：“是啊，修远集团的太子爷，援建坦桑尼亚做飞行教官，出事以后去向就成了谜。”老米问道：“修远集团在东非有项目，这富二代的友好事迹为啥不宣传呢？”记者遗憾地摇了摇头，看着苏炳浩说：“飞机是偏离正常航线才出事的，不想多生事端吧。”老米问：“当时你驻巴加莫约，具体情况知道吗？”记者回答说：“航校答复是机械故障。至于飞机偏离航线的事，不作为新闻焦点，各方都讳莫如深。我倒是对那位太子爷感兴趣。你们恐怕不清楚，修远的年轻一代都在美国接受教育，这人是哪里冒出来的呢？我记得十五年前有个新闻，修远集团的前女婿和情妇在前往温哥华的飞机上被带走。据说那女人曾是董事长沈忠民的创业伙伴。他会是那个女人的孩子吗……如果是真的，可太劲爆了！”

青垚看着记者因为兴奋而泛红的脸，无端地愤怒起来。她的爸爸呢？她很冲动地想站起来，她要质问老米和记者：因为不是新闻焦点，所以事故的真相就不值得关注？你们所津津乐道的新闻价值，跟狗仔队的花边有什么区别！没想到苏炳浩倒先怒了，他拍着桌子跳起来。老米看出不对劲儿，眼疾手快将他拉出门去，一路上苏炳浩还直蹦跶着骂人：“瞅你丫那揍性！还太子爷，事故真相不调查，结识了个有点儿来头的，好嘛，拉多晚儿也得着个老脸死命巴结，一肚子坏水儿幺蛾子！老子闲的慌了陪你吃饭！”记者吓傻了，坐那儿半天没动。陈扬赶紧圆场，上前敬了记者一杯酒说：“叔叔在京城的黑道上横惯了，你别往心里去，他是生那个太子爷的气。”

回家的路上青垚责备陈扬：“小叔混啥黑社会呀！他不就是骂了两句。”“吓唬记者嘛，让他天天失眠！”陈扬笑嘻嘻地安慰。苏炳浩在京城打拼多年，为人处世八面玲珑，今天不顾时间场合开骂，绝对是触到了他的底线。记者的话也让青垚疑惑，当天到底发生了什么导致飞机偏离航线？无论如何，她想找到那个人，查明一切。

“修远集团。”

青垚喃喃叨念着，这个四个字仿佛在她心里生了根。她回到房间打开电脑，网络上的资料显示：沈忠民，祖籍四川眉山。1985年7月毕业于成都中医药大学化学系。1989年10月进入成都市鸿源制药厂，先后担任药剂工程师、高级工程师，1995年4月创立修远实业任公司董事长、修远科技执行董事、修远药剂工程研究中心高级工程师、修远生物技术董事。自1998年8月修远集团成立至今，一直担任公司董事长。修远国际股份有限公司（上市公司）是修远集团控股的子公司，集团另外四家子公司分别涉及医药研发、医药供销、生物疫苗和房地产开发。家族情况比较模糊，夫人叫殷嘉宜。子女信息无。

很低调，非常低调，他们把自己保护得很好。

记者所谓的集团前女婿，与其相关的信息并不多，根据官方消息，那名叫周文正的年轻官员，在刚升职为某市副秘书长职位时涉嫌为一桩买官案牵线而被公开调查，在飞往温哥华的飞机上被带走。后来省高院做出二审终审判决，判处周文正无期徒刑。媒体为一颗冉冉升起的新星陨落而扼腕，同时警醒公务员廉洁自律，洁身自好。

2. 修远集团

第二天临近中午，苏炳浩回到别墅，带青垚去给大哥苏炳桓扫墓。

清明前后，扫墓的人络绎不绝。停车场内，青垚看到一个熟悉的身影。只是她全副身心都被悲伤笼罩，没办法应付曾有一面之缘的沈绎心，对方似乎也刻意回避了多余的招呼和寒暄。

苏炳桓的墓地在陵园中并不突显，碑座上却摆放着一盆精致的翠蓝柏。赭红的陶土盆里，苍劲的虬枝上簇生着峥嵘的绿色。碑座正中有一瓶拧开过的酒，两截燃尽的烟蒂，黑色的花岗岩墓碑被擦拭得一尘不染，显然有人在他们到来之前祭拜过。烤瓷相片上的苏炳桓精神矍铄，带着宽厚的笑容，满足而温暖。青垚将鲜花放在翠柏的旁边，抚摩着父亲的照片，哽咽着低声道："爸爸，垚垚看你来啦。妈妈说她把你放心坎上的，你懂她的，对吗？"

苏炳浩"扑通"一声跪倒在墓前，刚磕了两个头，还没开口倒先哭起来。

"……大哥！兄弟没了大哥，成孤儿啦！大哥……可怜你我兄弟，临了话都没说上半句……爸妈死的早，是你省吃俭用把炳浩带大。你为兄弟受的苦，炳浩一分还没还……炳浩宁愿与哥哥远隔重洋，也不愿跟你隔着薄土相见呀！"青垚看着像孩子般委屈的苏炳浩，心里一阵抽搐，眼泪喷薄而出。积淀的悲痛让苏炳浩的眼角抽动起来，呜咽号泣逐渐变成低吼咆哮，眸中的血丝红得像在燃烧。他看起来像醉了酒，摇摇晃晃地跪移到墓碑前，"我不会让你死得不明不白的，大哥！大哥你看着，炳浩说话算话！"不知道那双褐色的眼瞳里究竟承载了什么，竟会如惊涛骇浪般翻滚不息。

青垚的悲伤在情绪之外，跟苏炳浩截然不同，这是母亲用很长时间辅导她自我管理的结果。"上帝带走了我们在世间有限的存在，却赋予生命以永恒的价值。"林翘音希望女儿直面生死，让天父代替苏炳桓继续爱她。因为身边人的牵引，青垚逐渐对于世界的本质和规律有了属于自己的看法。她尝试接受失去父亲的痛苦，并理解这种痛苦，她时常缅怀与父亲相处不多的细节，超越领悟着这份痛苦。

这时，苏炳浩拧开了墓前的那瓶酒，斟满酒杯倒在脚下的土地上。他累了，提着酒瓶猛灌两口之后，疲倦地靠在碑座上，缓缓地点燃了一支烟。

“别笑话小叔。”苏炳浩头靠在碑座上，仰望着阴霾的天空。

“不会。爸爸一向最疼你了。”青垚说的实话。苏炳浩跟苏炳桓有十六岁的差距，年纪跟青垚相仿。

苏炳浩斜靠在墓碑旁，半闭着眼睛。多年来，他自持长辈身份，从未跟侄女分享过他和大哥之间的感情。这一次，他一边吐着烟圈儿，断断续续地讲起小时候的琐事，说到趣处，还垂着眼睑轻笑两声。

苏炳浩是孤儿。

父母在他一岁的时候因病过世。正因如此，他才执拗地要将苏炳桓安葬在北京，这里是他们兄弟二人出生的地方。父母去世时，大哥苏炳桓十六岁，没有人知道十六岁的少年如何带着周岁的婴儿过活的。那时的人们时常看见还是婴儿的苏炳浩在哥哥胸口的布兜里呼呼大睡，他的瞌睡很多，从不闹夜，醒来便在屋子里满地翻爬，只有肚子饿了才哼唧两声。

苏炳桓给人送奶，天不亮就挨家挨户地跑。奶站总是配给他大的袋子，有时是牛奶，有时是羊奶。那些年社会正在发生着翻天覆地的变化，上学读书成了穷孩子翻身的唯一出路，他咬着牙把婴儿寄放在隔壁姑奶奶家，把父母留下的钱都给了他们。十六岁的年纪，他对人性中的恶缺乏先知先觉，等财产消耗一空，那家男人又开始挤占他们栖身的房子。蹒跚学步的苏炳浩不到四岁就差点儿流落街头。胡同里有位老炮儿看在父辈交情的份上震慑了那男人，为苏炳浩重新找了看护的人家。在苏炳桓考上飞行学院，离家就读的时间里，刚学会走路的苏炳浩就学会了耍弄军刀，跟着胡同的野孩子茬架。

林翘音第一次见到苏炳桓是在大学操场，隔壁军校委派大学生代表给新生做军训指导。她被那双坚毅的眼睛所俘虏，渴望打开陌生世界的心门。两个人谁也说不清当初是谁先发起追求。总之，苏炳桓毕业留校做教官之时，新生林翘音就把他作为男朋友正式带回老家。

苏炳浩七岁那年跟林翘音来到成都郊外的小镇上，结束了野蛮生长的日子。林翘音的父母没有儿子，身为知识分子的父亲黎络渊把余生的热血全部奉献给了苏炳浩。小镇上的生活平和安宁，苏炳浩却似囚徒般不得解脱，书卷气侵染着他整个少年时代，但他不喜欢读书，他只对财经和算数敏感，而且从不认为书本比拳头有用。寻常人家的男孩在通往男人的路上，往往伴随着叛逆尖锐、父子对峙，他却被良心束缚，温文尔雅的背后，是刻骨铭心的无能为力。于是他刚成年就迫不及待地离开林家渡，一个人回到北京。苏炳浩精明、热情、善于钻营，很快在京城站稳了脚跟。得益于国家释放的改革红利，他不仅拥有了自己的公司，还在后海购置了一套别墅。他倾尽所能地孝敬大伯大娘，对侄女青垚更是挥金如土。他送青垚出国留学，他盼着大哥转业，他等着苏炳桓援非合约结束，就可以理直气壮地同他分享自己的成功。

可是苏炳桓死了。

苏炳浩在巨大的悲愤中陷入了癫狂。青垚深深地体会过这种癫狂，世间所有的虚名浮利都变得不再重要，只剩下被欺骗的情绪，让人走向无边的愤怒，这愤怒指向全世界，爆发彻底地质问：为什么是他？！他做错了什么要夺走他！凭什么那么多的坏人都活得耀武扬威，偏偏是他这么善良的人遭遇不测？

现在的苏炳浩看起来并无甚异常，甚至还比旁人多出几分历经沧桑的从容，他平静的时候表情淡然，只是眼神中时常透着一丝执拗。他这么淡淡地聊着，仿佛早已忘了身在何处。

“大哥过得苦，也没什么别的爱好，就喜欢抽烟喝酒。以前嫂子管得紧不让，现在好啦，敞开了喝！”苏炳浩眯着眼睛，吐出的烟将他包裹起来，青垚觉得他仿佛置身在迷雾之中像尊石像。耳边响起妈妈的话，爸爸的死带走了苏炳浩的单纯与热情，他如今展现给世人的只是个仪表堂堂的躯壳罢了。

陈扬休假在别墅里陪青垚，看她盯着电脑一坐就是一整天。

他问她：“想什么呢？在打修远集团的主意？”

青垚没回答，转过头盯着陈扬——两年了，他还是那样！小鼻子小眼的忧郁白净模样儿。陈扬低头看书，余光横扫，不安地说：“别这么盯着我啊，受不了！你心里指不定怎么编排我呢！”

青垚眨眨眼，认真地说：“陈扬，你眼睛比以前大了，长开了。”

“你当我是朵花儿呢！”

“有你这样的花儿吗？”青垚咂咂嘴，顺手拨了拨他刺猬样的短头发，“狗尾巴花！”

“青垚，”陈扬合上书页抬起头，一本正经地叹了口气。青垚见状，立刻收敛起来，乖顺地洗耳恭听。“那男人是谁？”“啊？”青垚恍惚地笑起来，“啥男人？”陈扬白了她一眼。青垚觉得陈扬没有立场如此发问，她忽然想起临行前林翘音那通电话，有些急了：“我妈怎么跟你说的？别听她瞎扯啊！”陈扬眼光沉敛，嘴角不自然地朝上扯了扯，“阿姨什么也没说，两年没见着了关心关心。顺便嘚瑟一下，我也是领薪水的人了！”

陈扬呢，性格是真的好。青垚愿意每天都跟他待一起，但是只能限于朋友之间的那种相处，绝不能突破底线。两年前他们一起回国，陈扬见着青垚痛不欲生，发誓要护她一辈子，却换来她的避而不见。他以为彼此需要的只是时间而已，毕竟美好的年华才刚开始。但是前天，他眼睁睁看着青垚与一个男人同机出来，漫天醋意便毫无保留地淌了一地。

“到北京发展吧！”陈扬认真地说，“那天小叔到医院找我，说你现在没个正形。本来我想你不工作我也能养你，你也不让我养啊！那你总得找份工作养活自己吧，要不这些年的书不白读了。”

青垚挑眉看着陈扬：“别忘了，当年我在学校倒腾北美原油，不仅能喂饱自己还接济你呢！不过工作确实是要找……要跟专业靠边，还要积累经验……”青垚说着，像受到什么启发，站起身来在屋中走了一圈，喃喃道，“为啥不去修远集团！”

“去修远干什么？”

“我学的是营销，可以去修远当医药代表啊。”

“医药代表？”陈扬触电似的跳起来，“开什么玩笑！我们医院每天赶走多少小药代，你知道吗？！”青垚眼睛望着窗外充耳不闻。陈扬挥手在她眼前晃了晃，痛惜地说：“你要做医药代表，不如我立马送你回去！”

“你懂我吗？”青垚回过头来，一字一句地问，“你如果懂我就该知道，爸爸在这世上的细微末节对我来说有多重要！”

“青垚！”陈扬被她的眼神击中，感到无比哀伤，“你要学会放下！”

“我当然要放下！可是怎么放？你见过我整晚整晚失眠吗？我总是不断地设想着那次飞行的情景，我就想问一问那个飞行员，当时，哪怕只是早发现一点点，是不是就可以改变结果？！或者我根本就不该去留学，如果我不留在那该死的英国，或许爸爸就不会死！我们一家应该快乐地生活！我实在是受不了这样胡思乱想了，我一定要让那高高在上的太子爷给个说法！”青垚滔滔不绝地发泄着，全然没有理会一旁目瞪口呆的陈扬。她泪如雨下的样子让陈扬感到崩溃，陈扬感觉自己似乎失去了两年前拥抱她的勇气。他艰涩地动了动咽喉，心想只要她还肯出现在自己面前，怎么都好。于是他投降了，他哑着声音说：“你想怎样？我帮你。”

青垚的眸子死死地定在陈扬脸上，直到慢慢平息，才走到电脑桌旁。屏幕上还显示着修远集团的网页，它控股的修远国际是一家集制药、生物技术以及医疗器械研发和技术平台的公司，在香港注册，采用双层股权结构的方式在美国上市，最大的股东是日美两家风投机构。

青垚手指屏幕问道："你看他的医药这块儿，除了修远国际，还保留独立的中药公司，为什么？"

陈扬坐下来敲击键盘，说："这家公司的前身是沈忠民在1989年入职的成都鸿源制药厂，拥有一个叫'麝予仙'的中药老字号。"

"哦？"青垚凑上去翻看网页，眼睛里发出异样的亮光，"渠道高效完整，系统如此严密，可'麝予仙'的市场表现却这么平淡，暴殄天物了吧！"陈扬附和道："一个百年老字号，被修远公司卖成这样，确实暴殄天物。"青垚瞥了瞥他说："我是心疼他们家的销售渠道，这么优质的渠道拿给我卖大米也赚得比它多！"

陈扬语塞，想了半天说："这牌子我不太熟。'麝予仙'的市场表现确实太弱了，也许沈忠民是不想让它被资本吞噬，但又找不到方法让它壮大起来，所以只好让中药公司这么不温不火地苟延残喘。"

青垚反驳说："品牌是沈忠民的，公司却不是沈忠民一个人的，渠道建设需要多少资金和人力！修远国际的所有品牌包括房地产项目有多强劲，单单一个中药老字号不开发，还为它保留销售渠道，说不过去嘛！"

"还真是个合格的marketer呢！"陈扬意味深长地笑起来。

青垚说："Marketing is the activity, set of institutions, and processes for creating, communicating, delivering, and exchanging offerings that have value for customers, clients, partners, and society at large 可是你看，这'麝予仙'市场认可度如此低下，有什么社会价值吗？"（市场营销是在创造、沟通、传播和交换产品中，为顾客、客户、合作伙伴以及整个社会带来价值的一系列活动、过程和体系。）

陈扬笑着摇了摇头："理论上都对，但你唯独忽略了某种特殊的情感。修远国际在美国上市，按标准的营销价值导向，已经是不折不扣的赚钱机器了。沈忠民对'麝予仙'做法与其说是打压不如说是保护。"

青垚说："那样的话，沈忠民就不是合格的企业家，他是个自私专制的老爹！"陈扬"嘿"了声没说话，青垚伸了伸腰，坚定地说："我要应聘中药公司，那里一定对沈忠民很重要！也许在那里我可以用最快的速度接近沈家，这样一定能找到他的！"青垚走到窗前，望着院子里绿意盎然的老国槐，眼前的画面慢慢停滞，时光缓缓退后。

伦敦大学的草坪上，Doctor Lee正在跟同学们聊天。他的头发卷曲、肤色雪白，是典型的北欧人种。这是一个热气腾腾的狮子座男人，总是满怀热情地拥抱生活，他在课堂上同样激情飞扬，常常讲课讲到火花四溅，甚至会把眼镜甩飞。

“OK，我们可以看到，几乎所有成功的总经理，或者企业家，都是做销售出身。没有销售，搞技术的就没饭吃；只有做过销售，才知道如何管理公司的命脉，这样的人才能成为公司的总经理……”

“Lee，既然公司的命脉是由人来管理，那是不是控制了管理人就等于控制了公司的命脉？”

“不错SU，控制管理人需要的是领导力，这跟营销管理是两种不同却又互补的行为体系！市场营销讲如何管理公司命脉，命脉可不光是一套制度流程，尤其在中国，它还代表着生命和血脉，是价值观的本源！一个公司由不同的人领导，其命脉可呈现出不同的形态；没有专业的管理，销售力就不足以对产品进行诠释，公司的命脉便没有依托。丢失了命脉，纵然还有成千上万的人，那公司也死了。”

“所以，公司的生命形态是以价值观为依托，以销售力的形式体现。”

“……如果有可能，希望你们的人生能从销售做起。记住，每一个成功的企业家和总经理，都有做销售的经历。人生处处是销售，就算做不到企业家和总经理的高度，还有更多的地方需要你们去营销自己！”

青垚从公开的资料里发现，沈忠民就没有做销售的经历。他做过执行董事、工程师、董事长，却没担任过总经理。“是不是可以判断他并没有能力掌握修远集团的命脉呢？”这个发现让青垚很兴奋，她跃跃欲试，隐隐期待着什么。

三年。青垚打算给自己三年的时间，如果三年以后她还不能找到沈忠民的儿子，那她也就只好放弃了。

回到成都，青垚决定好好陪陪妈妈，可惜林翘音很忙。两年前她接手了一个课题，关于脑颅危重创伤的康复理疗。林翘音整日都在忙着完善这份报告，与青垚相处的时间不多。母女俩散散步、聊聊天，周末回林家渡陪陪外公外婆。以前关于职业发展的问题在青垚的头脑中还是淡淡的白描，现在随着思考的周详，一些线条开始加深，着墨。当她告诉妈妈自己的规划时，林翘音只是遗憾她没能选择跟陈扬留在北京，对于青垚的选择，她还是支持的。青垚感激妈妈的开明，世上亲密无间的母女不少，但能这样彼此理解的却着实不多。

3. 别开生面的销售课

青垚坐在修远中药供销公司销售部高新办事处的电脑前，已经是三个月以后。

这里毗邻一家儿童中心，从写字楼25层高处望去，整个中心俯瞰眼底。中药公司的销售招聘长年有效，销售人员鱼龙混杂，由于流动性太大，公司对新入职员工的培训几乎没有。现在青垚就属于野生状态。她除了大量恶补公司相关信息和文件，还要了解以前一无所知的行业情况和产品细节。最近几天她终于不会对各种缩写简称感到茫然，也大概知晓公司的产品和技术了。这个名叫“麝予仙”的中药竟是一个有着五百多年历史的老字号，曾经非常名贵，在解毒、保肝、抗癌等领域有显著的疗效。不知什么原因落寞至此，只能靠不断开发自主知识产权的衍生药品、保健品和健康食品勉强支撑。

办事处主管周秦是个四十多岁的中年男人，从他脸颊上那两坨软塌塌的肉就能看出，这份工作的强度并不大，比起整个高新区快节奏的国际氛围，这里更像老式国企的办公室。招聘面试尤显敷衍，人力资源部给了她一张履历表，填好信息便可以上班，要先做半年的实习助理。

中午自带便当，办事处有微波炉。外勤一个没回来，前台莉荔跟青垚有一搭无一搭地聊着天。这个湖南来的女孩儿身材高挑，在她眼里，青垚单纯迟钝不够醒目。“垚，你蛮文静，哦什想到跑销售咯？”莉荔手捧咖啡杯，身上散发着大卫杜夫的冷水香味。“MR要有临床知识和实际经验，不怕多跑路，勤能补拙嘛。”青垚一边热饭一边回答，显得漫不经心。

“这行竞争到什么地步了？多跑路是应该的，还得放下矜持，对客户投其所好，吃饭、喝酒、玩牌，样样精通，必要时牺牲色相也在所不惜。”莉荔从头到脚打量着青垚，似笑非笑地问道，“你准备靠理论知识拿单子？”

“这里的销售都这么做吗？”青垚问。莉荔哼了哼说：“李明星就不这样，每月销售垫底，底薪微不足道，靠彤彤姐给点儿肉汤过日子。彤彤姐倒是妖气冲天，眉眼一笑就能让客户腿软，从来不缺单子。但她老大不小了还不结婚，销售部对她的流言就很多。”莉荔见青垚听得全神贯注，眼睛里闪着微光，她在办事处的时间长，难得遇上合眼缘的新人，情绪上来话就多了，只听她滔滔不绝地继续说：“阿翔哥是独行侠，谁也不知道他怎么做单子，上个月拿了八十万提成走人了，他说这辈子再也不做MR了。”青垚“哦”了一声，瞳孔不由自主地放大起来：“一个月提八十万？”

话没说完，莉荔忽然放下咖啡杯，露出标准的八颗牙。青垚转身，主管周秦正站在茶水间的门口，面无表情地对她说：“明天早上跟阿翔跑市场。”青垚还未回过神，见莉荔朝她努嘴，赶紧致谢说：“感谢周大关怀。”周秦点点头转身离开，莉荔望着他的背影，比画着说：“看到了吧，阿翔哥是横着走的！居然劳驾周大亲自把他请回来了。我也想跟阿翔哥打天下呢！”青垚拍了拍她的肩膀，没吱声。

第二天天还没亮，青垚就准时出现在五洲农副产品的批发市场。

几百家商铺组成的批发市场，各色农副产品堆积如山，蝇虫满地飞舞。青垚穿着深蓝色的牛仔短袖上衣、一条黑色卡其长裤、脚上一双邦威鞋，卷曲的头发束成一根马尾。她打望着匆匆忙忙面露煞气的人群，又低头看了看被踩了好几个黑印子的脚背，皱着眉说：“阿翔哥，我们做药品销售，你带我来这里干什么？”

阿翔本名陈跃翔，身材不高，但看起来很矫健，他身上名贵的杰尼亚西服在批发市场的环境中显得格外唐突。青垚的抱怨没有得到回应，只见他马不停蹄地游走在三轮车和木架子中间，径直朝卖菜的区域走去。

早上五点整，他停在菜场东区一个略显空旷的地方。

从市场东边来了一个身穿灰色连帽卫衣的男人，腰间别了个小型扩音器，脖子上挂着耳麦。他从电动三轮车上搬下四个大箱子，码放整齐，然后来到卖菜的摊点旁。刚跟摊主说了几句话，就见着那摊主欢天喜地地提着空竹筐，往里装土豆、胡萝卜。

陈跃翔眯着眼睛站在高台上，青垚不明所以地在他身后张望。他们站立的位置居高临下，刚好在卫衣男人的身后，将那人的一举一动悉数落入眼底。

天色微朦，附近小区的居民陆陆续续进入菜场，整个集市显得愈发哄闹。青垚想，来修远中药已经一个多月了，基本没人搭理，好不容易安排跑市场，她兴奋了一夜，凌晨四点就起床。莉荔说阿翔是办事处的神话，机会难得要好好学习。可是眼前的一切让她如坠冰窖。他这究竟是什么意思？她忍住没发问，把早点递到陈跃翔跟前。

那个戴耳麦的男人开始吆喝起来，慢慢有人围拢过去。

陈跃翔嫌弃青垚手里的盒装牛奶，只塞了块蛋挞到嘴里，头也不回地看着卫衣男人。

青垚终于听清他在吆喝什么了。

“新产品刚刚到，百货商场买不到。新时代新世纪，谁家不要切菜器……”带着大馇子味儿的普通话脱口而出，像春晚小品现场直播。

“扑哧！”青垚忍不住笑出声来。那人若无其事地吆喝着，手里拿着他口中神奇的切菜器，一会儿土豆一会儿胡萝卜的，拉丝切条动作娴熟。

“……省时省力省个功，捣瓜切菜几秒钟。能切长能切短，过江一切到香港；能切短能切长，一刀切到太平洋……”他嘴里念叨着，手上玩魔术似的，把一颗颗沾着泥土的土豆顿时变成各种形状。他的脱口秀全程没有半句重复，想啥说啥，从娱乐八卦说到时政要闻，每一条都能跟他手里的切菜器紧密联系起来，逗得围观的人群哄堂大笑。开始有人掏钱买他销售的切菜器了，随着人群越聚越多，他的表演更是花样翻新，伎俩层出不穷，买切菜器的人们干脆直接把钱放在筐里，拿了东西也不走。

陈跃翔一动不动站了两个小时，青垚买了三次水喝，直到四个大箱的切菜器全部被卖光。

“走！”陈跃翔看了青垚一眼，抬脚跳下高台。

“阿翔哥，我懂了。你今天是想让我见识见识厉害的销售是怎么吸引客户注意力，并在短时间内点燃客户的激情，是吧？”青垚紧跟着跳下高台，跟在他身后追问。陈跃翔展了展西服下摆，睨着青垚说：“我想让你看看，销售门槛低，什么人都能做。做成他那样的是没皮没脸的小贩，我这样才叫精英。”这话噎得青垚半天没法回应，她心想这可不是什么精英，虽然很多世界顶尖的销售神话都出自社会底层，可都没有这般刻薄的。这时，卖切菜器的男人已经将场地拾掇干净，朝着他们走过来。他扯下头上的帽子，一张清俊面孔出现在眼前，只是鼻子上还沾着泥土，显得有些滑稽。

青垚在与他目光相触的瞬间愣住，矿泉水呛在喉里。

那男人倒是冷静，礼貌地点点头，转身问陈跃翔：“阿翔哥，今天怎么样？”他的嗓音变得温和沉静，还略带沙沙的磁性，没有刚才的半点儿口音。

“总算拉下脸了，有前途！跟我走吧！”

青垚恍然大悟，“啪”的一声拍在男人的肩背上：“沈绎心，修远公司的销售课还真是别开生面啊！”男人若有若无地笑了笑，看着陈跃翔昂首踏步的背影说："想跟阿翔学技巧，得按他的方式来。"

"他是在捉弄你吧？"青垚盯着陈跃翔的背影，小声地咕哝了一句。

回到办事处，陈跃翔带沈绎心直接进了周秦的办公室。

莉荔靠过来，头发摩挲着青垚的脑袋，与她一起关注着那扇虚掩的办公室大门："是新来的销售还是主管？"青垚反问："你说呢？"

这时，周秦走出来，招呼青垚进去。房间里陈跃翔说还有客户要谈，告辞先走。"虽然我不赞成在旁枝末节浪费时间，但不能不迈出这道坎，往往大机会就是从小细节开始的。"沈绎心谦卑地点了点头。

"小沈，这位是小苏，苏青垚，由她跟你讲一下公司业务。"等陈跃翔出了门，周秦把他俩相互介绍了一番。主管可能在类似居委会的地方待过，说话那调调，就差手捧一个紫砂茶杯了。

没到下午的上班时间，青垚将沈绎心带到她的电脑桌前坐下。

电脑桌面上是一只伏在窗台熟睡的猫，沈绎心的眉头不经意地挑了一下，对青垚说："拜托你了。"青垚大致讲了些公司的情况，点开文件夹，将这段时间收集的资料打包压缩传到他邮箱。

"苏青垚，没想到我们再见居然是同事。下班请你吃饭。"沈绎心坐在椅子上，回头望着青垚。一缕阳光刚好从，侧面洒过来，他的眼眸中反射出剔透的琥珀般的光芒，头顶犹如蒙上一圈金色的粉末，目光里再也找不到那股强大的吞噬力了，取而代之的是毫无侵略性的柔和。青垚有些发愣，想不到任何拒绝的理由，便爽快地答应了。

下班，沈绎心换了身衬衣西裤，开着一辆旧花冠将青垚带到新会展的一处西餐厅。这里环境不俗，靠窗的餐桌上放着特别的玻璃容器，一捧盛开的马蹄莲散发着淡淡的清香。

沈绎心审慎地看着青垚，他的眼神在浓密卷曲的长睫下显得格外幽暗："我下午看你的电脑，发现你有很多特别的地方。"

"怎么特别了？"青垚是典型的南方女孩儿，当她睁大眼睛的时候，眸瞳闪烁，好像噙着一汪泉水。沈绎心回答说："桌面很整洁，三个文件夹分门别类。初看简单，可是一层层打开，内容丰富详尽，容易查找；除了产品细节和客户档案归纳以外，集团的整体组织架构你也在专门留意。"

"哦。说明什么问题吗？"她垂眼看了看面前的甜白葡萄酒，手指有意无意地摆弄着杯沿。

"说明你的思维缜密，习惯很好。而且……有想法……"沈绎心啄了一口餐前酒，神情平淡而温和。

“有想法？”青垚皱了皱眉，“表扬还是批评啊？”

“是评价。”沈绎心浅浅地笑了笑，迎着她的目光回答说，“我相信做销售，不是为了一辈子拿订单。”

“志向远大嘛！”青垚由衷地回答，“你也很特别……以前做什么的？”

沈绎心当然知道她为什么这么问，他显得有些无奈：“这么快就把话题转到我身上了，以为你会留点儿悬念呢。”

话虽这么说，他却也对自己的过去毫不避讳：“我从民航下来，本打算做教员的，不过……后来就算了。”青垚的心莫名其妙地“突突”跳起来，她不假思索地问道：“哪家民航？为什么算了？为什么到修远中药来？”

面对青垚连珠炮似的询问，沈绎心原本明朗的眼眸以看得见的速度黯了下去，眼尾的长睫毛掩映出一片阴影，仿佛黄昏的密林，慢慢堕入深邃的阴霾之中。青垚沉默着盯了他半晌，才听他平静地说：“因为身体原因不能上天，只能算了。到这里工作很有挑战性。”

青垚“哦”了声，想起他之前的表现，心想，一个飞行员恐飞，确实挺遗憾的。可她不死心，便试着追问：“没有其他原因吗？单纯为了挑战性的话，有的是世界500强，甚至更专业的销售公司。以你从前的薪金标准，这家公司出不起的。它的供销渠道管理粗放落后，营销队伍的忠诚度很差，公司死气沉沉看不到方向，你到这里有什么可挑战的呢？你姓沈，不会跟这家公司有什么关系吧？”

“嗯，死气沉沉。”沈绎心的眼神“噌”地亮起来，“是分析结论？”

“感觉而已。”

沈绎心笑起来，追问道：“你觉得是什么原因导致公司的管理变成了这样呢？”他回避了某些问题，那些青垚真正想问的问题。沈绎心看到青垚脸上的表情，以为她是不想继续地深入探讨，于是他欠了欠身说：“尽管交浅言深，是君子所戒。可是……”他顿了顿，继续说道，“让我早点儿了解这家公司的不堪，我们都少走弯路不好吗？”

在礼貌上，的确不适合继续追问了，于是青垚轻描淡写地回答说：“这是一家销售型公司，可是普通销售的地位却很低，导致从业人员对品牌的认同度也差，公司对‘麝予仙’促销缺乏统筹设计，广告投放没有规则。人力资源部门对医药代表的素质考核几乎为零，只看订单认业绩。这样的企业是没有前途的。”

“做企业不为业绩又为什么呢？为什么说没有前途？”

“做企业当然需要业绩，问题是不能仅仅只看业绩。公司没有自己的企业文化，没有共同的价值观和企业精神，阿翔哥业绩好就可以凌驾于公司的规则之上，说明公司丛林法则严重，还停留在解决温饱的低级层次。像是……”青垚顿了顿，忽然发觉自己对沈绎心说这些，更像是对听众的显摆。

“像什么？”沈绎心目光炯炯地追问。

“哦，没什么。企业文化，其实就是我们做事的方法，很多人选择某家公司，就是因为它符合自己做事的方法。”青垚看着面前那双炙热的眼睛，本能地感到不舒服，她想结束这个话题，今天说太多越界的话，显得卖弄了。

“你为什么选择这家公司呢？”沈绎心唇角噙着笑意，浓密的双眉微微上挑，言下仿佛在说：是啊，这家公司如此差劲，为什么你也来应聘销售？这不合逻辑。

“因为我眼高手低嘛！”青垚跟着笑起来，“相比阿翔哥，我觉得自己说得太多，做得太少。只会纸上谈兵就不好了。”

沈绎心听到这样的话，收敛了打趣的笑容。“嗯。挺好的。”他郑重说道，“我刚到这里，一切都要重新学习，你可要教我！”

青垚不禁哑然失笑：“让我教你？月底咱俩抱头痛哭算了！”

4. 本末倒置

月底，是例行的分析会，办事处的销售纷纷倦鸟归巢。

青垚正在前台跟莉荔交代会议准备材料，只见沈绎心和陈跃翔双双走出电梯。整个月都是他们俩搭档跑市场，拜访医生和终端药房。莉荔飞身上去，嗲声嗔怪道：“阿翔哥去哪儿了，给个机会让我跟你吧！”青垚想起她说过要放下矜持才能做好销售的话，看起来莉荔的字典里根本就没有“矜持”这个词。陈跃翔靠在前台，傲慢地说：“女孩子跑什么市场，做前台内勤就挺好。晚上翔哥请客，记得准时！”说完朝沈绎心甩了甩头，“你跟她们聊，我去周大那里坐坐。”然后抄着裤兜径直走进了周秦的办公室。

“叮”的一声铃响，一个女人和一个瘦白的蓝衬衣从电梯间走了过来。

果然妖气冲天，青垚立刻明白眼前的女人是谁了。她肩上挎着LV银色压纹的小牛皮包，穿的是当季流行小香套装，短包裙将高挑的身材勾勒得窈窕有致，脸上精致的妆容让人看不出年纪。莉荔主动递上双手，亲热地叫了声“彤彤姐”。那纤长的手指在莉荔的掌心掠过，眼睛却看着青垚，她问道：“你是苏青垚？”青垚点点头，礼貌地叫了声“彤彤姐”。乔彤彤颔首示意，转头对沈绎心说：“分析会结束后你们俩跟我走，我跟陈教授预约会面。”沈绎心还没回答，青垚已经反应过来，“记住了，谢谢彤彤姐！”

沈绎心不在状态，直到青垚扯了扯他的袖子，他才闷闷地说了声“谢谢”！

等乔彤彤也走进了周秦的办公室，莉荔比画着跟青垚和绎心介绍旁边的蓝衬衣。他就是李明星，青垚记得这个人，莉荔说过他加入中药公司已经两年，是个非常努力的销售，但是业绩不佳，每每垫底。

分析会开了一个多小时，快结束的时候，陈跃翔又说起晚上请客的事。乔彤彤向周秦提出有预约，正好带两个新人跑医院，晚上的聚会就不参加了。办事处总共才七人，她一下带走两个，非常不给面子。陈跃翔本来已经站立起身，遂又重新坐下，似笑非笑地说：“我这不是专门请你嘛，乔姐要走，还把人都带走了！”乔彤彤的腰背笔直婀娜，朝阿翔躬了躬身说：“阿翔哥撂老大的担子，辞了职还能回来，我可没这能耐！晚上你爱请谁请谁。”周秦还没开口，倒是陈跃翔语重心长地对她说：“你这些年带的新人不少，真心服气的一个没有，也就是李明星老实。说实话，他也是时候改行做行政啦！”李明星很尴尬，嗫嚅着不知如何是好。乔彤彤扫了一眼青垚和沈绎心，说：“不想跟的现在说！”青垚瞥了沈绎心一眼，见他面无表情地站在旁边。周秦挥挥手：“教授也要吃饭嘛，彤彤你们结束就过来。”

陈跃翔敲了敲桌子，笑笑走了。随着玻璃门发出关阖的声音，乔彤彤冷淡地对青垚和沈绎心说：“你们先去药剂科陌拜，完了给我电话。”

儿童中心是一所三甲专科医院，在国内外享有很高的声誉。肝病肿瘤是这家医院的重点学科，在临床和科研方面具有相当的权威。

青垚去趟卫生间出来，沈绎心见她抹上了口红，头发蓬松地绾在了脑后，显得很刻意，却也让人眼前一亮，风姿飒爽。

“你这样打扮，像个资深的医药代表。”

青垚对这番恭维不置可否，她仔细地将产品资料检查了一遍放入深蓝色的挎包里，这才和绎心一起走到药剂科门口。

门关着。一块牌子斜斜地挂在门上，写着：医药代表接待时间，周三下午。她犹豫地看了沈绎心一眼，时间不对，因为今天是周一。这时门开了，从里出来一个西装革履的男人，手里提着公文包，从西服的领徽能看出是玫康公司的医药代表。他看到青垚和绎心等候在外，容光焕发地朝他们点了点头以示友好。

看来也不是不可以拜访。

青垚朝沈绎心眨了眨眼，伸手敲门："两位老师好，我们是修远医药公司的……"

话没说完，那女医生突然抬起头，不耐烦地大声喊了一句："出去！你们不识字的？"

青垚一下愣住了，脸上还挂着笑容。沈绎心上前一步将她护在身旁，说："不好意思，我们看到有医药代表刚从这里出来。"

青垚站在那里没动，无措变成了委屈，委屈又慢慢转化成气愤，一股脑儿地往上涌。她想起沈绎心为了跟陈跃翔跑市场，拉下脸去卖切菜器，陈跃翔却还洋洋自得地说："销售门槛低，做成他那样的是没皮没脸的小贩，我这样的才叫精英。"当时她就非常失望，为这个用尊严换取利益，再拿利益套取脸面的行当失望。一瞬间，不服气的情绪再次占据上风。她想，自己是来工作的，不是受气的！走还是不走？不走又该如何？在她思考的当口儿，耳边再次响起了女医生尖利的嗓音："还不走？杵那里干什么？"青垚深深吸了一口气，待情绪稳定，转身把门关上。只听她缓缓问道："请问您是在跟我们说话吗？"

沈绎心稍稍挪了挪步子，把青垚亮了出来。

女医生愣了一下，厉声回答说："对，就是你们！你要干什么？"

青垚看来是豁出去了，她说："我就是想知道，你对你们院长也这个态度吗？或者对病人也这样？我来工作，看到玫康公司的代表出去，所以我以为你们今天可以接待。如果你能尊重人，说你们今天不接待，我也会说声谢谢离开。但是现在我决定，我的工作已经不重要了！重要的是，我作为一个有知识、有教养的人，要告诉你，如何学会尊重人！"

沈绎心目不转睛地看着青垚，原本的担忧消失了，反而饶有趣味地看着她如何应付这个女医生。她那张倔强的脸，在他看来确是多了几分可爱。此时青垚的鼻息急促，她正滔滔不绝地对女医生说："我的工作不比你低贱，你不过拥有了一点儿采购权，这权利不是让你用来践踏别人的。我进门的时候称呼您二位为老师，是把你们当作有教养的人尊敬。我本人是伦敦大学Marketing专业毕业的，我的导师是世界顶尖的博士，从知识程度上讲，你未必比得过我。我尊敬你叫你们老师，是因为我懂，要想被人尊重，必须要先尊重别人。所谓‘敬人者，人恒敬之’。你比我年长，估计你的小孩比我小不了多少，难道你也这样教育他，给他做榜样？你希望他走入社会同我一样，遇到的人，都像你这样跟他说话？或者他对别人这样说话？你希望他们不懂得尊重别人，也不配被别人尊重吗？”

因为激动的缘故，青垚一口气说完，脸上泛着红光。

女医生呆滞片刻，抬眼看了看她身后，只见沈绎心事不关己地挑着眉，脸上挂着幸灾乐祸的表情。她有些心虚，又看了眼对面的男医生，皱眉说了句：“少废话，快走！”青垚抿了抿嘴，倔强地说：“对不起，你不为刚才的行为向我道歉，我就不走。我对人的尊严看得比什么都重！我不是纯粹的生意人，我更要面子。我对你尊重，就希望得到平等的回报，这个要求并不过分，你必须向我道歉！”

何曾有过医药代表如此书生意气的。女医生直愣愣地瞪着她，只见青垚放缓语速说：“其实道歉并不丢人，丢人的是不会做人。不会做人的人，是没有事业发展和生活幸福的。一个人在这社会上要想得到别人真正的尊重，一定要学会如何尊重别人！”

两位医生目瞪口呆，青垚问对面的男医生：“您说，我说的对吗？”

男医生使劲儿眨了眨眼睛，咽了咽口水说：“消消气，请坐。”他站起来客气地对青垚说，“我们医院有规定，你看都挂在外面了。”

青垚全身松弛下来，她说：“我们开始就这样多好。相互尊重，大家都很舒服。可是刚才主任的态度，实在令人难以接受。我们大家不过是做着不同的工作，我来到这里寻求你们的帮助。每个人在生活中也有需要帮助的时候吧？难道需要帮助就低人一等？生活中待人接物，体现的都是修养，医院工作的人，更需要这样的修养。我妈妈也是一位医护人员，工作中无论多苦多累她都非常敬业。我选择回国当医药代表，是因为爸爸不在了，留在国内离妈妈近些，难道我做医药代表，就要受到不尊重的待遇吗？”

青垚说到这里，竟真有些哽咽起来。

男医生赶紧站起来，对她说：“这样吧，我替我们主任给您道歉。”

青垚听到这儿，挺直脊梁说：“好吧，我不会得理不饶人。我接受您的道歉，但我希望，您能理解我们的工作，如同我也理解你们一样。我们至少都要在这个社会生存，相互尊重没什么不好吧？”说完她抬头看了看沈绎心，转身准备开门离开，这时那男医生突然说：“您刚才说您是修远的对吗？来一趟不容易，要不先把资料放在这里吧？”青垚并不买账：“谢谢您的好意，不用了。既然你们有规定，我也要尊重你们。今天说了这么多，耽搁了你们的时间，不是为了公司，而是为了我自己作为人的尊严，希望您能够理解。再见，两位老师！”

说完，她扭头打开房门，径直走了出去。

沈绎心追上青垚的时候她在哭，镇定自若的倔强劲头消失全无。

她埋着头抵在沈绎心的胸前，不想让他看见自己哭花的脸：“沈绎心，刚才糟透了！”

沈绎心尴尬地展开双臂，任凭青垚在他胸前乱蹭。他的身体绷得笔直，叹了口气说：“确实……浑身冒傻气。”青垚浑然不觉，愈发放肆地哭起来：“Doctor Lee看见，他会为我感到羞愧，他会抨击我不配做一个销售，连莉荔都明白的道理……”

“不配做销售？”沈绎心小心地安慰说，“怎么会呢？尊严受到挑战的时候，谁都会奋不顾身地选择抗争。”

“不！不是这样。”青垚抬了抬手说，“Doctor Lee说，销售力强大的人，心态更健康，突如其来的羞辱并不能撕毁他们的信心。我今天遇到的是位知识女性，她才没有喊保安把我架出去。”青垚的话没有让沈绎心感到意外，反而觉得她是清醒的，于是他带她到楼下的长椅上坐了下来，默默地拿出纸巾将胸口被抹得一塌糊涂的眼泪鼻涕擦干净，等待青垚恢复平静。

“我刚才，被侮辱打倒，过分去强调尊严了。”青垚抬起头平视着前方，慢慢地反省，“合格的生意人应该热忱而善于合作，我可以更柔和些。但是讲真话，我不喜欢修远公司，我对自己的状态不满意！遭到拒绝很生气，当我选择抗争，其实就失去了职业姿态。”

沈绎心“嗯”了一声，在听到青垚再次说起她不喜欢修远公司的时候，有些古怪地笑了笑。青垚全副心思都集中在自己的思绪中，她拿着手里还未交出去的资料，转头望着沈绎心，脸上的泪痕渐渐消退，眸中还氤氲着水雾，“换成你独自在那里的话，你会怎么应对？”沈绎心仿佛听得专心，修长的手指在膝上摩挲，见青垚问他，沉吟片刻之后才说：“我可能不会说那么多。你确实没有做错什么，没人喜欢自尊被践踏。可是，这个世界不在乎你是谁的，他们只在乎成绩，有成绩的人才有资格强调感受。连我自己应对失败也没有更好的办法，或者……你不要对自己说‘应该’，没有什么是‘应该’的，这个词是射向你心里的利箭，抓住它，折断了丢掉！比如我会想，今天确实不太方便，今天的确是周一而不是周三。”

那句“射向心理的利箭”真的像利箭，顿时穿透了青垚的心。她感到一丝意外，望着沈绎心说：“我知道自己身上毛病多，你和阿翔哥这样务实的人肯定不会这样的。你跟着他跑过市场，一定深谙其道，他就是你所说的只在乎成绩的人，这样的人转身就会把自己遭受的嘲弄像吐痰一样吐出来，弄脏这个世界也不在乎。”

听到这样的话，沈绎心的眼眸眯缝起来，似笑非笑地说道：“伦敦大学Marketing专业呢，怎么跑这里埋汰自己？”

“我没阴谋！”青垚的睫毛还是湿漉漉的，她红着脸跟沈绎心解释，“找工作时机没对，错过了春季招聘。莉荔告诉我，办事处最厉害的阿翔哥只是职高，我什么成绩没有，不想给学校丢脸。”

沈绎心看着她的眼睛，心里毫无由来地颤了颤。那双明亮的眼眸中透着七分柔媚三分刚强，像极了电脑屏幕上那只无辜的小猫。为了掩饰突如其来的局促，他对青垚说：“还有两个转机，一是你巧妙地争取到男医生的认同；二是你没有把资料放在药剂科。不如想想怎么挽回和那位女主任的关系，毕竟陌拜还没有到结束的时候。”

青垚没有接过沈绎心的话题，反倒像在自言自语：“我能放低姿态就好了，直接将回扣点摆出来。玫康公司的医药代表可能就采取的这个方法。”

“回扣点？”沈绎心抬起头来问，“陌拜的方式很多，你确定这样直截了当不是下下之策吗？”

“要不然呢？”青垚反问，“‘麝予仙’的植物粉针剂，没有确切的科学根据，我该怎么去说服专业人士相信这些来历不明的成分？你卖切菜器的时候，起码还现场演示了那物件如何神奇，我怎么演示？”“嗯。”绎心没有回答她的话，却接着上一个话题说道：“基层销售打通医院的手段不多，大部分公司都希望自己的销售务实。具体执行的时候可以委婉一些。”

“这根本是修远公司的价值观嘛！”青垚看着沈绎心扇动的长睫，显然对他的话很失望，她露出了玩世不恭的凉薄笑意，“一个销售型公司，不靠产品的品质，不靠销售的专业去获取客户的认同，只能靠钱，用钱来刺激医生处方，怎么让人尊敬？难怪它一直像摆地摊耍杂技！”

“苏青垚！”沈绎心有些触动，冲口而出的话刹停在嘴边。他好像受到伤害似的扭头望向别处，停顿了一会儿，才坚定地说：“同类品种过剩或审批过多会带来恶性竞争，回扣是竞争力的最佳补品。我认同你今天的表现，但希望你明白企业跟人一样首先要活下来。努力活下去的方式很多，采用回扣的方式并非上策却是行业规则，我们都无力改变这个规则。”

“明白，我当然明白。”青垚弹了弹手中的产品介绍，哼着说，“我为什么没办法拿着它，骄傲地告诉医生这个药是怎么研制而成，药物的临床效果如何，告诉他们‘麝予仙’从何而来，炮制手法怎样。这样不论是医生还是患者，就会认同我的专业，尊重我的知识。但修远公司没有这样的故事，它不能用‘麝予仙’的疗效提升医生的自尊，没有人觉得开出这个处方是非常荣耀的事情，它为什么不行呢？”青垚说着激动起来，自顾自地滔滔不绝。她也不明白自己为什么会对“麝予仙”感到痛心，她同样没有注意到沈绎心眼中翻腾着的波澜。他的牙槽正不知不觉地咬合在一起，双手五指深陷在掌心里，“因为他们自己知道，‘麝予仙’没那么好。所以培训销售拿行业风行的回扣做借口，不愿意在研发上下功夫。你看办事处的李明星！专业的医学本科生无法获得价值体现，反而陈跃翔的销售套路屡屡获得成功。集团真的考虑过，认真为修远中药的未来打算过吗！”

沈绎心努力让自己平静地接受劈头盖脸的扫射。“尊重和自我实现，需要充分的现实基础。不过你说得很对，不懂做人的人，是没有事业发展和生活幸福的。”

青垚看着沈绎心失措不安的表情，意识到自己失态了。她颓然地摆了摆手说：“对不起，沈绎心。我知道这不关你的事，我不该冲你废话。”

沈绎心咬着牙，没等回答，电话响了。他接起来“嗯嗯”两声挂断，转头对青垚说：“是乔彤彤，让我们先回去，不用等她。”

5. 闺密与发小

未等青垚开口，两人的手机同时“叮”了一声，原来是莉荔发的短信：“忆江南，南亭10号包厢。等你们哦！”

青垚问：“去吗？”沈绎心皱了皱眉说：“我还有事。”

“我也有事！”青垚说。

她今天确实有重要的客人。

“要不……你到哪儿？我送你。”

“不急！我想走一走。”青垚看了看表。

沈绎心说：“有时间？那我带你去一个地方。”

青垚点头同意。

趁沈绎心去停车场的工夫，青垚掏出手机打了个电话。

沈绎心依然开着那辆旧花冠，很快来到一处类似科研机构的地方。有位中年男人站在门口等候，看见沈绎心从车上下来，远远地打着招呼。青垚乖顺地跟在沈绎心身后，在中年男人的带领下穿过草坪小道，走到一幢圆形的白色建筑的面前。

只见上面写着“中医药博物馆”几个大字。

青垚恍然大悟，她心想做中药销售的，不仅要了解自己公司的产品，还要了解整个中医药的历史，看来沈绎心比自己用功多了。那中年男人拿起一张磁卡，宽大的玻璃门悄无声息地打开。

“平时博物馆也对外开放，现在晚了，就请汪博士带我们进去参观一下。”沈绎心对青垚说。

“太好了！”青垚很高兴，好奇地四下张望。整个博物馆有三层楼高，由于晚上没什么人，大楼里只有感应灯开着。空旷的大厅，可以看到玻璃隔断里珍藏着的远古时期的骨针砭石，还有一些针灸铜人。四周六面铜雕，展示着中医药发展的脉络。从远古神农尝百草的传说，到《黄帝内经》、张仲景的《伤寒杂病论》、唐代设立的太医属、明朝《本草纲目》，最后延续到清代温病学说的发展，全都是中医药集各家智慧的科学理论。

青垚情不自禁地拉着沈绎心的胳膊说：“公司网站上的东西不少，但远没有这样直观震撼。”汪博士笑了笑，带他们从左手拾级而上。青垚一边走，一边抬头环顾，展现在她面前的仿佛是一幕哲学和医史的宏伟大戏，在时光的流转中，各个医药名家、书法绘画、处方手迹无不缓缓呈现。

“中药处方是中国传统医学的重要组成，可惜很多已经失传，有的甚至流落海外。我们也正致力于抢救和保护这些国家瑰宝。”汪博士遗憾地感叹。

来到二楼的陈列馆一角，这里记载了不少珍贵的老字号名药。

在不起眼的角落里，青垚发现一幅数尺长的横幅短卷，赭石颜料勾勒了一只身披九霞的神麝，烟霞缭绕的亭台中有书生、仕女、皇帝和贵妃，右上方有一小段文字，居然是关于“麝予仙”的简介！

据传，成化年间，眉州沈维中于汉中救下九霞神麝，获古方报答，孝宗皇帝即位亲赐“麝予仙”御药之名。药锭以上等麝香、田七、牛黄、蛇胆等中药炼制，专治肝毒肿痛。沈绎心轻轻地叹了口气：“现在的‘麝予仙’已经不是当年的那味奇药了。”

“为什么？”青垚问。

汪博士接口回答："经历了几百年的风雨沧桑，'麝予仙'在品质上难免有所变化。修远集团是'麝予仙'品牌的拥有者，想必会将它发扬光大的。"

沈绎心没说话，眼眸中似有浓墨化解不开。

从博物馆出来已经接近十点，跟汪博士告别后，沈绎心开车送青垚去到武侯区。汽车随着车流缓缓前行，青垚感觉他兴致不高，想起博物馆中所见，不由感叹："'麝予仙'有深厚的历史渊源，却被目光短浅的企业家抱着不开发，真是太遗憾了。"沈绎心却不知在想什么，他偶尔眨眼，眸光探寻在灯火璀璨的未知处。

汽车转了不知多少弯儿，终于在一处中式建筑外停下来。

"这么晚了，要不要我送你进去？"

"没事的，这里停车不方便，你先走吧。"

沈绎心指着前方对青垚说："直走，尽头就是。"

青垚跟沈绎心道别，下车走了几分钟来到拐角，这里有面一人多高的石头砌的墙面，刷着暗灰的涂料，埋在缝隙的灯泛着银色的光芒。墙根下一拢竹子、几棵洋槐，三三两两地摆放着桌子、椅子，路边是抱膝而坐的大红色人形雕塑，再朝里面走，远远看见"荷欢"两个字悬在高高的门楣上。射灯下的槐树枝簇拥着一个妖魅的女人，绿色的裁身小衣加青紫色的百褶长裙，身披大红色披肩，头发像瀑布一样垂顺，远远看去像是一尊雕刻的作品。

青垚还没走近，那身体已经灵动起来。

"上周我就来了，今天才联系，生气吗？"女人看着青垚笑，细长的眉眼中泛着流潋溢彩的光芒。

"说说我俩谁漂亮吧？"

"你。"女人的回答斩钉截铁。

"都说我漂亮了，生什么气呀！"青垚大笑着挽了她的胳膊，一边走一边说："蔚子，我在学校介绍中国女人的时候，都按你的模样描述呢。"名叫蔚子的女人警惕地问："他们什么反应？"

"惊呆了呗！"青垚张开双臂，夸张地比画着说，"噢！神秘的东方女人！"

在青垚眼里，蔚子的确很美，像中国画里描出来，一字不着尽得风流，远观让人恍惚，距离近了，却见那张精致而极富风韵的脸上，嵌着一对深邃的眼眸，纯净得像天边的湖水。

用陈扬的话说，"蔚子会让男人的骨头变成粉末的。"

“说的是我吗？”当青垚把这话转告蔚子时，她茫然反问。青垚当时语塞，她打量着蔚子说：“是啊，你这么个轻飘飘的美人，蚂蚁都碾不碎，怎么让男人粉身碎骨？怕是你身上自带三分毒性吧……哈哈！”蔚子没笑，她放弃跟青垚探讨美学，因为她发自内心地认为，青垚的美是另一种“鬼斧神工”。是那种任何线条都勾勒不出的、干净、纯粹的美。

“蔚子，你这儿比北京宣武门那边阔气多了！”

眼前的美术馆足有上千平方米，外面有延伸，餐厅、酒吧、演艺馆通宵营业。青垚一边参观一边啧啧赞叹，“我都不知道这里还藏着一群艺术家！”

“像老师那辈搞前卫艺术的才混宣武门，我只在这儿待几个月，帮他接个活儿。”蔚子把她带到二楼房间。青垚看着不足20平方米的小房间，仅有的一张小床还被高高低低的画架包围着，心里没来由地酸楚，“蔚子，你这么漂着，什么时候凑够钱去法国？”

“再说吧，现在我哪儿都不去。”

“为什么呀？你不是一直梦想着去法国吗？”

“全国最顶尖的艺术家都聚在北京啊，”蔚子说着，眼睛里闪动着灼热的光亮，精巧的鼻翼微微鼓胀，“我会去法国的，放心。不论在哪里，用线条和颜色做语言，与天地人心交流，本身就是获取真谛的途径！”

青垚觉得自己似乎懂了，这个世界的本身就是艺术，连天上的星星在艺术面前也不过是一粒微尘而已，何必执着身处的地方。蔚子是个通透的人！

“我可能要留在这里。”青垚坐在地上，接过蔚子递上来的红酒。

“陈扬希望你能留北京。”

“陈扬，他……”青垚歪着头看看蔚子，不怀好意地笑起来，“文艺青年的最爱……”话没说完，她的腰身已经被蔚子掏了一下，痒得跳了起来。

“你要抛弃陈扬？”蔚子拧着眉毛，用一种直戳人心的眼神在看着青垚。

“我问心无愧。”青垚的拇指抵着胸口，郑重地说，“你知道，我从来不对自己撒谎。”蔚子呵呵一笑，她知道青垚向来简单直接，看着像地板上的一摊水，可是踩进去的，无不沉溺，高明如陈扬也难以自拔。

“我留在这里跟爸爸有关。”

“叔叔的事，你准备一辈子不放吗？”蔚子的话跟陈扬如出一辙。

“我还没拿起来谈何放下？能做的实在太少了，不努力走一走，我怕我不能原谅自己。”青垚含糊其辞，可是蔚子已经理解了，她抱着青垚的肩膀说："明白啦！没有这个念想，也要其他念想。我们这些看不破红尘的人，都被欲望牵着朝前走，念想就是你的欲望，或许它能为你成就不一样的人生呢？"

蔚子说得不错，二十几岁的单薄人生，不就是靠着某种念想的力量来支撑浩渺如烟的未来吗？

青垚下车后，沈绎心没有发动汽车。他摸了瓶矿泉水拿在手里，直到她的背影消失在漆黑的墙角，才将手里的水"咕咚"灌了下去。手机铃响，汽车里一个戏谑的笑声说："绎心少爷，回来开门！"

沈绎心眉眼舒展，笑着问："勐子哥，你在哪儿？"隐约有开门声，还有女人说话声，只听那头接着说道："开了。赶紧回来啊！"然后便挂了。

沈绎心蹙着眉头"嘶"了一声。

他的家位于合江亭最繁华的滨江大道，一梯一户的公寓楼，安保使用最先进的掌纹电梯智能控制系统。当他走出电梯时，车钥匙还提在手里，一个身材矮胖的中年女人旋风似的跑上前，将室内鞋放在脚下。

沈绎心忍不住问："四姐，你怎么进来的？"

"爷爷不放心你。"四姐答非所问，起身朝着房间边走边说，"勐子来了。"话音刚落，从观景阳台探出一个头来，朝沈绎心扬了扬手，"这家物业的中央监控不错，用的是奥运场馆那一套，我熟。"

沈绎心看了看他，没说话，进到房间冲了个澡，换了身浅色T恤才出来。

勐子悠闲地坐在沙发上，长腿舒展搭在阳台的边沿。他的身边置着一方紫檀茶几，小壶里烧着水，旁边摆放着整齐的茶具。在他眼前，锦江灿烂的灯火一览无余，他望着远方，吐了一个烟圈儿出来，眯着眼睛说："真会找地方啊！怪不得爷爷交代我，就是上火星刨也要把你翻出来。"

"火星？"沈绎心坐下来，"你送我的手表上不是有定位吗！"没等勐子回答，四姐及时端上一杯咖啡："深度烘焙，法式，知道你最爱那股烟熏味儿。"沈绎心接过咖啡，眼睛打量着四姐问："你们这是要在我屋里常驻吗？"

"你可以当我是空气的，不用介意。"勐子挥手笑笑。沈绎心比画着说："这么大坨空气！"勐子站起来，白色背心外露出古铜色的皮肤和矫健鼓胀的肌肉。只见他扯着背心说："我千里迢迢跑来，拿出看家本事破门而入，当我闲的？"

"确实太闲了！"沈绎心毫不示弱，眼神略略沉了沉说，"我现在只是实习销售，你以为每天带保镖跑终端吗？爷爷把你智商拉下来了？”勐子绷不住笑出声，“这可是你自己说的，爷爷把我智商拉低了。”他提着裤腿重新坐下，熟稔地在紫檀小几上温杯洗茶。他将浇过的杯盏递给沈绎心，看了看他手中的马克杯，摇摇头放回案几，“你上次在老宅里晕倒，爷爷半条命都吓没了，可劲儿给我打电话！”沈绎心的唇角动了一动，看着勐子埋着头漫不经心地冲茶，“他老人家大气了一辈子，是勐子最崇敬的人。你别以为他年老昏庸，大费周章地让我和四姐来给你撑排场。”勐子说着，抬眼看了看沈绎心，见他有些出神，便又问：“做了这些天销售，感觉怎么样？”

“还好，一切从头开始。”沈绎心淡淡地说，“你跟着我是大炮轰蚊子。现在国泰民安，用不着。带四姐回去吧，我能照顾自己。”

勐子得意地笑了：“你也知道我是大炮啊！”他重新掏了根烟叼在嘴里，伸了个懒腰，“我是休假回家让爷爷逮住了，要不你能享受这待遇？”沈绎心如释重负，站起身来拍打着他的后背道：“不早说！我以为你对我有想法呢！”

“兄弟！”勐子跳起来，瞪着豹子样的双眼，他敞开怀抱，大块的胸肌迫不及待地想挣开白背心的约束，“看看！我这样，女人不喜欢吗？”

“是啊！”绎心仿佛陷入沉思，“好久没见着兰姐喽！”他说着，站起身来朝屋里闪。“还说！”勐子听到这话格外激动，冷不防脚下打滑，身体摇晃了两晃才站稳。“勐子哥，每次提到兰姐，你铁定栽跟斗！”沈绎心回过头，倚着门框大笑起来。

“一个两个的都这么高了，还当自己小孩儿啊！”四姐端着果盘嗔怪说地，“外面凉，快进屋吧！”

勐子名叫高勐，被沈绎心的爷爷收养，早年去了澳门，曾在有影响的大哥手下做过事，三年前金盆洗手把公司开到了北京。他常年在外看似风光却奔波劳碌，有这样休闲的假期，当然求之不得。

沈绎心眼瞅着闯进家来的不速之客，心头涌起一阵复杂的情绪。

四姐是老家的远房亲戚，年纪虽大，但辈分低，跟了沈绎心爷爷奶奶几十年，算半个家人。沈绎心明白高勐的长假也是借口，他们二人一起到成都就过来守着自己，是因为爷爷放心不下。

暮色浓厚，从宽大气派的书房举目远眺，落地窗外是一道美丽的天际线，整个锦江的灿烂灯火就拥立在眼前。沈绎心斜坐在沙发上，高勐却笔直地站立在窗前，摆弄着桌案上一架银灰色的飞机模型。因为不忍心见他直挺着脊梁活生生地把自己站成一面书柜，沈绎心打趣地笑着说：“放松。这里很安全，戒备等级为零。”

高勐并没有回头，他将模型拿在手里问：“只留了这一个东西？”

“嗯。”沈绎心沉静地回答，眼眸中没有丝毫涟漪。高勐问：“爷爷想知道，回集团做事，是你的决定还是叔的想法？”

“有区别吗？”沈绎心反问。

“当然有。”高勐的声音很低沉，“如果是叔的想法，爷爷就把你扔回去，有专门的医疗队伍帮你终身康复；如果是你的决定，老人家手上的股份，他要重新安排。”

“呵。”沈绎心阖眼一笑，“你跟爷爷倒蛮亲的。”

高勐背对着他没有接话。

“跟董事长没关系，航校我是不会回去了。”沈绎心起身走到窗前，望着夜幕中的锦江，璀璨的霓虹包裹着鲜亮明艳的高楼，在迷幻的灯火中闪烁。“他答应给我三年时间，如果我能走到销售总监的位置，他就答应留我在集团做事。做不下去的话，我就……我就回老宅，回去陪爷爷。”沈绎心说话的时候面带微笑，高勐却注意到他那双手，十根手指头紧紧地绞在一起。

“用不着给自己压力。”高勐的心情有些复杂，“你知道哥哥我向来话糙，绝没有打击你的意思。怎么说呢？能够隐姓埋名到一个办事处做销售，说明你眼明心亮，是个通透人。但生意场始终是名利场，跟你不搭界的。”

“想说什么，干脆都说了吧！”

高勐在桌案上拍了拍，下了很大决心似的，说道：“这话我就说一次，以后你上刀山下火海我都跟着。别说人情薄如纸，你知道哥哥把兄弟感情看得比什么都重！我怕你吃亏，想提醒你！”沈绎心盯着他一言不发。高勐接着说：“我有时候也常想，做人图个什么？佛争一炷香、人争一口气。人一辈子不就图个被人高看、受人尊敬吗！你跟我不同，自小留部队，又去非洲参加援助项目，你到老到死都是宝贝，这辈子不管走到哪儿都被人高看一眼。你抹下脸面体验一把底层销售的感觉，不代表你就能成为真正的生意人！做生意是赤裸裸的追名逐利。你懂、你明白，可你办得到吗？从低层往上爬的样子你永远只能学个皮毛，体会不到骨髓里去。修远公司跟从前不一样，虽然集团在往规范化、现代化的运营方向发展，可是他们一边谈理想、讲情怀，却又一边在背地里勾兑理想，倒卖情怀。你和爷爷跟他们不一样！做生意是做市场、做人脉，别人做多少年才有的市场，被你横插一脚半路截胡。说白了你这是在虎口夺食、抢人饭碗。我可以保证，你进集团无论做什么都没人敢说半句不是，但你要知道很多人都是在背后下暗刀子、眼巴巴地等着看你笑话呢！你做得再好都是应该的，那是董事长资源给的好；一旦你做错了，那就是万劫不复，弄不好就身败名裂、一文不值了！”

沈绎心迎接着勐子的目光，眼神深不可测。“勐子哥说的，绎心全明白。可是我在哪里不一样呢？担心身败名裂对我就是个笑话，靠谁养着到老到死有区别吗？”

勐子的拳头擂在桌案上，紧紧地闭上双眼，过了半天才问：“叔怎么说？”

“他说中药公司是他的亲儿子。”沈绎心盯着勐子平静地回答。

“……你也是啊……谁敢说半句不是？”勐子刚说完，眼睛突然一亮，脱口而出，“叔这是要把‘麝予仙’交给你？”沈绎心凝视着勐子，看似风平浪静，脑子里却想着今天刚发生的事情，想到青垚讲的那些话，他感到心海深处有一股难以抑制的潮流在暗涌，几乎要破胸而出。他说：“我知道自己的身份，我没想过插手集团。有三叔他们，蕴诚和蕴真也是学商的，从Wharton出来就由集团培养……可是，最近一年我想了很多，亲情太重，我消受不起……那时我躺床上手脚动不了，却能听见爷爷在我耳边念叨，他说他这辈子就两个心愿，一是我能重新站起来，二是希望看到‘麝予仙’振兴。你看，我现在站起来了！所以，我想为‘麝予仙’做点儿事情。让我试试，好吗？”

勐子被沈绎心眼中闪烁的亮光刺了一下，他扭过头去，望着窗外说：“中药公司在集团里已经被边缘化，‘麝予仙’就像一个老革命，本来应该功成身退的，却拖着集团的后腿不肯罢休，想把它扳正谈何容易啊！其他叔伯知道会怎么样？尤其是蕴诚……”

“还不到时候，我想先熟悉熟悉，好在中药公司认识我的人不多。”沈绎心吐了口气，略显轻松地说道，“还有，中药公司没你说的那么不堪，郁顺尧是业界数的上的销售精英，他管控的渠道让很多战略投资者眼红。”

“郁顺尧？我知道。”勐子站到沈绎心身边，与他一同并肩展望，“修远初创的元老。不过廉颇老矣，这些年很低调。”沈绎心不置可否，继续说：“集团几次三番想把‘麝予仙’拿过去，总经理似乎更在意用中药公司的销售渠道打造融资平台，对于如何扩充‘麝予仙’品质、开发衍生产品方面并没有规划。董事长和郁伯伯、二叔他们撑得很辛苦，我想等自己有了想法之后再跟叔伯商量。”

勐子“哦”了一声，尽量显得随意地说：“你刚提到二叔，我突然想起来，绎兰好像恋爱了！”沈绎心怔了怔，盯着勐子问：“兰姐姐心事那么重，哪位高人能把她搞定？”勐子叹了口气说：“不知道，缘分吧。”再聊了几句，勐子见沈绎心恍恍惚惚的心不在焉，以为他忙了一天累了，便拍着他肩膀说：“今天哥哥的废话多了点儿，当我胡说八道，别往心里去。时候不早了，早点儿休息！”

“好。”沈绎心指了指书桌上厚厚的一叠营销类用书，翻开笔记上画着密密麻麻的思维导图，“你去吧，我再看会儿书。”

等勐子摇摇头离开，书房里顿时安静下来。沈绎心坐在书桌前，双手捂着额头，闭上了眼睛，他感觉头脑中仿佛有什么东西钝刀一样地剁着，疼得有些受不了。于是他站起身走到书柜旁，从顶格里提了一瓶烈酒出来。他从前是不会喝酒的，还是勐子的缘故。那是他第一次昏倒，醒来后很长一段时间陷入抑郁的状态。勐子从北京回老宅，提着酒便灌了他半瓶，告诉他从前出任务，喝上半瓶酒，天大的事儿都能过去。

此时，他猛灌了一大口，如刀子般尖利，从咽喉直杀到胃。刚烈的刺激让他愈发清醒，青垚对“麝予仙”的那番评价又回响在耳边。

“……修远中药没有这样的故事，它不能用‘麝予仙’的疗效提升医生的自尊，没有人觉得开出这个处方是非常荣耀的事情，它为什么不行呢？”

每一个字都掷地有声，如同巨锤，重重地敲在他的心上。任何医院都需要真正有疗效的药品来解决病痛，医生也需要具备专业知识的人来提高处方能力。恰恰“麝予仙”的研发落后不能满足医院的需求，修远中药缺少优秀的销售人员帮助医生，整个公司因此停滞在老化僵硬的状态。这么简单明摆着的问题，为什么董事长要放任中药公司这么多年？结合高勐说的那些话，如果强行把羸弱的“麝予仙”丢入资本市场参与竞争，很可能会夺食不成反被虎狼吞噬，粉身碎骨。究竟应该从哪里入手解决如此庞大的问题？

沈绎心抬起头，从漩涡般的思绪中抽离出来，慢慢拿出手机，打通了香港的电话，那头传来一个浑厚的声音在责问：“绎心，你酗酒了？”

6. 守业者

一夜没睡，青垚很早就到了办事处。没想到沈绎心比她还早，卫生已经打扫干净。

沈绎心问她："三个月后公司有特别招聘，你愿意试试吗？"

青垚心中一动，"什么样的招聘？"

"听说营销中心需要一些新人。笔试、面试的要求很高，销售总监、行政总监、人力资源部总监以及公司老总会组团面试。"青垚的心一阵猛跳，如果靠实习半年转正再一步步朝前走，不知道会耽搁多长的时间，这机会太难得了！她见沈绎心也是一副志在必得的样子，不禁连连点头，"帮我留意好吗，我们一起加油！"

接下来两个月青垚和沈绎心在陈跃翔的带领下跑遍了辖区的各个药店和零售终端，青垚还专程上儿童中心的药剂科做了拜访。由于陈跃翔拿下了包括儿童中心在内的几家医院的订单，所以青垚的拜访没有遇到特别的阻挠。她放下姿态，给那位脾气暴躁的女主任精心挑选了一款真丝围巾，顺利弥补了之前的不愉快。

修远中药的几款老字号胶囊，特别是主打产品"麝予仙"，自古都是治疗肝病的良药，曾经有"一片麝仙一两金"的说法，在年纪大的病人中知名度很高。可是由于集团主力没有放在这方面，加上中药势微凋零、上游原料匮乏，导致产业链极度萎缩，只有靠衍生保健制剂来维持。这天，李明星拿出详细的基础数据，分析报告专业详尽。青垚和沈绎心一边学习，一边啧啧赞叹医药本科生的实力！

"可惜周大看了没表示，在这里只看订单销量。"李明星皱着眉头，露出怀才不遇的表情，"阿翔靠着在社会上混出来的套路，什么本事没有，拿的工资却是整个办事处最高的，比主管还高。什么社会！"

"没本事也拿最高工资，这就是本事懂不懂？"陈跃翔不知什么时候回来了，李明星的抱怨刚好落在他耳朵里，他悠悠地丢出这句话来。三个人都没想到陈跃翔会在这时候悄无声息地进来，李明星的嘴巴张了又张，脸色瞬间千变万化。陈跃翔见他难堪，不屑地冷笑了一声，进了周秦的办公室。

李明星是个老实人，学识丰厚没得说，却由于性格原因，工作连连碰壁，怎么也找不准自己的定位。此后，沈绎心便申请跟他搭档跑终端，学习怎么研读分析报告。

总部这次特别招聘，主管周秦安排办事处人员全部参加。他热情地鼓励大家说："营销中心统计报名，中药公司加上集团其他子公司，全国笔试超过五千人，淘汰率99%，前100到总部群面，取十名进营销中心。"

青垚禁不住"哇"了一声，周秦笑着安慰说："这里面，真正愿意来的，来了有竞争力的其实并不多。集团忽然给了中药公司面子，除了分公司各个办事处，其他子公司也让所有销售人员参加笔试，人力资源部同时做摸底。人家那是捧场，你们却得拼命！如果我们办事处有进营销中心的，我这主管估计也该加薪了！哈哈！”

集团公司成立这么多年，第一次如此大规模地从基层营销队伍中提拔聘用，连刚进公司的实习销售都没有漏掉。青垚心想集团高层开始重视中药这块儿了，毕竟全球经济处于危机后的温和复苏期，新常态下，国内经济要摆脱投资驱动和出口驱动的增长方式，逐渐向内需引导，修远集团必然要回归老路稳扎稳打。

整个会议过程沈绎心一言未发，这种平静青垚很熟悉，是陈扬那样的学霸独有的姿态。可是，同成千上万的资深销售竞争面试名额，跟虎口抢食没什么区别……

就在青垚正紧张地为这次的特别招聘做准备的时候，林翘音来了。

她在电话里告诉青垚，说是有个一直在跟踪的样本情况不太好，过来看看。青垚模模糊糊知道妈妈接手了学院的一个课题，是关于颅脑受创康复理疗研究的，上面经费划拨上千万。她带着学生从2010年跟踪超过一千个样本到现在。这几年她都是这样忙碌过来的，青垚早已习惯了。

这一天差不多半夜时分，林翘音才回到青垚的住处，独自在客厅里坐了很久。

“妈妈，病人不好吗？你看你心情沉重的。”青垚轻轻走过去，递给她一杯水。林翘音回过神来，摇头说没什么。

全国统一时间笔试，在集团内部属于大事件，各分公司都非常重视。时间定在11月底的一个周末。成都的考场设在集团总部电视电话会议室内，那是一个可同时容纳一千人的大会场，宏顶宽阔，层层叠叠地呈半弧状展开，柔和的灯光埋在弧形凹槽里，从宏顶反射下来。一面硕大的液晶视频墙人头攒动，影影绰绰，可以同步监测全国各个考点现场。青垚是第一次到集团总部。她环顾着硕大的会议室，修远集团的硬实力慢慢展现在面前。

一位身形挺拔的中年男人在主席台正襟危坐。他的旁边摆放着名牌，高椅空着，会议室的四周站立着二十来个男女工作人员，全都穿着统一的深蓝制服。

参考的同事们各自归位。

麦克风里传来“咳咳”的清喉声，闹哄哄的会议室渐渐安静下来。

主持人是中药公司营销总监，旁边牌子分别写着郁顺尧和陈军。中药公司老总亲临主考场，以示对这次考核的重视程度。宏顶上三个对准主席台的摄像头的红灯指示亮着，LED屏幕显示的画面逐一跳动，麦克风里传来各地的回应。

“北京分公司收到！”

“西南分公司昆明考点收到！”

“东北分公司沈阳考点收到！”

“广东分公司收到！”

……

全国32个省（市）考区分别在这个大厅内回应主场。

青垚内心震动，一丝情绪被点燃，悸动里却掺杂着不一样的冷静。她感觉自己冒出的念头有些可笑，顿时恍惚起来。

考试分两天进行，笔试分理论和实操两轮。这天结束后莉荔约青垚一起吃饭，青垚本想跟沈绎心交流一下，四下找了半天没见着人，便答应了莉荔的邀约。

莉荔带她去的是一家现代LOFT风格的餐厅，清一色的黑灰色调，厨师们就在餐厅的后方做菜，全开放式，很有趣。只要有客人一到，便问候声四起，这里似乎外国人很多，给人感觉非常小资。

莉荔身穿宝蓝色改良旗袍，貂绒小坎肩，手上拧着带流苏的小包，脚上是浅蓝色皮鞋，一踏进餐厅便立刻吸引了众人的目光。她大方得体地微笑着，像电影明星那样的光彩闪烁。青垚则一身法兰绒衬衫加羊羔绒外套，肩上挎着牛仔背包，与莉荔站在一起像个小助理。好在她向来对大众眼光不太在意。莉荔满足地推荐了这里非常出名的牛肉福禧锅，两人坐下来慢慢品尝。

“妞嘞，快点成熟起来喽！”莉荔诚恳地对青垚说，“这学生妹打扮，进了营销中心哪门混喽？”

“外表真有那么重要吗？”青垚当然知道长相重要，这样的问话从不同人嘴里说出来，意思可以截然不同，好在莉荔是个美女，能够从容探讨这个问题。“开玩笑！跟你讲，美女撒个娇就能搞定的事儿，普通妹子只能靠武力。成都这地方，消费奢侈品不是能力大小的问题，是脑子的问题。你样样儿乖，好生搞搞不比哪个差嘞！我在业务上讲不过你，人情世故还蛮活彻的。”青垚哑然失笑，“谢谢你鼓励我！”

“我跟你说，我眼睛有毒的！”莉荔拿两根手指戳了戳双目，说，“你跟沈绎心两个，办事处池塘太小装不下，出去是迟早的。我在人力资源部听说了，以后所有应届毕业生进来都必须在基层办事处干满一年。就算这次考核没有进前一百，分公司也会进行双向挑选，总监自己选用。能干事儿的人机会绝对多。”

“哦！”青垚握着手里的小杯Vermouth，轻轻地抿了一口，睁大眼睛问，“老总们开始改变思想了吗？”

“当然，郁顺尧郁总，蛮厉害的，‘开国元勋’咧！”

“按理说资历这么深，在集团怎么也得占个席位吧。”

“是啊，集团董事会十个席位，中药公司占一席。”

“只有一席？”青垚皱了皱眉。

“集团有个说法，修远国际是九重天，房产公司和工业公司是十层地，中药公司那是云山雾罩天外天。工业公司老妈子似的埋头给修远国际打工，房产公司老倌子样兢兢业业给修远国际输血，中药公司却端着老太爷的架子半死不活了还不肯跟修远国际合并。”

“扑哧！”青垚笑出声来，“然后呢？”

“然后？然后这边能干事儿、想干事儿、干得成事儿的全被耗死了，有点儿想法、能走的就都走了。我们高新办事处，乔彤彤本事不差，但为人刻薄，全靠周大容得；阿翔哥虽然有点儿背景，又肯拼命，他倒想走咧，可惜走不掉。”

“阿翔哥什么背景，为什么走不掉？我们中药公司这么惨啊！”

“阿翔哥不让乱说，不过你迟早要进营销中心，到时就知道了。中药公司惨不惨得看你怎么想，同级待遇我们不比其他子公司差，只是没前途。郁总是修远集团的压舱石，他是帮沈总守业呢！”莉荔穿着古典的衣服，收起家乡话说出这番曲折，别有一种风味。

“什么意思？”

“你刚来，慢慢就明白了。”

青垚一把握住莉荔的双手，目光灼灼地盯着她问：“哎，说来听听！什么压舱石，怎么守业的？”莉荔被青垚求得不行，又正在兴头上，索性就说了。“就当我讲白话好啦，可不能告诉别人喽！”“知道，知道。我发誓！”青垚上下求索的模样让莉荔很受用。

“修远集团现在盘子挺大，尤其是修远国际对吧？虽说沈总是董事长，但实际掌权的却是他弟弟，老三沈忠魁。”莉荔的话刚出口，青垚忍不住张开嘴无声地“啊”了一下，“修远国际说来好听，却被外资控股，沈总和他的创业团队只占一成，不过单是这一成的利润也是我们老百姓想象不出来的。集团旗下的房产和研发都有外资注入，唯独中药和销售网络这块儿还在沈总自己手里，所以阿翔哥说郁总是给沈总守业呢，明白了吧！”

“原来是阿翔哥，我说怎么你什么都知道呢。”青垚皱着眉仔细一想，她虽然看过修远集团的股东结构，却没莉荔这席话来得通透，看来修远中药对沈忠民真的很重要，比她想象的还重要。“他为什么不培养自己的儿子来管理修远中药呢？”青垚趁机发问。

“董事长没孩子，沃顿出来的沈蕴诚是总经理沈忠魁的大公子。”

“董事长没孩子？”青垚莫名一怔，难道记者搞错了？正想着，忽见莉荔的眼波在自己脸上流转一圈，却朝着她身后另一角望去。“保持！别动。”莉荔轻轻告诫。

“今天好像有意外哦！”耳边传来一个声音，她看到莉荔眼中放出光亮，侧过头去，居然是陈跃翔，身边还站着一个不认识的女孩。

“好巧！阿翔哥和朋友过来一起坐吧。”莉荔大方得体起来，那姿态可以媲美最优秀的公关经理。阿翔犹豫片刻，朝青垚笑了一笑，便坐了下来。

“Simba，我们不是定了位置吗？”旁边的女孩忽然说话，那双灰蒙蒙的眼睛有些神经质地闪动，隐隐透露着不悦。“都是好同事啦！”阿翔轻抚着女孩儿后背，将青垚身边的椅子拉开，“Ariel，给你介绍，苏青垚，这位是莉荔。”一边说着，扬手招呼侍应生将他们的订餐安排到这边来。女孩名叫Ariel，身上的一袭洋装也是宝蓝色，与莉荔并肩而坐，看起来像一对姐妹花。

“Ariel还在读书吧，明年会不会来修远实习？”阿翔宠溺地看着女孩说。

“中药公司吗？”Ariel面露不屑，虽然只是瞬间的表情，青垚仍旧捕捉到了她情绪中的优越感，“好啊，我跟叔叔说说，看他肯不肯。”

晚餐是阿翔买的单，相互告辞后莉荔带着青垚去了一家美发会所。

“等会儿让我的发型师给你设计一下。”莉荔躺在青垚隔壁，“女人任何时候都要保持最美的姿态，因为你不知道下一刻你将面对的是谁。”

“哦。”青垚想笑，她觉得莉荔虽然只是前台文员，可她在思想上和行动上都已经做好了当行政总监的准备。她忍不住问莉荔：“那个Ariel，是阿翔哥的女朋友吗？”

“大概吧……Simba……阿翔哥什么时候取了个这么土的英文名！”莉荔皱着眉表达不满，但是从言辞中听不出任何状况。青垚斜眼看了看她，原以为她对阿翔是有想法的。

7. 临时任务

“漂亮！”

“短头发适合你。”

“哎呀，这才是你呢，我差点儿没认出来！”

青垚挎着一只经典款2.55小香包出现在办事处，白衬衫外套爱马仕橙坎肩，领口系了根骑士图案的丝巾，修长的脖子如天鹅般高擎，一头板栗色蓬松及肩的短发俏皮时尚，搭配着黑色西裤和平底羊皮鞋。她的皮肤如花瓣般天然红润，毫无修饰的脸上，漆黑的双眸像游动欢悦的蝌蚪。这造型在她踏进办事处的瞬间便获得五星好评。

“若是戴上灰褐色的美瞳，就能冒充米兰达•可儿了”，当年陈扬这样捧杀她时，曾被她一顿暴揍。

今天是个特别的日子。

昨晚和莉荔告别，她接到了乔彤彤打来的电话——公司高层邀请知名学者去峨眉山开研讨会。乔彤彤却被临时安排出差，隔着手机青垚也能感受到她的遗憾和焦急，“陈教授是非常重要的客人，你务必要陪同好、照顾好。之前跟周大商量，他想让阿翔和莉荔去跟，我费了好大劲儿才说服他的。你和沈绎心不管用什么办法都要让周大省心哦！”青垚满口应承，挂断后不久乔彤彤又打了过来，“我是有多信任你才这样费心的，千万不要让我失望啊！”青垚再次感谢彤彤姐信任，心想：不管她是出于什么原因才如此力争，这次对自己来说都是不可多得的机遇。

今天青垚的出场让周秦眼前一亮。他交代了一些注意事项，掏出车钥匙说：“开我的车去，营销中心那边打过招呼了，陈教授不跟公司的大车一起。恐怕他等不到会议结束就要提前回来，绎心你辛苦一下。”办事处的奥迪A6是公司配给周秦专用的，这次他贡献出来以示对陈教授的重视。“让营销中心那帮人也看看我们办事处的实力，你们没问题吧？”

“周大放心，我和青垚会尽力的。”显然昨天晚上乔彤彤也给沈绎心说过同样的话，今天他的状态看起来不错。

“什么尽力，要确保万无一失！明白吗？”周秦脸色看起来并不舒展。他们俩毕竟是新人，太冒险了。

F大的校园，陈教授的家就在里面。

沈绎心和青垚在小区楼下等候了片刻，陈教授携着一位五十来岁的妇人走出来。

两人迎上去，沈绎心接过拎包放去后备厢，青垚则启开车门请两位后排就坐就座。“小乔在电话里跟我讲了，麻烦小苏照顾一下你们刘阿姨。”陈教授说话间，笑眯眯地看着身边的妇人。青垚弯腰回答说：“刘阿姨尽管吩咐。”陈夫人笑靥如花，对青垚的乖巧伶俐甚是满意。

汽车匀速朝峨眉山方向奔驰。

陈教授是个学究型的老者，说起专业他会侃侃而谈，交际应酬却分外生涩。沈绎心专注开车，倒是陈夫人与青垚相谈甚欢。家长里短于女人是天赋，经过一番畅谈，青垚得知陈夫人娘家姓刘，单名一个毅字，孙辈后代都在外地，只有两老在成都相依为命。她半生信佛，这次随同去峨眉山，是要特别拜会一位释家大师。听到青垚愿意陪同前往，她对陈教授展露出喜悦的神光：“慎之，你不用操心我了，就让青垚陪我去金顶吧！”

陈教授点头。

“慧言大和尚去峨眉山拜访老师，我们也在峨眉山停留一天好吗？”

“好。”

青垚发现无论夫人说什么，陈教授总是不厌其烦地奉上一个“好”字，让她感慨良多。

会议设在秀湖边，沈绎心下了高速，沿着蜿蜒的公路朝临湖的温泉酒店开去，远远看到一堆高大的湖石，上面鎏金雕刻着“桃源高尔夫庄园”几个大字。桃源的良田美池，仿佛濡不开的墨，被人在这鸿卷一样广袤的土地上展开。陈教授望着车窗外的美景，感叹说：“这里刚允许流转的时候，只有临湖一小片，我和你们刘阿姨来过，那时周边还是荒野，你们集团老总倚湖建了个小院子，栽种田七。现在修成大庄园，价值成倍地往上翻，眼光真是不错！”刘毅挨着陈教授说：“哪是眼光不错，忠民只是为了那女娃的一句‘喜欢’，这叫血性懂不懂。”

青垚听两位老人聊起往事，心想他们口中的“忠民”，应该就是集团董事长沈忠民了，所以那女娃会是殷嘉宜吗？无意间她瞥见沈绎心也在看后视镜，心想明明也是想听，却装清高。

“刘阿姨，谁这么浪漫啊？”青垚问。

“好些年的旧事情啦。现在人讲求用钱、用地位来衡量值不值当，现实得令人发指，浪漫的理想主义已经不多了。”刘毅挽着陈教授的手臂，回答青垚的问话。

“你刘阿姨这话有毛病。”陈教授笑着问沈绎心，“小沈你觉得呢？”沈绎心偏着头笑了笑说：“刘阿姨的话也没错。事实上现实主义的确占据着社会的绝对比重，利益的对立和冲突受人性中根深蒂固的客观规律支配，是无法避免的，只能通过理性推衍获取生存条件的改善，以实际方法达到想要的结果。过去经济发展、社会变迁、需求敞口导致传奇频繁出现。随着权力均衡和现实政治的运用规范，这种影响越来越小，以浪漫的理想超越现实的可能性也越来越少，所以刘阿姨才会觉得浪漫的理想主义已经不多了。”

陈教授含笑点头，青垚听着却不舒服，感觉有些话不吐不快，于是忍不住反驳说：“理想主义并不是空想更不是幻想，是基于对信仰的追求，相信人类可以突破自身的狭隘，通过与实践结合，产生务实的理想，这跟现实主义是信仰的两个极端。当然思想穷匮才会现实得令人发指，连‘主义’都谈不上！”

沈绎心开着车，客气地说了句“也是”。平淡的语气，一点儿招架之意都没有，青垚心想，这句“也是”的层面之下，显然还有着“也不是”的意思。陈教授尚且说了句“你刘阿姨这话有毛病”，而他却只是一言带过，分明是在包容理解她的渺小和幼稚，还不如那天陌拜的时候说她“浑身冒着傻气”呢！想到这儿，青垚气鼓鼓地“哼”了一声，沈绎心愣了愣，车里的气氛顿时莫名尴尬起来。

刘毅在后排看得清楚，“咯咯”笑起来，拍着陈教授的胳臂悄声问：“你看他俩，像谁？”陈教授会意，跟着微笑。

汽车很快穿过高尔夫庄园，在桃源温泉酒店的高大门厅前停下。大堂空旷安静，看来酒店已被集团包下来了，参会的客人都去了会议室。营销中心和行政中心的两位总监等候多时，没等他们下车便赶紧上前。陈教授和刘毅被带去会客厅，青垚和沈绎心负责搬运行李。

办妥手续出来，两个人并肩在会客厅的门外等候。一个尖锐的声音在身后高喊：“哎，你们，高新办事处的？”沈绎心转身，只见有个头发蜷曲、打扮得花枝招展的女人在向他们挥手。他回应说：“是的。我是沈绎心，这位苏青垚。刚才……”话没说完，那女人转身朝门厅走去，边走边说：“这样，郁总在里面会见专家，你们没事跟我搬东西去。”青垚和沈绎心面面相觑，沉默片刻之后无奈地跟随过去。“我是营销中心的欧舒丹，你们可以叫我丹姐。”女人停下来说，“明天的研讨会设在二楼，你，还有你。负责客房内的礼物发放，东西务必清点齐，不要拿去会场，只能挨个儿送到房间。这名单你们俩谁拿着……”青垚抓了抓头发，伸手接过名单。欧舒丹继续吩咐：“晚餐安排自助酒会，趁这个空当儿给每个客房送达我们的产品台卡，保证明天开会前，每位专家都要对我们的产品心中有数。”

酒店侧门有一排行李车，上面码放着满满齐整的纸箱。欧舒丹指着行李车说：“这些！呐，还有那儿！全都搬到二楼会议室旁边的小间，分拆后，每人一份装好，纸袋在另外的行李车上。”她一直在吩咐，眼睛都没眨过，“时间不多，你们还要送台卡到房间。”

青垚一直想找机会说两句，无奈这个有着护手霜名字的姐姐好像一台报话机，根本不容别人插嘴。好不容易她才伺机说：“丹姐，还有其他人帮我们吗？时间好像不太够哎，明天我……”

“没有。明白了？”欧舒丹断然拒绝，她转过身看着青垚，眼光灼灼逼人，“每个人都很忙。”说完不等沈绎心和青垚再表示什么，就“噌噌噌”地离开了。

青垚无奈地张开双臂，只见沈绎心毫不在意，挽起袖口开始搬动行李车上的纸箱。“东西我来搬，你上二楼拆包装。”青垚虽然力气不够，但也抱着一个纸箱跟在沈绎心身后，“我们可以拒绝手霜姐啊，这些后勤的工作不是行政部搞吗，人都跑哪儿去了？”沈绎心“嗯”了一声，不解地问：“手霜姐？”

“欧舒丹，护手霜啊！”青垚没好气地说着，快跑两步超到沈绎心的前头，“得步行上楼梯，电梯是客人用的。”沈绎心“哦”了一声，顺从地跟在青垚身后。

放下纸箱，青垚留下分拆，沈绎心回头继续搬运。待楼下的纸箱全部搬上二楼，沈绎心已经满头大汗，他单手撑地坐在青垚身边问：“我还可以做什么？”青垚边拆箱边开玩笑说：“你可以说些吹捧我的话，这样我做这些鸡毛蒜皮的事情会显得有意义些。”

沈绎心当然没有说。他单手扶着额头，目不转睛地看着青垚。经过这些时日的相处，青垚对他闷葫芦的性格已经略有了解，也不会在他的注视下动辄脸红了。她抬眸看了看沈绎心，这个性情沉稳、略显忧郁的男人给了她非常深刻的印象，有一股特别的、说不清的吸引力，让她想将他看得更清楚。

“让我猜猜你在想什么。”

“我在想，什么话适合吹捧你。”沈绎心显然不愿意招惹她，自己说出了答案。但青垚却缠上了，她笑着问："这么久都想不出合适的话，看来是不想说。你在想，这个要求吹捧取悦的女人，没权利要求自己，对吗？"沈绎心明白自己是遭到清算了，也不知道在车上是哪句话得罪的她，他苦笑着摇了摇头，温和而谦卑地说："男人取悦女性无非是为了肉体的欢愉或者精神上的依赖，女人要求男人取悦，也不过是想借此获取控制权。我并不想陷入这种彼此折磨的境地，如果一定要在琢磨人和琢磨事之间选择的话，我选择简单些，只琢磨怎么把事情做好就行！"

这话比表白遭到拒绝更让人难堪！

青垚脑袋里"嗡"的一响，"你居然……"到目前为止，她还没听过任何人将两性关系讲得如此直白！在沈绎心容忍和回避的姿态之下，岂止是鄙夷，简直是对女性的直接碾压！她负气地想：这个人不是和尚就一定是人渣！她脸上还挂着甜美的笑容，嘴巴已经不受控制地脱口而出："不想？说得自己像圣人一样！你那些'人性中根深蒂固的客观规律'又是怎么琢磨出来的呢？你敢说自己没惦记过哪个女人？"青垚也是急了，不知道自己说的什么浑话。

"你说的是本能嘛，但人之所以为人，是因为人能够控制自己。"沈绎心依然谦卑，仿佛面对的青垚不是女人，而是块石头或者是树洞，这样的态度让青垚的虚荣心受到了伤害。

"你可以控制，对女人没有念想，可你能对生老病死也不在乎？亲人死了也能鼓盆而歌吗？"话一出口，沈绎心愣了愣，青垚却后悔了，自己什么时候变得这么刻薄，讲玩笑话而已，解读成这个样子，简直无聊透顶！

"当人不能。我很怕看到亲近的人在我的眼前死去。"沈绎心貌似不经意地把玩着掌心，仿佛那地方真有什么东西吸引着他的注意力。青垚的心颤抖起来，沈绎心这话来得突兀，想到他这么年轻就离开航校，当时在飞机上的表现又那般失态，或者真的遇到过什么不寻常的事。

她有些紧张地问："你当航校教员的时候，经历过飞机失事吗？"

"飞机失事？"沈绎心的声音古怪极了，他沙哑着说："那是难免的，即便是在和平年代，机械事故，操作失误，甚至天气、地形等都有可能造成事故发生。"

"人为的呢？比如你说过的身体原因？"青垚追问。"飞行员的选拔有非常严格的条件，平时训练要随时监控身体素质进行筛选。即便这样，初级训练阶段也有大约百分之二十的学员会出现情绪木僵的反应。这种反应很正常，是一种警戒，但如果继续发展变成心理障碍的话，就只能退出飞行队伍。”

“哦。”青垚点点头，她为沈绎心感到遗憾，他大概就是这百分之二十了。见沈绎心坦然地看着自己，她懂事地吸了口气说：“箱子我拆，你装礼品袋吧。”

沈绎心点点头，挪到一边分装礼品。手机在这时响了，他拿着电话，显得很惊讶，“阿彪？”青垚抬起头来，见他站起身，手指向外朝自己示了示意，嘴里继续问着，“你怎么知道我电话？”显然是个私密来电。他边走边说：“勐子当然在北京，什么话直说吧！”沈绎心已经走出门去，依然飘了两句话落在青垚的耳朵里，“这里有几百号专家学者，就凭你的猜测行吗？”

这通电话打了很长时间，直到青垚听到窗外传来一些不寻常的喧闹。她放下手上的礼品袋，走到楼道口张望，看见沈绎心带着两个前台服务员和两个安保正往这里走来。

“发生什么事了？”青垚问。

“几个本地人的误会，没事了。”沈绎心轻描淡写，旁边的女服务员却说：“庄园跟村镇上的关系一向很好，熟人才不会做伤阴德的事呢！”旁边的安保接过话说：“带头那混混是驴岭镇上的，我认得！”沈绎心笑了笑，拍着安保的肩膀，指着满屋的纸箱环顾了一圈：“麻烦你们收拾一下，东西都在这。我们已经分放得差不多了，你们按房间号放过去就是。”青垚见来了帮手，热情地上前道谢。“你们去休息吧。”女服务员对她说，“前台交代了。幸亏大哥把那家伙镇住，不然惊动陈总就糟了。”

青垚听到这话，连忙问道：“什么事啊？”

“哦哟，吓死我咯！”两个女服务员拍着胸口，其中一个伸出五指比画着说，“五辆车呐，‘嘎’地停在大厅外，大摇大摆下来二十多个人。大哥跟他们理论，还被弄伤了手。”

青垚这才注意到沈绎心的手背虎口缠着一圈白纱布，“你的手怎么啦？”

“没事，不小心。”

“他们不讲理，非得今晚入住！”女服务员告诉青垚，“我好声解释，这周没有预约，他们就要三倍赔付！”

青垚抓起沈绎心的手，缠绕的纱布很潦草，隐约还有丝丝血渍浸出来。

“他拿的不是酒店网站的预约，谁知道哪儿来的。”另一个女服务员愤愤不平地说，“贪便宜，让非法网站骗了吧。”

“然后呢？”青垚愣愣地看着沈绎心的手问。女服务员回答说：“然后就闹呗！大哥的手就被刀子划伤了。”沈绎心安慰说：“没什么，反正人已经走了。”“我们没有应急处理的经验，不敢得罪顾客。还是大哥果断！单手就制伏那浑球，让他找网站索赔，再闹就报警！”服务员庆幸地说，“今晚入住的都是高级专家，如果惊动陈总，搞不好我们都要被解聘呢！”

青垚目不转睛地盯着沈绎心的手，像没听到似的。沈绎心有些尴尬，问道：“看够了没？”青垚回过神来，嘟着嘴说：“谁给包的啊，包得跟粽子似的。”沈绎心笑着抽回手说：“先你去吃饭，我再等一会儿。放心吧。”青垚拢了拢鬓角的头发，“哦”了一声，郑重交代说：“明天我和刘姨要出门，电话开着保持联系啊！”

8. 心理战

一早，青垚换了身冲锋衣下楼，刘毅已经等在大堂。

汽车刚驶出庄园地界不久，青垚觉察有些异样，身后似乎有车刻意跟着。她慢下来准备看清车牌，那车却“唰”地超了过去。驴岭这地方自古民风彪悍，但昔日的刀光剑影也早已换作如今的海晏河澄，太平盛世里也不知那异样的感觉从何而来，她不由得怀疑是自己疑心太强的缘故。汽车在蜿蜒的山路上徐徐盘旋，两个人聊着天儿如忘年至交。

这时青垚接到沈绎心的电话，让掉头回去。

“掉头啊？”青垚看了刘毅一眼说，“我们就快进山门了，说好上金顶呢。”沈绎心说：“要不你先找一家叫‘定园’的地方，等我过来。”

“等你？”尽管沈绎心努力克制，青垚还是感觉到他的不安。她问：“你不是跟陈教授一起吗？”沈绎心说：“我跟陈教授请示过了，郁总另外安排人送他。”青垚笑道：“我认识路，不用特意赶来。”沈绎心有些急躁，以至于音调也变了，“废话少说，等我！”

“定园”是一家本地人开的禅味山居酒店，离山门不远，是个清静地方。“他是失心疯了才想的这一出吧！”青垚嘟囔着对刘毅抱怨，“这不耽误您去峨眉山吗！”刘毅意味深长地笑起来：“他希望跟你多待一段呢。我们年轻那会儿，心思就跟天上的云一样飘来飘去，两个登对的人总也下不成雨。小沈这人还算爽快。”

“刘阿姨误会了，我们只是同事！”青垚的脸莫名泛红，昨天刚听完他对的两性关系的论调，“他不会对女人感兴趣的，除非……”

“什么？”

除非是为了肉体的欢愉或者精神上的依赖……这话怎么讲得出口！青垚哼哼着，含糊说道：“谁知道他想什么……”太阳越发明艳，细碎的光线从透亮的叶缝中投射下来，金光四溅。汽车沿着山居小道悄然缓行，青垚不停地找话闲聊，稍稍安静便浑身不自在。这里太静谧了，开了长长的一段路，迎面没有一辆车，甚至连人影都没有。前方出现一个岔道，酒店雪白的围墙近在咫尺，她宽了心，把车速放慢到二十码。迎面上来个身坯粗壮的男人，敲了敲车窗，示意青垚把车往竹林那边开。“酒店车位满了，停那边，由后门直接进去！”

青垚放下车窗，伸出头打望，竹林里果然停放着好几辆小车。她请示了刘毅，刚打转方向盘，心里便涌起一阵悸动，想把车窗收起已经来不及了。她的手腕突然被男人抓住，鼻子里传来一股恶心的汗臭味，那男人扑进车来，一把扯下了车钥匙。

竹林里突然涌现出六七个男人，分成两波堵在车门外。青垚被人提着衣领，粗暴地按倒在一辆黑色奔驰的后座，没等坐稳，又被推进来的刘毅撞了一下，同时又挤进两个人来，一左一右将她们夹在中间。只听关门声、油门声和刹车声交错四起，汽车如离弦之箭一般冲了出去。青垚无比恐慌，事情来得如此突然，唯一的线索只有沈绎心奇怪的举动。为什么要她到“定园”？为什么这帮人会在这里专程等她们？感情和理智都不允许她怀疑什么，她告诉自己冷静。“刘阿姨，你没事吧？”听见刘毅平静地说“没事”，青垚松了口气。她自认没什么敲诈的价值，但刘毅不同，专家夫人，还有些背景，从沈绎心在电话中的语气推测，他似乎也知道有人专为刘毅而来。

大约过了半个小时，她们被拉扯下车，由两个人架着跌跌撞撞地在山中密林穿梭，矮丛枝条挂在胳臂上，湿漉漉的。又走了十多分钟，她们被带到丛林间的一处木房子里，“砰”地关上了门。房间很小，潮湿破旧，是废弃的度假屋，空气中弥漫着发霉的气味。她低声问道：“刘阿姨你还好吗？”

“嗯。”刘毅异常平静，“你也没事吧？”两个人正说着话，只听外面一片喧哗，叫骂声响作一团。

“一个人？他妈的找死！”

“狗日的，秦哥没空！”

“想挨揍是啵！”

她们扒着窗口往外一看，青垚的心差点儿破胸跳出，忍不住失声叫起来：

“沈绎心！”

沈绎心单枪匹马被七八个男人围在中间，听到呼唤抬起头来，抱歉地笑了笑。有个男人趁他分心，挥着碗口粗的木棒捅他后腿，他冷不防，趔趄着单腿跪在地上。青垚急了，踢开房门冲下台阶，“人多欺负人少啊！”她扒开人圈，侧身抬脚照着那个男人飞踢出去。

“侧踢头部，发力足够的话，有可能把人踢死的。”苏炳桓当年教她防身术的时候这样说过。这里没人领教过青垚的拳脚，那男人翻滚在地，“噗”地吐了口血沫子，嘴里“嗷嗷”叫着。人圈倏地收拢，木棒全都抵在青垚的前胸后背，这些人仿佛疯了一般，七八根木棒雨点儿似地打在她身上，再这样下去，不死也残了。形势逼人，刘毅皱着眉冲下台阶，还没来得及说话，就听一个声音高喊：“住手！”

“……先别动手……”一个灰大衣男人高举电话，“昊哥，马上到！”领头的男人将木棒丢在地上，伸手去接电话。

眼看围堵的人四散开去，沈绎心忽然站起身，二话不说把青垚抱在怀里。那胳膊又紧又结实，灼热的体温就像要把两个人焊接起来。青垚被这突如其来的拥抱搞得六神无主，随着触电般的酥麻传遍全身，她晕乎乎地像只绵软的布偶任凭沈绎心摆弄。

“听好……”沈绎心的头埋在她的脖颈间，声音冷静，几乎低不可闻。青垚一愣，听他继续说。“等会儿，我让你们走，你就带刘阿姨沿着来时的路跑，不管发生什么事都不要回头，能跑多快跑多快！车子就停在路边，一辆本地牌照的白色捷达。上车之后直接去峨眉山，不用回酒店了……”青垚清醒过来，忍不住全身颤抖，她问：“我们摊上什么事了？”沈绎心却像没听见似的，紧紧地抱着她不回答。

“好歹解释一下，”青垚被他桎梏得窒息，挣扎着问，“我见到陈教授怎么跟他说？”

“……放心，”沈绎心终于开口，声音嘶哑，没有半分松手意思。“是要解释的，不过得先离开这里。”

“到底怎么了？”青垚费力地抬起头，只见他原本灼灼的眼眸，已然笼了一层薄雾，看起来像个迷醉的人。青垚诧异的目光让沈绎心惊醒，他低吼了声“该死！”胳膊蛮横地圈着她的背，嘴唇掠过她的脸，在她的发丝和耳郭边游离，从旁看上去就像闹别扭的情人在缠绵私语。

“你一定要把刘阿姨完完好好地带去峨眉山，务必抓紧时间！等下直接上高速，不要停……”沈绎心蹙着眉头，胳膊勒得人难以呼吸。青垚结结巴巴地问：“你，你呢？”

“他们只是要钱，”沈绎心说，“钱到手，过两天就会放我。”

“过两天！”青垚惊跳起来，“是昨晚讹房费的那帮人吗？郁总知道这事吗？怎么让你来？”

“知道。”绎心有些急躁，鬓角冒了一层薄汗，他抬起眼眸看了看四周，只见树下靠着的、地上蹲着的人，全都像看杂耍般盯着他们俩。

他坚定地说道：“放心！陈教授在峨眉山等你们，刘阿姨知道地方。”

这时，那灰大衣高喊着：“昊哥到了！”

四散的人纷纷站立起身，严阵以待。只见远处的丛林小道上，几个灰黑的人影正慢腾腾地走过来。沈绎心放开青垚，双手负立，刘毅走下台阶，与青垚并肩站在绎心的身边。来人共四个，走在正前方的个头矮小，身穿藏青色的夹克，模样深沉，是人称“昊哥”的秦昊天。

“你说高彪担保，人呢？”

秦昊天走到沈绎心跟前，招呼都没打便直入正题。正午的阳光从他头顶照射下来，在原地投射出一团黑影。青垚心里一颤，感觉他健硕敦实的身体，散发着浓重的戾气，说话的声音像刀刮。

“阿彪被临时召唤，找我做中间人跟秦先生谈谈。”

“屁的个中间人，他跟那女的认识！”被青垚踹翻的男人怒气冲冲地打断了沈绎心的话，嚷嚷着上前理论。

“没错！”沈绎心冷冷地看了那男人一眼，毫不掩饰脸上的怒气，“砍我就算了，谁要敢伤了她俩一根头发丝儿，等着蹲大牢吧！”

秦昊天黑着脸没说话，倒是先前领头的男人插嘴说：“昊哥跟高彪井水不犯河水，他担保的人我们绝不会动。但是昊哥，这中间人有毛病，得彪哥出面才行。”

秦昊天点点头，问沈绎心：“你打算怎么谈？”

沈绎心伸出手，掌心向上摊开：“电话借我用用，阿彪自己跟你谈！”

秦昊天侧了侧脸，灰大衣递上手机。沈绎心当着秦昊天的面拨了号，按下免提，随着电话“嘟嘟嘟”地响，一个女声说：“您所拨打的电话已关机……”

听到这提示，青垚不由得汗毛竖立，紧张得张开了嘴。沈绎心看起来也不愉快，等了一会儿重新拨号，仍然提示关机。

“关机……”秦昊天哼了一声，漫不经心地说，“等开机再说吧。”

“不行！”沈绎心上前一步，“我留下来，你放他们走！”

秦昊天乖张阴鸷的脸上露出些许怒意，他说：“我给高彪面子，亲自来了。你算个啥东西，讲条件？”这话太难听了，青垚正想发作，却被刘毅扯住了衣袖，只听沈绎心说：“阿彪担保，我来换她们。”

秦昊天阴恻恻地笑起来，一边围着青垚和刘毅打转。他的个子很矮，青垚能看到他的头顶上隐约有道疤痕。“彪哥在我或者给个面子，你要瞎闹，就一起留下来！”

青垚总算搞明白了些，这帮人跟她们并没有直接仇怨。但沈绎心居然能跟黑道联系，这太让人意外了！正想着，只见沈绎心踟蹰了一会儿，说：“不妨告诉你，是高勐把人叫走了。”秦昊天一听高勐的名字，像被烫了脚似的，抬起的腿立刻缩了回去。

“勐子哥？”他笑着摇了摇头，直直地盯着沈绎心说：“想骗我？！”

沈绎心眯着眼睛与他对视，一言未发。

“驴岭谁不知道，高勐二十年前就被别人收养，早就不是高家人了！”秦昊天搓了搓手，凑到沈绎心近前将他打量了一番，“你是高彪的中间人，还是高勐的中间人？”青垚听得迷糊，不知道他们在说什么，但她也知道现在不是探究的时候，她必须专注事态的发展，把握好沈绎心所说放她们离开的时机。

“什么事值得高勐把高彪专程叫过去？高彪从来不参与你的生意，为什么偏要在这桩买卖里搅和呢？”沈绎心平静地说着，手一伸将电话递出去，“要不你亲自问问？”秦昊天不傻，过了很久才挥了挥手，不耐烦地说：“我不想打听你们什么来头，不过做买卖有讲究，首要就是诚信！”

青垚意识到事情并不是讹诈房费那么简单，还有更深层的交易。显然刘毅也想到了，她提高声音说：“买卖不是独家生意，哪有不算账的！”

“不错！”沈绎心接过话说，“阿彪答应双倍赔付，秦总还执意讲诚信，我倒怀疑你是不是真的在做买卖！”秦昊天愣了半天，想了想说：“那，我得亲自问问，麻烦你接通勐子哥电话！”说到高勐，他显得有些谨慎，腰背不由自主地勾了一勾。沈绎心依旧按下免提拨号，电话发出“嘟——嘟——”的长音，每一下都重重地敲打在青垚的心坎儿上。

这次总算是接通了。那边传来一个慵懒低沉的声音，“是谁？”

"勐子哥，是我。"沈绎心将电话靠近唇边。

"哦！"那声音变得温和起来，显得很高兴，"准备到我这儿玩两天吗？"

"这里有人找彪子，他电话不通，我只好打扰你。"

"彪子估计在赶路嘞！"电话那边的声音高亢起来，问道，"什么事？"

青垚心想，原来那个叫高彪的真被勐子哥招呼去了。

沈绎心看了看秦昊天，将电话递过去。秦昊天双手接过电话，声调忽然上扬，堆着满脸的笑容，恭恭敬敬自报家门："勐子哥是我，驴岭秦昊天。记得我不？"

"驴岭秦昊天？谁敢不认识！你找阿彪是开会呢还是打架啊？"电话那边的声音又重新变得慵懒，显然在调侃，"缺了彪子不热闹吧？"

"哪儿啊！"秦昊天跺了跺脚，说，"今天遇上麻烦事了，找阿彪帮忙，他要不在的话，勐子哥说句话也行。勐子哥，什么时候回驴岭，兄弟给你摆上一桌，啊？"

"江湖事，江湖了。找到我算怎么回事？"电话那边的声音忽然变得严厉，"挂啦！"话音未落，已经传来"嘟嘟嘟"的忙音。

秦昊天被拒，面子上过不去，拉着脸看着沈绎心。

沈绎心收起电话，平静地说："勐子哥说了，江湖事江湖了。你要的赔付，酒店照给，你不缺那点儿时间，修远集团也不缺那点儿钱。两个女人在这里过夜不方便，就这么说定了，我留下来。"

秦昊天想了半天，说："勐子哥能说句话，别说放人，我这买卖不做都成！卖阿彪的面子也行，可现在我连他声音都没听着就把人放了，不合适。"

"有我在啊！"沈绎心说，"芝麻大的小事，何必弄成这样。"

秦昊天来回踱了两步，问沈绎心，"兄弟们来回的损失怎么算？"

"双倍！"沈绎心看着他，"阿彪回来现金结。"

"说定了？"

"定了。"

秦昊天似乎还在犹豫，沈绎心转头对青垚说："你带刘阿姨先走，我跟秦总进屋商量。"青垚直瞪瞪地看着沈绎心，她知道轻重缓急，终于咬咬牙，对秦昊天说："谢啦！"说完，拉着刘毅转身便走。

刘毅被扶着深一脚浅一脚地往前走，脚步越来越快，等到走出木屋的视线了，青垚“呜咽”一声哭起来：“刚才我一直忍着，这到底是怎么回事？”

须臾，青垚抬手擦了擦眼泪说：“我们先去眉山，过两天沈绎心会解释的。”

刘毅停下脚步：“你看刚才的情形，小沈还能回来吗？”

“刚才……”青垚不敢确定，但是她告诉自己要相信沈绎心，否则就前功尽弃了，“他说能，一定能的！”

树林慢慢变得稀疏，脚下的路也逐渐宽阔，不远处果然有辆白色的捷达车停靠在路边。

“刘阿姨，你会开车吗？”青垚问。

“比你技术好些。”刘毅语气清浅。青垚看出她不是个遇事六神无主的平常女人，“那，你可不可以……”她说不出口，沈绎心交代她无论如何要把刘毅带去眉山，可是她没办法把他一个人丢在木屋里。

“可以。”刘毅好像早知道她想说什么，没等说完便扳着她的肩膀说，“你身手好，想办法把小沈带出来！我在车上等你们。”

“不！不！不！刘阿姨千万不要等我们！”青垚着急地说，“你得回眉山报平安，否则我不敢离开你！”

“哼！几个小滑头！”刘毅说着，快步来到汽车旁，扶着车门对青垚说：“虽然我没搞明白，但旁观者清。小沈跟他们打的是心理战，所谓高彪的担保，也许根本不存在。”

“不存在？”青垚大吃一惊。

“秦昊天放我们走，恐怕以为你我是高勐的什么人，你没见他觍着脸巴结的样子。高彪的电话是沈绎心拨的，鬼知道他拨的什么号，等秦昊天想通这一层，恐怕有他苦头吃！”青垚想不到这个层面上，听刘毅这么说，急切地问：“高勐跟沈绎心是真认识，秦昊天忌惮这人。怎么说高彪担保骗人呢？”

“破绽就在这里。如果担保是真的，高勐跟秦昊天通了电话，沈绎心大可带我们一起走，他留下来不是多此一举吗？高勐听秦昊天跟他要句话就翻脸，显然是不能沾惹自己。江湖上规矩多，有些东西背不得。沈绎心大概也清楚，于是提前弄出个高彪搞中介。他既然主动留下，就是准备好担待穿帮的后果。你想啊！钱是酒店出的，查找指使人也是郁顺尧的事，我们在这儿无非是多等两天。他这么做是想拿自己交换我们，耍个小聪明借高彪的势。小伙子到底年轻，不知道其中厉害，等秦昊天冷静下来，亲自打通高彪的电话，盛怒之下指不定怎么收拾他呢！他这么仗义，刘阿姨也不能丢下他不管。你快去带他走！剩下的事给公司处理。”

青垚大惊失色，听了刘毅的分析再联系沈绎心抱着她说的那些话，终于明白过来，“要是跑不掉怎么办？刘阿姨，他会不会死？”

“挨顿揍是免不了，不想让他死就赶紧去！车门打开横在这，我开车没几个人能追上。”青垚本来打算陪沈绎心做人质，听完刘毅的话立刻改了主意，她深深地吸了一口气，大声回答说：“刘阿姨，我听您的！不过您要是发现不对，就立刻开车走，千万不要管我们知道吗？”

等到刘毅点头答应，青垚才转身回跑。

她闭着眼睛奋力迈开双腿，耳边“呼呼”的风声呼啸而过，不一会儿便来到了离木屋不远的树林边。她悄然越过灌木丛，把自己隐藏在矮木之间，绕到木屋背后。她扒开百叶窗，爬进屋子里，发现这是卫生间。她不敢轻举妄动，只能站在门背后轻轻撩开一道缝隙，透过缝隙观察木屋里的情形。

空荡荡的房间里，沈绎心与秦昊天正靠墙坐在地上聊天。

“勐子哥不会跟高彪来往，除非你们都是他的人。”秦昊天笑着弹了弹烟灰。

“不。”沈绎心否认。他说：“我跟他谈不上交情，中间带个话而已。”

秦昊天问：“你是修远集团的人？是郁顺尧请的高彪做担保？”

沈绎心笑了笑，不置可否。

“既然郁总点了头，你也认识高勐……有些话说出来是不合规矩，但今天要解释清楚也顾不得了。”秦昊天说，“有人指定在修远公司的研讨会上闹一出，我的人昨晚在酒店没住下，赶巧她们一早出来，兄弟们就盯上了。我跟你掏心窝子，也是想请你给郁总带个话儿，我秦昊天但凡有别的道儿能走，也不敢跟修远集团作对！”

“是谁要你这么做？或许我可以帮你。”沈绎心问。

“你终究不是我们这种人。”秦昊天笑着摆了摆手，“换你们郁总，绝不会开这口的。”

正说着，门被推开，灰大衣男人低声说：“昊哥，出来一下。”

秦昊天狐疑地看了他一眼，掐了烟头站起来。

门被反手关上，屋里仅剩了沈绎心一人。

青垚趁机推开卫生间的门，低喊着：“沈绎心，走！”沈绎心猛然回头，看见是青垚，露出惊诧、愤怒的表情。青垚一个健步上前，拽着他的胳膊说：“刘阿姨在车上等我们！”

“你……”沈绎心气得咬牙，从齿缝里挤出半句，“被你害死了！”青垚顾不得解释，着急地说：“刘阿姨要我回来接你的！”

沈绎心没再责怪，他将青垚抱起来丢出窗外，自己跟着跳下，没等站稳，秦昊天的人已经拥堵到窗口来了。

“想跑？！”

呼喝声四起，两人奋力朝丛林外跑去，身后缀着一群人猛追。

“你是骗他们的？”青垚边跑边问。“嗯。”沈绎心蹙眉承认，脚下没有丝毫的停歇。青垚心想了，果然被刘毅猜对了。

“为什么？”

“这些人不知道轻重，我不放心，就跟朋友商量着先哄住他们放人，其他的事交给酒店处理……”

“沈绎心！”青垚叹了一口气，指着前方的白色汽车喊，“在那儿！”

话音未落，只听“砰”的一声，青垚的脚下腾起一股尘屑，沈绎心摔倒在地。

七八个男人围拢上前，秦昊天破口大骂，极尽所有下流难听的话。他拿着木棒敲着沈绎心的下巴，凑在他的鼻子跟前喝道：“打死你们，大不了扔山里喂野猪！在驴岭，也就你敢耍花枪！”说时迟那时快，沈绎心右手一扬，没等看清，木棒已被夺去。青垚顺势跳起，单腿压在秦昊天的背上，帮着沈绎心制住他的双手。

沈绎心踉跄着起身，望着围圈过来的人低吼道：“退后！”手下人看到老大被擒，纷纷后退。这时，沉重的轰鸣声响起，扬起一阵漫天的尘土，刘毅将汽车退到沈绎心和青垚的跟前。

“上去！”沈绎心抓着青垚，一把将她甩进车里。

“一起走！”青垚紧紧地抓着他大喊，刘毅的话深深地印在脑子里——“带他走！剩下的事给修远公司处理。”

“放开！”沈绎心还想留下来赌一赌，青垚却咬着牙狠狠地说，“公司的事轮不到你出头！我不会放开你的！”

沈绎心咬了咬牙，背靠着车门将木棒丢到秦昊天脚下，“不好意思，得罪了！”说完他转身一跃。就在上车的瞬间，耳边听到青垚的惊叫，眸中定格的是秦昊天扬着木棒，失去理智的黝黑脸孔。他本能地张开双臂，把青垚护在胸前，随着一声闷响，头颅如同被炸裂，热辣的碎片涌向鼻孔滴落在唇边。意识消失前的最后一刻，眼前仿佛在播放黑白的无声电影。烟尘中，棍棒飞舞砸在车窗上，青垚将他连拖带拽揉进后座，还没来得及关车门，汽车便冲出百米之外，将咒骂声和跳脚的人群远远甩开……

9. 眉山老宅

经过长久的黑暗和昏沉，沈绎心觉得自己全身麻痹——熟悉的、可怕的麻痹。周遭弥漫着记忆中老家的味道，沉香缭绕，老桂竞香。他挣扎着努力醒过来，却在意识刚刚聚拢的一刹，脑子如被撕裂般，痛得全身发战。

“醒啦？”一个熟悉温和的声音从头顶传来，眼前混沌迷茫，一张满月般的面庞逐渐清晰。那张脸杵在他的鼻子跟前，好像放大了。

“四姐……”

“作的什么孽哟！认得四姐了？”那矮胖的身影呼地站起来，拍着双腿哽咽着说：“我告诉爷爷去！”而后便如旋风般不见了。

“爷爷？”沈绎心满腹狐疑，睁大眼睛四下打望。

房间里陈设古朴，四方紫檀木雕篆的床榻有纱帐笼罩，窗台边燃着沉香屑，若有若无的清凉香气夹杂院中的花香一阵阵地扑鼻而来。

可不是眉山老宅，他从小生活的地方！

正胡思乱想着，只听稍间隔断处传来窸窸窣窣的衣袍声，紧接着刮过一丝风，细软的丝棉被“呼”地掀开，胸口上结结实实地挨了一巴掌。“啊！”他下意识呼唤了声，笑容在唇边绽放，如果之前可能还在做梦，这巴掌终于让他确定，自己真的是回到老宅子了。“臭小子，好容易回来一趟，竟弄成这副样子！”一个炸雷般的声音响起，又是恼怒又是心疼。

“爷爷！”沈绎心笑着坐起，“和我一起的人呢？”“啪”的又是一掌，“哪来那么多浑话，趴下！老四——”爷爷快九十了，身体还是很硬朗，声如洪钟，火气特别大。他的儿子，同样火大的沈忠民董事长常常说，感谢老天爷能让爷爷发脾气，说明他身体好，不用子女们担心。

四姐听见呼唤走过来，手上端了个小案几。只听她笑嘻嘻地说：“晚上露水重，爷爷不睡，外边人都不肯走。还是我来照顾绎心，您放心吧。”爷爷穿着睡衣，混浊的双眼没什么神采，他坐在床边，指着四姐手里的小碗说：“喝了这白米粥，睡觉！小陈夫妇和你那鬼丫头都安置好了，天亮就能看到他们。”

沈绎心接过小碗喝了一口，笑眯眯地看着爷爷，心想这事办得不错，虽然出了些岔子，可刘毅和青垚总算安全到达。想到青垚，他脸上的笑容便愈发浓厚，嘴里却说：“对不起爷爷，让您担心了。”

沈绎心漱了口，让四姐把床头小灯熄了，“你先去吧，有事我叫你。”

这里是旧式的四合院上房，四姐就睡在隔断外的次间里，因为上了年纪，她睡得格外香沉。夜深人静，沈绎心听着隐隐起伏的鼻鼾声，脑子里晃动着青垚的眼睛，反复回想着她恶狠狠地说“我不会放开你”的样子，心情五味杂陈，胸口像有一团火熊熊燃烧着。

这时，明间的门“吱”了一声。

沈绎心坐起身，借着若有若无的亮光看去。透过隔断，只见门缝中伸进一个脑袋，头发胡乱地绾了个髻。那双灵动的大眼睛四下张望了一阵，她猫着身子，手提裤脚，踮起脚尖蹑手蹑脚地跨了进来，然后，转过身轻轻地将门掩住。

原来是青垚。

当时，她和刘毅一上高速便给陈教授打了电话，到收费站就被主人家接到这宅院中来。下车的时候，园子里已经炸开了锅，医生七手八脚把沈绎心抬走。他们被安置在客房，简单洗漱用餐后，来到这处小院。家主沈墨瑾爷爷守候多时，听刘毅简短地讲述了他们遇到的麻烦事，老人家胸有成竹地安慰说：“放心，有修远集团做后盾，小虾米翻不起大浪头。”

夜已三更，小院外灯火通明，医生护士进进出出。

青垚默不作声地坐在角落里，直到沈爷爷请大家回房休息，众人才陆续散去。她估摸着人们都睡着了，便又悄悄摸进院里来。没有灯，她只好摸索着朝床榻走去。这种带套间的卧室她见过，稍间守候的人睡得很沉，穿过圆形雕花的隔断，好不容易才触到床沿，她尽力瞪大眼睛，慢慢摸到床榻尽头。

只听“咔吧”轻响，青垚眼前一亮。

“看清没？”沈绎心关切的声音就在耳边，那张脸在昏暗的夜灯下颓败得像一张白纸。青垚的脸红了。

“你醒了啦……”话音刚落，整个人被他拥在怀里。

泛红发烫的脸贴在胸膛上，与同样滚烫的肌肤相触，“怦怦”的心跳声扰乱了彼此的呼吸。沈绎心忽然顿了一下，全身肌肉猛地抽紧，他松开双手艰涩地说了声“对不起……”声音似乎压抑着痛苦，引起了青垚的注意。她伸出手去，“怎么了？”

“……没事。”沈绎心挥手挡开，胳臂撑在靠垫上。青垚将手放回身边，斟酌了一会儿问：“你现在有精神说说话吗？”

沈绎心忽然明白了青垚这时候摸进屋的原因，一旦踏进这园子难免会有诸多猜想，这里的人自然不会跟她说什么，可自己却回避不了。他神情有些僵硬，冷冷地问：“说什么？”

“呐，你说要解释的，说吧。”青垚抬起头，乌黑清亮的眼瞳干净而沉稳。

他不由得蹙紧了眉头，冷笑说：“三更半夜聊天，说出去也不怕人笑话！”青垚愣了愣，意识到他话里的意味，虽然如此迫切想知道真相，可在这个时段摸索到男人的床边，毕竟是自己失礼，再不走就活该自取其辱了。

于是她赶紧站起来，连声说：“你先休息，看到你没事我就放心了。”沈绎心却一把抓住她的手，“来都来了，慌什么？”青垚更慌了，挣扎着连声说：“对不起，我，我明早再来。”她的声音轻得像猫，夹杂着些许委屈。沈绎心忍不住失笑，一腔柔肠顿时化了水，他温和地说：“在会议室的时候，我接了个电话，还记得吗？是高彪。”

“高彪？”青垚当然是记得的。她的手被沈绎心抓着，不明白他这般忽冷忽热是为什么。

“嗯。驴岭有几个团伙，平常挂着生意人的招牌，私下做些不干净的交易。”沈绎心告诉青垚，“秦昊天是其中之一，还有一个叫高彪，他的哥哥高勐跟我自小就认识。他在电话里说，秦昊天收了钱，可能在研讨会期间找酒店的麻烦。我当时满脑子是酒店里开会的专家，就把你们忘了。第二天想起来，又担心是不是小题大做，怕你们无端受惊，只好让你在‘定园’等我。”

青垚恍然大悟，难怪当时在电话里，沈绎心吞吞吐吐的。

“后来的事你都知道了，怪我……考虑不周到。”

青垚问：“不对啊，你朋友知道酒店有麻烦，通知你有用吗？他给郁总、陈总或者营销中心、行政中心哪位讲不好，为什么是你？”

沈绎心知道青垚的质疑只是开头，后面还有冗长的为什么，他不想回答，但也知道她不会善罢甘休。那份好奇心让人疲惫不堪，他鬼使神差地说：“那是因为他欠我一个人情……我把消息汇报给郁总，他还鼓励我好好干……说有机会调营销中心。”

“嗯。”青垚说，“广撒人缘，也是对的。”转而又小心翼翼地说：

“这里的主人也姓沈，我们下车的时候，整个园子的人都来了，大呼小叫地。有个年轻医生还在打电话联系成都的医院。看起来他们都跟你很熟。”沈绎心知道她终究会问的，本能地迟疑着：“怎么了？”“我听说这位沈老先生是董事长的父亲。”青垚说这话的时候面无表情，眼瞳里的光像刀一样扎在沈绎心的脸上，“你是谁？”

青垚这话在沈绎心听来已经明白无误了，他想了想说：“刚认识你的时候，你就说照我从前的薪资修远公司出不起，你问我为什么要到一个死气沉沉的公司接受挑战。今天，你认为我之所以到这家公司，是因为跟沈家关系特殊，可以受到关照对吗？”

青垚感到一股苦涩的滋味在嘴里泛滥，喉咙难受得像被卡住了，身体因此变得麻木，眼睛里的光也变得模糊起来，她嘶哑地说：“所以，我猜对了？”

沈绎心不以为然地回答：“不对，从根子上就错了。”

“错了？”青垚急切地追问道，“哪里错了？”

沈绎心的嘴角掠过一丝苦笑。

青垚使劲儿眨了眨眼，“我想知道你是谁，什么原因让你进入修远公司？还有……我和刘阿姨，值得让你这么冒险吗？”

青垚的话在沈绎心的心里泛起一丝涟漪，夜灯在他的注视中慢慢晕开，变成一层朦胧的光环，嗓音在暗夜里格外沙哑。

“通常，制度健全的地方，光琢磨把事情做好就能让人获得成就感。中药公司的制度落后，需要琢磨人求得机会。所以你琢磨我很正常，有这样的想法也很正常。”

青垚张了张嘴，显得非常无奈。

沈绎心抬起手，“没关系，我理解的，就这样你已经比大多数人勇敢了。青垚……”他看起来非常疲惫，低声说，“有空去看看沈爷爷投资建设的基地吧，你会看到有很多姓沈或者不姓沈的人在为‘麝予仙’努力，也许到时你就会明白自己错在哪里了。你来自伦敦大学，却选择这份没有前途的工作，说明我们都不是传统意义上的‘聪明人’。苏青垚，你是个踏踏实实做事的人，我说得对吗？”

他的问题，青垚根本无须回答。她只好直截了当地问：“你就告诉我，你是不是沈家的人得了吧！”

“不是。我姓沈没错，却不是和他们一个‘沈’。”沈绎心说这话的时候斩钉截铁，却也格外痛苦。他认为青垚穷追不舍，无非是想确认中药公司是否值得耗费青春。心智正常的人都难免有这样的想法，青垚也不例外，他说：“放心吧，过不了多久，我们都会为自己的选择感到庆幸，庆幸自己得到比那些所谓聪明人更好的机会……”

“嗯？”青垚直愣愣地盯着沈绎心，当从他口中说出“不是和他们一个‘沈’”的时候，她心底“咕咕咕”地冒出了许多泡泡，心里的某个沉重的东西缓缓放下。她接受了他的解释，同时认同了他的道理。之前她就分析过进入修远中药的优势，如果沈绎心也有充分分析的话，不难得出相同的结论。“你在沈爷爷的科研基地待过，所以很清楚这工作的前途？”

“苏青垚，”沈绎心躺下来，眼神在昏暗的灯光下显得愈发暗淡，“我还没谢你。”

“谢我？”

“谢谢你拉着我离开那里。”

“应该的。我们一起出来，当然要一起离开。”青垚看着沈绎心过于颓败的脸，心里不可思议地轻松起来。她心想：我并没有你想的那么高瞻远瞩，我选择这份工作的原因跟你差别可大了。

“你休息，我回房了。”她说着站起身，随手掖了掖滑落的被角。

沈绎心看着青垚离开的背影，轻轻叹了口气，闭上了眼睛。

青垚回到房间，辗转反侧，堵塞的障碍去除之后，内心似乎更加空虚。脑子里还有一个泡泡在漫无目的地飘忽着，寂静沉黯的夜让人的想象力无限延伸、扭曲，枝枝蔓蔓。沈忠民是真的没有儿子的，还是沈绎心就是那个传说中的儿子？

清晨，叽叽喳喳的鸟语将她唤醒，阳光温暖通透，阴暗混乱的思绪在日光的照射下统统被蒸发殆尽。

青垚回想昨夜，觉得自己愚蠢得不可理喻。

她梳洗完毕，穿上主人家为她准备的长裙走出门去。老树在墙头露出葱郁的绿，阳光斑驳地绽放在石阶、花丛和身上，她不禁放慢了脚步，欣赏着这幢精致、清雅的建筑。没有气势逼人的大厅和门楼，仅仅是黑、白、灰的院墙和错落的花木，堆砌的石头经过切割，做出水墨的效果，不经意间竟营造出隽永的韵味。

一个身材矮胖的妇人沿着荷塘边的长廊迎面过来，看见她远远招呼，“青垚姑娘是在找绎心吧？”青垚认识这妇人，昨晚沈爷爷叫她“老四”。

“四姐早！”青垚迎上去，“我同事怎么样了？”

“一早去成都了！走的时候交代让姑娘多睡会儿，跟你说别担心。”

四姐说着，眯着眼睛直往青垚身上打量。“哦。”青垚稍稍停了停，踟蹰问道：“沈爷爷这么关心沈绎心，他小时候住这里吗？”四姐淡淡地回答说：“十里八乡的小娃娃，穿起开裆裤就在爷爷的退思堂跑进跑出！都是沈家后人，爷爷哪个不爱！”

“哦，原来沈绎心老家也在眉山。”

四姐的眼光不经意地变化着，她说：“是啊。”

“沈绎心回来这趟惊动四邻，伯父伯母知道的话会很焦急吧？”

“公司对每个员工都会妥善安排的，放心。”

四姐缓缓走在青垚前方，神情礼貌而温和，她再也没多说一句话。青垚从这沉默里觉察到四姐的抗拒，或者还有她未曾体会过的轻视。她第一次近距离地触碰到修远集团。原以为只需捅破一层纸，但当她抬起手来，才发现要够到的地方是如此缥缈，所谓咫尺天涯，那层纸的后面是另一个维度的海市蜃楼。沈绎心是对的，再等等，不管怎么说，陈教授夫妇还在这里，他俩的工作还得由她继续。

早餐后，青垚被刘毅叫了去，陪在院子里喝茶聊天。

这是一处颇具风格的园林私宅。住宅集中在南面，中间是四进厅的堂屋，围绕着旖旎风采的园林与荷塘，亭台轻盈素雅。主人沈墨瑾老先生是川西坝上的一位学者，与陈教授有师生之谊。在座的还有一位慧言大和尚和他的三名俗家弟子，八个人在宽敞的院子里闲散而坐，以一尊庞大的乌木根雕茶几为中心，或近或远，说佛、讲禅、谈机锋，聊得不亦乐乎。

沈墨瑾还拿出收藏的字画供大家鉴赏，犹如孩童般沾沾自喜。慧言大和尚聊了一段往事，大约是动乱年间，很多人将手中的文稿能烧的烧、能毁的毁，是沈老先生目不识丁的妻子冒险保存了其中一幅，多年以后才得以重见天日。青垚听着动容，刘毅叹息说：“知识分子的情怀深重，却遭遇坎坷，老师那张古方，若没有师母守护，恐怕也遗落了吧！”

沈墨瑾抬手笑了笑没说什么。

午饭后，陈教授跟老先生拜别。四姐将他们送到门口，邀请青垚以后常来，还告诉她平时园子里人少，今天不是老先生的孙女要带客人回家，他们也会陪同出门。白色捷达车留在眉山，慧言大和尚的一位弟子负责将他们送回成都。青垚坐上路虎的前排，视野开阔，在漫山遍野的果园深处，远远地看见岔口停了一辆铑银色保时捷。当汽车飞快地交错一瞬，青垚觉得对面驾驶室的男人，竟然是苏炳浩！

她疑心自己花了眼，掏出手机打过去却无人接听。

10. 销售的意义

回到成都，青垚还有些恍惚，短短两天的行程像做了一场梦。

第二天上班，没有看见沈绎心，倒是莉荔神秘地告诉她："我可能要调到营销中心做行政了。"青垚为她祝福："做行政有前途，把握好机会！"

"嗯。最近人事变动很大，青垚，你也要好好准备。笔试成绩下月初就会放出来，你跟沈绎心都有机会的！看好你们哦！"说到沈绎心，莉荔问她："你们一起工作，有没有给高层留下好印象？他怎么没回来？"青垚不知道怎么回答，只好含糊说："是啊，他都没来上班。"

午休的时候，青垚躲在卫生间里给沈绎心去了一个电话。

他像是刚睡醒，声音有些懒散。"那天走得匆忙，没来得及跟你道别，别见怪。"话里的客套，让青垚感觉别扭。她胡乱地刨了刨头发，对自己解释说同事一场，打电话是礼貌，也是人情世故。

"青垚，有没有在听？"

"在。"

"没事吧？"

"没，你说。"

"呵！"沈绎心笑了笑，"我这边还要办点儿私事，跟周大请了假。"

"哦，你头疼好些了吗？"青垚问到正题上，"也不知道郁总怎么处理秦昊天那边的事情，他会不会放过你。"

"没关系的，私了了。"

"私了？"

"是这样。"沈绎心停顿了一会儿，做了一番思索才回答说，"本来该报警处理的，但郁总决定先缓一缓，找了中间人卖他个人情，希望能找出背后指使。"

"是公司的竞争对手吗？"

"我不知道。"

"你当时给的承诺呢？"青垚问，"公司会怎么处理？"

“按规矩，我说的话还得算数。”沈绎心斟酌着回答，“不过这笔公司不会出，财务走不了。”

“到底多少钱？你当时那么大方，一开口就是双倍，要是数额很大，谁肯出？”

“双倍是二十万。”沈绎心明白青垚绝不是随便能糊弄的，他笑了笑说，“我搞出来的事，当然要我承担。”

“二十万哦！往大了说，你是为公司，郁总想办法走账是应该的。往小处说，你是为了我和刘阿姨，这笔钱怎么也不该你来承担。”

“如果花钱能买个前途，算一算倒也不亏。”沈绎心说得诙谐，“你不服气的话，算我们俩的。以后调职了，你拿工资还我。”

青垚认为他在胡扯，可他却一本正经。青垚心想他还真是块做生意的料，现实得令人发指。两个人磨磨唧唧地也不知说了些什么、说了多久，电话那头忽然传来一个女人大惊小怪的声音：“哎，怎么还在聊！”

青垚一愣，沈绎心有些尴尬地跟她再见。

挂断电话，青垚在洗手台前站了很久，盯着镜子里的自己发呆。她忽然惊觉，镜子里的女人有一头蓬乱的短发，纤长的双眉，杏红的唇，一切如常，只是脸颊两侧一片绯红，而那双眼眸，不太清澈，也不透明，散发着迷雾般的神色，如同三月的潭水里飘落着瓣瓣桃花。她不禁喃喃自语：苏青垚，你这是怎么了？

突如其来地，有着一双碧玺美瞳的Doctor•Lee仿佛凑在她的耳边，棕色眼镜还挂在鼻梁下面，他挥舞着手臂张牙舞爪地告诫她：“Su，给我听好，职场女性忌讳办公室恋情！”慢慢地理智占据了上风，她盯着镜子说：“苏青垚，你要记住，沈绎心这人城府极深，栽进去你就完了！”

这个周末，青垚将工作整理完毕，最后一个离开办事处。刚到公司楼下，却看到苏炳浩的京字牌卡宴停在对面的马路上。带着沉稳笑容的男人背靠在棕色越野车的旁侧，灰麻色的订制休闲服，深色的下装，没有一丝皱褶。

“你进修远集团了？”苏炳浩一脸莫测的笑意。青垚没作声，拉开车门坐了进去。

汽车开得飞快，苏炳浩哼哼着说：“堂堂苏青垚，居然窝在小办事处当医药代表！”青垚气急，嘟着嘴辩解：“修远公司什么时候有过正式招聘？能进办事处不错了！”她忽然想起在眉山碰到那个一闪而过的影子，问：“苏炳浩，你交女朋友了？”

"长辈的隐私是你想打听就打听的？"苏炳浩从不正面回答她。这么多年他一心创业，一晃三十多岁了，他的个人问题始终是林翘音的心头大事。

"有就有，没有就没有。给个准话！"私下里青垚对这个叔叔一直是这么放肆。

"放心，小叔有市场的！"红灯亮了，苏炳浩修长的手指在方向盘上乱敲，眼睛专注地望着前方，"今天晚上没安排，请你吃大餐。工作了，我还没来看过你……"

青垚呵呵一笑，侧过头去看着窗外人头攒动的广场。就在这打望的瞬间，她的心跳蓦地一停，呆呆地凝神不动。只见前面，一个身材修长的年轻男人正在同一位亮丽的女人热切地聊着天，那女人还伸手拨了拨男人的头发。

青垚一眼就认出那男人是沈绎心！他穿着棕白色横纹T恤、板栗色的休闲长裤，也只有那样笔挺的身材才能将横纹驾驭出Smart Casual风格的斯文气质，在人群中格外显眼。青垚皱了皱眉头，这形象跟办公室里的沈绎心有些差别。平常的他稳重理性，总让人觉得热度不够。此时的他却是时尚成熟，尤其那一头短发柔顺飘逸，灿烂的笑容展露出难得的轻松俏皮。究竟哪一个才是沈绎心的真实面目呢？青垚不知不觉地将目光落在他身边的女人身上。

那女人比沈绎心略矮，留着棕色大波浪的卷发，腕上挎着爱马仕的铂金包，上衣是丁香紫的披肩，内搭白色蕾丝，下身一条灰色短裙，腰身瘦长而窈窕。虽然看起来略微年长些，却浑身散发着一种贵气的美。沈绎心将她送到路边的一辆银白色的玛莎拉蒂跟前，打开车门扶她上去。那女人半边身子都已经进了车，却还仰着头喋喋不休地说着什么。沈绎心微笑着顺从地点头，探出身体在她的侧脸轻轻地贴了一贴，那女人才无奈地摇了摇头钻进车里。

汽车绝尘离去，沈绎心站在路边，一手插在裤兜里，懒洋洋地四处打望，忽然眼神一闪。就在他笑容绽放的刹那，绿灯也亮了，苏炳浩轰响了油门，汽车从他身边闪过。

"你出什么神？有没有听我说话？"苏炳浩的声音在青垚耳边响起。

"啊？"青垚转头看着苏炳浩，"请我吃大餐吗？"

"去哪儿？"苏炳浩懒得跟她说。他想问她需不需要动用点儿人脉让她离开办事处，可是以他对青垚的了解，说了也是白说。

这时青垚的电话响了，接起来说了两句，便挂断了。

“男的？”苏炳浩的关心一点儿不比青垚少。

“同事。”

“什么同事周末还打电话关心你？”苏炳浩摸了摸下颌，露出一抹玩味的笑来。

“有人关心总比无人问津的好吧。”青垚将话题扯开，手指拨弄着头发问，“法国大餐，我这条小短裙不会失礼吧？”

苏炳浩点点头看了她一眼，显得勉强。

汽车在大慈寺附近的一条小巷内停下。

青垚跟在苏炳浩的身后，阳光透过银杏的枝叶洒下来，碎金一般迷人。在一栋不起眼的老洋房前，石头砌起来的门洞旁，一块金属牌子看似随意却颇为考究地靠在一组小天使的臂弯里，上面写着“Fontainebleau”。

“这里的大厨名叫枫丹纳，投资人把餐厅起名枫丹白露，效果超级好哦！”苏炳浩一边走一边跟青垚说话。侍应生拉开雕饰精美的红色木门，低声说道：“苏先生，杨女士已经到了，在楼上等你们。”

青垚不悦地看着苏炳浩：“说是请我吃饭，每次都搞得像促销赠送的！”苏炳浩“噗”地一笑，转头说：“是朋友，不是客户！”两人在侍应生的带领下，踏上法兰西古典风格的楼梯，来到二楼餐厅。

包厢小巧而精致，靠窗的落地玻璃旁放置着大盆米兰，沙发的软椅上，一张如沐春风的笑靥被葱茏的枝叶掩映着。看到他们进屋，那笑靥的主人站起身来伸出双手。“Maggie，对不起。让女士久等，该死！”苏炳浩迎上前去，握着她的手朝自己怀中拉近，蜻蜓点水般地拥抱了一下，转身将青垚亮出来说：“苏青垚，我侄女儿。”Maggie看看青垚，又看向苏炳浩，甜美地重复着，“侄女儿？”

“青垚，这可是鼎鼎大名的Maggie小姐，《锦城财经》新闻部的主编。你刚工作，少不得要跟着好好学习。”苏炳浩放得很松，显然与对方是非常亲密的朋友。

青垚上前与Maggie抱了抱说：“Maggie你好！”女人上下打量着青垚，魅惑地笑着问：“炳浩是你叔叔？”

“嗯。亲的。”青垚故意加了两个字。

话音刚落，两个人顿时颇有灵犀地大笑起来。

Maggie请青垚坐下，她说：“炳浩，你侄女长了张天生女主角的脸，撑得起大场面，以后可以走御姐的路子。”苏炳浩不客气地拉开沙发坐下来，交叉着十指放在胸前说：“Maggie，你是新闻主编，不是娱乐经纪，挖掘明星是你隔壁狗仔干的活儿！”

青垚见他们玩笑开得随意，心中疑虑四起，不知道他们是旧识还是男女朋友。心里想着，眼睛便分外仔细地观察起来。Maggie一身猩红色丝绸晚装，肩部是银线的镂空刺绣镶边，领口的锁骨上有颗心形金色小吊坠，蓬松后梳的卷发配着精致的妆容，显得格外大气。她的打扮看不出年龄，一笑起来，眼睛非常特别，弯弯的，如同月牙儿一般。青垚觉得她很有魅力，与苏炳浩简直是绝配。

餐酒摆上，苏炳浩端起来一口灌下，Maggie则举着杯子在眼前晃了晃，“做经纪人养成的习惯，瞧着有前途的，免不了帮着定位策划。青垚你在搞销售，对品牌培育应该不陌生，上手一新品，首先寻思怎么定位怎么产生品牌效应，对吧？”青垚心想，她居然知道自己在做销售！

于是笑着调侃：“Maggie姐，习惯太久容易成职业病呢。”Maggie 还未说话，只见苏炳浩慵懒地朝椅子后背靠了靠，说：“得嘞！你们俩唱和，没我事了。”他说话的时候长腿叠加交叉，显得舒适又惬意，“我就指望着你能说服青垚呢！销售太LOW，女孩子还是尽早转型做策划的好。”

青垚不服气，争辩说：“拜托你不要打击这个行业！我的人际关系和处理能力不弱，通过努力为公司带来效益，同时也为自己赚钱，怎么LOW了！我唯一的劣势在缺少专业的医药知识，但我也肯学啊！”

“炳浩犯病了。”Maggie对青垚说，“也是职业病的一种，大男子主义神经官能症，简称‘男神’病。”苏炳浩气若游丝地哼了一声，青垚忍不住笑起来。她想，苏炳浩也有今天，被人调侃到没脾气。Maggie毫不在意，继续说：“在我眼里，销售是这世界上最酷的职业。顶级的销售可以开创并主导一个品牌，用独特的概念将品牌植入别人的心智当中。要借助战争法则思考战略，要聚焦各个部分进行取舍并集中资源，要用逻辑的方法把企业品牌扩张到整个品类中去。销售可不是人们嘴上说的贩卖商品的中间人。假以时日，中国的企业也能通过销售方式的改进，创造出真正意义上主导全球的品牌，这才是销售的意义！”青垚听着，眼睛里已经抑制不住崇拜的光彩。Maggie身体前倾靠向苏炳浩，眼睛弯得更细了。“炳浩你做投资，青垚已经在往你手上递BP（创业计划书）了，我只会帮助她怎么说服你，而不是让她放弃自己喜欢做的事情，让你失望了。”

正说着，侍应生推着小餐车进来。这里最出名的是名厨枫丹纳亲自制作的巧克力酱煎鹅肝，青垚回国以后就少有机会品尝如此地道的美食。Maggie见她动手享用，专注而痴心，“这鹅肝虽是传统的方式，但料汁配上纯正的巧克力酱，入口即化。是极品！”青垚边吃边点头，显得分外满足。

“嗯。在英国待了两年，学业勉强，倒成了正宗的吃货！”苏炳浩擦擦嘴，转头对Maggie说，“投资靠的是眼光，我就这么一个侄女，她想怎么玩我都奉陪，可挖坑的事情我可不干。”

“苏炳浩，你就挤对我吧，走投无路的话，我就投靠你隔壁，哦？”青垚朝Maggie眨了眨眼。通过她观察，这女人十有八九就是苏炳浩的女朋友。对自己未来家庭成员动个心眼，下招险棋很有必要。苏炳浩不是没看出青垚挤眉弄眼的表情，他用自己的实际行动告诉青垚，“你想多了……”

从Fontainebleau出来，苏炳浩并没有热情主动地送美人儿回香闺，而是倚老卖老一副长辈的姿态要把青垚押解回家。青垚看出Maggie的幽怨失落，连连摆手表示，餐后运动有利健康，她希望能够步行回去。苏炳浩的霸道用在青垚身上反倒显得刻意，但他似乎很执着。Maggie拢了拢耳边的卷发，洒脱地走向停车场，晚风卷起她飘逸的裙摆，露出雪白修长的双腿，她穿着黑色鹿皮闪钻的高跟鞋，右脚踝上系着一根镶着翡翠的细链子。连青垚自己都觉得诱惑力十足，她心想难道苏炳浩不是男人？Maggie一边走，一边朝青垚微笑着说：“长辈不能忤逆的，这是仁道之本。你最好乖乖听话，我去提车了！”

片刻后她开着香槟色的宝马出来，车窗滑下，看着苏炳浩说：“谢谢苏总盛情款待，什么时候走，我送送你啊？”苏炳浩的眼神有些游离，并没有直视Maggie，停顿了片刻才说：“明天约了人。像我这样一天到晚飞来飞去的，没必要搞十里长亭吧？”

“嗯，也是。苏总一贯潇洒，好吧，明天当心点儿！”Maggie说完，跟青垚招了招手，轰着油门绝尘而去。青垚站在苏炳浩身后，Maggie神情里的期待和眷恋、失望与妥协，复杂到她不能理解。苏炳浩的半张脸淹没在昏暗的路灯下，身体不偏不倚如同无波的枯井。

一瞬间，两个人都沉默了。

苏炳浩开车驶出小巷，没有说一句话。青垚觉得没什么可打破沉默的话，她就准备啰嗦了。这时苏炳浩的电话响了，他戴着蓝牙耳机，温和地说了句：“在开车呢，乖啦，挂了。”

“什么人？”青垚目不转睛地盯着苏炳浩问。

苏炳浩侧头斜睨了青垚一眼，唇角稍稍牵动一丝笑容，欲言又止地，最终还是选择了沉默。除了对青垚，他什么时候用这种口气跟其他人说过话！青垚先前认定Maggie是未来小婶子，除了觉得她那妖艳魅惑的风格搭上小叔的硬朗霸气，就如同浓郁芬香的美酒配上强烈刺激的烟草般般配，更重要的是苏炳浩在Maggie面前表露的自然与松弛，是他在其他时候很少看见的。她承认自己非常无聊，理论没有实践支撑只能称为扯淡，面对苏炳浩投来的那一瞥，青垚非常知趣地回答说："我懂，不该打听的不打听。"

路过帕尔曼酒店，附近的街道不宽，苏炳浩将车开得很慢。

青垚忽然被什么吸引，汽车驶离酒店已经很远，她还不甘心地扭头打望。

"你认识她？"苏炳浩漫不经心地一句，让青垚倍感意外，她坐直身体，侧着头问道："你也认识？"她奇怪苏炳浩长期不在成都，为什么好像很了解的样子。"呵，沈家熊的孩子，各个期刊的娱乐版隔三差五地报道。这一次又被记者抓拍了什么题材？"苏炳浩随口一说，青垚吃惊不小，她回成都这么久，还真没空关心什么娱乐版，她只知道那个女孩儿曾是陈跃翔身边的女伴，名叫Ariel。刚才在酒店门口，Ariel一身青绿色波点短裙，正跟一个白种帅哥纠缠不休，像是喝醉了酒，她摇晃着双手推搡，脸上露出恼怒的表情。

她竟然是沈家的人！

从苏炳浩嘴里轻描淡写说出来的这个沈家，除了修远集团，应该别无分号。"沈忠民什么时候有个女儿？"青垚不解，话一出口就觉得很无聊，豪门恩怨同父异母的桥段，平常百姓都耳熟能详。

"哈哈！"苏炳浩果然毫无由来地一阵大笑，"看来你早就做足了功课，小叔真不该对你不放心。"

"什么啊？"青垚皱了皱眉。"这个女孩子叫Ariel沈，修远国际总经理沈忠魁的养女，也可能是私生，美国出生的。"要说做功课，显然苏炳浩更充足。

"沈忠魁的女儿？"

"这个小女生自小就被带回国内，跟保姆生活，看起来成长得不怎么样啊！"苏炳浩平常并不爱损人，说起这女孩儿，却满是不屑一顾的劲儿。青垚想起莉荔跟她讲过的实权人物，难怪陈跃翔好好的名字不要，取个狮子的名字跟她配对，联想到沈绎心也是不择手段地冒险，跟那个开着玛莎拉蒂的女人周旋，还不是为了争取、为了上位无所不用其极，她突然感到一阵厌恶。

"她还有一个哥哥、一个姐姐，沈蕴诚和沈蕴真，都出自沃顿本科，现在已经在修远国际打事儿了。"

“哦！”青垚觉得苏炳浩口中的这些人跟自己关系不大，她问，“沈忠民的儿子呢？公司的人说沈忠民没有孩子。”苏炳浩的瞳孔紧缩起来，他眯缝着眼睛望着前方说：“场面上打听不出来，好像真不存在似的。不过，会有消息的，快了……”

青垚看见苏炳浩紧紧地握着方向盘的手，因为用力的原因，手背的青筋都鼓了起来，她有些紧张地问道：“你准备怎么做？”苏炳浩淡淡说道：“能怎么做就怎么做，尽到自己那份心就对了。青垚，你是女孩子，如果有那么一天，小叔希望你能全身而退，不要陷得太深。有什么搞不定的，找Maggie帮你。”青垚不安，问他什么意思。

“为什么找Maggie帮我，刚才你还那么对人家？”苏炳浩在青垚头上敲了一敲，冷冷地问：“我怎么对她了？”青垚问：“她到底是不是你女朋友？”苏炳浩没回答，“嘎”地刹下车，说：“到了，自己上去。”青垚跳下车，转身靠在车窗上，朝苏炳浩摆手说：“心意领了，我自己的事自己会搞定！”

苏炳浩哼了一声，猛地将油门轰得大响，冲了出去。

11. 分歧

苏炳浩离开以后，青垚并没有进小区，她站在路边，看着手机寻思着什么。

去还是不去呢？没想到身体反应居然比脑子快，人还在思考，手已经招呼了一辆出租车。

虽然报了“花家天堂”的地址，但只到旁边的酒吧她便下了车。

这个名叫CLUB RED的酒吧分上下两层，用清水砖墙和玻璃幕墙融合装饰，苏青垚看中了那通透的落地玻璃，坐在二楼大红内饰的沙发里，靠着墙能清楚地看到对面的“花家天堂”。正值夜生活鼎盛的时间，底楼人多拥挤，二楼却只有几个金发碧眼的外国人在低语，享受着Louis Armstrong忧郁的嗓音。今夜似乎特别旖旎，从青垚的角度，刚好能看见对面露台角落，远远地望过去，沈绎心正在灯束下慵懒地半躺着，膝上放着一本书。

下午他在电话里说会在那里等她，请她应酬结束后赴约。

“没什么重要的事，休息了几天，想看看你。”

“不用等，不知道什么时候结束。”

“没关系，我在那里会坐很晚。”

自从峨眉山遇险，青垚便总是抑制不住牵挂，电话里的絮叨不够填补铺天盖地的想念，远远见到他，心里别有一番滋味。

真是个复杂的男人啊！青垚心想。他冒险把自己和刘毅从秦昊天手里交换出来，如果真如他自己所说，只是花钱买个前途的话，那他简直疯狂得叫人害怕。

“来这里喝酒应该点思佳丽不是吗？”一个声音打断她的思绪，青垚抬起头，面前不知什么时候坐了一位年轻的中国男人。她皱了皱眉，四下看了看。

“不用看了，这里的中国女孩不多，尤其还是单身一人的。”对面的陌生男人温文尔雅，笑容似是而非。青垚端正了身体，正式地打量起他。这男人大概二十五岁上下，头发蓬松微卷，带着天然的优渥气质，比起沈绎心来少了份坚毅、沉静。他十指交叉靠在桌沿上，身体微微前倾，青垚清楚地看到那棉质衬衣的袖口，露出一枚意大利手工定制的袖钉。青垚记得苏炳浩的衬衣上也是这样的袖钉。这个年纪的男人，大多还在职场拼杀，沈绎心通常就只穿公司的制服，偶尔让青垚看到他的另一面，还给人不确切的联想。

“不介意的话我请你！”面前的男人痞痞地笑了笑，看来女孩子在他面前失神不是第一次，青垚的状态让他信心倍增。他扬手招呼来人，“给这位小姐换一杯思佳丽，再来一杯博瑞德。”

等侍应生离开，青垚开口问道：“我们见过吗？”

“见过。”男人回答得斩钉截铁，他望着天花板想了想说，“葛洪川上的牧童怎么唱来着？三生石上旧精魂，赏月吟风莫要论；惭愧情人远相访，此身虽异性长存。你觉得见过那就是真见过了！”他对青垚诧异的表情毫无察觉，只管滔滔不绝地说笑。青垚没想接他的话，她的眼睛透过他的面颊凝神远望——对面的露台上，沈绎心刚放下书本，他掐了掐眉心，又抬腕看了看表。

那细微的动作让青垚的心轻轻抽搐了一下。

“你是修远集团的？”面前的男人在半路劫持了她的目光，仿佛不能容忍女人明目张胆地把目光停在他的脸上走神。“嗯？”青垚回过神来，低头检查自己身上的小洋装。“这儿！”男人笑着指了指搭在沙发上的外套，领口有一枚很小的领徽，“哪家？”

青垚没回答，反问道：“你也是？”

“嗯，修远国际。”

难怪！集团的人才会对那么小的一枚领徽感兴趣，青垚点头说：“我在中药公司。”

“哦，郁总那里。”男人眉毛一掀，显得漫不经心。青垚感到修远国际的人优越感不是一般强，她不想毫无意义地待在这里，便拾起外套说：“抱歉，下次再品尝你的思佳丽，我得走了。”男人耸了耸肩，摊开双手说：“我还以为会是个浪漫的夜晚呢！”

“抱歉。”青垚一边说着站起身，这时侍应生把酒端了过来。

“请等等！”男人显得有些踌躇。青垚不解，眉眼柔和地看着他。

“带钱了吗？”

“啊？”青垚直觉是听错了。

“借我两千。”

她重新坐回沙发，打量着眼前的男人。

“我会还你的，放心。”男人神态自若，从口袋里掏出一张银行卡，拿着桌上的白纸签蒙着卡上的号码刻印下来，“我刚回国，还没有绑定各种手机支付”。

青垚当然是放心的，两千块钱还不够买他袖口上的钉子。她从包里掏出钱夹，愤愤不平地想，生平第一次被搭讪居然是借钱，够走运的！

“两千。好了，再见！”

“哎，别忙！”男人将手覆在青垚放钱的手上，“说了要还你。”他拿起桌上的铅笔，在白纸上“唰唰唰”地列式算起来，一边算一边说：“这张卡里还有余额四百美元，今天的汇率6.1432，现钞在纽交所和纳斯达克走一圈，凌晨两点收盘。卡上的钱应该会涨一千二到一千五，多出的算投资收益吧。喏，这里有我的签字，卡你收着，我不想欠女士的钱。”男人说完将铅笔往桌上一丢，银行卡已经放到青垚的手边。青垚定定地看着他，“你是……”他笑着点点头，肯定了青垚的猜测，“我在资金中心，如果你有兴趣，我也做私人理财的！”他一边解释，扬手叫来侍应生，顺手将桌上的钱放到他盘子里，“结账，不用找了。”

青垚无可奈何地看了他一眼，“我只给了两千，你存多了。”

“不多。我还得再跟你借一千，毕竟不知道还会碰到什么状况需要现金。”说完将手伸向青垚，态度诚恳。

居然还要钱！青垚觉得自己应该一拳撂倒他。

她看了看站在五步之外的侍应生，气鼓鼓地再数了一千元钱丢到桌上，转身离开了。刚走两步，她又转身回来，拾起桌上的银行卡，咬着牙警告说："我只想验证一下你的理财能力，不要让我再碰到你！"

男人舒展着眉毛哈哈大笑。看着青垚离去的背影，男人颇有意味地端起那杯博瑞德，一口将酒倒入口中，转头望着青垚凝视过的方向，酒在嘴里含了半天才缓缓吞下。

花家天堂的露台上，沈绎心总算等到了姗姗来迟的青垚。

沈绎心看到她的瞬间，意外地开心，盯了半天才开口问："怎么了？"

"喏！"青垚扬了扬手中的银行卡，忍不住讲起刚才遇到的修远国际的那个男人。沈绎心却问："你需要钱吗，花这么长时间去应酬他？"

"你不需要钱？"青垚觉得他问得无理，"他是不是真能做到一晚上150%的投资收益，我得证实证实呀？"

沈绎心冷淡地回答说："你需要钱，可以跟我讲。"

他这副不染红尘的模样，倒让青垚意外。能干出花二十万买个前途的事儿，看来他真不是个缺钱的主。"我需要钱可以自己赚。赚钱刺激有趣，伸手要钱的本事我还没学会。"青垚侧头看着他，"你为了赚钱，也用了很多手段，不觉得有趣吗？"

沈绎心说："手段跟谋略还是有区别的。"

"谋略？"青垚笑了笑，"花钱买个前途或者试图靠女人达到目的，这是手段还是谋略呢？"

"有些事不是你想的那样。"

"哪件事？"

青垚咄咄逼人，让沈绎心愁眉不展，他想了想才抬起眼皮说："下午给你打完电话，我就到这里来了，我都做好了待通宵的准备，没想到你真的来了。我们可以……"

"之前呢？"没等沈绎心说完，青垚便打断了他，"打电话之前。"

"之前？"沈绎心的眉头蹙得更深了，"原来你都看到了。不要以为你看到了什么就是什么，其实也许那根本不是真相。"

青垚觉得这样的对话无聊透了。她怀着复杂的心情走上露台，隐约存着某种不切实际的幻想，她期待沈绎心能够大气地嘲笑她小心眼儿，告诉她那女人是他的姐姐、阿姨，甚至是亲妈都好，后面才能顺理成章地继续。但是他含糊其辞地说些模棱两可的话，连他自己都不知道什么意思吧。她想起沈绎心曾经说起女人，"男人取悦女性无非为了得到她的肉体或者精神上的依赖……我并不想陷入这种彼此折磨的境地……我选择简单些。”她感到失望，同时也非常自责。明明在对面看一眼就该走了！这夜深人静的时候，如此冒失地接受邀约，无疑是在暗示对方、投怀送抱！那天晚上她已经干过傻事了，自己居然第二次干同样的傻事！

沈绎心显然无法感知青垚内心的汹涌，他知道下午的电话打得唐突。当时，他看到青垚在一个陌生男人的车里，出于本能地掏出手机，他说“不要以为你看到了什么就是什么，其实也许那根本不是真相”。这话是说给青垚听，同时也是在告诫自己。

“对不起！”沈绎心眼看青垚满脸不悦，赶紧为她拉开椅子，问，“想喝点儿什么？这里也提供鸡尾酒。我最近喜欢他家的飓风，酒精强度蛮震撼。”

“我来跟你打个招呼而已，不会坐很久。”青垚搜肠刮肚为自己找理由。

沈绎心感觉到青垚的抗拒，说：“佛家教人不要着相，凡所有相，皆是虚妄。意思是让人不要执着所谓的眼见为实，亲身经历。人的眼耳口鼻身体构造，甚至精神思想随时都在变化，你所见到的事实并非事实，至少不是事实的全部。”

“《金刚经》？”青垚烦透了，“可惜我不懂。对不起，我还有事先走了。”

“等等！”沈绎心看起来愁苦不堪，他握住青垚的手说，“是我错了，跟你没关系。别走！”

青垚感到好像有什么锐利的东西刺得心痛，她后悔自己的冒失，丝丝缕缕的烦恼在胸中纠缠，觉得沈绎心指不定已经把她当成什么人了，索性说道：“有些话不该说，但你既然费尽心思，我也不妨顺顺你的思路。你有远大的构想没错，看到沈家对中药公司投入巨大，于是抢得先机去做销售，我感谢你信任我、提醒我。可别以为信了佛，就有了仪仗，偷心用不着走这套路。我们因天意相识，但注定是不同的，我有自己的想法，有自己要走的路，对待事业的态度也有很多分歧。我理解你，也希望你好，明白吗？”

沈绎心直愣愣地看着青垚，听她说完这番话才慢慢放开双手，他的声音变得冰冷起来：“你真的理解的话，就不会这么说了。”

青垚熟悉沈绎心这副表情，他们刚认识的时候他就是这样。她脸上挂着笑：“那怎么说？感谢您的深情厚意，小女子无以为报，以身相许吗？”

“青垚！”沈绎心急切地打断了她，不知道为什么每句话都不对味儿！

他咽了咽口水，揣进裤兜的手紧紧地捏成拳头，松开、握紧，握紧又松开，舒缓许久才自嘲地笑了笑，像是自作自受似的。他说："我知道我现在说什么都是错，你不要误会。不如坐下来喝杯酒，一会儿我送你回去。"

"不了，谢谢。"青垚提着外套，说，"我只是想来看看你，既然看过了，你也挺好的，我们就再见吧！"

沈绎心无能为力地看着青垚离开，等她的背影消失在转角，才颓然地跌坐下来。他双手抱着头把自己深深地埋进沙发里，自言自语地说："这到底是怎么了……"

12. 权力的转移

一场小雨淅淅沥沥，金气秋分，风清露冷，阳台上的几盆金桂开得格外欢畅。

沈绎心接到从香港打来的电话。

"顺尧告诉我，公司考核下来了，你是第一。"电话那头是沈忠民，他口气清淡，显然并非为了专程分享儿子的好成绩，"不过民主测评低了点儿。"

"嗯。"沈绎心点头承认，显然没把这放在心上。

"董事会在集团战略问题上的分歧很大。爸爸想听听你的意见。"沈忠民从没想过有一天会跟儿子探讨集团的事情，他曾希望沈绎心这一生富庶安宁，有自己的妻子儿女，稳妥地过下去。两年前那场事故却将这些痴妄彻底打碎，沈绎心仿佛背负着某种使命向死而生，他表达了自己想做"麝予仙"的想法，他说："现代西医擅长把肉体看作诊治对象，很难在身心这一领域有所建树。当我们还在怀疑自己的传统医学是否是欺世盗名时，日本人、韩国人已经获得《伤寒杂病论》、《金匮要略方》里上百个古方的专利！中药公司是董事长一手创立的，'麝予仙'是祖辈留下的金饭碗，这些东西我们不要，就会有更多的人去抢。"也就在那天，沈忠民离开成都去了香港，为了了结他的心愿。

"我能有什么意见呢？"沈绎心坐在书房。他以为，在他走到区域总监这个位置之前，不能参与到公司决策中去。

“没关系，只是想听听你的想法。”

沈绎心思索了一会儿，慢慢说：“集团壮大到现在，得益于三叔前瞻性的战略决策，修远国际顺应了资本全球化的潮流。社会发展到现在，行业和世界都在变化，董事长既然专程问起来，我就说说自己的想法吧。

“我们知道资本主义的优势在于社会分工，以个体之间的激烈竞争，激发整个社会经济的发展。但其与生俱来的贪婪性和扩张性，使得单纯的社会分工无法填补这种无尽的扩张。因此所谓世界经济共同体、资本全球化，就成为必然的现实。当资本的触角在国际间流动，投资者只需在电脑上敲几个键子，大量资金就在瞬间从地球的一个市场转移到另一个市场。当全球经济变成一台庞大的赚钱机器时，社会个体零件就会转化为国家零件。说直接点儿，当国家在这样的趋势中成为一个零件时，修远国际也难免变成机器上的一环而被操控。这意味着，所谓的修远制造，在赚钱机器面前将毫无意义，就如同奴隶被戴上了镣铐。”

“沈绎心！”沈忠民忍不住打断他，“我们谈的是企业的未来。”

沈绎心说：“是企业的未来没错，修远集团的未来跟国家的未来如何能割舍清楚呢？很明显，那台赚钱机器不是中国人的！当年金融危机从美国开始，所有产业链上的国家都成了埋单人。试想，经过这么深刻的教训，国家制定的对策归集到本质上会是什么呢？”

沈忠民说：“当然是加大政府投资、扩展内需，千方百计保护国内市场，救助自己的传统制造业。”

沈绎心说：“不错，千方百计保护自己。比如互联网企业为了摆脱镣铐，就在野蛮生长。这个世界的生态平衡，不只存在一种食物链。美国能制造自己的产业链，中国一样能！修远集团的战略，要顺应这股潮流才是正确的。”

电话那头，沈忠民沉默了很长的时间。“还不错嘛，小子！爸爸也在思考，修远集团的未来跟国家的未来确实息息相关。”

挂断电话，沈绎心感到头颅又开始隐约作痛，他走到书柜前开了酒，顺势坐倒在地毯上，酒杯端在手里，一口下去，浓郁封冻咽喉，忽而热浪席卷胸腹，这样的感觉让他放松下来。事实上，他的话并没有说完。他心想，作为纯粹的商人，父亲能允许他说到那个地步已经够了。

如果把社会形态看作由各种食物链组成的生态平衡的话，它的发展就是一个不以人的意志为转移的自然历史过程。这些由暴力、财富和知识所供养的食物链，现今也正悄然地发生着革命性的转移。

暴力和财富曾是过去时代的食物链基础，随着社会加速碰击，知识已经成为一种爆炸性的新力量。比如，早期西医因为控制着医疗技术，处方用的是拉丁文，病人对处方内容一无所知。而今，任何人用电脑都可以获得特定疾病的治疗方法和信息，医学行业的技术垄断已被彻底粉碎。医生的权力剥夺，仅是知识与食物链关系在发生变化的一般过程的范例之一，其他领域，专家们掌握的专业知识也正在失控。

20世纪80年代末，有一种软权力理论风靡全球。指在文化形态、意识形态和国际机制上，有赖于国家通过观念的吸引力来行使权力。中国人在20世纪的最后20年也通过主动谋求融入国际体系，紧跟这场新兴的技术革命，获得了举世瞩目的成就，成为食物链上权力转移的受益者之一。但同时，为获取这条食物链，国民是以削弱自己的传统文化和价值观为代价的。中国几千年的传统文化基因植根在十三亿人的血脉之中，怎么可能轻易抹去，而生活到其他的价值观里去呢！在没有中华文化体系的食物链上，中国人的命运，不过是被资本游戏所游戏，最后在麻木和安乐中沉沦。这些年修远国际朝外走得太远，在成为赚钱机器的同时，自身的灵魂也差不多消耗殆尽了！

在沈绎心端着酒杯独自思索的同时，青垚也正端着红酒躺在地毯上。

她枕着蔚子的长腿，旁边是靠墙而坐的陈扬。他们从小在成都C大的院子里长大，直到陈扬和青垚双双出国，蔚子去了中央美院。

蔚子来成都不久，便邀请来了陈扬。今天，陈扬如期而至，仗着百折不断的友情，狠狠地给了她俩一个熊抱。

“青垚，找不着好地方收留你吗？医改政策出台后，会逐步取消医药代表的资格的。”陈扬靠在墙边，微眯着眼睛。对于青垚加入修远集团这件事，他至今仍有说不出的郁闷。“为了找个人，把时间浪费了，不值得。”

青垚没说话，神思游离着不知在想些什么。蔚子摇晃着杯中的红酒，似笑非笑地看着陈扬说：“你不知道，现在出现了一个叫沈绎心的人……”

“沈绎心？”陈扬疑惑地问。

青垚回神，知道他误会了，赶紧解释说：“普通人，跟沈家沾点儿远亲，我们只是同事关系……”

“这人浑身上下都是问题，值得你花心思本身就说明他不普通。”蔚子食指抵着唇笑，“青垚，不如让我们见识见识，他要比得过陈扬，我就建议你直接拿下他！”

“蔚子！信不信我打你！”陈扬恼羞成怒，蔚子却不以为然，“谁叫你老让青垚处在空窗期呢。”陈扬有苦难言，白了蔚子一眼，说：“我这不为你考虑嘛！”

“我可是迫不及待啊！”蔚子敞开胸怀，“你要这么说，现在就可以开始！”

“蔚子！你发疯，我奉陪！”陈扬说。

青垚皱了皱眉说：“比什么比！我还没摇扇子，你们倒疯了！”

蔚子“嗤”地一笑，扬起手来表示放弃。人说总角之交，自小就长在一处的三个人，早已是骨肉难分。记得初三那年暑假，第一次偷喝红酒，陈扬爸爸的一瓶拉菲古堡被三个不懂事的小孩儿糟蹋了。微醺之际，蔚子拧着排笔狂抹，把陈扬家的书房墙纸当画布，弄了一墙的海蓝色的鸢尾花。陈扬爸爸疼爱蔚子，说要留着等蔚子长成当代凡•高，就把它给拓印了参加苏富比秋拍。

“陈扬，你爸爸居然把房子卖掉了！可惜了那传世之作，被人抹了海藻泥，埋没啦！”

“哈哈！”三个人笑成一团，青葱岁月，总让人莞尔，友谊在回味中历久弥新。

13. 身份成谜

考试成绩下来，青垚综合名列第十位，没想到第一名竟是沈绎心。李明星和陈跃翔也进入了前十，高新办事处彻底火了！主管周秦在欢呼声中尤为冷静，他准备请人看看风水，此地藏龙卧虎，是块宝地。

这天青垚得到通知，营销中心市场部调她入职，周一报道。莉荔喜出望外，激动地说：“我没说错吧，我们又能一起啦！”青垚却关心沈绎心的去处，周秦没说，莉荔也不知道。

按道理，第一名理所当然进营销中心的。

高新办事处是青垚走向社会的第一个工作场所，谈不上档次，但人情味儿浓，没有弥漫的职场硝烟和办公室政治，这或者跟她的性格有关，她不是做作的人。在英国读书的时候为了四处旅行而节省生活费，她参加各种社团吃免费的饭，打一些小工，或者试着一周内有几天吃两包方便面过一天。甚至去参加大胃王比赛。她读书那些年走过很多地方，这些经历让人充实，心胸宽阔。她的规划是三年销售，然后调到跟销售部平级的市场部，提升的喜悦反而没那么强烈。

周一大早，青垚换了套职业装走进修远医药的总部大厦。这是一栋五A甲级写字楼，大厅气派敞亮，十二部电梯同时起降。青垚来到位于二十楼的人力资源部报道，碰到陈跃翔也在，他和一个穿着精致西服的高个男人在一起。

青垚认出他就是在CLUB RED遇到的那个陌生男人，修远国际的。

那人一见青垚，便笑着伸出手臂："嗨，又碰面了，我叫沈蕴诚。"

沈蕴诚！沈忠魁的儿子！

"苏青垚。"她在惊诧中也没忘记伸出手去。

两个人的手刚触到的瞬间，沈蕴诚用力往回一拉，俯在青垚耳边悄声说："很高兴跟你成为同事。"说完，没等青垚回应，便笑嘻嘻地去了总经理办公室。

陈跃翔看着这一幕，大彻大悟般拍着青垚的肩膀说："哎哟，怪我没长眼，日后关照哥啊！"青垚无奈地摇摇头："不是吧，阿翔哥，说这！"青垚的推脱，被陈跃翔理解为"没得说"的耿直。

他很高兴，把青垚领到人力资源部办公室，敲了敲门，只听一个清亮的女声应道："请进。"推开门，只见里面坐着一个四十来岁的中年女人。陈跃翔紧赶着上前几步，熟络地叫了声"郭姐"！说完将青垚介绍给她。青垚恭敬地弯了弯腰，叫了声"郭主任好"。那女人颇为玩味地在她身上打量了一番，才随口询问她的家庭状况。青垚不愿把自己完全暴露，含糊地回答说："爸爸去世了，妈妈现在C大任教。"

陈跃翔坐在旁边，扯着上衣领子轻佻地说："郭姐帮帮阿翔，我也外调哪个分公司干干，市场部憋呀！"郭主任没好气地说："死小子，你那点儿心思郭姐不知道？老周不跟你计较，换成武侯区，试试！陈总在郁总跟前提了几次，你性子不收敛就不放你下去！"陈跃翔觉得脸上有点儿挂不住，说："是啊，我算什么，领导挥洒交情的道具，也就这点儿用了。你没看见，哪个办事处配着奥迪车？哪个处长比周大清闲？武侯老余成天带队跑终端，完不成任务都快秃顶了！"

青垚专注地看着陈跃翔，觉得这话里信息量很大。中药公司的销售领域，这人是个谜，沈绎心为了获得跟他跑市场的机会，还被忽悠着卖了几天切菜器。他到底凭什么可以拿到大单呢？

郭主任说："阿翔，郭姐知道你人好，但陈总怕没人降住你。消停些啊，机会多着呢！”

陈跃翔点头说：“好，听郭姐的没错。我记住了！”

闲聊了一会儿，郭主任让一个年轻女孩带青垚去填表格。“到市场部的只有你们俩，其他都去了销售部，老周是真对你们好。”

营销中心在二十五楼，嘤嘤嗡嗡的喧嚣跟人力资源部的静谧形成了强烈对比，几十号人在矮隔断小间里接电话、打电话，来来去去非常忙碌。年轻的HR将青垚和陈跃翔带到市场部经理的办公室，开门一看，居然是欧舒丹！青垚有点儿傻眼，亲热地叫了声“丹姐”！想想不对，又改口叫“欧经理”！欧舒丹还认得青垚，高兴地跟陈跃翔讲起她是如何努力称职。青垚暗自嘘了口气，心想亏得那天有沈绎心，否则哪有今天这么顺利。

陈跃翔在市场部负责OTC产品和政府事务，青垚被安排做品牌宣传。她考试时写的策划方案不错，经管理层研究决定，将作为“麝予仙”品牌宣传的其中一轮。工作安排妥当，欧舒丹通知，晚上郁总主持新入职人员晚宴，让他们准备一下，穿正装参加。

中午青垚接到Maggie的电话，恭喜她正式入职。

“到我这里挑件晚装吧，保准脱颖而出！”

“晚上时间紧，将就一下好了。”

话虽这么说，青垚还是特意在衣柜里找了件蟹壳青的丝绸裙装，上面配着金线刺绣的白色薄纱，虽然低调，但左肩头和后腰分别镂空了一大片玫瑰，闷骚性感。青垚曾穿着它出席过Doctor Lee的学术庆功宴，今天穿上应该不会失礼。

天气很凉，青垚在外面披了件大衣，慢慢出门。

刚到小区大门，远远看见一辆黑色奥迪车停在路边，车身靠着一个修长笔直的身影，双手交叉在胸前，低着头不知在看什么。

是沈绎心！

青垚听到自己心“扑通、扑通”地乱跳不停，全身的血咆哮着往脸上奔涌。那晚她可以憋着一口气傲然离开，今天却没有办法避而不见。沈绎心穿着黑色的西服正装，合体的裁剪让他的腰身更加笔挺，暗红的亚光领带，袖口露出一小截浅蓝衬衣的边沿，加上经过特别打理的头发，柔顺飘逸，不用看脸整个人都散发着一股摄人心魄的魅力。

青垚咬着唇，裙摆飘动悄然出现在他的面前。沈绎心微怔，抬头笑起来。

青垚凝视着他的皓齿灵眸，恍惚觉得冰雪消融了般，狂乱的心随着他的笑缓缓平复。沈绎心打开车门说："来接你，一起去酒店。"

青垚说："搞这么隆重，又不走红毯！"

沈绎心伸手按在她的头顶："是顺道！我们还要去接周大。"

"哦。"青垚被他按坐上副驾驶的位子上，刚撩起裙摆，却见沈绎心俯身下来，伸手为她扣上安全带。他的神情矍铄，眸子清亮如镜，温热的呼吸裹挟着清馨的口齿香气，明明只是寻常礼节，却让人觉得汹涌放肆。青垚作不得声，直到他绕着车头来到驾驶室坐了上来。

路上，青垚告诉他自己到市场部报到的消息。

"嗯。我知道。"

"你呢，你去了哪？"

"坦桑尼亚，驻派一年。"沈绎心说着，侧头朝她笑了笑。

"坦桑尼亚？"青垚如遭雷轰。因为意外，她的声音已经变调，像有槌子猝不及防地打在心口。为什么是坦桑尼亚？她使劲儿眨了眨眼，转头看着车窗外变得模模糊糊的人潮，若无其事地说："挺好，挺好的……"

沈绎心全无察觉，他轻松愉快地说道："集团准备往东非拓展业务，先去那边筹建'麝予仙'中医馆，最好能与当地传统医药合作。我在这个时候过去很适当，那边有很多好玩的地方，你有空的时候也可以去看看。"

"你以前去过坦桑尼亚吗？"青垚望着窗外问，她不想在这个时候听什么好玩儿的。青垚的敷衍没有逃过沈绎心的眼睛，他没有回答青垚的话，只是将视线偶尔落在她的身上，蹙着眉不知在想什么。

接到周秦，沈绎心将车开到馨格里酒店。

大堂的迎宾牌上写着"修远药业请至苏州厅"。三人刚走进灯火璀璨的会场，眼前"咔嚓"一闪，莉荔从镜头后面露出头来，眨着眼睛说："老大，再来一个！嗯，青垚和沈绎心你们上前一步！哎，好嘞！"青垚心想莉荔说她会调到行政中心，没想到这么快就被借调帮忙。

"老大，这里！"远远地，乔彤彤在跟周秦打招呼，身后还跟着李明星。周秦点了点头，走上前去加入到一众大佬们的谈话圈中。

这时，青垚听见身后响起一阵拍掌声："高新办事处的龙凤呈祥，哈哈！"她转过身去，只见陈跃翔正朝他们走来，拳头高高抡起，定在沈绎心的胳膊上说："恭喜沈助理，彭总以前从不收助理的！"

沈绎心接了这拳："阿翔哥消息灵通，我也是下午才收到通知。"陈跃翔冲他们埋头嘀咕："你们这样，很容易被人关注的。"托着红酒的侍应生恰好走过来，陈跃翔端了酒杯，递到青垚和沈绎心手里说："为我们的命运就此改写，干一杯！”沈绎心对他表演型的交际方式感到无奈，跟青垚一起碰了碰杯。

“阿翔哥！”耳后又是一个声音高调响起，青垚还未回头，便觉得像碾压过来一辆坦克，粗壮的身影从旁一跃抱住了陈跃翔，定睛一看，是个身材高大的男人，黑色的西服勒出他肥硕的腰身，“销售部汪海洋向你报到！”陈跃翔费力地从他腋下探出头，高高地举着酒杯，生怕被压碎了。他没好气地啐道：“汪海洋，站直喽！”说着理了理被他压皱的西服边，对沈绎心和青垚介绍说：“这是汪海洋，大连考过来的。”“汪海洋”的名字跟他波涛汹涌的身材蔚为贴切，他张开双臂，沈绎心侧身拿起一个酒杯塞到他手里，挑眉说：“你好。”

然后，陆陆续续又到了些人加入，个子敦实矮小的叫张子航，声音粗犷带着乡音的曾文清，温和爱笑的谢东辰，清高内向的程治中，还有一个温司寇来自南京。这些人从全国各地考进营销中心，都非常神奇地认识陈跃翔。

因为陈跃翔一直跟青垚搭话，一群人便以她为中心玩笑逗乐，时不时提议碰杯。青垚连喝了几口，脸上有些发烫了，转头寻去，只见沈绎心站在人群的后面，埋着头，显得心不在焉，身穿银灰色晚装的乔彤彤正端着酒杯跟他说着什么。两人依靠的餐桌旁，是两排银光闪闪的保温盘，鲜花簇拥着雕刻繁复纹路的烛台，晕染出璀璨的灯光。台阶尽头，老总郁顺尧正和一位外籍男士低声闲聊，厚重的帷幕遮挡了些许视线，看不清楚脸面，但他们身边站着一位大红色抹胸晚装的女人却分外抢眼。

那个女人吸引了不少探究玩味的目光，好些人都抬起头来，看着台阶的尽头。青垚认识那女人，就在前不久她还跟沈绎心在路旁道别。她笑靥如花，红唇和晚装辉映，说不出的妩媚娇艳，胸前事业线呼之欲出，是青垚无法企及的罩杯。那女人可能是翻译或秘书，时不时地在郁总和外籍男士中间传递着信息。她虽然面对着郁总和客人，眼光却一个劲儿地朝着某个方向探寻打望。青垚随着她的眼光循去，果然看见沈绎心也正抬着眸子，对着她似笑非笑地眨了眨眼。酒劲儿上头，青垚感到心里堵得慌，沈绎心人前一副正人君子的模样，此时身边却跟着单身的乔彤彤，百忙中还不忘跟与公司上层关系密切的女人用眼神交流。她的怒火腾地燃起来，本能的虚荣让她挑起战意，她不相信沈绎心的感情如此廉价，太放肆了！

这时人力资源部的郭主任走过去，在沈绎心耳边低语了几句。沈绎心放下酒杯对乔彤彤说了声抱歉，单手拢了拢西服的下摆朝台阶走去。看着沈绎心的款款身型，不只是青垚，连陈跃翔也停止了瞎扯。看着他走到乔彤彤身边，两人若有所思地追随着沈绎心离去的背影，不约而同地嘬了一口红酒。

台阶上站着的四个人，已在悄然间变成了全场瞩目的中心。绛红帷幔的半遮半挡下，他们正在低声比画着相互介绍。沈绎心的侧脸轮廓被灯光勾勒得分外明朗，他低着头跟红装女人耳语了两句，眼睛平视前方，表情严肃正式，女人则神秘地点头笑了笑。

青垚觉得什么东西在胸口开裂了，她一刻也不想待在大厅里，便握着酒杯悄然朝着露台走去。

冬天的晚风迎面扑来，她冷得一激灵，稍稍发热的头颅才清醒了些。沈绎心果然是个极其复杂的人，但他就要远走异国，跟自己不会有太多的关系了。青垚靠在露台的边沿，望着远方，从意乱情迷中理出头绪。她还不至于为他身边有女人而感到畏惧。如果可以，她不介意使尽浑身解数让沈绎心爱上自己……但他就要远走东非，自己对他竟是一无所知！为什么偏偏是坦桑尼亚呢？他从小生活在怎样的环境里？喜好什么、讨厌什么？他的父母兄弟是谁？那些跟他亲密无间的女人们又是谁？他时不时紧蹙的眉间，又隐忍着怎样的过去……青垚叹了口气，想不到自己竟会如此不堪，沈绎心说自己杂念太多，她又何尝不是！两人从认识到现在，青垚一直不明白，明明他是那么执着地要追名逐利，却又有种过境千帆的气息从骨子里散发出来，那是种全然不属于这个年纪的气质。当他说"这个世界不在乎你是谁，他们只在乎成绩"的时候，当他说"有成绩的人才有资格强调感受"的时候，当他说"不要对自己说'应该'，没有什么是'应该'"的时候……青垚想，自己就在那个时候被某种力量捕捉了吧。他的头脑中，有的是高屋建瓴的抱负，事事拔头筹、抢先机，居然还争取到去国外组建中医馆！她没法不欣赏，甚至希望可以追随他。但是随着联想的深入，有种难以置信的假设在头脑中沸腾咆哮……假设沈绎心是沈家的一分子，那么这所有的梗阻就都会顺理成章地通畅了，甚至呼啸着直奔那个终结的命题。

青垚觉得自己一定是疯了，她将心绪刹停在坟墓般可怕的洞口，不敢继续往下想。

14. 突如其来的告白

“这么冷的风……不好好吃东西，也不熟络同事朋友，在想什么？”她的身边不知什么时候站着一个人，看起来已经安静地嘬着红酒很长时间了，这会儿才悠悠地开口。

“以后有的是时间，不熟也熟了。”青垚呆呆地看着前方，避重就轻地回答。

“为什么自己跑出来？”身侧的人紧挨一步，埋头附在她耳边悄声问话，发尖落在青垚的耳郭边沿，窸窸窣窣地痒。她暗自叹了口气，心想，沈绎心平常幽闭内敛，今天却在众目睽睽中开了屏，难免引人遐思。此刻在这僻静处，他还不忘继续动用魅力。

她仰起头来，笑道：“大厅里迟早会漏电的，赶紧出来躲躲！”

“唔？”沈绎心捏着酒杯晃了晃，忽然“噗”地笑起来，顺势在她的唇上一碰。青垚冷不防，瞪大眼睛退开。沈绎心抬头回味了一番，皱眉说：“不是酸的啊，怎么到处飘着醋味儿？”他这样地轻佻，跟平常很不同，玩世不恭里有刻意地拿捏控制，青垚憋着一股火，沉默地看着他。

沈绎心将酒杯放在大理石台面上，脱下外套罩在她身上，说：“刚才那位叫沈绎兰，是我的姐姐。她带来GSP药业大中华区总监Leander Lee，看见我顺便打个招呼。”

“Leander Lee？！”青垚对那位名叫沈绎兰的姐姐充耳未闻，却在听到Leander Lee的名字后，整个人瞬间活过来，“真的是他，难怪眼熟！”沈绎心有些意外，问道：“怎么？你认识他？”

“他曾在伦敦大学执教，是我最崇拜的导师！后来去了GSP两年，从销售经理到大中华区总监，非常了不起，真想立刻去拜访他！”

沈绎心大失所望，通常女人听了他的解释都会露出小女儿的娇羞，没曾想青垚却是这般反应，他抬手摸了摸下巴，不经意地皱了皱眉：“嗯，不错……”他一边说着，一边思量着怎么才能在只有两个人的时候不谈其他男人。“青垚，我们就在这里好好地道个别吧？”

沈绎心忽然冒出的话，让青垚有些窒息，她忍不住晃了晃。

“没什么想说的吗？”沈绎心专注地盯着她，伸出手去。这十根手指尖凉凉的，他想起那晚也曾握过青垚的手，却没有细致地感受，等她离开后，沈绎心才意识到自己的恐惧。追溯到恐惧的源头，他感到懊悔，他自诩不是软弱的人，回避问题更不是他的性格，他知道如果不去直面、不去解决，他的恐惧就会永远存在。当初碎片般的身体正是基于对恐惧的正视，他才能完好如初地挺立起来，今天面对情感的再次崩溃他又在害怕什么呢！

“我有很多想说的，你听吗？”

“你说。”

“那天，你说你有自己要走的路。我想告诉你，我也是。我们是相同的人，对待事业的态度没什么分歧，我理解你，你明白吗？”沈绎心温柔地笑着，目光探询地看着。

“相同的人？”青垚停顿了一会儿问，“那又怎样？”

“我想，我是爱上你了……”

“爱上我？”青垚心想果然简单而直接啊！不是说男人取悦女性无非为了得到肉体的欢愉或者精神上的依赖吗？她调匀呼吸，让心情沉淀下来。这是一个骄傲而敏锐的男人，他了解自己，心智通透得无法蒙蔽，可她才不要简单地取悦呢！她的手往回缩了缩，却被沈绎心捏得更紧，她脱口而出问道：“你这是在取悦我？”沈绎心愣了愣，表情变得尴尬，但只是瞬息间，他便勇敢地承认说：“是！是在取悦你。你这么聪明，我说没有的话你会掉头就走吗？”

青垚听了这话笑起来，沈绎心不应该是这样的。他的内心平稳而沉静，为什么会忽然说出这样的话来呢？她隐约兴奋，又有些遗憾，“哪舍得走啊，被沈助理取悦，高兴还来不及咧！只是这时候才想起来表白，会不会太迟了？”

“不迟！告诉我，你愿意给我时间，你愿意，对吗？”沈绎心说得认真，呼吸也变得急促起来。他将她的肩膀扳过来正对着自己，搂在她后腰的镂空处，眼睛一刻也没有离开她的脸。

鼻子对着鼻子的凝视，让青垚感觉眩晕，眼睛里只剩下那双闪烁着日月星辉的眸子，她迷迷糊糊地问：“愿意什么？”

话音未落，沈绎心的双唇已经覆盖下来，他的掌心托着她的侧脸，细腻的皮肤熨帖在她脸上，呼吸灼热得快燃起来。“……没什么，要记得，我爱你，比你以为的还多……”沈绎心将青垚紧紧地裹进怀里，舌尖的轻触引起她全身战栗，她吮吸着甘醇的汁液，似蜂蜜般香甜……在他的怀里，碰触着那样温暖宽阔的胸膛，青垚觉得自己想不出任何办法应对，不知不觉眼泪流了一脸。沈绎心停下来，抬手擦着她的泪，忧郁地望着她说：“答应我，等我回来！”

青垚还没想到应该如何回答，就听到一个慵懒的鼻音在身后响起，“哦……我好像走错了地方……”她吓了一跳，从沈绎心怀中挣脱，只见一抹大红的裙角显露在巨大的桂花盆景旁边。

沈绎心转过身去，从容地说：“是兰姐姐。”

沈绎兰从盆景后走出来，青垚近距离地看着她，眉眼确实跟沈绎心有些相似，只是线条轮廓更阴柔。她的大红色裙装热烈霸道，裙摆层层叠叠好像一团火，四散铺开。

沈绎心将二人相互介绍。沈绎兰用她糯米般绵软的嗓音说道：“我就是好奇瞧瞧，沈绎心喜欢的女孩子是什么样的。”一边说着伸出手来将青垚拉到身边，打量着，“蟹壳青的颜色暗，皮肤胜雪的女孩儿才能驾驭。你穿这样，真的太美了！”青垚坦然接受，回赠说：“兰姐姐这身裙装热烈大气，刚才已经是全场焦点，走近看，人更美！”沈绎兰揽着青垚，将她的外套取下来递给沈绎心，“进去吧，一会儿司仪发现少了两个主角，搞到全场围观就不好了。”沈绎心接过外套，拽着青垚说：“你跟我们一起才会搞到全场围观呢！”

沈绎兰无可奈何地摇了摇头，目光落在两人手拉着的手上，她低声“哎”了声，“青垚！”青垚停下脚步，沈绎兰说：“明天在家给绎心践行，你也来吧？”

青垚没回答，仰头看了看沈绎心。

“我明天一早就走了。”沈绎心不解。

“一早走怎么行。”沈绎兰挑了挑眉，“我把Lee这个大礼送给郁总，让他准我弟弟一天假怎么了？”

“Lee？”青垚眼中亮光一闪，放开沈绎心的手，“兰姐姐是说，他会来我们公司吗？”

沈绎兰抿着嘴笑：“来不来？”

“来！”青垚不等沈绎心回答，立刻答应说：“什么时候？”

沈绎心无奈地看了沈绎兰一眼说：“你们聊，我先进去了。”说罢转身朝大厅走去。推开厚重的大门，只见乔彤彤靠着墙角站在不远的地方，他朝她面无表情地点了点头，很快融入到那群年轻人当中。

青垚留下来，对沈绎兰解释说：“Lee是我的导师，我明天参加你的聚会不会显得失礼。”

沈绎兰点头说：“明天下班后，让沈绎心接你。”

第二天下班很迟。

欧舒丹个性强势，要求完美，青垚需要磨合的地方还很多。上班第一天，她便被要求将手上的策划进行细致入微的修改，当她把精修过的文档发到欧舒丹邮箱，才最后一个走出写字楼。

“青垚！”沈绎心在路边等候，深蓝色休闲西服，里面一件红蓝相间的格子衬衣，显得很随意。青垚感到抱歉：“等我回去换套衣服吧？”

“不用，我们今天挺配的。”沈绎心看着青垚身上的格子衬衣，抬手捏着她的下巴，“走吧！”

两个人说笑着走到停车场，一辆铑银色保时捷911停在跟前，青垚呆呆地叹息说：“你的车啊？”

“兰姐姐的车。”沈绎心平静地回答，“她很能干的。”

“能把Doctor Lee打包送人。”青垚神往地说，“如果我能做到她一半也好啊！”

“嗯，一定能的！”沈绎心说着却笑了，“其实兰姐姐不是你想的那样。”

沈绎兰的家在城南。

沈绎心开车从欧式喷泉池的大门进去，绕过宁静的黑化路面，一幢白色小洋楼出现在眼前。他将车开进车库，手握着方向盘对青垚说：“屋里人多，好吵，我们走走？”青垚同意。

两个人慢腾腾地走出车库，沿着别墅区的小路绕圈。沈绎心紧紧地拽着青垚的手，单纯的幸福感荡漾在胸口，他觉得这样很好，如果可以，一直走到世界的尽头也好。来到一棵巨大的金桂树下，沈绎心意味深长地把她搂在怀里。浓荫四阖，层叠的树冠，犹如撑开的大伞遮蔽了天空。他埋头覆上青垚的唇，忘情地拥吻，像在享用饕餮的美食。青垚被他的投入所感染，馥郁的香气点燃了唇齿间的火花，从肌肤透入骨髓、腑脏……

等沈绎心拉着青垚踏上大理石的门廊时，屋里早已人声鼎沸，笑语喧天。

从门廊的侧面出去，眼前是一个大约100平方米的花园。初冬时节，高大的银杏树矗立在花园的墙角，各种菊花傲然盛开，簇拥在油绿的茶花、桂花和木槿的脚下，与古典欧式的小楼紧贴，散发着内敛保守的气息。天色幽暗，花园正中的亭子里纱幔清扬，四角亮着橘黄的取暖灯，一群人围在一起，不知在探讨些什么，时而发出哄然大笑。紫荆树下一条长几，铺着白色餐布，摆满了各种香槟、果汁、蛋糕和点心。

两人踏进花园的一刹，亭子里的人停止了谈话，大家不约而同地转过头来。

青垚发现自己已然成了全场焦点，目光所至，一头板栗色卷发的Leander Lee赫然挺立其间，他的旁边竟是办事处的李明星。青垚遂不及防，下意识地放开了沈绎心的手，他却毫无顾忌，拽她来到人群中。

“哇喔，亲爱的沈绎心，这美丽的女孩就是你的心爱的姑娘吗！”Leander Lee首先伸出双臂与沈绎心熊抱。

沈绎心说：“Lee，这位是苏青垚，来自伦敦大学！”

Leander Lee哈哈大笑，“My Su，我的中国小姑娘！”青垚抑制着内心的激动，与Leander Lee热情相拥，“Lee，您的眼镜呢？没有眼镜我几乎认不出您了！”

久别重逢，两人交谈甚欢。Leander Lee在GSP药业中华区做满两年，英国总部即将调他回去任职，他却说自己爱上了成都这座城市，不愿意离开。青垚调皮地笑起来：“Lee，我理解你，想办法留下来吧！”沈绎心一直没有放开青垚的手，这时他故作遗憾地告诉Leander Lee，他必须要把青垚带走了，还有很多朋友要介绍给她。

李明星来到青垚身边，好像什么都明白了。没等她询问，就开口说：“我想跟他去非洲，那是一片欣欣向荣的沃土。”青垚好奇地看了看沈绎心，他正笑着将另外六七个人一一做了介绍。他的熟人不多，都是绎兰的朋友。

聊了一会儿，青垚没看见沈绎兰，正四处张望，只见沈绎心朝屋子里努了努嘴，牵着她从花园的侧门进到屋中。转角下了两步台阶。里面热气腾腾，沈绎兰和一位中年女人正在灶台上忙碌。听到响动她转过身来，对青垚眨眨眼说：“最后一批大闸蟹了，用啤酒替水蒸，隔两分钟再浇一次黄酒。等我十分钟！”

厨房中忙碌的她与之前的样子全然不同，今天她只穿了一件深色的毛衣，素淡的妆容，卷发松绾，丹凤眼、柳叶眉，面庞饱满白皙，那美丽带着一种欲说还休的深沉，保守而古典，这气息在沈绎心的身上也有，像宁静的大海，深邃悠远，给人踏实稳妥的感觉。

沈绎心出去，青垚留在厨房帮忙。沈绎兰低声地对她笑道：“沈绎心自小心事重，长这么大，还是第一次因为紧张一个女孩子而开口求我。”

“求你？”青垚问。

“求我想办法把你留住。”沈绎兰戳了戳她的额头，多余的话没说出口。她觉得沈绎心这一走，两人无疾而终也好。“他走那么远，你介意吗？”沈绎兰看着青垚，眼中带笑，神情却淡淡的。

青垚犹豫着没说话，事实上昨晚之前，她的理智一直在告诉她要终结两人的关联，然而感情是如此不容置疑地掌控了她，沈绎心忽然要走的消息还来不及消化，所有的心路历程却已经瞬间清零。当沈绎兰问起这话时，她依然有些懵懂。

介意吗？

“没关系。沈绎心很好，他的选择，我都支持。”青垚回答。

沈绎兰点点头，“也好，有宽松的环境和时间来考虑，绎心自己也有很多烦恼亟待解决，我知道他在乎你，但你们还需要更多了解。可是他必须过去，这是他的心愿。”

“心愿？”青垚不太懂。

“你并不了解我的弟弟，”沈绎兰的神情变得很严肃，“他从来不夸夸其谈，从来不以旁观的心态看人做事。很多人读书做学问自命清高，为了不入当局者的迷局，而不肯投身到实干中。沈绎心不是这样。”沈绎兰说完，没等青垚的回应，便走出门去招呼众人进屋用餐。

青垚愣愣地，仔细咀嚼着沈绎兰的话，半天没有挪动脚步，直到沈绎心过来拉着她的手，两人并肩步入餐厅。

觥筹交错中，大家都显得斯文，逐一举杯预祝沈绎心一路顺风。倒是Leander Lee，渐渐显露出奔放不羁的个性，在酒桌上反客为主。他本是大学教授，讲话是他的专业，中文还算流利，可是讲到激动处便不由自主地飙英文，有时候还顺带两句法语，逗得大家哈哈大笑。

酒足饭饱，保姆梅姐上了一壶菊花茶解腥，大家陆续散去。

剩下沈绎心与青垚依依不舍。

平常，沈绎心是个话少而深沉的人，如果青垚不说，便可以一直静默下去。

“兰姐姐暂时不去北京了，我走以后，你空了就过来陪她好不好？”

“好。”青垚心想，沈绎兰留在成都，这就是沈绎心开口求她的事吧。

“我刚去那边，很多事情要熟悉，不能经常回来。”沈绎心很认真。青垚想笑又笑不出来，她自诩没这么脆弱，可是看到他深情的目光，心中涌起了感动和眩晕。

“你自己在那边也要好好的，我想你就飞过去看你好不？”

沈绎心露出孩子气的笑来，目不转睛地盯着她问：“真的吗？”

“真的。”

“好怕是自己在幻想，害怕眨眨眼就变了。”

“那你闭上眼睛吧！”青垚说。沈绎心顺从地闭上了双眼，她仰着头，蜻蜓点水般碰了碰他的唇，“睁开眼睛，是真的，沈绎心！”

这触碰，让沈绎心高兴得像要炸开，伸出双臂将青垚搂在怀里。他的肌肉像钢铁般结实，心跳如擂鼓般澎湃，就在下一秒他的嘴就封贴上来，粗野地狂吻着。晚风吹起垂帷的一角，翻飞跳跃，青垚感觉到沈绎心身体的颤抖，却在狂飙中努力地控制自己，有那么一会儿，他的头贴在她的肩膀上发出沉闷叹息，然后渐渐地归于平静。直到那胳膊不再哆嗦了，沈绎心才抬起头来，他看了看天边点缀的几颗星子，眼睛恢复到沉稳平静的状态，说：“回去吧。”

两个人走到大厅，沈绎兰邀请青垚留下。

翌日，青垚醒过来的时候，天已经大亮。她走下楼去，沈绎兰告诉她沈绎心一早便启程了，看她睡得安稳不忍叫醒她，又递给她一封信，让她拿着回去自己看……

15. 另一个女孩

“垚，你如婴孩酣眠，我却在情感的羁绊中难以自拔。索性铺开信纸，把心掏出来，拿在月亮底下晒一晒……”

青垚坐在市场部办公室的位子上，手里捧着沈绎心写给她的信。红笺上的字体魄力雄伟，起笔大气收尾沉着，扫尾处略有飘逸，看着怎么也得好多年练笔。凝神久了，墨迹便在纸上晕开，眼前变得模糊起来……电脑不知什么时候黑了屏，一颗小球从显示器上方轻飘飘地转到下方，又从旁弹开，漫无目的地回旋一如时光的兜转。

越过了冬天和春天，这又是一个青山绿水、草木葱茏的夏季。

青垚定了定神，晕染的字迹逐渐清晰，墨色虽然浅褪，但由于红笺被呵护得仔细，依然整旧如新。

“第一次看到你浑身冒傻气，那晚我的肝肠都断了，喝了些酒才平复。遗世的清醒注定会与人冲突，我在你跟前你都未曾需要遮挡，我不在，你更要学会保护自己……”青垚想起浑身冒傻气的那天，自己横着心要据理力争，因为“麝予仙”品质问题，还跟沈绎心起了些争执，却不知他何至于肝肠寸断的？

“决定去非洲，是希望能去静下心来做点儿事情，做自己想做的事情。可是忽然间，幸福来得突然，让我不知所措。突然间哪儿也不想去了，有你就够了。佛说生、老、病、死、爱别离、怨憎恚、求不得，我在这一晚五蕴炽盛，苦不堪言。明知是说不得，写下的话全都发自肺腑，可是每一句都那么像假话，如果不跟你说，还能跟谁去说呢？

“你与我第一次争执，记得吗？关于‘麝予仙’。到现在我依然认为，无论个人、家庭、企业乃至国家，活下来都是第一要务。修远创建初期，企业的丛林法则严重也好、投机也罢，都是经过无数次选择淘汰后的结果，意味着那些过去已经客观地呈现在历史的烟尘中。

“中医药学凝聚着深邃的哲学智慧，有中华民族几千年的健康养生理念及其实践经验，是打开中华文明宝库的钥匙‘麝予仙’要植根在这样的文化中不断创新，承担唤起国民对中医、对民族记忆的责任。你说得很对，如果麝予仙不能靠产品品质和销售人员的专业素养去获取客户的认同，是无法让人尊敬的，而它也会一直形同巫术难以存活！将来，‘麝予仙’还必须要担负更多才能获得继续生存的权利。事实上，这种改变也必然导致某种权力的转移，形成衍生的利益被疯狂争抢的局面。

“人生太短，苦难重重，我决意投身去现实里接受教益，不惜跋涉在迷局中寻求光明，无论我身在何方，你就是我的彼岸。此时你闭着双眼，灵魂平安，可否明白我的这番胡言乱语？我的情感已在你的泪中决堤，塌陷的灵魂正追随你身处的方向。梦想中的漫长人生，让我们共同携手，有你同行，我便不枉此生；有你在，我便什么都不怕，什么也敢闯！你相信我吗？”

浓烈的文字如初读时一样令青垚震撼，数月来的思念突然间如泉水般满溢出来，难以控制。她当即便请了假，跳上汽车一路飞驰。她再也抑制不住了，她要亲口告诉沈绎心，她同他一样，有同样的信念，可以为彼此的梦想奉献出全部的生命和激情！

在机场的停车场，青垚意外碰到了乔彤彤。

“你怎么在这儿？”乔彤彤问她。说起来，两人认识不到一年，女人的直觉使然，青垚觉得在自己的视线之外他们肯定有过紧密的接触。“我请了假，准备外出几天。”她轻描淡写地敷衍，觉得彼此还没有到直言不讳的地步。

“哦……”乔彤彤意味深长地看着她，“你跟沈绎心……入职趴那晚，我见你们在阳台上聊了很久，他跟你表白了吗？”

青垚没想到她这么直接，只好据实回答：“我对沈绎心的了解不够，他走得匆忙，很多话还没说透。”

乔彤彤说：“既然这样，看在同事一场的份儿上我给你提个醒，你不要觉得我多事。”

青垚说：“彤彤姐，有什么就直说吧。”

乔彤彤说：“沈绎心是什么人你清楚吗？一头栽进去，保不定会发疯的。”

“发疯？”青垚愣了愣，“为什么？”

“我知道你在怀疑我跟他的关系，”乔彤彤眯着眼睛笑起来，“放心，我对他，是敬而远之，不是你想的那样。刚来第一天我带他跑市场，碰上了熟人，那时我便知道他有过一个女朋友，后来那女孩儿被强行带回加拿大，为了他，人都快疯了。沈绎心是我见过心气最高、最坚强的男人，没有女人可以驾驭得了他。在他落难的时候不行，以后就更难了。”

青垚问：“落难？”

乔彤彤说：“他这样的，混到这地步可不就是落难嘛。”

乔彤彤继续说：“讲良心，只要距离保持恰当的话，沈绎心做下属、做朋友都是上佳人选，但是做爱人的话就太糟糕了。别看他平日里和煦得跟春风似的，其实心比石头还硬，那女孩儿上了当，分手时三年情谊散得连灰烬也没有，很残酷。他爱的时候是千真万确、阳光普照；可当爱情之花枯萎，他抛弃得也最彻底，那时你便似堕入万丈深渊得不到救赎！我不希望你落到那般下场。”

“当然，沈绎心还算是个男人，是男人就逃不脱本性。青垚，祝你好运。”

“彤彤姐……”

“你知道自己在跟什么人打交道就行。”

那天，青垚没有登上飞机，而是冷静下来回到办公室。乔彤彤的话让她感到意外，但她为什么要告诉自己这些话，她们之间并没有深交到说这话的程度，而且她认为没有谁可以完全属于某人，她更不认为爱情之花能够永远盛放，少年时读纪伯伦，他对相爱的人说：

“让天堂的风在你们中间舞荡。彼此相爱，却不要做成爱的系链：只让他在你们灵魂的沙岸中间，做一个流动的海。彼此斟满了杯，却不要在同一杯中啜饮。彼此递赠着面包，却不要在同一块上取食。快乐地在一处舞唱，却仍让彼此静独，连琴上的那些弦子也是独立的，虽然他们在同一的音调中颤动。彼此赠献你们的心，却不要交给对方保管。因为只有‘生命’的手，才能把持你们的心。要站在一处，却不要太密迩：因为殿里的柱子，也是分立在两旁，橡树和松柏，也不在彼此的荫中生长。”

况且，沈绎心的心气再高，却从未自命清高，他不虚伪，尽管冷漠傲慢，却也不至自私。

“笃笃笃！”

青垚在敲击声中拔出神思，只见陈跃翔端着一杯咖啡依靠在矮隔断的花盆后，说：“欧经理有请。”

青垚站起来跟着陈跃翔到欧舒丹办公室。

她知道是关于“麝予仙”第二阶段市场推广的事宜。果然，欧舒丹宣布总监已经过目，这一次的活动主要针对全国协会抗癌宣传周，要定制宣传册。抗癌粉针剂的广告审核异常严格，限制也多，批文却是少不了，另外还有协会手续、展位申请、广告公司合同等，给他们两天时间，没有商量的余地。

“两天！还真敢说！”从办公室出来，青垚皱了皱眉。

“跑腿有用的话，我做什么？”陈跃翔扬了扬手里的车钥匙，说了声“走”！青垚知道他厉害，放心地跟着走了。开车出来，陈跃翔打了一通电话，邀约晚上在丽鑫会所请客。

“欧经理怎么说？费用怎么走？”青垚来营销中心一年，早已得知陈跃翔跟副总陈军有着并不和睦的父子关系。陈跃翔不以为然地说：“给两天时间，不就是让我们自由发挥吗！”青垚不好反驳，人情和效率挂钩，也是企业生存的法则之一。

说话间两人来到行政服务中心，早有工作人员在楼下等着，看到陈跃翔说道：“批文拟好了，等你申请，下次先在网上提交或干脆传真给我。”一边说着，带他们上到五楼，有位姓韩的科长递过几份单子，上面盖好了印章。接着陈跃翔又马不停蹄地带着她来到药监局的服务窗口，一上午的时间便搞定了运输证明、需用计划备案、广告许可申请等各项手续。青垚心想，难怪他被安排到政府事务部，换成自己办这事儿，说破嘴、跑断腿也未必能成。下午，两个人去广告公司拟定合同，推敲推广会闭幕式文艺演出的细节。作为承办单位，青垚对基础创意还有些不满意，按她的要求修改，报价又会增加，“麝予仙”的植入做的成功与否，关系着整个宣传方案的成败，她不会妥协。一时僵持不下，陈跃翔拍拍青垚的肩膀说：“明天再来！我们得走了。”

青垚揣着心事来到丽鑫会所，远远看见树荫掩映中的琥珀浮光，门外站着戴着耳机的客户经理。陈跃翔递上会员卡，年轻的女孩带着他们走进大厅，一排排水晶吊灯熠熠生辉。来到二楼包厢，红色和黄色为主调的墙面上，是整块翡翠雕刻的山水牡丹。

政府事务部的小王正候在沙发上，这时起身说：“都到了。还差广告公司陈总。”陈跃翔看了青垚一眼，皱眉埋怨道“至于吗”！一边掏出手机，眼睛望着天花板，语气欢快地说道，“陈总！我在路上了哟……接嫂夫人一起？欢迎欢迎！”说完，丢下一句“加个位子”，便亟亟走出门去。

青垚看着陈跃翔的背影，心想多半是自己要改设计的事，得罪了陈总。正想着，大门拉开，服务员位列两旁示意“欢迎光临”！青垚起立迎上，只见一男一女并肩进来。小王介绍，称男人为“四哥”，不知是哪路神仙；女人姓韩，上午刚见过面。青垚心情好，“四哥、韩姐”地用力招呼。四人坐在沙发上，青垚主动介绍了自己，对相关的工作说得比较多，那位叫“四哥”的男人微眯着眼睛，偶尔点点头，显得有些无聊。不一会儿，包厢门推开，陈跃翔带着广告公司陈总进来，身边还有一位极富风韵的女人。

青垚定睛一看，又惊又喜，女人竟是Maggie杨！

同样喜出望外的，还有沙发上那位名叫“四哥”的男人。他倏地站起身来，在青垚脸颊边刮过一道风，“Maggie，好久不见啦！”

“陈总说‘四哥’在这儿，我便跟着来了！”Maggie旖旎地跟那男人握了手，转头看见端正站立的青垚，月牙般的眼睛眯得更弯了，“垚垚也在，好久不见！”她说着伸手过来，在她背上轻轻地碰了碰。

陈跃翔看到这般情形，悄悄对青垚使了个眼色，安排Maggie坐到“四哥”旁边。陈总有些忸怩，不等安排便在韩姓科长的空位旁准备落座，陈跃翔连忙示意他的位置在对面，“陈总同嫂夫人一起。”

“Maggie是锦官城的大主编，陈某的好朋友。”陈总看着“四哥”身边如花般动人的Maggie，摆手解释。陈跃翔“哦”地拍了拍脑门儿，连忙向Maggie致歉。青垚见Maggie毫无芥蒂地笑了笑，挨着她坐下来。

六个人各就各位，陈跃翔还站在位置上，他搓着手，面对“四哥”弯了弯腰说：“给在座的哥哥姐姐汇报，阿翔招待不周迟到了，先自罚一杯。然后从四哥开始，我一个一个赔礼道歉好不好？”陈跃翔声音洪亮，是应酬的老手，此话一出，大家鼓掌通过。随着陈跃翔离席走动，酒桌上的气氛便愈发热闹起来，大家开始频频举杯，一时金樽擒掌，共映霞光。

趁了个空隙，青垚体贴地为Maggie布菜，说：“阿翔太没规矩了，怎么称你是嫂嫂？”

“不用理他们。”Maggie说，“单身女人久不成婚，难免会染些绯闻，事实上陈总的广告公司我也有些股份的。”青垚恍然大悟，惊叹说：“今天在你们设计部，看到意大利分公司的宣贯手册，大手笔哦！你也是股东，平时都不管公司的事务吗？”Maggie告诉她创业的时候陈总负责设计，她搞公关，现在事业大了，有专业的设计师和公关拓展部门，她只是偶尔去看看。

青垚说：“我们的品牌宣贯在你的公司做，今天还有些不愉快呢！”

Maggie说：“明天早点儿过来，我在公司等你，看看怎么让你满意，好不？”

青垚大笑，两人正聊着，那位叫“四哥”的男人回到座位上来，端着酒杯对Maggie说：“这杯酒遥敬苏总，上次修远公司的事我担了，办得怎样？”Maggie听到这话放下筷子，神情古怪地看了青垚一眼，说：“炳浩的事我很少过问，四哥可以亲自问他！”青垚一听他们在谈苏炳浩，顿时有些发愣，见Maggie并没有公开她身份的打算，便埋着头自顾夹菜。

四哥说：“那二十万我一分没动，可都给了秦昊天，他为此吵嚷好几回要上北京拜苏总呢！”

Maggie说：“这杯酒我干了，四哥为炳浩劳心劳力，先谢了！”青垚不动声色地往嘴送菜，心想，他口中说的二十万，应该就是沈绎心去年赔付给秦昊天的那笔钱吧？沈绎心说公司已经跟对方私了，看来这位“四哥”就是中间人了。那后面的人呢，难道是苏炳浩？想到这儿，她心“突突突”地狂跳起来，夹菜的手也禁不住抖了抖。

这时，陈跃翔走过来，他的脚步已经踉跄，说话也含糊起来：“四哥，四哥再来，阿翔敬你！”他扶着四哥的椅背，显然喝多了。

“小子逞强了吧，坐回去！”四哥笑着说。

陈跃翔固执地说：“嗯呐，这杯酒感谢四哥！阿翔醉死也要敬你！”四哥跟Maggie的谈话被打断，无奈地说：“我说过多少次，阿翔肯拼敢干，早该出去闯一闯，放修远公司耽误了，可惜你那老爹是倔驴！”陈跃翔摆摆手，“不说他！为公司做得再多也没用。在办事处，多亏四哥带我，大恩不言谢，受我这杯酒吧！”四哥回头看了Maggie一眼，严肃地责备说：“喝多了吧，满嘴胡话！”Maggie不以为然地说：“小伙子诚心敬你，受得住就喝了呗！”陈跃翔对Maggie表示感谢，摇晃着头没大没小地说：“这就是四哥让人敬重的地方。就是那位苏总，以后见面也要敬上四哥一杯，要不阿翔不答应！”四哥皱了皱眉，转头说：“小王，赶紧的，送阿翔先走，他喝高了！”陈跃翔对青垚说：“垚垚，记得，帮我、帮公司谢谢四哥！”青垚点头答应：“放心吧，我在这儿，小王先送翔哥回去。”

16. 苏炳浩的秘密

酒宴散场，青垚一回到家中就直接倒在沙发上。她的脑海在汹涌翻腾，许多困惑尚未解开，又涌现出更多的疑问来。这时，手机在包里振动，她掏出一看，果然是沈绎心。

“在忙？”视频中，沈绎心锁着眉，表情闷闷的。

青垚道歉，粗略讲了讲今天的工作，“不好吗？忙起来就什么都忘了。”

沈绎心“呵”地一笑，“这么说，我还不够忙，还有时间想你。”大半年来，给青垚打电话是每晚的功课，不论多忙他都坚持着，他想确认青垚在等他，等他回国后两人再好好恋爱。

青垚问他：“今天谁给你做的饭？”

沈绎心愣了愣，说：“自己做的，以后你给我做好吗？”青垚没回答，沈绎心继续说，“从明天开始，我要多去附近走走，以后好带你来巴加莫约好吗？”

“嗯。沈绎心……”青垚叹了口气，“让我好好了解了解你吧，全部。”

沈绎心慌了神，“还有几个月我就空下来了。”他按捺着翻腾的心，“等我。”

青垚这是第二次说同样的话，第一次让他慌了神，是刚到巴加莫约的时候。

那天，她也说想了解他，全部。

“但我怕是要得寸进尺了，可以吗？”沈绎心当时正在兴头上，故意打趣说，“我已经都把心掏给你了，回国后我就把头发丝儿也给你数清楚好吗？”

青垚却突然说：“周末我抽空去看看伯父伯母吧，”她扬着声调，“我不懂，你为什么要把属于沈家的担子压在自己身上，他们舍得吗？”

“为什么……”沈绎心的声音变了调，“你是想问凭什么吧，我在你眼中就那么装腔作势吗？”他控制不住。青垚非但没有回应他的表白，反而提出登门探究的要求，这让他觉得心寒、恐惧。

青垚却自以为明白他为什么是这般反应，她说：“沈绎心，你别这么想，我从不认为宏图大愿是某个阶层的专利。我要这么狭隘低俗，你在信里对我说那些话又算什么呢？”

沈绎心语塞。“让你这么说，我还要敬你三分才是。”他气急而笑，清楚是因为自己不够坦白，她才会采取这么简单粗暴的方式，“我以为见过兰姐姐就算过了关。对不起，是我考虑不周。我申请回国吧，这就带你回去。”

青垚说：“不是非去不可，什么时候合适了回来，我等你。”

今天，青垚依旧回答说“等你”，她等了一年，乔彤彤的话还会偶尔投射到心湖引起涟漪，尤其在刚刚结束的饭局里，她获取了一些往事的痕迹。

这个周末，青垚打算去见沈绎兰，却接到苏炳浩的电话，约着Maggie晚上一起吃饭。

下班后，青垚回家换了双平底鞋，套上纯白的背心加牛仔短裤，慢腾腾地出了门。

Maggie的车停在楼下，两个女人准备去逛街等苏炳浩到来。这时电话响了，青垚一看是沈绎兰，“兰姐姐，街上热闹极了，出来吃饭吧！”

沈绎兰似乎习惯深居简出，她说：“还是你到我这里来吧，我有话想跟你。”青垚有些为难，不好意思地看了看Maggie。

Maggie说：“没关系，有事去忙，我跟炳浩说。”

青垚似笑非笑地看了看Maggie，心想不做这个电灯泡也好。“那我走了，等会儿苏炳浩怪罪下来，你担待着，我明天补上！”

当她来到沈绎兰的别墅，远远听见悠扬的回旋曲在空中飘扬，抬头一看，只见身穿暗红衬衣的Leander Lee正在二楼的阳台上拉小提琴。

“亲爱的小天使，你来了太好了！”青垚刚进门，Lew已经收起提琴，张开双臂迎面而来，厚重的天鹅绒窗帘下，端坐着女主人沈绎兰。自从半年前在这里为沈绎心践行，青垚已经很长时间没有见过绎兰。她变得更加妩媚，今天更是从头到脚说不出的美艳，那头波浪卷长发由一根黑镶钻的发圈压着，身上是深红色薄纱衬里子的黑色珠绣丝礼服，脖子上挂着一串红玛瑙项链。

青垚也很高兴看到Lee。三个人的晚餐好吃又好玩，Leander Lee风趣幽默，讲到这些年跟中国人打交道的故事，逗得两个女人哈哈大笑。青垚看得明白，这个浪漫的狮子座的男人，正用他全部的热情追求美丽的沈绎兰。

晚餐后Lee礼貌地道别，沈绎兰将青垚留下来，带她到书房休息。

房间亮着橘色的灯，茶几上摆着咖啡和水果，沈绎兰从书柜里拿出一张照片，默默地端详了一会儿递给青垚说："绎心不爱照相，我这里就这一张，还是他八岁的时候。"青垚接过来，她注意到沈绎兰的手指枯瘦修长，跟她丰润的体态很不相称，小时候外婆常常拿着自己肥厚短粗的双手炫耀说，女人的手就该这么长，枯瘦的手掌命苦。

"他是很想带你回家的，但有些顾虑。"

青垚低头在看照片，沈绎心那时候可真瘦小，双眼空洞地望着镜头，手里牵的大狼狗比他还高。沈绎兰的话让她走了神，无端想起乔彤彤口中那个被强行带回加拿大的女孩子。

"顾虑什么？"

"我想是他的身世吧。他的母亲并非伯父的妻子，那是他的心头刺，也是全家人的心头刺。他一直排斥陌生人闯进他的生活，所以，我看到他对你如此痴迷，也感到很意外。或者由我来告诉你比较妥当，这样你可以好好考虑要不要继续跟他相处。"

"是这样……"青垚抬起头来，沈绎兰正盯着别处，她的眼神不知道什么时候变得如此缥缈，仿佛她不是在谈论沈绎心，而是在讲自己的故事。

"他的母亲不在世了，听说是自杀的。"

"听说？"青垚吓了一跳，手上的照片差点儿滑落下来。

"嗯。那个女人抛弃了绎心。"沈绎兰指着照片说，"就是这年，他才八岁。"

"她……"青垚想问沈绎心的母亲为什么会抛弃八岁的孩子自杀，可话到嘴边只说了句："她可真狠心。"沈绎兰笑起来，目光里隐噙着泪水。"绎心自小善良，我一直希望有个人能好好爱他。不管他做的事多么不近情理，都能体谅他，不要责怪他。他之前遇到了很大的麻烦，这才决定去中药公司工作，现在又到非洲筹建中医馆，都是身不由己。”

青垚愣愣地听着，觉得沈绎心如此陌生，想到自己的感情来得如此仓促，像幻觉，“他遇到什么麻烦？国内待不下去了吗？”

沈绎兰摇摇头：“都过去了，现在是新的开始，以后会更好的。相信我，他爱你，一定是爱到骨子去了。多的话我也很难说出口，等你成了我们家的一分子，总是会知道的。”

沈绎兰刚说完，保姆梅姐敲门进来说：“门外有位苏先生，一定要找您，像是喝醉了。”沈绎兰脸色一变，表情有些不自然，她对青垚说：“今晚就住这里吧，我去看看。”说着不等青垚回答便飞身下了楼。

青垚呆坐在沙发上出神，沈绎兰的话还有保留，她想再问问，沈绎心妈妈是个什么样的女人，他们看起来很富贵，沈绎心何至于屈身中药公司做个小职员。

梅姐手里拿着披肩，在她身后“哎”了声，“外边快下雨了，别着凉！”青垚站起身说：“给我吧，正好我下楼走走。”她从梅姐手里接过披肩下楼，走到客厅，从玄关处抓了把伞。刚打开房门，一股啸叫的风便窜了进来，藤蔓披篱的门廊黑沉沉的一片，寒意从脚趾头直往上涌，她忍不住打了个寒战。青垚站在门廊四下看了看，除了地灯泛着黄白色的光，周围一个人也没有。她收起伞正准备往回走，耳边却传来一声叹息，那声音像凭空出来，很快就被呼啸声吹散了。她警觉地朝别墅侧墙的小径看去，满院的红蔷薇在窗口的灯光下斑驳摇曳，花影中仿佛还有特别的东西。灯光将它投射到不远的草地上，朦朦胧胧看不真切。

青垚犹豫了片刻，抱着雨伞慢腾腾地挪到墙根儿。

窸窸窣窣的衣裙声传来，一个男人的声音低低地呢喃：“现在就要！”青垚下意识要走，忽然听到沈绎兰的声音：“炳浩，你醉了。”

那声“炳浩”再清晰不过，青垚蓦地一惊，呆在原地一动也动不了。

纠缠的影子和蔷薇的花枝在草地上忽明忽暗，青垚不敢细看，耳边却传来惊心动魄的喘息声，她的心在胸腔里“咚咚”地跳，几乎盖过周围尖利的风声。苏炳浩来成都，居然是为了沈绎兰，原来他的女朋友不是Maggie，而是沈绎兰！这个发现让她肝胆俱颤，难道去年的惊鸿一瞥真是苏炳浩？那么他究竟在做什么呢？

正当她不知所措的时候，那团影子愈发纠缠在一起，压抑的撕咬和衣裙翻飞的声音越来越激烈。青垚想走开，可是脚下仿佛被粘住了，她大口大口地呼吸，不可思议的事接二连三闯进她的视线，简直目不暇接。忽然男人低沉着声音说了句“给我吧”！草地上的影子便晃荡着，冲撞着交织缠绕，像要把夜色掀翻。青垚捂着嘴，不是苏炳浩还有谁！她悄悄退回客厅，关上门，房间里温暖的气息将她全身包裹，颤抖不止的身体才慢慢地恢复了平静。她想起那天在车里，苏炳浩对着电话说“乖啦，挂了”。原来对方是沈绎兰！她升起一个念头，该好好地审视审视苏炳浩了。

沈绎兰一晚上也没有回来，青垚在客厅候着，不知什么时候睡着了，等她睁开眼，天色已经大亮，身上还盖着一张薄毯。梅姐把早餐摆放妥当，对青垚说：“绎兰刚才打电话来，她有事今天不回来了。”

青垚立刻拨打苏炳浩的电话，那边提示关机。

青垚默默地吃过早餐，独自回到家里，打开电脑，开始准备手头的工作。

上周工作日她去广告公司，跟Maggie讲了自己的构思，把“麝予仙”的广告做成音乐电视片的形式，回头跟欧舒丹一汇报，居然获得了认同。两天后《麝仙传奇》的基础创意、分镜头脚本和音乐元素出来了，立刻勾起了总监刘明辉的兴趣。他建议郁总请国内一流的剧组和团队进行制作，把《麝仙传奇》打造成国内最好的音乐电视片，用世外桃源般的梦幻意境，勾起国人对国学和传统文化的认同感。周末例会上，她提出由于本次抗癌宣传周日期临近，可以把《麝仙传奇》创编为舞蹈，作为先导广告在闭幕式上演出。刘明辉拍案叫绝，当即同意并指示青垚负责这个节目的编排。

此时，青垚有些心浮气躁，电脑上的字一个也装不进脑子里，眼前全是苏炳浩和沈绎兰的影子。她索性拿起电话跟舞蹈学院的老师联系，希望趁周末能亲自去面谈一番。约好时间地点，青垚又给陈跃翔去了个电话：“有空的话，舞蹈学院门口碰头。”

陈跃翔二话不说答应了：“你在家等着，我开车接你。”

“行！”

陈跃翔接到青垚，开车往武侯区赶。路上青垚问他：“阿翔哥，最近没见你女朋友，你们进展得怎么样了？”

“Ariel是个没长大的小孩子，成天闹，我是伺候不起啊！她要有你一半懂事也就凑合了。”陈跃翔笑嘻嘻地着看青垚，“别净说我，那位大主编Maggie杨，你们怎么认识的？”

“她跟我小叔是朋友，很早就认识。”青垚特意比画了一下，表示他们是关系正常的朋友。“还真巧。”陈跃翔点点头，意味深长地看了她一眼。

这时，青垚电话响了，接起来的正是苏炳浩。电话那头很不耐烦：“怎么回事，我前脚刚到你就跑了，今晚补上！”青垚不屑地回了声，说：“知道了苏总，晚上跟你赔罪，我这边还有事，谈完联系你！”接完电话，青垚回头看见陈跃翔还直愣愣地盯着她。

“看什么？”青垚问。

“苏总……是你的小叔？”

“我的小叔，可不是姓苏吗！阿翔哥，拜托专心点好不好，开车诶！”

两人在舞蹈学院商定节目用了一整天。因为时间紧迫，加上学校有大型的演出任务，短时间里从编排到选角儿都有困难。老师找了几个学生都不太满意。最后那老师打量着青垚说：“我看你是有功底的，灵气也很好，加上这舞蹈的基础创意你又熟，不如就你上！我打包票，手把手训练半个月，角色韵味绝不比那帮小孩儿差！”

青垚又惊又喜，寻思着如果能通过宣传周的活动脱颖而出，好处肯定不少。她想了想，跟欧舒丹汇报征得同意后，便立刻答应下来。

得知青垚晚上要赴苏炳浩的约会，陈跃翔非得跟去，青垚皱着眉头哀求：“阿翔哥，饶了我吧！”正在纠缠的时候，只见一辆铑银色保时捷远远地停在树荫下，苏炳浩从车上下来，青垚一眼便认出那车是沈绎兰的。

苏炳浩看见陈跃翔愣了一下，伸出手说：“阿翔，原来是你啊！”陈跃翔喜出望外，握着他的手死活不放：“浩叔，早知道青垚跟你的关系，我还费那心思干吗！”青垚瞪着交谈甚欢的两个人，觉得苏炳浩越发高深莫测，她问：“苏总，你怎么认识的阿翔哥？”

“我怎么可能不认识成都阿翔哥！”苏炳浩笑了笑，仰头对陈跃翔说，“走，上我的车！”陈跃翔把自己的车丢在学院停车场，屁颠儿屁颠儿地坐上保时捷前排：“叔，我怎么看怎么跟青垚有缘。这次集团要大搞‘麝予仙’，邀请函我给你留着！”

苏炳浩淡淡地回答说：“给我留一张吧。听说修远中药承办协会抗癌宣传周的活动，除了各大医院、世卫组织的团队义诊，还搞了科研机构的大型交流，理事长邀请美国、欧盟和日本的代表参加，还有不少海内外的客户对吧？看来‘麝予仙’的面子很大呀！”

“行！那我把陈副总的位置给你。”

“哈哈！好小子！”苏炳浩敲了敲陈跃翔的头，“难怪四哥说你靠谱！”

青垚坐在狭窄的后排听他们讲生意场上的事，心中有些气恼，总觉得陈跃翔在旁边碍手碍脚的。

17. 真相边缘

晚饭时，陈跃翔一个劲儿地殷勤敬酒、自干。苏炳浩敷衍着喝了几杯，颇为玩味地看着青垚。最后陈跃翔酩酊大醉，两人将他送回家。返回的路上，青垚忍不住要问他跟沈绎兰的事，还没开口，却听他说："青垚，陈跃翔不适合你。"

青垚感到好笑，她握着方向盘问："你呢？"

"我做生意，场面上需要敷个面子。"苏炳浩严肃地说，"小叔觉得你的男朋友应该深沉一点儿。"

"那我也问问，你的女朋友适合你吗？"青垚敲了敲保时捷车标，得意地说，"这车我认识。"苏炳浩瞥了青垚一眼，"你认识她？"说完，又自顾自地点了点头，"也是，修远中药的二股东嘛。"

苏炳浩轻描淡写的一句话，像在青垚心里投下了一颗原子弹。

她使劲儿眨了眨眼，感到什么东西沉甸甸地直往心里坠，发出"轰隆"一声巨响。修远中药的二股东？！尽管公司信息不公开，可是沈绎兰、沈绎心、沈墨瑾——这些名字一个个在她的脑海里翻腾，与那个叫沈忠民的交替重叠。这些名字就像爆炸掀起的蘑菇云，不断地裹挟着心底的恐惧，摧枯拉朽地嘶吼着、翻滚着汹涌而来。青垚觉得自己被那炸开的飓风高高抛起，瞬间又拖进万丈深渊，天旋地转的同时，汽车也开始摇晃起来。

到底是真的，他们都姓沈啊！修远中药的股东，是"麝予仙"品牌的拥有者。他们投入巨资一心一意在准备振兴的古方"麝予仙"，原本就是他们自己的啊！

青垚死死地攥着胸前的衣襟，猛地踩下刹车，全身止不住地颤抖。

沈绎心，沈绎心！他的母亲！他的身世！他的飞行恐惧症！每一项定义虽然含糊不清，却如同一道道电光撕破黑夜，震颤得肝胆俱裂。不，不会的！青垚立刻否定了自己，沈绎心亲口说过他不是沈家的人……爆炸远远没有停歇，核裂变的链条反应一浪接着一浪冲击着青垚的脑袋，她觉得自己快要不能呼吸了。

苏炳浩看到她脸色煞白，皱着眉问："哪儿不舒服？"青垚一直在强迫自己中断思考，可窒息的感觉却越来越强烈，没等苏炳浩再问，她已经一头栽在方向盘上，不省人事了。

在长久的黑暗中，出现了一缕柔光，青垚觉得自己好像置身在家里，妈妈在厨房忙碌，苏炳桓推开门回家了。

"爸爸！"她扑上去，胖乎乎的小手抚摩着崭新的制服，"给垚垚带的什么礼物？"

"喏！"一直背在腰后的手中变出了一架歼-10战斗机的模型，青垚抚摸着深蓝色的机翼，尾部还有一抹中国红，她开心地跳起来："爸爸带我上天吧！"

"好！"苏炳桓高举着年幼的青垚在房间里飞旋，眼前的景物似乎都在旋转中变得遥远模糊……

"爸爸！爸爸？"

苏炳桓不见了，青垚却跌坐在陵园的墓碑旁，烤瓷照片上俊朗的笑容在静静地看着她，这么近却又那么远。"不要，爸爸不要丢下我们！"青垚撕心裂肺地呼喊，眼泪如同崩塌的山河湖海，瞬间淹没了她。

"别怕！"一双有力的臂膀抱过来，带着她离开那片深海，律动的呼吸，嗓音低沉厚重，不知什么时候已经印入骨髓。那双手拂过青垚的脖颈，好像触电般麻麻的酥痒，她转过头，看见沈绎心的脸。他眉眼沉静而幽深，眸子里闪动着深邃的漩涡，沉溺进去又是水淹般的窒息，胸口扯痛得无法呼吸。

"不，不，不要！"她扑腾着舞动双手，在半空乱抓！

"垚垚，垚垚，你怎么了？"耳边传来一阵急切的呼唤，虚空中有一双温热的手紧紧地握住了她。青垚睁开眼睛，模糊中看见了苏炳浩的脸。她茫然失措，目光所及之处一片雪白，鼻子里传来浓郁的药水味，她问："我在哪儿？"

"这里是医院。"一个清亮的声音传来，在苏炳浩的身后，是Maggie那双宛如新月般弯弯的眼眸。青垚呆呆地看着苏炳浩，慢慢清醒过来，他还什么都不知道呢！不过他迟早会知道的。他跟沈绎兰在一起，究竟想干什么呢？不论他想干什么，恐怕都不会原谅自己跟沈绎心交往吧。她责怪自己居然对那些显而易见的痕迹熟视无睹，正想说什么，突然牙齿咬住了舌尖，疼得咧了咧嘴！

"医生说是受刺激导致植物神经紊乱，发生了什么？"苏炳浩紧锁着眉询问，“什么东西刺激你了？”眩晕还未过去，青垚轻轻摇了摇头，“我想回家。”她垂着头，不知道该怎么面对苏炳浩的眼神，“小叔你忙，Maggie姐陪我就好。”苏炳浩沉吟着想了想，对Maggie说：“我确实还有些紧急的事情要回北京，青垚就麻烦你多费心。”

“去吧，你还跟我客气！”Maggie说。

苏炳浩拍了拍青垚的手，起身离开了。

手机在这时候响起，青垚看了一眼来电，手指触电般地弹开，任凭铃声孜孜不倦地重复。

“怎么不接电话？”Maggie关切地问，“男朋友？”

青垚把电话关成静音，塞进被窝里，脑子里一片混沌。Maggie见她如此萎靡，鼓励她找个转移视线的方法，“我失恋的时候，就会把自己弄得很忙，每天累得上气不接下气，一见到床就倒下去了，哪儿还有时间胡思乱想。”

她认定青垚是受到失恋的冲击，这样也好。休息了一整天，青垚终于稳定下来，她忍不住翻开手机，请求视频通话的微信和短信不下百条。

“你在哪里？”

“接电话！”

……

Maggie办好出院手续，青垚很快就调整好整装上班。她首先跟欧舒丹汇报了节目安排，请陈跃翔安排公司的车送她去舞蹈学院。青垚设计的音乐舞蹈，创意脱胎自《洛神赋》，由一个男生扮演青衫独白吟诵，女角儿独舞。如此一来自由发挥的余地就会很大，训练基本功也就成为了主要内容。排练的老师很着急，敲着把杆责问：“完全不在状态嘛！你的灵气哪里去了，灵气呢？”

陈跃翔上前解释：“青垚这两天累着了，要不老师先排男角儿的部分，让她休息一下吧。”

陈跃翔出去买水，青垚垂着头坐在椅子上发呆。这时，练功房的门口出现一个身影，是沈绎兰。

她看着青垚，嗔怪道：“忙什么呢？打电话也不接，把绎心急坏了！”

青垚抬起头来，看到沈绎兰的瞬间，便清醒了。她想起自己到修远公司上班的目的，想起自己的规划，想起准备向沈家父子征询的问题，想起她为什么要站在练功房里。同时她也明白了苏炳浩为什么跟要沈绎兰接触。她避开沈绎兰的眼睛，说：“宣传周结束后我来找你。”

沈绎兰温柔地扶着她的肩膀，亲昵地说：“不用那么拼，绎心养得起你。”

青垚一听这话，皱着眉别开她的手，“我排练去了。”

沈绎兰望着她的背影，心情低坠到极点。她明白，很多家境不错的正经女孩儿听到沈绎心那不堪的过往，都会退避三舍。她提醒过沈绎心，如果没有十足的把握，留些余地让大家体面地告别。可沈绎心却铁了心要说，她才不过稍稍透露一些，这女孩儿翻脸的速度就如此迅猛，一点儿面子也不给，看来自己那弟弟是错爱了。

中午休息时间，青垚拿起电话给沈绎心回拨了过去。

“青垚！”沈绎心的声音因为迫切而高亢了些，“你没事就好。”

“绎心，你能回来吗，或者我请假去巴加莫约。”青垚不打算拐弯抹角，真相很少纯粹，也绝不简单，她要站在他的面前，盯着他的眼睛问出想问的话。

“好。”沈绎心回答，“彭总要回国参加推广会，我跟他提前回来。这边信号不好，我们见面聊好吗？”

“嗯。”青垚挂断电话，莫名其妙地，居然松了一口气。

立秋之后，天气变得干燥，夏天的暑气还未消退，但晚上的气温已经大幅下降起来。

这天，林翘音来电话说，她要出国交流一段时间，让青垚记得回林家渡看看外公外婆，青垚含糊着答应。正值协会抗癌宣传周开幕，各级领导致辞，又是各种颁奖，她的神思一直处于游离状态，无法进行有序地思考。中药公司为了欢迎集团高层，安排了单独的晚宴。《麝仙传奇》会在宴会上进行首场亮相，然后才在闭幕式上正式演出。那是由协会和政府主办的闭幕式，修远中药公司作为承办单位还专门请了Maggie的广告公司进行策划。

此时，青垚站在舞台的帷幕后，只见大厅里摆了十几桌，主桌上除了中药公司的两位老总，其他都是不认识的人。

陈跃翔走过来，指着郁顺尧身边一个五十多岁的中年男人说：“喏，董事长来了。”青垚睁大眼睛望过去，虽然在公司和集团网站上看过很多活动照片，可是当真人出现在面前，还是感觉到强烈的刺激。沈忠民身穿深灰色西服，显得异常严谨。他身材高大，透着一股不容侵犯的冷峻；深黯的眼底好像随时可以爆发出各种情绪；他的头发乌黑发亮，梳理得一丝不苟；额头宽阔明亮，看得出保养得非常好。青垚一阵激动，她想，用不了多久，搁浅在心底的疑问就会得到答复了。他会说吗？一定会的！不管用什么方法，她一定要把话问出来。正想着，剧务小胡把服装抱到后台，让青垚与表演青衫的男生配合了一遍。有少年时期苦练的底子，功夫没丢，一些旋转、腾跃都还行。青垚稳了稳神，孤注一掷的专注表情让旁边的陈跃翔莫名一怔。

沈绎心陪着彭学智风尘仆仆地赶到会场时，天色已经暗了下来。

彭学智身材魁梧，“东非王”的外号名不虚传，刚踏入会场就引起了一阵小骚动，站在门口迎宾的莉荔接过沈绎心递上来的风衣，很有眼力见儿地朝他努努嘴，领着彭学智去到主桌。

台上不知什么节目刚刚下场，四周正鼓掌起哄。

沈绎心走到靠近舞台的角落，在座都是同批次考试录用的同事，大家纷纷伸过手来打招呼。沈绎心坐下，拾起临座上的名牌，看着上面写有“苏青垚”的名字，朝莉荔会心地笑了一笑。

这时，会场灯光全熄了，喧闹的大厅安静下来，只听耳边“噌”的一响，清冽的琴音划破静谧。沈绎心抬头望去，一束灯光打在舞台黄金分割点的位置，有位青年手握古卷，正漫步于袅袅迷雾之中，低沉的诵读伴随琴声回响在会场的各个角落：“成化七年，家母积疾，余访汉中。途赦神麝，踏云衔芝，身披九霞。余勒马殊观，睹一绢帛飘落紫云，抬手端详，乃上古仙方……”汪海洋不太明白青年说的话，扯着温司寇的袖子低声询问。温司寇解释道：“他说明朝成化七年，家中老母久病不愈，在汉中寻医访药的途中，放走一只神麝，那麝脚踏祥云口含灵芝，身上发出九道霞光，他勒住马缰被这奇观所吸引，只见一张绢帛从紫云端飘落，拿在手中一看是张上古仙方。”

莉荔问：“明朝成化年？我只知道有个专宠万贵妃的口吃皇帝。这只麝留下的古方，就是咱们的‘麝予仙’？”话没说完，只见舞台的灯光慢慢亮起来，背景LED大屏上，水墨字幕被风纷纷吹散，由白到粉、由粉到紫的辛夷花次第开放。琴音娓娓，一个云髻高绾，身姿旖旎的女子，惊鸿一瞥，在滚滚烟尘中翩翩起舞。

温司寇看着舞台继续解说：“青衫带着上古遗方回到府邸，家母神奇痊愈。消息传遍天下，青衫却被莫名掳走，原来太后下了密旨，要他为一个孩子治病……在禁闭森严的废皇后冷宫中他认识了一位纪姓宫女，仰慕她美貌的同时，也被姑娘的善良打动，两人在冰冷的深宫后苑互生情愫。孩子病愈后，青衫向太后奉上精心炮制的药锭一盒，并请旨希望纪姑娘与他同回故乡眉州……然而包括太后和废皇后在内，这里的宦官宫女统统都守护着一个天大的秘密。纪姑娘为免青衫被灭口，矢口否认与青衫的感情，并将他赶出皇宫……四年后，皇帝昭告天下，皇子进宫，纪氏封妃。原来废皇后冷宫里的那个孩子，是宫女纪氏为皇帝所育的唯一一个儿子。消息传到民间，青衫绝望之余，郁郁而终。纪妃看着保全完好的皇室血脉，含笑自缢……十二年过去，孝宗皇帝即位，他立祠堂，册封号，缅怀对伟大母亲的哀思，并亲赐‘麝予仙’御药之名。”

在婉转的琴音和抑扬的诵读声中，舞台上的女子凌空飞旋。宴会厅里一片寂静，所有人都在忘情地欣赏和品味，感慨各色人物的忠义，感叹纪妃身世的飘零，感动青衫性情深处的自由和浪漫。正当大家的情怀激荡到不能自已的时候，琴声急转悲咽，穿云裂石，白纱从舞台顶端飞流直下，宛若银河之瀑，在纪妃凄美而惨烈地倒下的同时，琴音戛然而止。与此同时，灯光大亮，台下响起一片经久不息的掌声。

沈绎心怔怔地望着舞台，竟似忘了自己身处的地方。

行政总监在后台，等青垚换了装，领着她来到主桌。郁顺尧把青垚向集团董事长和另外几名董事一一介绍。沈忠民很高兴，赞许说：“这段故事的基础创意在史料的主线上延伸，处理得非常不错，舞蹈编排也很好！”青垚有些恍惚，她目不转睛地看着沈忠民，忘记要说感谢的话。行政总监见她行为迟钝，似乎并不擅长交际，便适时地带着她离开了主桌。莉荔和汪海洋远远迎上前，欢迎她回到位置上。还未就座，隔桌的年轻人又纷涌着过来敬酒，山呼海啸地，将她堵了个严严实实。

青垚透过人群的缝隙看到了沈绎心，看到他饱含深情而温柔的目光，她的心在疯狂的悸动中几乎要蹦出胸膛，在同事的簇拥下反倒像是一具木偶。舞台上还在继续其他节目，吵嚷的人顺次归位，青垚终于得空在沈绎心身边坐下，还没说话，就见沈绎心凑上前，附在她的耳边轻轻说：“这里好吵，我在外边等你。”

大厅隔壁的小会议室里，候场的演员都离开了，一个人也没有。

青垚刚走进屋，沈绎心便从后面抱住了她，脚跟轻轻一抬关了门。他的双手颤抖，目光也有些离散，尽管如此，他依然像从前那样控制着自己，捧着青垚的脸仔细地看着，久久地端详着。青垚在火热的目光中垂下眼眸，她咬着唇，心想自己一开口难免就有很多问题脱口而出，现在却不是时候。沈绎心早已被虚妄蒙蔽了双眼，青垚的回避在他眼里羞涩得惹人怜爱，他温柔地将她搂在怀里，亲吻着她耳旁的乱发，低声说：“知不知道你有多美。”

“多美？”

“简直惊为天人！”沈绎心迫不及待地说，“随我回眉山吧，爷爷在等着我们。”

“现在？”青垚感到意外，心里犹豫着，沈绎心这才刚下飞机，自己既然已经明白了一切，还有随他回去的必要吗？沈绎心见她没回答，继续说：“你不是说想了解我的全部吗？我说话算话，这就带你回家！”

青垚终于抓住了他话语中非常重要的部分，她问：“你愿意让我了解你的全部？所有的？”

“是啊，全部，所有的。”沈绎心目光炯炯地看着青垚，笑容里却带着异样的忧伤。

青垚向欧舒丹请了两天假，很快便被应允。

18. 命运的恶作剧

借了周秦的车，两个人在夜色中朝眉山驶去。沈绎心一路专注开车，外派生涯让他白皙的皮肤变成了古铜色，那双微陷的眼窝和纤长的睫毛偶尔扑闪，依然温柔。他原本话就不多，此时更显得稳重。青垚看了他一眼，心想，乔彤彤说得不错，他确实是个意志坚强的男人，这位沈家大少爷，如果知道自己就是苏炳桓的女儿会有怎样的震惊和意外？他会摇头否认、推脱自己在事故中的责任吗？青垚告诫自己冷静，她在思考该用什么恰当的方式告诉他：你活下来了，可是我却没有了爸爸，我的妈妈失去了丈夫，还有小叔……尤其是苏炳浩，他失去了相依为命的亲人！青垚的脑海里浮现着苏炳浩痛不欲生的样子，忍不住热泪盈眶。她在心里默默地说：如果你还有些仁慈之心，就该如实地告诉我当年到底发生了什么事情。让我和我的家人获得平静，走出死亡的阴影，接纳新的生活！

“你刚飞回来还没调整好，换我开车吧。”青垚忽然说。

沈绎心说：“没关系，已经适应多了。”

青垚问：“你是遭遇了飞行事故，所以才会产生高空恐惧，对吧？”

沈绎心愣了愣，“……兰姐姐都告诉你了？”青垚没回答，沈绎心承认说，“确实是因为飞行事故。”

“什么样的事故？严重吗？”

面对青垚的穷追不舍，沈绎心喉头有些发紧，他没想到青垚了解他的第一步居然是谈起这个话题，他忘记了在此之前青垚也追问过类似的话，只点点头回答说：“严重。”说完转头看了她一眼，“脑子里还会时不时地突然蹦出一些画面，控制不了。”

青垚直瞪瞪地看着沈绎心，“画面，什么样的画面？当时飞机上发生了什么？其他机组人员呢？”

“嘎！”的一声，沈绎心将方向盘往右狠打，汽车刹停在路边，按下汽车的双闪灯。他的脸色发白，皱着眉头问道：“你对这些很感兴趣？”

“哦！”青垚的意识兜转了好几圈，才想到此时的自己对沈绎心来讲还是那场事故的局外人，于是她赶紧说，“换一下吧，我来开。”沈绎心没说话，打开车门走了下来。初秋的风灌进衣领，使人稍稍冷静了些。青垚也走下来，交换了位置坐上驾驶位，她一边系安全带一边说：“你为人处世比我们都成熟，看来经历些磨难还是有价值的。”

沈绎心说：“磨难就是磨难，永远不要去追求它，也不要相信它有什么价值。如果说我比别人成熟，那也是因为别无选择。”

青垚愣了愣，问道：“从来没有人问过你吗？”

沈绎心摇头说：“回想那件事挺难的，我不想回头。”

青垚冷冷地说：“不想回头，一味回避就好吗？”沈绎心看着青垚，觉得她很陌生，眼里透着异样，心里涌起一股不被理解的难受，但很快便被这秋风吹散了，他觉得自己确实不能逃避了。

“我会跟你说的，只是现在不想谈。”沈绎心说完，把头重重地往后靠了靠，慢慢地闭上了眼睛。

沈家老宅，经过三苏乡沿公路向西数公里，便有一条小路岔道，仅够一车行驶，沿着果园向前大约一里，穿过几簇繁茂的竹林，隐约就能看到灰白的建筑。

时间已是半夜，这一路沈绎心和青垚都没再说话，各自揣着心事默默前行。直到汽车绕过那六扇头的黑漆墙门，沈绎心才回过神来，他问：“你早知道是这里？”青垚扬了扬眉不置可否，沈绎心苦笑着说：“我还在想着怎么跟你解释，没想到兰姐姐什么都说了。”

“我上次问你是不是这宅院的人，你撒谎了。”青垚笑了笑。

“我姓沈没错，却不是他们家的人。”沈绎心的笑容愈发忧伤，“八岁之前我跟着母亲，她姓沈。”青垚蓦地一惊，上次他说了同样的话，如今才真正明白什么意思。

汽车沿着山墙绕行到后院，值夜的工人把车开进车库。沈绎心拽着青垚的胳膊从侧门进了园子，边走边说：“平时家里人不多，没什么好介绍的，爷爷跟四姐你已经认识了……”

正说着，四姐已经匆匆地赶来，“爷爷等了好久，怎么才到？”青垚恭敬地叫了声“四姐”。四姐很高兴，从沈绎心手里接过青垚的手，拉着她边走边说：“上次我就说咱们还会见面的，你看对吧？”

穿过狭长的甬道和廊桥，来到了沈墨瑾老先生的藏书楼“退思堂”。“退思堂”主体是鸳鸯厅式的老屋，厅南有湖石假山，厅北是庭院，松柏、箬竹、蜡梅栽种四周，错落搭配，湖石的花坛旁有一口古井。上得台阶踏进厅堂，眼前是一面光洁大气的金丝楠木屏风，上面立体雕阳篆刻着“沈氏家训”的文章，大约是“沈氏男儿以懦弱无刚为大耻”等内容。两人跟着四姐绕到屏风后，穿过上房甬道来到了书房，室内灯火通明，条案上摆满了水果。

沈绎心没有直接进屋，换洗之后才过来。只见沈墨瑾斜靠着长榻，青垚乖巧地坐在他的身侧，正兴致盎然地讲述最近读过的书，走过的地方。

沈默瑾一见沈绎心便朝着他扬了扬手，高声笑道：“是个好姑娘！”

沈绎心没笑，俯身在爷爷的膝盖上揉了揉：“你的腿还好吧？”

“好啦！勐子从印度带回来个什么油，挺管用的，给你留了点儿。”沈墨瑾看起来很开心，像个老小儿。沈绎心哑然失笑说：“我用不着了。”

“小子跑非洲去了，把小苏一人丢在国内不好！”沈墨瑾眨着眼睛对青垚说，“要不跟着爷爷，像他小时候那样？”

青垚连忙摆手说：“爷爷放心，绎心在干正经事。”

沈默瑾转头拍了拍沈绎心的膝盖说：“爷爷没有多余的话交代，总之好好待青垚！咱们沈家规矩自来是太太当家。”沈绎心低着头没出声，更让青垚觉得这话走远了。

四姐端着托盘进来，熬得融融的白粥还冒着热气。沈默瑾递上一碗说：“在物资匮乏的年代，一碗清粥就像一场欢宴。没想到绎心自小跟我生活，倒是爱上喝粥了。小苏试试怎么样？”青垚接过来，喝到嘴里润滑爽口，没有任何添加，仅大米便煨熬到这般绵滑，她称赞说：“很香，有大米的甜味儿，好喝！”喝完粥，沈墨瑾站起身说：“都睡觉去吧，明天爷爷带你们去个地方。”说着便由四姐扶着回屋去了。

沈绎心坐在椅子上，踟蹰着不肯道晚安，青垚安慰他说：“你还说你不是沈家人，爷爷刚才怎么说的？”沈绎心笑了笑，“在爷爷心里，我是他的孙儿没错。‘绎心’两字还是爷爷取的，我以前不叫这名。”他说着跷起脚，又放下来，双手很不自然地搭在膝盖上，看起来就像个即将接受审判的罪人。“改了名字，我也是不能被承认的那一部分，我的出生证里有个名字奇怪的父亲，董事长的简历上从来没有儿子。我跟勐子哥哥一样，监护人都是爷爷沈墨瑾。”沈绎心的话触动了青垚的心弦，她想起北京的那位记者提过，沈家前女婿周文正有位情妇，那女人也是沈忠民的创业伙伴，沈绎心很可能是她跟沈忠民的儿子。

沈绎心一直目不转睛地看着青垚，见她许久没说话，舔了舔干裂的嘴唇，抱歉地笑着说：“我早该告诉你的，去年走得匆忙，你现在知道了还不晚。”青垚知道沈绎心的故事多，却没想到会多成这样，多到她没办法将话题引到精确的方向，她顺着他的话问：“你的母亲，是个什么样的人？”

沈绎心摇了摇头，目光有些呆滞，不知想起了什么。“应该是个能干的女人吧，修远公司是她跟我的父亲一手创建，仅用半张‘麝予仙’古方就打响了中药市场。后来，她跟着……她跟其他男人准备逃往加拿大。被带走之后，那男人判了刑，她也自杀了。”

“周文正，是叫周文正吗？”

“你知道？”沈绎心愣了愣，说，“现在还能记住这个人的人不多，你居然留了心！”

“别忘了我们是在修远工作，他是集团的前女婿。”

“是的，是绎兰姐姐的前夫。”

“啊！”青垚大吃一惊。

沈绎心知道，让青垚了解就意味着在步步紧逼之下，光鲜的外皮将被层层剥开，虽然做好了准备，他依然觉得自己处于崩溃的边缘。她的这声惊叹，就像一把冰冷的尖刀插进心窝，他忍不住抖了抖，冷笑着说：“我的母亲，勾引了绎兰姐姐的丈夫，一起叛逃国外，这故事很刺激吧？”青垚觉得他的笑容让人害怕，同时又很可怜，沈绎兰被前夫背叛也没这么可怜，毕竟她有资格憎恨，还有力量为沈绎心开脱——“不管他多么不近情理，都要体谅他，不要怪他”。沈绎心的笑容让她感到无比尴尬，多看一眼都觉得残忍，“她……她一定是昏了头，并不是存心的。”

“妈妈未婚生子，不能名正言顺地嫁给父亲，难免心生埋怨，何况她还是修远中药的创建人之一。很多事自然而然地发生了，谁也不知道是怎么开始的。假如不是爷爷得知周文正违反纪律，我母亲跟这个男人的事也不会暴露，二叔就不会逼着绎兰姐姐离婚。假如不是爷爷把我从福利院领走，我……”

青垚明白他为什么说“磨难就是磨难”了，因为别无选择。他那散乱的眼神，还是自己熟悉爱慕的青年才俊吗？他说了那么多“假如”，那些射向自己心里的利箭，为什么不抓住它丢掉呢？！

“绎心，你不用跟我讲这些，这是你的隐私。”

“我应该会在哪片街区、哪条小巷里长大，为了维持那点儿可怜的自尊，学着叼根烟卷儿跟人厮混打架，赚些风头……”

“绎心！”

“我没有机会进部队，也不会学飞行，不会被派遣援非洲，更不会……”

“绎心！”

“如果没有去非洲，我不会见到苏老师，不会换上他的飞机，不会……”

沈绎心开始喋喋不休，神情孤独得就像个无助的孩子，千疮百孔。她再也听不下去了，失声叫起来，“沈绎心，不要说了！”

随着这声尖锐的呼喝，他紧紧地抓住了她的手腕，五根手指像铁箍一样——“帮我，落地就好……”仿佛有求助的声音在她脑子里呼啸而过，那时在飞机上，他们萍水相逢；可是这一次……青垚扭头不看他，“你不该跟我讲这些，这是你的隐私，我没权利听！”沈绎心看着她慌乱逃避的样子，像在躲避一个怪物，他猛地醒悟自己的不堪，仿佛叫花子展开血淋淋的烂腿博人怜悯，却让人恶心。他倒吸了一口冷气，鬓角不禁冒出了细密的汗珠。“今天带你回家是我答应的事情，我从来不想强求你什么……”他说出这些话来的时候，声音嘶哑，有点儿不成调子，“你愿意听已经足够了。”

“我……”青垚抬起头想解释什么，却又觉得无从说起。沈绎心在她惊疑的表情里，碎裂的心再次被业火焚烧成灰烬，他感到又冷又累，默默地松开手指，拍拍她的肩膀说：“睡吧，明天我们还得陪爷爷走一趟。”

青垚躺在床上，睁着眼睛胡思乱想，整幢建筑就像一座埋藏着无数秘密的坟茔，压得她喘不过气来。在她最单纯的构想中，只要找机会认识沈忠民的儿子，了解那场事故的缘由之后，就潇洒地不带走一片云彩。林翘音曾说，“幸存者有自己的生活，要尊重对方”，她后悔没有听从妈妈的劝诫。一定是自己没能够尊重对方，命运在她生出这个错误的念头时，便更改了程序，它向她宣誓着自己作为主宰的权力，还将它层出不穷的恶意铺陈在她眼前，炫耀、示威。这些抛洒出来的恶作剧，普通人连担待都觉得力不从心。青垚怕了，她逼着他去撕开真相的口子，不是帮凶是什么！事实上他们都是被命运的绳索肆意摆弄的人偶罢了！

算了！她倍感灰心，第一次萌生出从修远公司辞职的念头。这个念头伴随着她，让她心烦意乱，她终于忍不住起床，走出小院散心。

天色刚吐出鱼肚白，薄云中只露出一线微光。在院门口，四姐正跟一个工人交代着什么，远远看到青垚，便招呼说：“喔唷，都起这么早！绎心在池塘边陪爷爷练剑呢。”青垚说正好去看看，四姐叫住她叮嘱，“爷爷今天带你们去桥头庄，开饭时间就比往常早些吧！”

青垚点点头，出了月洞门，沿着石头小路，穿过一大片湖石假山，隐隐约约听见沈绎心和爷爷正在山后的亭子里聊天，她便绕了道，往池塘的对面走去。

沈绎心的声音说：“他们回来，没来看您吗？”

沈墨瑾说：“看过的。知道你要回来也不留一晚，比爷爷的心还狠。”

沈绎心说：“昨天看到他了，腰板还是那么直，挺好的。”

沈墨瑾说：“你是我沈墨瑾的亲孙子，谁敢不承认！爷爷的股份要怎么处理是我自己的事情，我已经找过律师，等你回国之后就可以上董事会了。”

沈绎心说：“承认不承认都没关系，爷爷懂绎心就好。爸爸因为我的决定带殷姨去香港定居，我……我已经感觉有罪了，再提股份那不是罪上加罪吗？”

沈墨瑾说：“没股份拿什么做事？再说，把你留在爷爷身边、送进部队都是为了不让你委屈，却没想到终究是委屈你了。是沈家亏欠你们母子在先！他是为了你还是为了自己都难说。”

沈绎心的脸色“唰”地变了，他抬眼看了看沈墨瑾，“扑通”一声跪下来，“爷爷，我擅自找董事长进公司，您生我气了？”

沈墨瑾知道沈绎心去中药公司时确实火冒三丈，否则高勐不会专程去找他。他太年轻，部队里单纯的环境让他养成了简单直接的处世方式，不过他既然明白，总算老怀安慰。

见爷爷久未回答，沈绎心的声音有些颤，他说：“您养育绎心成人、教我明白事理，我出事的那一年，是您晨昏颠倒、昼夜守护……恩情那么重，您这话让绎心无地自容啊……从提出到中药公司做事那天起，我就顶着拆家产、抢名分的嫌疑了，您……这是要给我定罪吗？”

沈墨瑾哼了声，提着未开锋的剑戳了戳沈绎心的肩膀说：“这就怕啦？下不去手早点儿认怂，还有更狠的你怎么应付？”

“我……”沈绎心抬起头寻觅，沈墨瑾不像在开玩笑，他的脸上找不出丝毫的温情，原本蓄在眼眶的热泪顿时崩裂，“我不怕，任何人兴师问罪我都不怕！”沈绎心挣扎着说，“如果您老人家觉得是沈家亏欠才收养我、董事长觉得亏欠妈妈才让我碰‘麝予仙’，那我在你们心目中不过是个可怜的弃儿，外人看着我就像看沈家的怪物！那我倒宁可死在非洲，我还费那么大劲儿活下来干什么！”

“沈绎心！”沈墨瑾彻底怒了，他一把抓住沈绎心的衣领，手在剧烈地抖动，那张沟壑纵横的脸也抽搐起来，“你口口声声说想把‘麝予仙’搞起来，还不先把腰板挺直喽？！沈家欠你，丢的是沈墨瑾这张老脸，你寻死觅活干什么？不要企图借着‘麝予仙’沽名钓誉，也不要以为躲在爷爷和你爸爸的背后，就能靠声望上位！除非你只想找找当大少爷的感觉，否则就拿出你的胆子，像狼一样自己去拼、自己去抢！”

沈绎心紧紧地闭上眼睛，咬得牙槽“咯咯”作响，像是在对抗来自全世界的恶意，他想破口咆哮，却久久张不开嘴。他在拼命搜刮着那些可以痛骂的人，却发现只有自己而已。他抹干眼泪站起身，眼前一阵金星乱舞，刚开口便“哇”的一口血溅在胸前。沈墨瑾大吃一惊，“哐当”丢了长剑把他抱住，沈绎心拿手臂横在嘴边擦了擦，跪在地上，说：“绎心从小没有名分，早已置生死于度外！只有我懂爷爷的心思，我想让‘麝予仙’重振辉煌以报答您的恩情！全世界都不理解我也不在乎，只要您老人家懂就值了。绎心今天跟爷爷认个错，我不该私自去找董事长，不该摸不清状况发脾气……”

沈墨瑾失望地叹了口气，就地坐下来，拿过他的手腕放在膝上，一边为他切脉，一边说：“爷爷怎么会不懂你呢！谤随名高，做大事的人承受一点儿非议算不得什么！看来我是高估你了，起来吧！”

沈绎心全身无力，跪在地上起不来，他的崩溃说不清是昨夜的延续，还是来自沈墨瑾的质疑，不过，随着那声无奈的叹息，他瞬间明白了什么。“爷爷不会看错我的！请不要收回之前的话，等我回国就把股份给我，生意场上的规矩我会学！绎心发誓，任何脏水都可以往我身上泼，但我绝不让它沾染到心里！”

沈墨瑾转忧为喜，将他拉到自己怀里，拍着他的肩膀说：“好！堂堂正正亮出你的爪牙，让集团的人对你心服口服！这样，或者还能跟蕴诚平分秋色。要不然，估计你人还在非洲，彭学智就第一个让你灰头土脸地滚回国内了。”

“蕴诚？”沈绎心抬起头，说到蕴诚他感觉气短。那个光鲜亮丽、性格张扬的年轻人，那个衔玉而生的Wharton精英、修远集团培养的接班人，“他不支持做‘麝予仙’？也是，他从来不信中医药。我还没跟三叔他们碰过面，等着过年回家再跟他汇报。”

“你瞒得过他吗？”沈墨瑾的语气轻缓下来，“你进修远中药第一天，你三叔就专程来看过我。到现在，回老宅的次数比他十年加起来还多。他可一次都没提到过你，一来你没股份，二来你身体刚恢复些，找点儿事做排解排解大家理解，他也不好说什么。你考核第一，民主测评却垫底，固然有你自身的原因，但蕴诚绝不会对你的到来表示友好。顺尧让你去非洲是对的，‘东非王’彭学智以前叫‘西南王’，他创建了西南五省的麝场，好多省的总监都是他从前的下属，如果你能获得他的支持，那海外和国内的渠道你就得到一半了！”

沈绎心冷静下来，他说：“彭总为人生猛，却自诩刘备，郁伯伯谈起他，说他像司马昭多些。过去几个月，他对我的表现还算满意，我可以跟他表明自己的身份吗？”

“看你们的交情到哪一步了，自己判断，当说就说！绎心啊，你也是从小生活在大家庭的人，以前吃穿用不了几个钱，大家看在爷爷的份儿上也对你敬上三分。我教你懂分寸、知进退，并不意味着在大是大非面前，你也要让着、忍着。爷爷把话放这儿，你要上董事会，那之前你会面对什么，心里要有数才成。”

“嗯，我懂了……”沈绎心话没说完，却见青垚站在池塘的对面，风衣将她的身段衬得分外娇柔，一时间倒忘了接下来该说的话。

“懂了就好。爷爷不过说两句重话怎么就吐血了呢？”沈墨瑾抬手在他嘴角抹了抹，看着青垚说，“我看小苏就是个大气的女人，你小子这事儿办得甚好，眼光不错！”说完，提了剑往回走去，沈绎心跟在他的身后，转头看了看池塘对面的青垚，平静地垂下了眼睛。

19. 爱的勇气

早餐后，家里司机老刘开车，一行人朝郊外疾驰。

眉山古称眉州，这里是千古文人苏东坡的故乡，人文积淀丰厚，才子佳人辈出，每走几步都有佳话轶闻。沈墨瑾告诉青垚，沈氏家族在这片土地上生活繁衍了几百年，历经战乱也没有分崩离析，“沈家浮沉百年屹立不倒，靠的就是一张‘麝予仙’古方，如果中药公司倒了，集团失去持续发展的生命力，修远国际赚再多钱，也不再是眉州沈家了。”

青垚问：“‘麝予仙’的古方，为什么这么多年都沉寂着？”

“实话告诉你吧，市面上的‘麝予仙’都是残品。”沈墨瑾说得浅淡，青垚却大吃一惊，沈绎心坐在副驾的位置，扭头叫了声“爷爷”！青垚朝沈绎心看去，他的脸色虽然不太好，但眼睛却炯炯有神，一点儿也不颓废，这让青垚感觉好受了些。她觉得是自己有错在先，不该提那些要求，让彼此陷入不太体面的状况里。她还是有些失落的，现在的沈绎心似乎失去了热情，对她的态度淡淡的，温声和气，还不如他们刚认识的时候。

沈墨瑾看着两个年轻人，笑了笑说：“中药公司创建的时候，绎心的父亲从我这里抄走半张配方，研制出‘麝予仙’产品。为适应中药的管理和监管，又陆续研发了自主知识产权的粉针剂、保健品和健康食品。西化的药品管理制度，要求讲清楚所谓的有效成分，从前的方子哪有这些东西，都是在中医理论的指导下一代代人试出来的，讲究以药性之偏纠正人体之偏，用药物的四气五味，温凉寒热、酸苦甘辛咸、升降沉浮来调整人体的不平衡，传统文化和价值观的薄弱让中医的发展遇到了一些障碍。我们投入了很大的资金研究配方的成分和比例，来适应这套审查、实验和推广的系统。”

“半张配方？”青垚愣了愣，想起沈绎心说起他的父母创业时仅用半张“麝予仙”古方就打响中药市场，当时她的注意力停留在其他地方，现在想想觉得不可思议，“为适应管理和监管，就只用半张？”

沈绎心扭头看了看青垚，说：“半张配方的‘麝予仙’产品并不是传承下来的真正的‘麝予仙’，可是要让销售拿着产品跟医生说明这个药是怎么研制的、临床试验效果如何，告诉他们的‘麝予仙’从何而来、炮制手法怎样，我们只能这么做。专业人士不会相信那些来历不明的成分，只有在研发上下功夫，多投入，才能让‘麝予仙’有好的疗效提升医生的自尊，从而杜绝销售人员靠回扣来竞争的现象。”

青垚翻了个白眼，这是她“浑身冒傻气”那次，跟沈绎心说的气话，信中他说自己肝肠都断了，原来是戳了他们家的短处。

沈墨瑾点点头：“绎心说得很好！我跟陈教授谈过啦，他帮我到各大医院要人，组建团队直接跟中科院合作，送日本、送韩国，总之把那些来历不明的成分都给我搞出来！”说着他往窗外看去，指着两边的青山果园告诉青垚，现在城镇、工业、农业、居住、生态、水系等都统一规划布局，东坡岷江航电、北宋风情小镇、农耕文化长廊、彭山青龙、仁寿视高、黑龙潭等都有万亩以上现代农业示范区。

“我这就带你们去看看桥头庄的田七种植基地。”

“田七？”青垚记得沈绎心说过，让她有机会看看爷爷的科研基地，她早就想去看了。要知道田七这种植物生长在北纬23.5度附近，云南、广西栽种比较多，川西坝上却不多见。沈墨瑾自豪地说：“爷爷年纪大了，只能在这里做做恒温室。不过我已经培植了七八个变种，一会儿你们瞧瞧！”

沈绎心不知在想什么，并没有回头接话。

汽车在一个写着“桥头庄田七研究基地”的青瓦房前停下来。走进院子，一排排整齐敞亮的玻璃温室耸立在眼前，工人三三两两穿梭于各个温室之间。一个中年人在旁候着，沈墨瑾刚下车，他就说：“沈教授，供电公司在这里检查配电房。我让陈工带你们进去吧！”说完招了招手，一个穿着深蓝色夹克工装的年轻人走过来，带着他们走进了宏伟的温房。

里面温度大概15度左右，湿润暖和，绿意盎然的田七苗却不是生长在地上，而是由一排排木头砌成的凹槽，置于半空齐人腰高，里面放置着培植土，培育的田七便生长在里面。

“田七的生长对土壤和气候都有极高的要求。不能连种，栽种过田七的土地必须经过至少10年的休整才能够再次种植。这种办法可以保证土壤的质量，避免土地的浪费闲置。”沈绎心走在最前方，专注地看着陈工，仔细听他讲解。青垚看着两人一边走，一边交谈，他时而颦眉思索，时而阖眼认同；沈墨瑾则背负着手，走走停停，拨开绿叶捏捏泥土，看见青垚落了单，向她招了招手，示意她过去。

“陪爷爷到对面的温房看看。”沈墨瑾说。

青垚紧跟其后，跨过一条细窄的沟壑来到另一个温房里，这里的整体布局跟之前差不多，只是栽种的田七外表却有不同，叶片比较小些，呈倒披针形。

“想不想跟爷爷讲讲心里话？”沈墨瑾脚步慢下来，与青垚一前一后踱步走着。

“嗯。”青垚看着眼前面容慈祥的老人，感到很踏实。

“你了解绎心吗？”

沈墨瑾一句问话，勾起青垚的千般委屈、万般感慨，思索半晌竟不知从何说起，“我跟绎心认识的时间并不长，平常聊工作多些。他跟我说他的名字是爷爷起的，‘绎’是抽丝，为寻求。我想，爷爷是希望他能找到自己的初心，坚守做人的本分吧！从认识到现在，他也确实是这么做的。”沈墨瑾听着青垚缓缓说来，感叹道：“初心易得，始终难守啊！这小子有你这么个知己，是他的福分。不容易，不容易！”说着，他一边招呼青垚继续往前走，一边说，“小苏，上次你到这里，匆匆忙忙招待不周，刘毅都跟我讲啦，爷爷感谢你啊！绎心和你都是好孩子，我说这些，是想告诉你，身外物是梦幻泡影，他为你守得住心，这个人才是真的，把握好了你们就能幸福一辈子。绎心肯带你回来见我，一定也是挣扎了很久，总算他跨过了那道最难启齿的门槛，我还得再次感谢你呢！”

沈墨瑾说的那道门槛，自然是指沈绎心私生子的身份。青垚想起他说起母亲时的表情，“我的母亲，勾引了绎兰姐姐的丈夫，一起潜逃国外，这故事很刺激吧？”她不由自主地垂下头来，不敢轻易探究沈墨瑾的眼神。

“你是成都人吧？”沈墨瑾问道。

青垚回答：“是的，家里就妈妈一个，是护理学教授。”

沈墨瑾停顿了片刻，点头说：“你妈妈很不容易，把你教养得很好。”有那么一瞬间，青垚觉得沈墨瑾的话里还有话，他看自己的样子好像了解过，但他很快转移了话题说：“爷爷有三个儿子，绎心的爸爸是老大。从前家贫，负担重，什么事都得自己扛，他做过错事、走过弯路，亏欠的人不计其数，那些孽债像绝症一样快把他压垮了。”青垚心想，沈忠民亏欠的人里，肯定有沈绎心的妈妈，他表面看起来那么刚毅挺拔，原来内心早已虚空，难怪他没有精力全面掌控修远集团。

“绎心八岁到我跟前，块头这么小，病猫似的，爷爷把他丢部队里练练。当飞行员压力可大啦，回家里来话都难得说半句，跟爷爷聊天还好点儿，他跟你在一起时怎么样？”

青垚回答说：“还好，一阵儿一阵儿的。有话就说得多些，没话也不爱找话说。”沈墨瑾一听笑起来，“放心，爷爷向你保证他的情绪健康、品行端正，没有不良嗜好。”青垚忽然想起自己的父亲，她觉得沈绎心跟她的爸爸其实是一类人，沉默而深沉，专注又认真，对人对事总是忠于自己的心全力以赴。

“绎心如果坚持待在部队，四十岁拿将星肯定没问题，可惜啊！三年前，他遣援非洲帮助培训飞行员，在跟另一名航校教官试飞的时候，出了事，那位老师殉职，他幸运，活了下来，落了头疼的毛病。”当沈墨瑾提到这话的时候，青垚的脸倏地涨得彤红，她捂上自己的嘴，瞪大双眼不让泪水往下掉。沈墨瑾毫无知觉地走在前方，缓缓说道，“这件事，算他的第二道槛吧，如果你能帮他解开这个心结，爷爷还得感谢你咧！”

青垚默不作声地跟在沈墨瑾身后，悲哀地想，为什么是她来解开沈绎心的心结，她自己的心结又由谁来解开呢？

沈墨瑾走走停停，环顾着整个温房自顾自地说：“这小子要做，爷爷我就帮他做大。从头开始很辛苦的，爷爷很高兴他选择了‘麝予仙’。我这个孙儿脾气像我，不认输。他性情沉稳，办事牢靠，生活中严格要求自己，工作上不随波逐流。安安静静搞调研，踏踏实实做事情，爷爷认为这才是真正的男人。绎心从小经历得太多，很早就有出世的倾向，爷爷希望他能正视自己的欲望，不要拿冷眼旁观当作信条，以众人皆醉我独醒来陶醉，因此获得夸夸其谈的资格，这事实上是一种奄奄待毙的哀鸣。眼光放长去看，自古都是一个道理，越是热闹的、表面的文章，或者仅靠声望威胁着企图上位的，结果只能越糟糕。人活一世，只要脚踏实地干成一件事、初心不忘，就不会被繁花乱锦搞乱思想，花架子太多没好处。”

几个人在基地待到下午，回到老宅已经是傍晚了。

沈绎心和爷爷在书房聊天，说到“麝予仙”缺失的田七、皂苷以及天然麝香的提取，准备寻着几个私人麝场，找一些天然麝的品种。

青垚不想打扰他们，起身要告辞，沈墨瑾叫住她，温和地说：“把老四叫来吧。”青垚依言出门，绕过荷塘折桥，把四姐带到书房里。沈墨瑾掏出一把小钥匙递给四姐说，“把绎心奶奶的小匣子拿过来。”四姐接过钥匙，眼眸中闪现出一丝异样的光芒。不一会儿，只见她怀中抱着一个漆色古旧的小匣子进来，放到了沈墨瑾的手里。

这个木匣只有巴掌大，虽然年代久远，深黯的黑色油漆也有些斑驳，露出原有的木质，但匣体雕刻精致，隐约能够看出是一些戏文故事。沈墨瑾用手轻轻地抚摩了一会儿，小心地启开铜质扣眼，露出一片古旧残破的杏黄色的锦缎，上面隐隐约约还有字迹。

“‘麝予仙’古方？”沈绎心脱口而出。

“是啊，你也是第一次见着吧？”沈墨瑾小心翼翼地将锦缎揭开，在沈绎心的帮助下摊放在手心。青垚清楚地看到，这是由一张完整的绢帕撕开的一部分。“只有半张？”她刚说完便意识到什么，难怪沈忠民只抄去半张配方，原来只有半张！“这锦帕传到我手里的时候还是完整的，损坏得太可惜啦！如果有生之年能将麝香和田七两味配齐，爷爷也算对得起沈家先辈啰！”沈墨瑾眯着眼睛，仔细端详着手里的锦缎，他的语气轻快，让人觉得事实上并没有话里来的那般沉重，沈绎心张了张嘴，把想说的话咽了下去。

沈墨瑾慢慢叠好锦缎重新放回匣子，从旁拿出一块剔透碧绿的玉石弥勒佛放在手上，那碧玉佛绿的浓翠，满满的绿色像要流出来似的，是非常罕见的糯种帝王绿。

“奶奶的玉佛！”沈绎心显然不是第一次见到，“小时候我看爷爷画过，一模一样。”沈墨瑾五指阖拢将玉石握在手里，转头看着青垚说，“这玉佛以前一直是绎心奶奶戴着，爷爷想把它给你。”青垚猛地怔住，四姐和沈绎心同样目瞪口呆地看着沈墨瑾。青垚慌忙摇头不敢接，“这么贵重的传家宝贝，青垚不敢收！”

沈墨瑾看了眼沈绎心，见他表情木然、置之度外，“在爷爷心里，没什么比绎心更重要的。他奶奶还在的话，应该是她把这匣子里的东西和玉佛交到你手上，拿着它，就当我是把自己孙儿交给你啦！”爷爷的话来得仓促，却又赤诚得像个孩子，青垚心里像被什么东西掐着，窒息哽咽得说不出话来。还能怎么做呢？拒绝一个耄耋老人的请求吗？她颤抖着说：“爷爷……您的心意青垚收到了，可是……”沈绎心也感到胸口堵得慌，爷爷为自己助攻，将奶奶的家传玉佛都拿了出来，可青垚“心领璧还”的态度，让他觉得了无生趣，同时无比自责。自己不应该如此草率、如此冒失的！自己受辱是活该，却难为爷爷……

“爷爷年纪大了，还有什么看不明白的。小姑娘你收下，让绎心专注自己该做的事情吧！”沈墨瑾轻轻说着，矍铄的眼神变得有点儿混浊，满是褐色斑点的大手拍着自己的胸口说，“一块玉算什么，一颗心才重要，对吧？”

青垚似懂非懂，又抬头看了眼沈绎心，只见那双狭长的眼眸定定地看着自己，瞳孔深不见底。她像是明白了什么，转头接过沈墨瑾的碧玉，认真郑重地说道：“爷爷放心，青垚一定好好保管！”话刚说完，沈绎心不易觉察地动了容，浓墨般的眸子也如春水化开，再透眼感触那碧玉佛像，仿若山川相缭、郁郁苍苍，一团柔柔的光，在心里流淌……

沈墨瑾和四姐不知什么时候离开了书房，暖意洋洋的房间里，仅剩两个人静静地相互看着。青垚的泪珠子开始断了线，她也不擦，任由它们一颗颗滚落在胸前的玉佛上。沈绎心伸手拘下她下巴上的泪水，平静地说：“不要哭，再哭……我就亲你了……”青垚还有些残存的倔强，听到他的话，眸子顿时清澈起来。她抬眼看着沈绎心，那浓密的睫毛掩映着的两泓清泉，温柔地涌动着炽热的光芒，那光芒中不仅有着健全的情绪还有着狮子般的勇猛。

他是沈墨瑾老先生的孙子，是勇敢的男人，他才不会拿着悲惨的经历博人怜悯！然后，青垚听见自己在说：“我舍不得让老人家失望，但是这个……我不能收，等一个恰当的时机再还给你。”

“不！”这话让沈绎心澎湃的欲望再度幻灭，胸口有一团火，烧得他快要失去理智，他绝望地低吼着，凑上前去，“不许这样！”说完埋下头去，吻住她。

青垚密如擂鼓的心跳声慢慢变成嗡嗡空洞的鸣叫，在沈绎心粗野的狂吻中，她感到一股前所未有的情感迸发出来，恐惧夹杂着亢奋，欢乐渗透着疯狂，触电般的震颤，刺激而缠绵……然而就在她挣扎是否迎接未知的挑战时，沈绎心戛然而止。他的脸看起来潮红炙热，像刚跑完几公里的长路。结实的胸膛还在起起伏伏，青垚情不自禁地凑上去，重新贴在他的脸上，想继续亲吻他、切切实实地疼他……“哐当”一声，沈绎心慌不择路地退开，椅子被撞翻在地，他背靠着书房的门框，表情很复杂，眼睛里闪烁着困兽般的光芒，声音异常嘶哑，“回房去吧，好好睡一觉，我们明天回去。”说完，头也不回地走了。青垚看着沈绎心消失在门外，暗自叹了口气，心想，自己虽然极力掩盖着，可之前的态度终究还是伤害了他。

可是，要接受沈绎心，比爱上绎心需要更大的勇气！

回到房间，青垚纠结着，纷乱的思绪让她的脑海像开炉的蒸锅，她想起乔彤彤口中那个差点儿疯掉的女孩儿。她是否也因此挣扎、狂乱过？“别看他平日里和煦得跟春风似的，其实心比石头还硬，那女孩儿上了当。”上了他的当？青垚默默回想，如果这就是所谓的陷阱，那自己也算一步步地陷进去了。“他爱的时候是千真万确、阳光普照；可当爱情之花枯萎，他抛弃得也最彻底，那时你便似堕入万丈深渊得不到救赎！”

青垚欲哭无泪，忍不住拨通了林翘音的电话。

“妈妈，你什么时候回来？”青垚一听到翘音的声音便崩溃了，想依偎在她怀里什么都不用想。

“还早，春节可能回不来了呢！”翘音人在德国，她是多么了解自己的女儿，没事她绝不会打越洋电话，“什么事？跟妈妈说说吧。”

“妈妈，你为什么那么喜欢陈扬啊？”青垚莫名其妙地问。

“陈扬单纯，他的家庭跟我们的家庭生活轨迹一致，对世界的认知和观念都与你相同，最重要的是，他爱你。”翘音似乎明白青垚为什么打这个电话了，“你觉得不是吗？”

“不是，妈妈！”青垚肯定地回答，“陈扬或许符合您的认知，可他跟我还是不同的。”

“嗯……”翘音若有所思，她想起青垚其实喜欢她爸爸苏炳桓那样的男人，从小就爱跟着去部队玩。她有些遗憾，自己闺女怕要把陈扬错过了！

“有喜欢的男孩子了？”

“嗯。”青垚轻描淡写地，只说是在公司一起工作的同事，她不敢告诉妈妈实情，可是却又很想知道林翘音对这件事的想法，“妈妈，这么多年，你还思念着爸爸吗？”

“经常会想的。”林翘音回答，她已经很长时间没听青垚谈起这个话题了，今天专门提起，想必女儿确实是碰到过不去的坎儿了，“你爸爸永远安放在妈妈心底，我希望你也是。我们需要新的生活，爸爸也需要安宁，他不希望打扰我们，尤其是你。”

对的，青垚记得，林翘音一直都是这么告诉她的，要放下。

“如果现在……你碰到了那个幸存者，会怎么想呢？”

“你碰到他了？”林翘音敏锐地捕捉到青垚今天打电话的真实目的，她失声问道：“那个男孩子？”

“没有，如果碰上就好了……”青垚摆弄着被角，想故作轻松地搪塞过去，她说，“我一定好好审审他！”林翘音感到内疚，女儿的心病，的确不是一句“放下”就可以解决的。青垚如果因为这件事不幸福，自己也有责任。她叹了一口气说：“有些事也该让你知道了。你要好好的，等我回国，好吗？”

“还有我不知道的事情吗？”青垚从床上跳起来。

“妈妈以为有些事情不告诉你是为你好，也许是妈妈错了。”林翘音语气严肃，“如果不告诉你，你会一直放不下的吧？”

青垚觉得很意外，还有自己并不知道的实情？难道妈妈见过沈绎心，知道当时发生的事情？可她又是为什么不告诉自己呢？

20. 舞台事故

周日这天，青垚和沈绎心从眉山回到成都，相互辞别后便投入到工作当中，繁忙的宣传周活动让两个人有了不碰面的理由。

青垚想在闭幕式的时候跟苏炳浩谈谈，希望他对Maggie认真起来，不要在沈绎兰的身上下功夫了，顺便问问北京有没有合适她的工作。闭幕式设在峨山“紫御尊邸”，这一片度假别墅区，据说是一家名为“白仲”的投资公司运作的房产项目。闭幕式的文艺演出场面宏大，演职人员提前一晚便住进了酒店，主会场设在距离酒店500米的一处半圆场馆内，整个大厅布置得绚烂夺目，离地六米的高度安放着168个序列灯球，会跟着音乐变幻色彩，上下跳动。舞台背景是一面硕大的LED屏幕，四周还安置了六面大屏，左右各三面，从头顶到脚下，堪比春晚的舞台。

下午签到，宽阔的草坪上有一条红毯直通主会场，各个媒体记者挤满草坪，长枪短炮对准着红毯。陆陆续续有各种各样的商界名流挽着女伴从车上下来，走进半圆的会场里。青垚换好装，披了件外套坐在草坪的香樟树下喝咖啡，陈跃翔不知什么时候走过来，他看着源源不断的嘉宾，哀叹说：“公司为了推广‘麝予仙’，投入上千万，还搭上我们家青垚！”青垚不置可否，陈跃翔坐下来说，“浩叔早来了，跟玫康的老总谈生意呢！”自从有了苏炳浩这层关系，陈跃翔觉得自己跟青垚的友谊非比寻常，“听说今天请了台湾的大明星，说话嗲嗲的那位。”

青垚问：“集团董事都会来吗？”

陈跃翔回答：“当然！”

青垚又问：“沈家，都是董事会成员吗？”

陈跃翔眯着眼睛顿了顿：“修远集团本来是沈家的，不过……哎，有时候，必要的八卦还真是比埋头干活还重要啊！”

青垚觉得在理，问他：“不过什么？”

陈跃翔轻笑了一声：“沈家啊，也就在这种场合才能看到团结和谐的场面啊！”

这时，一辆劳斯莱斯幻影停在红毯前方，陈跃翔扬头说：“沈总和夫人来了。董事长跟夫人几十年恩爱如初，是行业的典范。”青垚抬头一望，只见沈忠民挽着一个身穿绛红色晚装的女人走下车，那女人个头不高，气质端庄。青垚心想，原来这就是殷嘉宜，看起来确实文雅秀气，是个饱读诗书的人。紧接着另一辆同款劳斯莱斯停在后面，也下来一男一女。“那也是沈总，集团执行董事、总经理沈忠魁，夫人袁琳。”沈忠魁的个头比大哥沈忠民高，肚子鼓鼓的，他的夫人打扮夸张，那样子好像把伊丽莎白女王的行头借来套在一个干瘪的女人身上。

陈跃翔的现场解说堪比电视直播，只见他扬着眉毛高声说：“看！沈蕴诚、沈蕴真也在车上，下来了！”

青垚一怔，只见紧随下来的两位年轻人，男的正是沈蕴诚，他今天穿着黑色的柏博丽西装礼服，显得尤为高挑；女的纤长优雅，一身劳伦•拉夫抹胸长裙，巨大的裙摆铺撒在草坪上，脖子上挂着一串蓝宝石项链，在午后的阳光下闪烁着耀眼的光芒。这兄妹二人，外型气质跟自己的父母全然不同。青垚记得苏炳浩说过，这对星光闪耀的兄妹都是沃顿本科毕业，正在修远国际扛事情。她不由得想起沈绎心和那个叫作Ariel的女孩，都是沈家孩子，境遇却是云泥之别。

不断地有汽车停靠，车上的人陆陆续续走上红毯。

“沈忠实，执行董事，我们修远中药的二股东！”陈跃翔一边说，一边摸着下巴，“他家二姐姐去年来过一次公司，虽然离婚多年，依然漂亮得不像话，跟她交往的那老外，很快就到我们公司啦！”

青垚知道陈跃翔说是沈绎兰，眨了眨眼问：“离婚？”

“是啊！”因为副总陈军的原因，陈跃翔的八卦含金量很高，“前夫从政，前途大好的时候不知怎么抽了疯，给一桩买官案牵线，出事前半年听到风声就离了。现在还在里面呢，这辈子出不来了。二姐姐这么年轻，当然还要结婚啦，那老外本来是要回欧洲的，为了她要留在成都哦！”陈跃翔说到激动处，根本停不下来，毕竟这些属性私密的话憋在心里很艰难，自己需要听众，莉荔又不在身边。

“两位沈总都有孩子，董事长的孩子呢？”青垚为了成全他，故意问。他当然是不知道的，否则怎么敢忽悠沈绎心卖切菜器。“董事长没孩子。”陈跃翔断然回答，“沈夫人是艺术家，不要孩子。”

“没孩子？”青垚问，“董事长没孩子怎么行，偌大的家业后继无人呀！”

“嗯。”陈跃翔看起来神情严肃，他说，“有个事在集团是禁忌，我不能跟你说。”

“阿、翔、哥——”青垚狠狠地瞪着他，咬牙切齿。陈跃翔居高临下地笑起来，他很享受这种被人追问的状态，过了好一会儿才投降，“我说，我说。不过你在这儿听了就丢这儿，别往其他地方传啊！”

青垚翻了翻白眼不想理他。

“董事长虽然没孩子，不过有两个挂名的儿子，一个年纪轻轻就闯出了名堂，另一个走的是正路，三年前出过一个事，说大不大，说小不小。”陈跃翔慢腾腾地说道，“当年陈老爹陪沈总去非洲搞调研，沈总特意要参观航校。他们人还在飞机上就听说航校出了事，两名试飞员坠机。操作试飞员是个功勋教官，人家都准备退休回家了，另一个就是沈总的挂名儿子。也不知道真实情况如何，就听说北京那边搞了个葬礼，集团的人就猜是不是人已经去了。虽说沈总这挂名的儿子从来没在集团出现过，但好好的说没就没了，沈总和太太也怪可怜的。”

青垚听陈跃翔在那儿眉飞色舞地胡说八道，心里一阵阵地抽搐。那可是她生命中最重要的爸爸和沈绎心啊！旁人眼里刺激的故事，落到自己身上却是如剜心捣肺般的疼痛，她在陈跃翔的聒噪声中弯下腰，几乎站不起身。

陈跃翔看到青垚忽然从椅子上溜下地，吓了一跳。

“青垚，还行吗？”陈跃翔将她扶起来，见她脸色苍白，担忧地说，“要不要我给总监汇报？”

“没事。”青垚说着掏出手机，上面有沈绎心发来的短信，“加油，乖。”她的手指在屏幕上摩挲，眼泪在眼眶里打转。

正在这时，苏炳浩面带微笑，从远处向他们走来。

“哎哟浩叔，青垚摔了呢！”陈跃翔嘴快，立即跟苏炳浩套近乎。

“怎么样？”苏炳浩坐到青垚身边，看着她虚弱的面容，问，“还没好彻底吗？”说着伸手将她外套大衣的领子理了理，转头对陈跃翔说，“你们的节目安排是在前边第五个吧？能不能取消？”

“这怎么行！”青垚收起电话对苏炳浩说，“放心吧，我没事。”

苏炳浩对陈跃翔说：“照顾好青垚，就别让她到处跑了。”说完又对青垚说道，“Maggie在媒体区做访谈，完了让她送你回去。这种场合都是留给谈生意的，你们就别等散场了。”很少见苏炳浩这么啰嗦，想是前几天眼睁睁看着她昏倒的缘故，青垚瞪了陈跃翔一眼，好些话不方便说，只好点头答应。

陈跃翔真的跟总监商量把节目挪到了最后，主持人经过协调，直到天黑才通知青垚候场。

她站在幕后台阶往外打探，璀璨的灯光下，黑压压坐满了人，会场四周站着公司的工作人员。靠门的一片是媒体区，记者们或蹲或坐挤在离舞台最近的空地上。沈忠民和殷家宜在主桌端坐，旁边是沈忠魁和袁琳，还有神态严肃的官员代表和跷腿闲散的外籍人士，胸前都戴着蝴蝶兰的胸花。沈蕴诚和沈蕴真两人坐在最靠近舞台的侧面，苏炳浩的位置空着，不知去了哪里。

全场的灯光暗下来，一束强光打在舞台边缘，光束下面，青衫手握古卷，极目远望。“铮”的一声琴音缓缓而起，背景音乐响起潺潺流水声。

“成化七年，家母积疾，余访辽东。途赦神麝，踏云衔芝，身披九霞。余勒马殊观，睹一绢帛飘落紫云，抬手端详，乃上古仙方……”随着沉稳磁性的诵读，LED屏幕上出现了一股袅袅的清流，一幅古画被神奇地做出了灵动的效果，画中女神渐变成青垚的样子出现在舞台一角，她在烟尘中莲步轻移，台下观众全都痴醉了。

青垚今天的状态不错，当音乐逐渐高亢，那幅白绫从头顶飞速投下，不知是错觉还是什么，抬头的瞬间仿佛看见灯球闪了一下。她拉着白绫腾空而起，在半空悬停片刻亮了个相，正准备将自己交给地球引力朝舞台中央飞跃时，腰间的钢丝绳却好像有些疲软，力道没刚才那么紧。青垚正想着，手上却拉了个空，眼前一个黑瓮瓮的东西朝着她撞过来，眼看就被撞个正着，钢丝绳突然勒紧，倏地将她提收到六米高的棚顶。

“啊！”会场如同炸开的热锅，嘉宾纷纷后退，媒体区一片混乱，惊叫声和桌椅翻倒声纷至沓来。青垚在高空中无助地旋着圈儿，耳边是电火花的“嘶嘶”声，紧接着“轰”的一声巨响，全场的灯光全灭了，失去支撑力的绳索绷断，惯性将她狠狠地往观众席甩去。

她的身体像枯叶在空中飘落，沈绎心的脸晃动在眼前，沈墨瑾的话飘荡在耳边，“身外物都是梦幻泡影……”天旋地转间，一双大手将她牢牢接住，整个人顿时有了着落。

与此同时，头顶上传来一个声音大声质问：“怎么是你！”

没有任何回答，黑暗中四处是惊叫和嘈杂的跑动，青垚被抱起来从侧门冲了出去。

“绎心！”她窝在宽厚滚烫的胸前，不敢相信发生的一切。

“嗯。”圈在她腰上的手更加沉稳用力，应答间人已经跑出了会场。

沈绎心抱着她，身后一片喧嚣，酒店的灯全部打亮，照得草坪如同白昼。前台把底楼的房间全数打开了，沈绎心将她抱进房，放在床上，手足无措地问：“伤哪儿了？”青垚一个劲儿地摇头，张开双臂投进他的怀里。她紧紧地抱着他。天地间什么都不重要，只要胸膛铿锵有力的心跳就够了。“别怕！我在这。”沈绎心的声音极尽温柔，似乎还有点儿颤抖，青垚失声痛哭，快乐、委屈、死亡和幸运，统统被眼泪冲刷着，流淌在房间里。

沈绎心怜爱地摸着她的头，紧锁的眉头慢慢舒展，他说：“我上午就到了，跟工作人员换了证件，就想站在台下离你近点儿的地方，还好我在那里。”青垚不想听，她刚刚死里逃生，现在只想依偎在沈绎心的胸膛里，再次享有那令人瘫软的长吻，她扬着脖颈探寻，脸红得像天边的火烧云一般，

“如果我死了，一定死不瞑目！”这话就像火星掉进油田，沈绎心的胸膛“轰”地炸了，“不会的，你不会死！”他来不及细想，宽阔的嘴唇已经堵在她的嘴上，放肆地吮吸。青垚头枕在他的臂弯里，忘情地迎接这热吻，身体与身体热切地胶合，永远也不想分开，永远也难以满足。沈绎心的手紧紧地抓着她的肩，薄如蝉翼的上衣不知什么时候被褪至胸前，当雪白的皮肤袒露在眼前，他突然浑身颤抖起来，挣扎着喃喃自语：“不，我，不能……”

“还在生我气？”

“我甘愿为你去死，又怎么可能生你的气！”沈绎心说着，却扭过头去不再看她。

“可你分明在生气！”青垚掰着他的脸，大声地说，“得了，别不承认！”尽管沈绎兰告诉青垚，不论他多么不近情理也要体谅他，可他一而再地这样未免太过小气。沈绎心没有回答，用力推开她，踉跄地朝着窗台扑去。青垚睁大眼睛，看着他挣扎、绝望、煎熬的神态，眼泪“唰唰”地掉下来，心想：他的心真的比石头还硬。

沈绎心弯着腰，双臂撑在窗台边沿，回过头来望着青垚，那双眼眸，仿佛天边的两泓湖水般遥不可及，“我对自己发过誓，娶不了的女人我绝不碰她！”连声音也像是从很远的地方飘过来，“我不能……不能让她像妈妈一样带着私生子，你不明白一个私生子从小到大会经历什么……”青垚听到这话，心脏倏地缩成一团，像被风擎雷击般颤抖起来。看着他胸前的工作牌随着粗重的喘息荡漾晃动，无尽的悲辛涌上喉来。她慢慢垂下眼眸，什么都懂了。

草坪上人声鼎沸，120急救车正停靠在窗外不远的地方。

沈绎心拉开厚重的窗帘，只见会场的人已经聚在草坪上，有的被疏导着陆陆续续朝酒店大厅里走来。他重新走回床前，撩起被褥将青垚裹起来，埋下头在她的脸颊上深深地吻了吻，“我出去看看，有空再陪你。”

青垚听见房门关闭的声音，长吐了一口气，像是下定了决心。她知道，是该走了。她告诉自己，自己就是因为不能忘记爸爸才悲伤，如果沈绎心能忘记，就不要再给他机会想起。她不记得自己是从什么时候开始爱上沈绎心的，但她清楚地知道是在眉山的老宅里，她爱上了“麝予仙”，爱上了桥头庄基地，甚至也爱上了那片广袤的土地。

当感情在锥心的折磨中超越占有，她终于开始成熟了。

青垚给剧务小胡打了个电话。过了一会儿，小胡敲门进来，怀里还抱着外套大衣，她气喘吁吁地说：“青垚姐，还好你没事。郁总来看你了！”

青垚卸了妆，换上衣服，房门被敲开，郁顺尧和陈军走进来，身后竟还跟着董事长沈忠民和总经理沈忠魁。沈忠民询问了几句说：“先放两天假好好休息。放心，集团一定处理好这件事情。”

等他们出去，青垚拉着小胡问：“会场什么情况？”

“青垚姐，”小胡心有余悸地说，“我在台下看到你被悬挂在半空，心都跳出嗓子眼儿啦！固定灯球的钢架倒下来了，直接砸在男演员的腿上，这回广告公司怕是吃不了兜着走了。”青垚心想，广告公司无非赔钱，中药公司的名誉损失才真是无从计算。她和小胡一起走出房间，大厅里聚集了几位警员，正在挨个询问当时的情况，手机在蜂鸣震动，掏出来一看，是苏炳浩。

电话那头，苏炳浩都快急疯了，他大吼着问：“你的节目不是在前面吗？！”青垚轻描淡写地回答说，是陈跃翔看她状态不好，特意调整了一下。

“你站着别动，我过来看看！”苏炳浩命令道。

没过一会儿，苏炳浩急匆匆地跑过来，身后还跟着Maggie。他扯着青垚的胳膊四下打望了一番，确定没事才松了一口气，“你运气好，男演员受了重伤，还有几个紧挨着舞台的记者也被刮伤了。”

青垚心里一紧，问：“不会残疾了吧？”

苏炳浩没说话，蹙着眉头不知道在想什么。Maggie拍拍她的肩笑着说：“今天你太漂亮了，可惜只是‘惊鸿一瞥’。”说着对苏炳浩道歉，“本来答应送青垚回去的，现在不行了，广告公司的责任，我得守着。”

苏炳浩点头说了声“没事”！便接了电话往外走。

折腾了一夜，到家已是凌晨，青垚觉得疲倦万分，蒙头便睡。这是一个无梦的长觉，青垚直到第二天很晚才醒过来。手机里已经有很多未接电话，办事处的、市场部的，大家都知道昨天发生的意外，特地打来关心。

沈绎心待在成都的几天，由沈忠民陪同着跟董事会成员见了面。

沈忠魁大为恼火，他觉得这是兄长设置的一个阴谋，憋不住发作了。

“爸爸搞科研基地，又跟中科院合作，我就说嘛，蕴诚跟着我在前方为集团冲锋陷阵，原来都是给人做嫁衣的，老人家也忒偏心了！”沈忠魁怒不可遏，大发雷霆，“你们到底在想什么，为什么不能堂堂正正说明白！”

“中药公司跟修远国际是独立核算，顺尧领导着，与集团战略并不违背。不论是谁想做点儿事，只要对‘麝予仙’有利，我这个董事长就为他撑腰！”沈忠民的态度也很强硬。

“想做事没问题，我是总经理，进公司之前跟我打个招呼很为难吗？鬼鬼祟祟，让郁总看笑话，以为我沈忠魁容不下一个外人！”

“绎心不是外人！”沈忠魁的话惹怒了沈忠民，他高声吼道，“他八岁就跟着爸爸，是爸爸一手培养起来的！”

“沈总，中药研发速度加快，公司确实需要人，愿意去非洲的不多，绎心没什么牵挂，对那边又熟。彭总不会收留闲人，您知道的。”郁顺尧诚恳地回复沈忠魁。

沈忠魁是一个性如烈火的人，他处事迅猛而慷慨，任职总经理期间不断招揽追随人员，其中不乏各子公司的高层、海外同行、政府机构的官员，大张旗鼓地搞多元化经营。他编写集团规划历时两年，把修远集团从以“麝予仙”为核心的大健康产业链，扩大到了医疗器械、房地产、金融等多元化企业。修远国际上市以后，他成立了专门的资金中心，与国际金融炒家赚快钱。随着集团不断扩张，追随者们交口称赞，他在行业内声名鹊起，风头早已压过了董事长沈忠民，若不是几年前席卷全球的金融风暴，董事长恐怕早已易位。

沈绎心不想解释，他的任何话都可以作为阴谋的证据。当初高勐劝他放弃，说他进公司是“半路截胡”、“抢人饭碗”，这话果然在沈忠魁这里得到了印证，他更明白了爷爷的苦心，明白了爷爷为什么不许他躲在自己身后靠着声望上位。

只可惜他没来得及跟青垚当面道别，便不得不跟着彭学智匆匆飞回了坦桑尼亚。

21. 辞职

不知不觉三个多月过去了。天气渐冷，“麝予仙”粉针剂和保健礼盒在宣传周脱颖而出，各大医院和终端代理都表现出了极大的热情。

尽管万分不舍，青垚还是写好了辞职报告，准备在农历年假期之前交给欧舒丹。

舞台坍塌事故警方已经介入，抓了几个嫌疑人。据交代，大约是有人先前敲诈修远公司没成，再行报复。青垚想起那个叫秦昊天的恶匪，感觉事情并不简单。要知道，他背后的人是苏炳浩。想到这儿，她的后脊不禁冷汗潸潸。不久后，Maggie传来消息说，上面很重视，出动的警力很大，人证物证俱在，证据链也很充分，已经正式结案。另外，采访报道还没正式出炉，不过已经敲定农历春节之后，会有修远工业公司与中药公司合并的消息，修远集团的董事会也有适当调整。

这天，陈跃翔邀请青垚喝咖啡，汪海洋、温司寇、张子航、曾文清、程治中和谢东辰等人都在，他们是同批次考入营销中心的同事，只缺少沈绎心和李明星。

还没坐稳，就听汪海洋问："阿翔哥，知道工商合并的事吗？"

陈跃翔点头说："这就传开啦，怎么了？"

"没什么。"汪海洋笑了笑，"听说修远国际的沈蕴诚要到中药公司，不知道跟阿翔哥是不是一条战线的？"

沈蕴诚？青垚锁紧了眉头，眼睛看着手里的马克杯，余光却望着陈跃翔。

陈跃翔说："他是未来集团的掌门人选，对你肯定是好事！沈家这一辈人丁稀少，他来中药公司体验生活，最多半年就回去，争取半年时间让他对你有所了解也不错呢！"

青垚觉得脑子好像生锈一样，很久没认真思考过什么了。听陈跃翔话里的意思，沈蕴诚只是过修远中药来镀镀金走个程序，然后回去接任集团事务。但沈绎心刚现身，紧接着沈蕴诚就来中药公司，这时间点未免太巧合了。

陈跃翔对大家说："宣传周的事影响太大了，虽然抓了疑犯，也处理了相关责任人，分管文宣的吴董还是被剔除董事会，集团董事将面临重大调整，总之很微妙。"

温司寇忍不住问："怎么微妙来着？"

用陈跃翔的话说，修远集团虽然是沈家控股，可其他股东也会抱团发展，想在整个集团占据一席，多少有点儿发言权。旁边谢东辰回答说："集团董事会里，董事长和总经理的人一直是四六开，吴董下去，我们中医药就只剩郁总和两位沈董三座靠山啦！工商再合并，恐怕所有的渠道就贡献给修远国际了。"

张子航接着说："不错，工业那边大举投入基建和工业用地，要不是董事长死撑，集团对研发和销售的投入占比会更少。"

陈跃翔对张子航点点头，说："我从小在中药公司上班，就当它是所学校啦！可你们不同，要靠这份工作养家糊口太难了，修远国际的医药研发是国际级的大手笔，中药公司有什么！”

程治中问：“沈蕴诚到这边，是不是为了接管中药公司的销售渠道？”

陈跃翔说：“人家在自己地盘上，怎么折腾都是应该的，不要乱猜了。”他说着环顾了众人一圈，忽然正经起来，“有句心里话，放很久了。”

大家见他这副模样，都直起腰来请他继续说。

陈跃翔江湖气重，爱结交，加上陈军副总的关系，这帮新来的年轻人都听他招呼。他难得稳重，此时低沉着声音说：“都是兄弟姐妹，我就不藏着掖着啦！在公司被老爷子压迫，不敢起心争权夺利，就想着跟大家祸福同享，图个快活，不知道你们是不是也这么对我？”

话音刚落，以汪海洋为首，大家七嘴八舌地回答说：“阿翔哥，我们就是跟你祸福同享的，不跟你贴紧哪还有良心啊！”

陈跃翔独独看着青垚，那眼神让青垚觉得自己需要说些什么才妥当，可是没等她开口，便听陈跃翔说道：“我准备辞职，自己开公司做代理、做物流。”

青垚“哦”了声，赞许道：“阿翔哥眼光超前啊！”

陈跃翔看了她一眼，“不算太超前，政策压力、渠道变化都明摆着。”其他各人或诧异或赞同，纷纷询问“为什么？”

“修远中药这么发展，迟早会被合并，变成投资公司或者房地产公司都难说。沈蕴诚带来的人肯定要慢慢接管中层以上的职位。兄弟们信得过我，就欢迎大家入股，不愿意也没关系，都是朋友。中药公司的大区总监，是郁总的手下，我不敢去争他的渠道，只能求陈老爹帮忙把物流给我争取过来。反正他们都走外包，大家手上有方便的也都走这里，好不好？”

青垚暗自佩服陈跃翔，与其说他善于销售，不如说他更擅长社交。医疗改革迫在眉睫，政策变化是诱因，沈蕴诚的到来反而成了表象。他辞职是出于对形势的判断，在即将衰落的公司里，所有人都在覆巢之下。修远中药自己管控的销售渠道约占总销的四分之三，另外四分之一就靠着大大小小的代理商。在办事处的时候陈跃翔已经小试牛刀，如果垄断终端的订单，修远的基层销售就成了摆设。他不是甘居人下的人，这才是他的真性格。

在座除了青垚，其他都在营销中心销售部上班，有陈跃翔做代理，销售任务轻松完成还能分红，何乐不为？大家众口一词地赞同之余，还感谢他为兄弟们考虑周详。

青垚站起来，抱歉地说：“阿翔哥，我也打算辞职了，所以入股的事对不住了。不过你放心，这事儿我不会跟任何人讲的。”

陈跃翔的眼睛在青垚脸上足足停留了一分钟，“辞职？浩叔知道吗？”

“还没来得及跟他讲，不过我会去北京。”

“还去北京做什么，我们联手啊！”陈跃翔哈哈大笑，热忱地张开了双臂。青垚将陈跃翔的手臂拍开，笑道：“再说吧，我在这儿待着也不方便，还是先走了，你们慢慢聊。”

青垚不知道陈跃翔除了他父亲，还有什么人脉能令他在成都左右逢源。但她明白，世界之大，成都未必只有她眼中的那丁点儿，在这样的年纪里思忖未来，考虑再周全，也不过是井底之蛙罢了。

回到家，青垚忍不住拨通了沈绎心的电话，“有空吗？”

“有。”沈绎心还在外面应酬，电话里能听到推杯换盏的声音，过了一会儿，嘈杂的声音消失了，只听他低沉磁性的嗓音问道，“怎么了？”

“沈蕴诚到中医药这边来了吗？”

那边停顿了一瞬，沈绎心回答说：“是的，你知道了。”

青垚问：“他是因为你才过来的吗？”

沈绎心说：“他在集团的时间比我长，到各公司锻炼，是正常程序，不用想太多。”

青垚听他还是那般客气，忍不住说：“我，担心你。”

沈绎心笑了笑说：“除了你，还有谁会让我不开心。”

青垚蓦地语塞，想了想把话咽了下去。

“呵。”沈绎心的声音变得轻快起来，隔着千山万水也能感觉他神采飞扬的样子，他温柔地问道：“最近好吗？”沈绎心的随和从来都是假象，那是通过多年的训练和教育出来的，事实上没有人能真正掌控他。青垚看明白这点，并没有感到难过，因为她自己也不是随意能掌控的。

快到农历年的春节，各个销售点都在忙，为了保证“麝予仙”的保健礼盒在岁尾的节日销售中大放异彩。青垚将辞职报告放到欧舒丹的面前，这让她大感意外。办手续的时候，郁顺尧特意将她叫到办公室，聊了聊中药公司的未来，希望她考虑留下来，青垚温和而坚定地拒绝了。

22. 林家渡

大年三十这晚，青垚回了老家。

川西坝子水网交织，湖泊密布，府河、锦江由西向东环抱成都。当璀璨华光的时尚建筑在天幕中隐没，高速公路沿途的楼房越来越矮，偶尔露出一两块田园，灰黑的瓦屋丛林后，地平逐渐开朗，辽阔的良田静谧地铺陈在平原上，鼻端传来与都市迥然不同的气息。下了高速，一处水渚曲折蜿蜒，地方街面不大，三面环水，只有十来户人家。这里就是被称为林家渡的小村，青垚小时候跟随外公外婆生活的地方。林玉琴是当地名人，四十多年前，在镇上改造的黎络渊入赘林家，与林玉琴结为夫妻，生下唯一的女儿林翘音，还随了母亲姓，这在当时也是震惊乡里。落实政策以后，黎络渊被安排在省农科院，但他一直与林玉琴生活在林家渡，直到现在。

青垚没有事先打电话，车刚到村口，一群小孩便蜂拥而上，“小姨、小姨”地叫着。她把车丢在村口的操场，拿出巧克力分发，孩子们乐疯了，簇拥着她一路走到林家宅院。大门敞开着，堂屋里一群人正围着外公外婆嘻嘻哈哈笑个不停。

大舅姥爷和二舅姥爷已经过世，还生活在村上的几房亲眷每逢节日都会聚集在林玉琴的房里来。老人家喜欢热闹，黎络渊是镇上有名的文化人，大家都爱把这里作为团聚的场所。青垚扑在老人怀里一阵亲热，把大包小包的礼物全数分发，堂屋里又是一阵鼎沸的欢呼。

黎络渊叹息说：“浩娃儿好几年都不回来过年了，晓得在北京习不习惯哦？”他提起苏炳浩就跟提起自己的亲儿子一样。

“小杆子是个滑头精，别担心！他是提着两把刷子闯的北京城，吃过谁的亏？他是不愿看到我，心头还是记挂你的，哪个月不打电话问候，今天早上不给你通过电话了吗！”林玉琴笑嘻嘻地安慰黎络渊。青垚从记事起就知道外婆不喜欢苏炳浩，他从小逆反，唯独对外公言听计从，不过外婆自持火眼金睛，总说他那是做样子。

“砰！砰！”

子夜的钟声一响，外面顿时响起烟花爆竹的声音。小孩儿们早就跑出门去，青垚扶着外婆走到院子里，表舅们点燃了搭烟火的架子，璀璨的烟花便一簇簇地绽放在林家渡的上空。

青垚手机里不停地响起贺岁红包的提示，电话铃声“叮叮”地响起来。

“新年好！”沈绎心的声音沉沉的，好像人就在耳边，外面噼噼啪啪的响声也盖不住这亲切的问候。

“新年快乐，绎心！”

“明年跟我一起看烟花吧！”

……

青垚心神荡漾，她踱步回到堂屋里，电视画面播放着欢腾的歌舞，黎络渊独自坐在高椅上闭目养神，她上前给外公添了一张毯子，扶着他问：“回屋不？”

黎络渊摇摇头说：“我等你外婆，坐下跟外公摆会子龙门阵。”

青垚看着外公花白的头发，心疼地说：“外公，垚垚没在您身边，要照顾好自己啊！”

黎络渊笑了笑，让青垚和他一起去到书房。

书房在花园的一角，冬天朔风吹不进去，有太阳的日子，阳光满园，适合深居、颐养、静读，黎络渊把一生的智慧都留在了这间书房里。他从书架上拿出一本薄薄的册子递给青垚说：“原打算留给浩娃儿，男人闯社会用。可惜他有自己的想法，不喜欢外公的东西。夏天时电视台记者找到我采访，我想到这东西给你保管比较恰当。”

青垚翻开细看，松软的宣纸上是细致紧密的蝇头小楷，每一笔都一丝不苟，细腻而不纤弱，严谨却不呆板，字里行间透出的沉静让人叹为观止。这本字帖记录了黎络渊为人、识人、待人处世的心得，最后几页还有誊抄的古卷笔记。青垚明白这是那辈知识分子最真实的心声，是外公留下的无价之宝。她小心地放在胸前说：“外公，青垚会像珍爱自己的生命一样保管，一定认真阅读。”黎络渊点点头没说什么，却转移话题问：“你妈妈电话里说你有了喜欢的男娃娃，愿意跟外公讲讲吗？”青垚的脸一阵发热，心里涌起莫名地忧伤，她从毛衣领子里翻出那块碧玉弥勒佛，心想该从哪里说起呢……

黎络渊一直微阖着双眸听青垚讲述缘起，当“眉山沈墨瑾”的名字出口，他忽然睁开眼睛，微光一闪而逝。青垚何等敏感，问：“外公认识沈墨瑾老先生？”

黎络渊从她手里拿过那块玉佛默默地看了一会儿，淡淡说道：“外公入赘林家，早就忘了自己的来处。”青垚依偎在他膝下，听他继续说道，“沈家向来顺应大势，外公迂腐，不宜跟他们走得太近。”

“顺应大势不对吗？”青垚好奇，“外公与沈家有纠葛？”

“我们布衣百姓，不该去结交人家。”

黎络渊这话让青垚诧异，她想，外公并不是那种门第观念很强的人，定然是发生过什么才如此心存芥蒂，“他们家是龙潭虎穴，还是青垚不配跟他们结交？”

黎络渊眯缝着眼睛看了青垚很久，说：“你妈妈知道的话，也未必同意。”

青垚问：“为什么？”

黎络渊说：“我不该揣测他们图什么，可君子不立于危墙之下的道理，懂吗？”

青垚说：“我有什么可图的，除了长得漂亮，图我聪明能干？”

黎络渊笑着敲了敲她的头：“哪有这么夸自己的！”

青垚能想到的“危墙”，无非是对当年的事故真相的企图，但外公不可能先知先觉，她还没来得及讲到这里。话没说完，林玉琴被各位表姐搀扶着回到堂屋，欢快的气氛打破了两人的谈话。黎络渊站起来将玉佛还给青垚，和林玉琴双双回房休息去了。

青垚躺在床上睡不着，记忆中，外公很少这么武断，她想起母亲在电话里说的话，“有些事也该让你知道了，等我回国好吗？”她觉得自己等不及了，真希望母亲立刻就能回国。

元日大清早，晚辈们纷纷来到堂屋给外公外婆拜年，然后由林玉琴带领着下乡去坟园祭先人。路上青垚拽着外婆的手，求她讲讲外公的来历。

林玉琴心满意足地“咯咯”直笑：“你外公是天上落下来，让我捡到喽！”这话听着别扭，青垚嘟囔着说：“不会是骨骼清奇，非俗流吧？”林玉琴心情不错，憨态可掬的笑容，仿佛回到四十多年以前，见黎络渊还在前方等着，赶紧快走了几步，上前抓住他的手。在青垚的记忆里，外公外婆总是形影不离，如同秤杆搭配着秤砣，反倒是自己的父母，好像从来没人教过他们该怎么生活。

在坟园上香，青垚接到蔚子电话，她说陈扬也回了成都，约着一起见个面，“明天我俩到林家渡给外公外婆拜年，就这么愉快地决定啦！”青垚笑着答应，三个人从小到大，无论多忙，农历年的时候都会见上一面。林玉琴听说是蔚子和陈扬，立刻张罗着准备大餐。

初二这天，天刚蒙蒙亮。青垚坐在床边，抚摩着脖子上的玉佛出神，心里烦乱不堪，想着该如何找个机会将它还回去，沈绎心的电话恰好就来了。

他的声音不高不低，平静地说："我到门口了。"

像石灰丢进水里，青垚全身的血液"噗噗噗"地沸腾起来。

"来接我。"

话音刚落，她已经迈着大步冲出门外。

果然是沈绎心！大门口，他正抄着手站在越野车旁，笑盈盈地看着她。不过三个月，竟像捱过了半辈子，现在，所有快乐的、不快乐的统统被过滤，只剩那颗心，在胸膛"怦怦怦"地跳个不停。青垚的眼睛瞬间模糊，"怎么找到这里的？"

沈绎心回答："外婆在林家渡的名气太大了，好多人自告奋勇带我过来。"青垚"噗"的一笑，快活地拉着沈绎心的手走进院子里。

微明的天际间，晨晖透过云层，像电筒光照耀着整个林家渡。

黎络渊坐在院子里的紫薇树下，林玉琴拉了根椅子让沈绎心坐。阳光透过树丫，洒在院子里格外宜人。沈绎心谢过，恭敬地送上一盒锦缎和一幅字帖，慢慢退回椅子前。他原本就话少，跟黎洛渊坐在一起显得更拘谨了，这跟青垚看到他在沈墨瑾身边舒展的姿态全然不同。沈墨瑾的性格里有些不自觉的小狡黠，黎络渊就格外端直而诚恳。

青垚手拿茶勺，往壶里撮了些茶叶，准备就着开水冲泡下去，她的眼光在黎络渊的脸上游离，想到昨天外公说的话，不知道他今天会不会为难沈绎心。

果然黎络渊对沈绎心奉上来到锦盒和字帖视而不见，他的脸上面无表情，姿态更是拒人千里。

沈绎心看着青垚，微笑着说："骏眉单芽为金，只冲泡六次。你这样泡，真是暴殄天物。"青垚心想他这时候还埋汰外公的好茶，真是不知死活！嘴里却说："喝口茶嘛，要那么多讲究！"黎络渊却接过话说："这是武夷山刚推出的新品，茶友送的，青垚哪晓得贵贱。"

青垚"哦"了一声，将茶勺递给沈绎心说："你试试？"

沈绎心义不容辞地站起身，翻开茶桌上的小盖碗，快速地温杯洗茶。他修长的手指扶着薄胎茶杯，像表演一样沿着盖碗冲高注水，睫毛在光线中扑闪，当茶汤裹挟着茶叶翻卷时，极具诱惑力的熏香扑鼻而来。他把茶杯放在杯托上，递到黎络渊的面前说："外公尝尝绎心的手艺！"黎络渊的目光停留在沈绎心的脸上，凌厉的眼神不知不觉松懈下来，他慢腾腾地“嗯”了一声，伸出手接住。

青垚暗里吐了一口气，正想说什么，只听着林玉琴在院门口高声地招呼：“陈扬和蔚子来了！”

话音刚落，只见院门口出现了两个俊朗、靓丽的身影，肩并肩地走进来。

青垚注意到陈扬穿着崭新漂亮的藏青色风衣，深灰的高领毛衣把他的脸映衬得格外白净。蔚子今天很保守，黑色羊绒大衣里面是同样的高领毛衣，一条大红色的长围巾从前挂到脖子，然后在肩膀自然散开，简单时尚非常符合她的品位。两个人看起来仿佛一对璧人，青垚有些恍惚，蓦地莞尔一笑说：“哟！我们的大医生和画家来了！”

陈扬的眼睛一直注视着青垚的身后，他见过沈绎心，就在青垚刚到北京的那天。蔚子远远笑着说：“你就埋汰我吧，哪儿来的画家！”说话间，两个人已经走到紫薇树下，异口同声地给老人拜年，“外公、外婆新年好！”

黎络渊很高兴，让陈扬坐到身边来，又指着沈绎心身边的空位说：“蔚子你坐那儿，喝口茶！”青垚对沈绎心说：“给你介绍，这是蓝蔚，蔚子！从小一起长大的好朋友；这位陈扬，协和的名医。陈扬、蔚子，这就是我给你们说过的沈绎心，我同事！”

沈绎心站起来，首先跟蔚子握了握手说：“你好，青垚常跟我谈起你们，说你们是从小一个院里长大的发小。”说着又朝陈扬伸出手去，“你好，陈扬！”其实沈绎心只开车送青垚的那次知道了蔚子的名字，他们两个人更没有谈起过陈扬。但他这样的姿态却反客为主、四两拨千斤地掌控了局面。

蔚子爽朗地笑起来，看着沈绎心直乐，陈扬却闷闷的，他说：“我不是医生，年前跟院里打了申请准备跳槽。”

大家对这个消息大感意外，林玉琴端着一大盘橘子上来，陈扬的话音刚落，她便“哎哟”一声责备说：“别个拼了命地拱进北京城，到大医院，陈扬你咋说走就走呢！”

蔚子说：“外婆，陈扬不是任性，这叫学霸的优越性！”

黎络渊问陈扬：“想好去处了吗？”

陈扬恭敬地回答说：“想好了。中科院跟修远集团有项目合作，我报了名，年后会到日本进修。”青垚一愣，不禁望了沈绎心一眼。只见沈绎心张了张嘴想说什么，却始终没有出声，倒是林玉琴问：“修远集团？陈扬也要跟青垚、绎心同一家公司？”陈扬回答说：“不是的，外婆。中科院与修远集团合作研究麝香的生物提取技术，由于麝香十分名贵，采用不同的提取方法和溶剂提取技术，结果差别很大，常规的性状鉴别和麝香酮的定量分析不能对质量进行严格把控。我是学药理的，这个机会很难得，可以提升自己的专业水平。”青垚感叹说：“陈扬，你这绣口一吐就是半个爱德华•詹纳啊！说吧，让我们怎么膜拜你？”陈扬被她揶揄惯了，他笑了笑没当回事，转头对沈绎心说：“你也在修远公司，说不定还有机会见面合作。”沈绎心诚恳说道：“‘麝予仙’的瓶颈就在人工麝香的提取技术和田七皂苷的品种配比。你的决定无比正确，往后公司会致力研发团队的建设，要用科学的方法从病理、药理上做科学的证明。很高兴认识你！”

陈扬疑惑地点着头，大概没想到沈绎心如此高屋建瓴，蔚子嗤之以鼻，仰着头“嚯、嚯”了两声。

场面冷淡下来，林玉琴紧着招呼说：“来，蔚子、陈扬尝个橘子！”

正说着，院门进来一个年轻的女人，是舅姥爷家的英表姐。中午的聚餐安排在她家的大院坝，询问着需要准备哪些材料。林玉琴问青垚：“你朋友对菜品有什么要求没，跟我过去看看？”蔚子和陈扬都是熟客，林玉琴所问的自然不是他们俩，沈绎心站起来回答说：“都行，我没特别要求。”青垚说：“那好，就按往年的安排。”林玉琴说：“那也得去看看。”说着便拉着青垚跟自己走，蔚子说：“英表姐做的水煮鱼和盐水鸭最好吃了，我也跟去瞧瞧。”陈扬说：“走！一道去。”蔚子笑着说：“得了吧，当年你就着一道红烧肉抢了英国厨子的风头，今天还要抢英表姐的风头啊？”

青垚踟蹰着不肯走，黎络渊对沈绎心说：“让他们去，你跟我到书房里坐一坐。”青垚担心外公跟沈绎心说些不该说的话，想找个借口留下来，林玉琴却拽着她的手说：“走吧，外公又不会吃了他的。”青垚顿觉尴尬，沈绎心倒是爽快地答应说：“好！”说完，便跟着黎络渊朝书房走去。

青垚只得站起来，跟着去英表姐的家。

宽敞的院坝里张灯结彩，正中摆放着五张大圆桌，旁边的长条案上满当当地全是水果和糕点零食。院墙下挂着整整齐齐的腊肉香肠，三层蒸笼冒着热气，旁边焐着一堆炭火，巨大的烧烤架上，绑着整条的羊排、野鸡和山兔。家里的女眷围着围裙在院落中穿梭忙碌，小孩子在院门外燃放鞭炮撒野疯闹，男人们则聚集在堂屋中玩牌聊天。

陈扬和蔚子一进院门，就被大人小孩簇拥着领到堂屋中去。他们理所当然是全家人注目的焦点，几个年轻的表妹见到陈扬，燕雀一样叽叽喳喳地问个不停。陈扬享受着众星捧月的感觉，兴高采烈地应承着说笑，声音格外响亮。

青垚没注意堂屋里的欢笑声，她在厨房里做临场指导，安排英表姐剖鱼。要在背部开刀才能让肉厚的地方跟其他部位的火候同步，做沈绎心爱吃的汤调鲫鱼，鱼身下要垫上筷子和葱才能通气去味。英表姐哭笑不得，她拧着青垚的鼻子说："这地面上，哪家不是这么做鱼的，还用特意交代又交代？"青垚扮了个鬼脸，亟不可待地来到堂屋里，她跟各位招呼说，"慢慢聊，我出去一趟。"

青垚前脚刚走，屋的气氛就变了，陈扬虽然面不改色，依旧孜孜不倦地回答着旁人的问话，却显得随口敷衍起来，没人发觉他越来越懈怠，说话的口吻也不那么俏皮了。只有蔚子，那双深邃的眼眸看着陈扬，显得忧伤而依恋，然后她解开长围巾拿在手里说："出去坐吧，外面敞亮些！"

"嗯！"陈扬站起来响应，屋里的人磨磨蹭蹭不想去吹冷风。

这时，陈扬已经率先走出堂屋，来到院坝的绒椅上坐下来，默默地从条案上挑了个橘子拿在手里。

"给我剥一个。"蔚子倚在条案边沿，笑嘻嘻地望着他。

陈扬蜷缩着身体，看了眼蔚子，把手里的橘子放了回去。他很认真地挑了一个又一个，许久才满意地拿起一个剥起来。

"为什么挑带疤的、长得丑的橘子？"蔚子问。

"这样的好吃，甜。"陈扬专注地剥皮，蜜汁般的清香味随着橘皮的撕裂散发在空气中。英表姐不知什么时候走过来，顺手拿起一个在手里掂了掂，不解地问："为什么长得越丑的越好吃？"陈扬眼皮也没抬，一本正经地回答说："它知道自己难看，所以长的时候就很认真，不然会被其他橘子瞧不起！"

"哈哈！"英表姐前俯后仰大笑起来，"陈扬，你跟我们青垚，逗人的本事长了！"

蔚子盯着他，脸上也还挂着笑，一颗硕大的泪珠却遂不及防地掉到地上。

英表姐大大咧咧地没注意，回头见青垚独自一人从外回来，大声问道："你去哪儿了？他们等你呢。"

蔚子抹了抹眼角，扯着陈扬的衣角说："走，去爬楼。"

陈扬没动。

"外边天气可好了，走吧！"青垚来到陈扬身边，不由分说把他拉起来。

他们自小就在村里的巷子钻，林家渡不大，村口却有一座保存完好的四层小楼，这一带水广泽浅，登楼远眺，极目之外一马平川。往年，永远是陈扬跟青垚斗嘴，蔚子笑嘻嘻地从中调和，今天气氛全变了。登上小楼后，大家靠着栏杆，默默地望着天边，碧空的尽头横抹着一片山影，陈扬和青垚各揣心事，蔚子话也不多，仿佛一夜之间就都长大了。

“过尽千帆皆不是，斜晖脉脉水悠悠。”蔚子念出这段小令的时候，大红色的围巾和乌黑的长发在风中飘扬，如同一位出世的美人。青垚歪着头笑：“明明是正午，暖阳当空，哪来的斜晖？”蔚子挑着眉眼说：“过尽千帆碰到了沈绎心，自然是暖阳当空咯！”

青垚嗔怪：“说得像我阅人无数似的。”

许久没说话的陈扬抬起头来，他直视着青垚问：“你早就认识沈绎心，要找线索什么都是借口，你是为了他才进修远公司的吧？他今天跟我说的话很奇怪，他究竟是谁？”

青垚愣了愣，心里感叹陈扬的聪明和机警！她确实早就认识沈绎心，也的确是为了要认识他才进到修远公司，可是其中的阴差阳错又该怎么解释呢？

蔚子见青垚迟迟不开口，拢了拢大衣问道：“我也觉得奇怪来着，他说话的口气好大，他也姓沈，莫非‘麝予仙’是他们家的？青垚？”

“别瞎扯了！”青垚看着陈扬，鬼使神差地掩饰起来。但她忽然意识到，外公想必早就明白，所以告诫她不要去结交，各自舔着伤痛生活，互不打扰才是对彼此最好的爱护吧。那股熟悉的撕扯好像重新回到身上，让人难以承受。

陈扬看到她嘴唇发白，有些于心不忍，制止蔚子，“瞎猜什么？”说着拍了拍青垚的肩膀，“我年后就离职了，还有很多事没有处理，所以过来见个面就要回北京了。我怕怕外公外婆埋怨，不敢跟他们道别，跟你说也是一样的。”

青垚没想到陈扬会走，责备说：“这怎么行，你以为跟我说就不落埋怨！外婆昨天就张罗着专门做你爱吃的，要走自己跟她说！”

陈扬的脸上挤出一丝笑纹，小眼睛里透着一层雾霭，他说：“机票早订了，春节也不好改签，帮我谢谢老人家吧！”

青垚最终没能留住陈扬，她和蔚子将陈扬送上车，两个人沿着狭窄的小巷踱步走回英表姐家。

蔚子说：“我还建议你拿下他呢，真行啊……看不出来……”

“不是你想的那样，”青垚解释说，“我跟沈绎心有很多问题，能不能走到一起很难说。陈扬是个死脑筋，你劝劝他。”

一丝难以捉摸的表情在蔚子的脸上掠过，仿佛是为难，“劝陈扬……劝他什么呢，再等等，等你跟沈绎心断了？”

青垚抬起头来，“开什么玩笑？你还不懂我！我是不知道怎么做才能让他明白，就算我跟沈绎心走不下去，也不会跟他一起。”

蔚子低头避开她的目光，说：“我不明白，沈绎心今天都见家长了，你却说还有很多问题。我怎么劝？你都说他是死脑筋！”

两人说着话，不知不觉走到英表姐的宅院门口。一缕青烟在高高的院墙上弥漫，鼻子里闻到烤肉的香味，青垚笑起来，仿佛已经看见肉汁滴进炭火中，发出吱吱的响声。

远远地，只见黎络渊和沈绎心徜徉着从对面走来。阳光照射在脸上，焕发着别样的光彩，黎络渊比画着手势一直在说着什么，沈绎心双手插在衣兜里不紧不慢地跟随在侧，偶尔点头接上两句。

“外公！”青垚和蔚子紧走两步上前。

沈绎心抬起头来，眼睛撞在青垚红扑扑的脸上，白皙的皮肤衬着乌炯炯的大眼睛，格外清亮。黎络渊问：“小陈呢？”

蔚子回答说：“陈扬临时有事回北京了，没来得及跟外公道别，让我们向老人家赔罪呢！”

黎络渊“嗯”了声没往下说，背着手踏进院子。

沈绎心站住，对蔚子说：“你们专程过来，怎么能不等吃饭就走呢。”说着，若有所思地看了青垚一眼，蔚子急着维护陈扬，扬着头说：“我跟陈扬打小在林家渡进进出出，外公外婆不会怪罪的。”说完还特意朝青垚努努嘴，“是吧？”

青垚的眼睛变得不那么光彩照人了，她心不在焉地“嗯”了声，对沈绎心说：“进去吧。”

23. 勐子哥

英表姐的宅院里，宴席已经开始了。

整整一下午，桌上不停地上菜撤盘，男人们喝得意兴盎然，黎络渊很多年没有沾酒，这一天也放开了。

青垚从来没有见过这般开怀的外公，也没有见过如此挥洒尽兴的沈绎心，宗亲家族的男人们吆喝着，不知醉倒了几回。沈绎心沉稳的样子也逐渐散去，大衣早已敞开，露出鹅黄色高领衬衣，他在众目睽睽中端着酒杯仰头而尽，那酒在半空被阳光照射一线光芒，落入口中，溢出的酒滴像一颗钻石顺着他的喉隐没进微微敞开的领口去。

“好！”大家异口同声，高呼喝彩。

他将手中杯座朝下高高扬起，狭长的眉眼带着一丝醉色，趁女眷们围拢在侧看热闹，男人们都还算清醒，沈绎心把青垚拉在身边来，端着满杯的酒走到黎络渊和林玉琴跟前，环顾院子内众位亲朋一圈，郑重其事地说：“外公外婆和各位长辈、兄弟姐妹都在，绎心冒昧求个见证，请你们成全我跟青垚在一起！”

话音刚落，他将杯中的满酒一饮而尽。

青垚没想到他在这个时候提出来，一时涨红了脸。随着沈绎心后面的话淹没在海浪般的欢呼声里，她的脑子里闪动着过往的迭迭画面……平心而论，这两年因为沈绎心的缘故，青垚才终于渐渐从失去父亲的痛苦中走了出来。

林玉琴看着院坝里欢腾热闹的场面，眼中隐约闪着泪光。英表姐站过来轻声问，“姑奶奶，想什么了？”

“好多年都没见着了。”林玉琴微微叹息了一声，转身准备进屋。英表姐挽着她的胳膊不让，低声说，“姑奶奶是太高兴了吧！”

“炳桓在世的时候，哪一年不这样闹啊！”

“姑奶奶尽想不开心的事！姑妈看到青垚的男朋友，肯定也满意。”

“是啊，做人不能贪心，这男娃娃对青垚上心，我还胡思乱想个啥！”

“对嘛！我还从没见过爷爷喝酒呢！”

“上一次还是翘音带炳桓来家里的时候。”

“爷爷喜欢沈绎心。”

“嗯……”林玉琴说话间，一直注视着青垚的表情，她看到自己外孙女绯红的脸上，并没有寻常女孩的娇羞。黎络渊的脸上倒是欣慰，他大声说：“你对青垚好，我就成全！”话音刚落，周围便又是一阵欢呼声，大家整整齐齐地吆喝：“来一杯！来一杯！来一杯！”

沈绎心就着嘴角的残滴在青垚耳旁吻了吻，爽快地又干了一杯。

青垚木讷地笑着，没想到外公会改变主意，他们不知道，什么都还不知道啊！她记得曾经痛彻心扉的撕裂感，这冲击对沈绎心、对家人来说意味着什么呢？

喧哗热闹一直持续到晚上，不少人陆续被放倒、离席，沈绎心去二楼房间休息，两位老人则相互搀扶回到自己的宅子。待置办酒席的厨子收拾物什离开，整个院落彻底安静下来，屋子里就剩下青垚和英表姐两个人。

“青垚，我今天被彻底打动了。”英子跟青垚从小玩到大，姐妹间几乎没有秘密，比如她从小暗恋苏炳浩，迄今也只有青垚知晓。

“是吗。”青垚显得心不在焉。

“有心事？”英表姐问，“还有别的想法？”

“嗯。”青垚叹了口气，摇摇头不知从何说起，“以后跟你细说，我上楼去看看。”青垚说着，冲了杯温热的蜂蜜水往二楼尽头的房间走去。

房间里暖气熏蒸，月光从窗口泻下，落洒在床前。青垚进来，见沈绎心抬手扯开睡衣的领口，在昏昏沉沉中翻了个身。她上前拾起被角，怔怔地看着那眉眼舒展的样子，忽然衣袖被扯了一下，趔趄着扑在床沿。

沈绎心睁开眼，低声问：“青垚？”说着，顺势揽起她的腰，抚弄着她的长发，“担心我不开心，为什么还一声不吭地擅自辞职？”

青垚问：“为什么擅自跟家人说那些？”

沈绎心说：“擅自？我以为这是你们家风格。”

青垚说：“我们家可没这样的风格！”

沈绎心说：“哦！只是你收了奶奶的玉佛，就要做好准备，逃不掉的。”说着胳膊将她搂得更紧了。青垚挣扎不得，“……你不是说娶不到的女人就不碰她吗？”

沈绎心一听这话笑起来，稍稍松开手臂，“是啊，所以我会想办法娶到你。”

青垚听到这儿，放松了身体，闭着眼睛半天没动，一个深沉的声音悠悠传来，“半夜醒来会很寂寞的，青垚你寂寞吗？”

她侧头看着沈绎心微阖的双眼，想起那位被带回加拿大的女孩儿和他关于取悦女人的话，想必他是不会让自己寂寞的人，“你一个人在外奔波，要自己照顾好自己。”

沈绎心闭着眼睛“嗯”了声，声音迟缓而低沉，“一个人生活久了，以为自己就是这样不爱热闹的。今晚过后，怎么回去面对那些孤单的日子啊……心里住了一个人……孤单就变成煎熬了。”

青垚一怔，心里住了一个人……在这样的夜晚，沈绎心的话别样动听，她伸手覆盖在他的面庞上，清浅均匀的呼吸灼在掌心，湿润温暖。

大年初三一早，沈绎心跟外公、外婆汇报，希望带青垚回眉山。

林玉琴将青垚拉到一边低声吩咐：“垚垚，没有百分百的信心，外婆不愿意你跟着他回家。”青垚看着林玉琴慈祥的脸，这张脸上所有的纹路清晰透彻，是活了大半个世纪的人生智慧，她的眼中的慢慢氤起了了湿气，“外婆，我收下了绎心爷爷的传家玉佛，答应好好保管，现在，该还给他们吗？”

“还有啥没说的，统统告诉外婆嘛！”林玉琴握着青垚的手，温热而有力，“外婆活了大半辈子，啥风浪没见过，再高的坎儿都踏得平！”

青垚相信，但这不是外婆的坎，她垂下眼眸，“大概是我想多了，我先送送他。”

“垚垚，外公的眼睛很毒，他看上的人肯定有过人之处。世上的事没得两全其美，记住，心最重要，相信那颗心就对了！”

青垚热泪盈眶，类似的话沈墨瑾爷爷也说过。

她跟着沈绎心往外走，寻思着该怎么婉言拒绝比较合适。这时沈绎心手机响了，他接通“嗯”了几声挂断，亟亟对青垚说：“勐子哥到成都了，我们先去接他！”

青垚心里一动，这个名叫高勐的人，曾让秦昊天闻风丧胆，她决定跟去见上一见。

林家渡离高勐下榻的酒店不远，沈绎心将车停妥，打了几通电话却无人接听。他到前台问询了一番，拽着青垚直接上了电梯。

在2008号套房的门口，沈绎心按下门铃，门径直开了。

“勐子哥！”沈绎心走进去，四下里却没有人。

青垚后脚跟进了房，只见窗帘大开阳光四溅，外间的客厅分外敞亮，皮鞋踩在地毯上悄无声息，“没人？房门怎么开的？”话刚说完，只见白影一闪，直直地扑向沈绎心。

“小心！”

话音未落，沈绎心就地打了个滚儿，抬腿就朝那白色身影横扫过去。青垚定了定神，看清是个身材魁梧的男人，白色浴袍下有双毛茸茸的粗长大腿。那男人扑了个空，伸手抓着沈绎心的脚踝，干净利落地将他撂倒在地。

“勐子哥，想打架？”沈绎心侧身躺在地毯上，抬头问。

那人正是高勐，只见他将袖子卷起来，说：“你选！”

青垚见状，赶紧退到沙发后，静静地看着两人，心想这高勐果然一身匪气。沈绎心从地上腾跃而起，双拳一抡，自外而内。高勐躲闪不及，差点儿挨了一拳，他后退两步，骄傲地说：“怎么说我也是国家级格斗王，让你！”沈绎心嗤之以鼻，眉毛高扬着喝道：“接招！”

真打起来高勐才发现自己有些轻敌，沈绎心的身手远比他想象的凌厉，一上来就不给他喘息的机会。高勐稳了稳神，一招小擒拿捏住沈绎心的拳头，朝前一拽，慢条斯理地说：“拳头用力得当，你可以这样打进对方胸骨一寸。”沈绎心咧嘴“嘶”了声没说话，拳如鹰隼翕张，虎虎生风；高勐身似青松压雪，以守为攻。忽然间他欺身靠近，挥手拍在沈绎心的前额，用力往后一推，笑嘻嘻地说：“这个地方以五十度角斜砸下去，也能轻易将对手的鼻骨贯穿后鼻腔。”沈绎心踉跄着站稳身体，手肘抬起还未用力，耳边又响起高勐的声音：“手肘是全身力量最大的地方，你背后侧身反手肘就能轻易打碎对方的颈椎，还可以以每秒钟4拳的手速将对方的韧带弄断……”

沈绎心有些气喘，顾不上接话，几个回合下来，虽然未见真章可是败势已呈。青垚在旁看得清楚，忍不住提醒说：“不要跟着他的思路走！”沈绎心脑中千分之一秒地闪回，低声骂了句“该死！”说完，他缩紧身体避开高勐迎面而来的一掌，单拳击向高勐的腹部，目标却是他的脚踝。正当高勐身姿潇洒地侧转躲避的瞬间，沈绎心擒住他的右手使劲儿一拽，继而一脚踹他下盘。

高勐轻敌的结果让他跌了个狗啃泥，沈绎心不肯给他丝毫喘息的机会，扑压上去，骑在背上，将他双手反缚起来。高勐放弃了挣扎，从地毯上抬起下巴继续说：“看看，你自己都想不到自己有多厉害吧？”沈绎心抬头看了青垚一眼，见她似笑非笑地看着自己，低声哼了声，囊括对高勐全部废话的评价。

青垚“扑哧”笑起来，就着桌上的茶水端到两人跟前，问道：“你们每次见面都打架吗？”沈绎心没回答，松手接过茶水，看着高勐问：“勐子哥，你说苏炳浩那边，出什么事了？”青垚心里猛然一紧，端茶的手忍不住抖了抖。高勐翻身坐起来，揉了揉被揍得麻木的肩膀，从青垚手里接过茶杯说：“着什么急，属猴的？还没跟我介绍你女朋友呢！”

“青垚，苏青垚；这是高勐，勐子哥。”沈绎心将两个人相互介绍了一番，急不可待地看着他。

青垚递上手去，说：“勐子哥，你好！”高勐“哦”了声，肥厚的手掌握住青垚说：“你好，苏小姐。”他的声音粗犷，手劲儿很大却刻意松懈。青垚终于有机会正面打量高勐，看着他黝黑的脸膛，豹眼微凸、目光炯炯，感到心慌意乱，沈绎心分明在问“苏炳浩”，眼前这人却将话题转向自己，想到秦昊天那样彪悍的人对他忌惮万分，她的后脊梁也不寒而栗起来。

高勐放开青垚，双腿盘坐在沈绎心身边，慢腾腾地说：“绎心跟我谈起过你，苏小姐。我在成都的朋友不少，盛情难却就顺耳听了些你的情况。”

该来的总会来，逃不过，青垚安静地退回到沙发上，她自忖并不是懦弱的人，高勐既然认得她，自然知道自己的父母、家庭，如果一定要说开的话，沈绎心只好直面那些往事了，这不正是自己所求，让真相自然而然地大白于天下吗？

“勐子哥，这是干什么？”沈绎心显然不高兴，“没让你多事。你在电话里说苏炳浩，那么急，快说！”

“嗯。”高勐转头看着沈绎心，不慌不忙地说，“青垚的母亲很了不起，我朋友谈起她都竖大拇指。说回苏炳浩吧，绎心，你对他了解多少？”

沈绎心回答：“这人是苏老师的弟弟，前不久跟蕴诚合伙‘白仲’资金管理公司，听说很有些本事，公司刚成立就运作了峨山的大项目，三叔对他上了心。”

青垚皱了皱眉，想起宣传周的举办地，正是“白仲”公司运作的房地产项目，原来竟是苏炳浩跟沈蕴诚在合伙。

“何止呢，据说他见过另外半张‘麝予仙’的古方！”高勐说话的时候，眼睛一刻也没离开青垚的脸。“他！他也知道……”沈绎心失声叫起来，手上一抖，茶水荡漾而出。

“他会找你麻烦吗？”高勐问。

沈绎心摇了摇头，“苏老师很爱这个弟弟，在航校的时候常跟我讲起他。也是上次，推广会结束后，蕴诚谈起他的新公司，我才知道这么巧。不过，以蕴诚的性格，他不会聊到我身上来，苏炳浩不一定知道我的。”

“真是无巧不成书，你碰巧听说了他，他会不会也碰巧听说了你呢？”高勐说着，转头看着青垚问，“你觉得呢，苏小姐？”

青垚低着头，心情如山崩石裂陷落泥潭——苏炳浩跟沈蕴诚合伙的同时，还跟沈绎兰交往，果然是他的作风！他想做的事一定会做成。想起外公告诫自己的话，“君子不立于危墙之下”，应该指的就是半张“麝予仙”古方吧。螳螂捕蝉，黄雀在后，他们才不在乎苏炳浩会不会找沈绎心麻烦，他们所图的仅仅是苏炳浩也许能找到另外半张古方。沈绎心可能不会有此城府，可是沈墨瑾未必没有，否则他怎么会将传家玉佛交给自己？想到这儿，青垚脑海里回荡着沈墨瑾说的话，“如果你能帮他解开这个心结，爷爷还得感谢你咧！”

青垚抬头的时候，正好对上了高勐的眼睛，那笑吟吟的目光中，不知隐含着多少意味深长的警告。原来如此！青垚冷笑了声，站起身说：“绎心，你们谈的事很重要，我可能不方便听，先走了。”

“别走！”沈绎心跳起来，拉住青垚说，“爷爷费尽心思，就是为了那半张古方！你忘了我们曾多少次谈起‘麝予仙’！”

终于说到这个话题上了！青垚心想，苏炳浩自诩聪明，沈家人未必愚蠢！妈妈早就警告过她，“苏炳浩放不下，他陷进去了，你不能跟他胡闹！”她觉得自己必须走了。“不好意思，绎心。”她说，“你们的家事重要，先不要考虑我了，我还有事，你们谈。”说完，甩开沈绎心的手逃也似的走出门外。

沈绎心起身要追，却被高勐拉住，“何必呢，为了个女人？”

沈绎心皱着眉，“勐子哥，你说什么！”

“看样子，你还没降住她！”高勐说，“她能走，说明她还算明白人。如果不走，剩下的话我能说吗？”

沈绎心疑惑地坐下来，问：“你想说什么？”

高勐盯着沈绎心，一字一句地说：“苏炳浩要跟绎兰结婚！”

沈绎心大吃一惊：“什么时候的事？”

“他们交往很久了，上次我到成都找你，那时候还不知道绎兰的男人是他。这个人碰巧是苏老师的弟弟，碰巧跟蕴诚合伙开公司，碰巧是绎兰的男朋友，他还碰巧……”高勐话没说完，忽然收住了口。

只见沈绎心低下头去，手指按着太阳穴，眯着眼睛不知在想什么，“安排我见见他……”

24. 身份公开

青垚跌跌撞撞地跑出酒店，看着温暖的天光白日，却有无限的悲辛涌上心头。什么“梦想中的漫长人生”！她嘲笑自己深陷泥潭而不自知，“苏青垚啊，苏青垚，你爱他没错，但不可以爱得愚蠢！”她扯开衣领，任由冬天的寒风汹涌地往脖颈灌注，摇摇晃晃地不知走了多远，忽然电话响起，是Maggie打来的，约她有空回成都小叙。

正好。

在枫丹白露的包间里，她见到了一袭绛紫色洋装的Maggie。

“苏炳浩订婚了。”Maggie脸色苍白，眉梢带着牵强的笑纹。

“嗯！”青垚的脸色同样苍白，她说，“小叔不该这样，就算不跟我讲，也该回家征求外公的意见。”

Maggie问她：“你知道是谁吗？”

青垚低着头不置可否，苏炳浩和沈绎兰订婚这么大的事，不可能瞒得了家里人。

Maggie凄然一笑，仰头喝干了手里的酒，“炳浩，还是走上了那条路。”

青垚问：“什么路？”原以为苏炳浩接近沈绎兰只是想打听沈绎心的下落，可是当她听到他跟沈蕴诚合伙开公司，还知道有“麝予仙”另外半张古方之后，就觉得自己想错了，“Maggie，你一直都知道苏炳浩在做什么？”

Maggie没有回答青垚的话，重新倒了杯酒缓缓往下灌，“我认识炳浩的时候，他刚到北京，跟着一个老板打下手，而我也是个成天跟着大明星跑前跑后的小经纪。那个大明星是炳浩老板的情人，他们每次约会的时候，我们俩就被丢在屋子外面看星星，好像也是在约会一样。”Maggie抬头望着缀满水晶的屋顶，星光落在她的眸子里，发出一闪一闪的光。“那时候，我们都年轻，虽然落魄，却野心勃勃。炳浩告诉我他要在北京城拼出一片天来，要给大哥、大嫂和伯伯、娘娘全家人最好的生活。我们相互鼓励，信息共享，在各自老板面前用尽手段，低眉折腰不知受了多少委屈，慢慢才有了些起色。后来我回成都发展，跟他联络渐渐少了，后来听说炳浩也学会了捧明星、养马仔，进出澳门豪赌。突然有一天他到成都找我喝酒，酩酊大醉的时候说起大哥，说他转业没有回地方上，而是去非洲搞援建。他很痛苦，大哥大嫂根本不喜欢他。第二天他酒醒了，开始尝试着接触以前从没接触过的那类人，摇身一变成了个庄重优雅的商人。没人比我更理解炳浩啦！我们都在学习如何从泥潭里爬上来，洗干净变成体面人。他全身上下，每个毛孔都跟我一样，无论他做什么，我都控制不住自己无条件地支持他！”

青垚在震颤中动容，因为Maggie对苏炳浩的爱，更让青垚惊讶的是苏炳浩的经历，原以为苏炳浩的财富是浑然天成的，青垚早就习惯了他对自己有求必应，而此时，青垚深感亏欠和内疚。

Maggie说：“三年前再见到他，我几乎认不得他了。那时候你的父亲刚出事，他疯了一样到处找关系，他告诉我说你的父亲是被人害死的，他要报仇。”

青垚失声叫起来，“我爸爸是被人害死的，为什么？”

Maggie摇了摇头，继续说：“我和他用尽了所有的关系，翻看了民航集团的原始调查笔录，但涉事人找不到，知情的干脆闭口不谈。”青垚说：“我看过那份记录，详细地说明是机械故障，为什么他会认为爸爸是被人谋害的？”

Maggie说：“确实，你父亲操作驾驶，偏离了既定航线，导致同机组的飞行员重伤。可是炳浩不信，他疯狂地认定有阴谋，我们想找到那个同机组的年轻人，但怎么也找不到，档案显示他是在福利院被人收养，只有母亲的名字。出事后，他在达累斯萨拉姆接受治疗，还没回国就申请了转业。我们去福利院，按图索骥找到眉山，那个人的父亲、名字什么都是假的。”

青垚心想，沈绎心是沈忠民的私生子，被沈墨瑾收养改名，档案上又怎么会出现父亲的名字呢？当然是假的，沈绎心的整个人生，从出生开始就充斥着虚假、欺骗，统统都是假的！

Maggie继续说：“这时炳浩碰到一个什么人，认识了修远国际的沈家公子，还把公司改名叫‘白仲’。从那时开始他的情绪就已经非常稳定，一副运筹帷幄、深谋远虑的样子，我也越来越看不懂他了……”

跟Maggie道别之后，青垚感到异常痛苦，她打了苏炳浩的电话，却是关机。

这一天，沈绎心也回了成都。

沈绎兰的别墅里，并没有因为公布订婚而衣香鬓影。除了沈忠实和沈绎心，董事长沈忠民也从香港赶回来，一同前来的还有郁顺尧。空气中弥漫着馥郁的草木香气，沈绎心微微眯着眼睛，接过沈绎兰递过来的红酒，靠在窗边浅酌。

“绎兰这事处理得仓促，好在只是订婚，不会让大哥和郁总为难。”沈忠实双手交叉不停地搓动，在沙发和窗边来回走。事件的主角却与沈绎心并肩而立，悠然品着手里的咖啡，完全置身事外。

沈忠民“啪”地拍响了桌子，怒吼着说：“沈二，你太糊涂了！这么大的事，你不给我打电话，事先征求爸爸他老人家总是该的吧？绎兰不懂事，就是你纵容胡闹！”

沈忠实嗫嚅着说：“之前我一直反对绎兰与那欧洲人一起，希望是个中国女婿。她跟我说这回是个四川老乡，我一高兴就随了她。绎兰选的是跟她过一辈子的人，她幸福就好。当年因为小正的事情我已经对不起她了，还能咋样？”

沈忠实提到小正，沈绎兰和沈绎心都不自觉地动了容。沈绎兰还记得很多年前的那个冬天，自己哭红了双眼，爷爷正是在这间屋子里要她签署离婚协议的。一年后，沈墨瑾带回一个瘦弱的小男孩，告诉她周文正和他的情妇在去温哥华的飞机上被带走了，这个小孩儿是那女人的孩子。

沈绎心也想起第一次见到沈绎兰的情形。因为母亲的缘故，他跟沈忠实一样，希望沈绎兰能真正幸福。尽管他努力克制自己不去想象到底苏炳浩是以什么样的目的跟沈绎兰交往的，但因为沈绎兰手上持有中药公司的股份，所谓幸福便不得不让人推敲，尤其是高勐告诉他，苏炳浩跟沈蕴诚联手，还可能持有“麝予仙”半张古方。

“我特意赶回来跟你们见面，就是不希望你误会我为了那点儿股份伤自己人的心。”沈绎心看见父亲面色沉重，明白中药公司在他心目中是怎样一个位置。“当初这个配置是我们一起商定的，不管是谁都不能随意变动，否则我们都会很被动。绎兰，签下这份协议吧，手上的股份都转到你父亲名下。或者，你能说服苏炳浩签下婚前协定呢？”

沈忠民拿出两份打印好的协议放在桌上，沈绎心不看内容也知道，无非是放弃接受公司股权和永不介入公司经营决策之类的。他觉得残忍，姐夫还未进入这个家庭就被推之于大家的心门之外，任何骄傲的男人都无法接受吧。

“大伯，我不会让炳浩签的！”沈绎兰从沈绎心身边走过去，“我放弃所持的股份。”

“傻孩子！”沈忠实低声斥责，“没有这些股份，你一个人怎么生活！”

“董事长收购吧！”郁顺尧一直没有说话，这时平淡地说道，“如果沈老先生在，也会这么做的。”沈忠实和沈绎兰都愣住了，沈忠民站起身来，冷峻地说：“顺尧说的不错，忠实，你要心头有数。”

沈绎心看到二叔和沈绎兰的脸色变得灰白，尤其是沈绎兰，她似笑非笑地说道：“原来你们早已商量好了。大伯，为什么？就因为我是女人，家里就这么防范着我？当初对文正是这样，现在对炳浩还是这样，你们……你们到底有没有心的！”

沈绎兰几乎是喊出最后一句话来，泪眼翻飞跑了出去。

沈绎心转身追出，沈绎兰的保时捷擦身而过，他望着远去的汽车，颓然跌坐在草地上。

这个农历年，沈绎心过得繁忙，长假一结束就飞去了坦桑尼亚。

青垚也过得心神不定，她试图跟苏炳浩通个电话，那边却一直处在“拨打已关机”的状态，去了趟北京也没见着人。

她在蔚子那里住了几天，开春的时候才回成都，刚下飞机就接到莉荔的邀请。

“听说你辞职了？”CLUB•RED酒吧里，莉荔清亮的眼眸看着青垚，手指划过她的眉眼，“阿翔哥都跟我讲了，你跟沈绎心这么要好，别也是像阿翔那样伺候不起，才想着辞职的吧？”

青垚心想，沈绎心的身份已经在董事会公开，无须刻意隐瞒什么了，“我辞职是私人原因，这不刚从北京赶回来吗。倒是阿翔哥从他那位小美人鱼嘴里听说什么了？”

莉荔的表情古怪，欲言又止地，“Ariel跟沈绎心，怎么说呢，都一样又不一样，总之比我们想象的复杂。阿翔哥觉得那女的太复杂，沈绎心更复杂，还是断了好。”

青垚心里一动，她低头凑近莉荔的耳边，轻声质问，“老实交代……”

果然。青垚看着莉荔羞涩的表情，握着她的手说：“祝你跟阿翔哥长长久久的，他一定不会负你！”莉荔跟青垚闹惯了，忽然听到这般严肃的话，眼角有些发烫，“青垚，我就知道你才是我永远的好姐妹！其实你刚来那会儿，我暗地里也妒忌过，现在想想真觉得不可理喻。”莉荔现在是行政中心的红人，她大可面对毫无威胁的青垚推心置腹，“在办事处的时候，我觉得沈绎心跟你是绝配，他去非洲我还蛮遗憾。最近听阿翔说起，真让人大吃一惊呢！听说他要提前回国，是董事长亲自安排的。他居然凭着养子的身份跟沈蕴诚平起平坐……这个人隐藏得这么深，太可怕了。”

青垚愣了愣，沈绎心迟早会回中药公司的，只是没想到这么快。

“沈绎心以前的女朋友，是Ariel的同学你知道吗？”莉荔怕是真的担心青垚，忍不住爆了料，“我听彤彤姐说，那个女孩子快被沈绎心折磨疯了，幸亏让家里人带回了加拿大。青垚，你是我的好朋友，这事吧，我想了很久，觉得还是应该让你知道。阿翔说，他对你好像有什么想法，你得有个心理准备，沈绎心手段老辣，你千万不能栽进去。”

青垚盯着莉荔，那坦诚的面目中看不出丝毫的诡异，真心归真心，只是这些八卦已经毫无用处，那几乎疯掉的女孩也好，与沈蕴诚的争夺也罢，都跟自己远离了——外公说的对，“君子不立于危墙之下”。青垚心想，自己辞职快一个月了莉荔才找她，这些舆论恐怕早已在公司里传开。如果说，芸芸众生的八卦口水还有什么用的话，那就是用来淹死人的。他们希望在沈绎心站稳脚跟前，利用信息不对称的机会，让无知者的舆论泛滥起来。无论如何，她会在能力所及的范围内，用自己的方式爱他，同时也要好好地保护自己。

“莉荔你说什么呢，沈绎心有任何想法都没用，过几个月我就去北京了。”

“是去你小叔的公司吧？阿翔哥说，他的物流公司还靠浩叔呢，以后我们少不了联系。”

又是苏炳浩！青垚拧紧了眉头，不知他究竟在下多大的一盘棋。

跟莉荔告别以后，青垚回了家，她疲倦地窝在沙发里，望着墙上的牡丹油画发呆。莉荔今天说起的那个女孩，曾是她心里的问号。她让自己跳出立场，通过莉荔和乔彤彤说过的事实，结合自己对沈绎心的了解，还原了那段“惊悚”的往事。

那个女孩是Ariel介绍认识，Ariel希望借同学之谊接近沈绎心，以此获取爷爷的好感，在大家庭中博得一些地位。她隐瞒了沈绎心不能昭示于众的身份，让女孩对他充满了幻想。沈绎心也认为那女孩儿清白的家世能漂白自己不堪的出身，一开始就投入了许多的激情与关怀。可女孩子其实什么都不知道，单纯美好梦幻般的感情让沈绎心失望，他冷淡下来，抱着戒备心不肯袒露自己，没想到他神秘忧郁的气质反而让女孩步步深陷。沈绎心越是疏远越让那女孩儿无法自拔，为了摆脱内疚感，他索性去了非洲。原本是段俗气得不能再俗气的青春往事，却因为沈绎心遭遇事故而变得更加狗血。女孩子怀着情比金坚的誓言，怜惜与疼爱的情感执意去了达累斯萨拉姆，在惨不忍睹的现实面前崩溃，更无法接受健硕俊朗的男友胡楂儿邋遢、无法动弹的样子，他本来磁性的嗓音因为胸腔扭曲变得如狼嚎鬼叫。她怕了，退缩了，这个善良单纯的女孩儿，在梦幻般的誓言和可怖的现实交织之下，逃避在错乱之中。沈绎心全然不知，那女孩儿在他清醒之前就被家人带去了加拿大。或者他其实都知道，可他选择默默吞咽，对任何人都没有提起。那对沈绎心来说是个早已完结的故事，可对于一个青春正好的女孩儿来说，却成了一辈子卸不掉的精神包袱。还有什么是比这更可怕的经历呢？原来爱情还有如此可怖的模样。

青垚将自己的心一再加固，她愿意相信自己对那段往事的诠释，而不是莉荔所谓的手段老辣，这并非自欺欺人，只是基于了解的深入。爱因斯坦曾说，上帝是不掷骰子的，我们人类不过是一种生命体和能量形式，自己的未来很大部分也要取决于自己的意识。

25. 创伤后压力综合症

这天傍晚，青垚接到沈绎心的电话，他几周前回国了，待在成都公司办些交涉，“中药公司跟工业公司合并，改名‘麝予仙’。郁总欢迎你回来。”

青垚并没有回修远公司的打算，她联系不到苏炳浩心里着急，想到沈绎兰既然已经打算订婚，一定知道他的下落，可她不确定沈绎心是否知道自己跟苏炳浩的关系，不好贸然询问。

“下周就走了，我明天找你好吗？”沈绎心的声音听起来很疲倦，格外地低声下气，“我很想你，那天你从酒店离开，一直没空去找你，如果阿姨在家的话，我正好跟她谈谈。”

青垚想，虽然外公不知道被沈绎心说了些什么话打动了，可那场事故始终是架在两家人心中的一道坎儿，苏炳浩肯定跨不过去了，她再次想起沈墨瑾的话：“这件事，算他的第二道坎儿吧，如果你能帮他解开这个心结，爷爷还得感谢你咧！”她决定同意沈绎心的请求。于是她回答说：“过几天好吗？等妈妈回来我给你打电话。”

谁知那么巧，当天晚上青垚就接到林翘音的电话，她刚回国，让青垚明天回家吃晚饭。

“妈，我能带个人回家吗？”青垚觉得应该先跟林翘音通个气。

“外公都跟我说啦！带回家吧，跟他说妈妈欢迎他！”林翘音笑嘻嘻的声音传来，倒让青垚忐忑，不知道外公是怎么说的，但她想时机允许的话，和妈妈一起听他袒露那些往事，这对彼此都是安慰，也可以在苏炳浩偏执的时候有所劝慰。

沈绎心去了巴宝莉专柜，细致地选了一条花卉羊绒围巾，这才去接了青垚一起。

三月的成都，春寒料峭，惊蛰刚过，路边的翠柳咋现一丝茵绿，暖风拂过，空气里浸润着迷人的香味，赶上天气转暖，街上行人洋溢着阵阵喜悦，间或还有幼童在路边嬉戏。踏入C大教师公寓，高大的梧桐刚发出翠绿的新芽，从下往上看去，三楼的窗户大肆敞开着，飘出一阵阵清香。

青垚指着窗口笑道：“不知道做什么好吃的。”沈绎心看着青垚的笑靥，像被鼓励着，深深地吸了一口气。

“妈……”青垚推开房门，轻轻地呼唤了声。

这是一间旧式格局的老房子，内部装饰却很精致。玄关处挂着一幅硕大的油画，墙角摆放着绿意盎然的滴水观音。从玄关转出，客厅黄白糅合的暖意呈现在眼前，深色的木质地板，欧式复古灯，挂画、饰品和绿色植物摆布得当，和煦的微风从窗户通透而来，气度开放。

“青垚！”一个娓娓清亮的声音从厨房传来，沈绎心蓦地一怔，全身僵直不动。

林翘音关了灶台的火，小跑着来到客厅。几个月没见着女儿，只见她与身边的年轻男子穿着同色系的深蓝色风衣，像影视剧里走出来的金童玉女，脸上还挂着无比幸福的笑容。

“林阿姨？”

“绎心？”

几乎是同时，青垚的耳朵里传来母亲和沈绎心的声音，她诧异地转过头，只见沈绎心脸色煞白，不由自主地倒退了几步，“怎么……”

林翘音瞬间冷静，说：“绎心，进来坐。”

沈绎心全身颤抖，背靠着墙根，身体不由自主地往下滑去，眼睛却一动不动地望着客厅的墙壁。青垚伸出手去，沈绎心一把将她推开，几乎是从喉咙里挤出几个字来，“不，不是的……”说着，踉踉跄跄地退到玄关处，转身推开了门。

“绎心！”林翘音拉他，指尖只触碰到衣角，人已经冲出了门。

青垚回C大见母亲，原本已经做好了准备，但眼前发生的一切超出了她的估量，她望向沈绎心凝视过的墙壁，那里原本挂着一幅牡丹油画，不知什么时候改成了八十寸的全家福。照片里，苏炳桓一身戎装，站在两个女人的身后，显得高大威猛。那张照片是青垚出国前照的，以前也挂在这里，自从苏炳桓出事，林翘音就将它收了起来。

“沈绎心！”

青垚恍然大悟，她转身推门，追了出去。

头疼。

沈绎心跌跌撞撞地下楼，阳光从梧桐树的枝叶中射下，那光芒仿佛千万把利剑插到头顶，脑中一阵眩晕，当苏炳桓的脸庞落入眼中的刹那，铺天盖地的重压已经将他的身体重新碾碎了一遍。他倒吸着凉气，下意识拨通了高勐的电话，没来得及说话就倒在树下，迷迷糊糊间有一些面孔，凑近又退开，而后便陷入无尽的黑暗。再睁开眼时，他已经躺在医院的VIP病房中，清晨的阳光洒进房间，显得静谧安详。这里曾是他躺过一年的地方，连窜入鼻孔中的药水味都还没有消散。他挪了挪脑袋，眼光所到之处，四壁浅草绿的颜色还是那般平和宁静。

“给杯咖啡吧，动不了。”他盯着窗前久未使用的咖啡机，笑了笑。

林翘音却端了杯温热的白开水过来，“阿姨还以为可以摆脱你呢！”她的嘴角露出的一抹笑意，温和地说，“太不够意思了！”沈绎心垂下眼眸，仿佛回到三年前。他在麻痹中醒来，正是眼前这位美丽娴静的女医生在给他上监测仪。三年来，也是由她亲自给自己做定期的康复理疗，最艰难的时候，林翘音细如春雨般的安慰和坚定专业的话语，总会让他绝望的心情很快平复。

“试试先动下手指，”林翘音笑眯眯地递上水杯，说，“青垚刚出去，她守了你一夜。”

“你们一直都知道的，对吗？”沈绎心试图坐起来。

林翘音平静地问：“知道什么？”

“青垚来修远公司上班。”沈绎心自嘲地笑起来，“她本可以去更好的地方发展，现在想，原来是为了找我。”

“她知道的并不多，找你是想了解事情的细节。”林翘音如实回答。

“她知道我是谁，带我回家就是想听我亲口说出来。”沈绎心皱了皱眉，“现在想想，她其实问过我好几次，只是都被我给忽略了。”

“她的心智不如你成熟，只是想了解爸爸人生最后一段的经历，你能理解吗？”

沈绎心闭着眼睛没回答，林翘音拍了拍手，“不说也没关系，这是你的权利。现在觉得怎么样了？”

沈绎心不经意地动了动眉尖，“头疼。”

林翘音柔声说：“受到重创的人都有这个过程，不碍事。”

“林阿姨……教官到现在还常常出现在我的眼前，肋骨断裂的‘咔咔’声，就像树枝被折断，我们泡在血水里抖动翻转，伸出手去，什么都抓不住……对不起，我没那么强大……”

林翘音的心抖了抖。

沈绎心是在达累斯萨拉姆治疗了一个月后才被送回成都的。送过来的时候非常安静，给他换药抽积水时，他不像其他病人那样狂骂乱叫，只是咬着牙闷不吭声地，昏厥、清醒，再次昏厥。大家都喜欢这个坚强隐忍的小伙子，久了，翘音也习惯他的稳重。作为一个医生，她明白这种状态并不好，头痛是心理上没有修复好的表现。

林翘音坐下来，鼓励他继续。

“教官应该好好地活下去，该死的是我，活着比死还难受……”沈绎心茫然地睁着双眼，目光不知飘向何方。他并没有落泪，倒是林翘音的泪水滚滚而下，她以为自己够坚强，明白过多的情绪纠缠对生活毫无帮助。她微笑着，声音有些哽咽：“小子，教官不在，你更要珍惜自己，为他好好活！相信阿姨，你做这样的梦是情绪不好，一切都过了，你的身体早就痊愈。跟所有的平常人一样，你能吃、能喝、能跑、能跳，还可以跟女孩子约会，结婚生子都没问题，明白吗？”

“情绪……”沈绎心动了动身体，或许是为了掩饰自己的软弱，他别过头埋在被褥中。

“压力太大，人脑会产生激素，感觉痛苦。”林翘音尽量用简单直白的话解释，“比方有些人失去了记忆就不会，你偏偏是聪明人，脑子清醒。压力激素会引发创伤性再体验，医学上称为PTSD。等你打心眼儿里快活起来，把糟糕的事忘了，就不会疼了。”

“唔……”沈绎心将头埋得更深，药物的作用慢慢发挥，让他陷入沉睡。

林翘音坐在床边的沙发上，紧紧地闭上了双眼。

“绎心是你的样本吗？妈妈。”

青垚不知在门外站了多久，她双眼通红，显然已经听到了之前的对话，“您一直跟他有联系？”

林翘音伸手摸了摸青垚的头发，“可妈妈万万没想到自己的女儿竟爱上了他。”

的确，林翘音没想到女儿带回来的人是沈绎心，否则不会换上全家人的照片，但她相信世上所有的偶然都是改头换面的必然，这一天迟早要面对。

青垚握着沈绎心的手坐在床边，那手掌丰厚冰凉，她轻轻地揉搓着，问道：“妈妈，你说过要告诉我一些事实，就是这个？”

林翘音在德国的时候，曾经下决心要告诉青垚，希望她放弃寻找。“我想告诉你，心病是绝症，看到绎心背负着你父亲的人命过日子，生不如死。我还能追究什么呢？”当年，她刚刚经历丧夫之痛，就迎来了这个与丈夫共同经历死亡的年轻人。她义无反顾地承担起领导这项重大科研课题的责任，三年来，她和她的团队跟踪样本超过一千个，抑郁、狂躁、滥交、吸毒、自杀……PTSD的症状在全世界范围内都属于攻坚克难的问题，所引发的讨论在某一范围内长期存在。沈绎心隐忍坚强、超乎寻常的稳定温和，常常让林翘音感觉医学的强大和献身医疗事业的自豪。她对沈绎心的感情经历过复杂渐变的过程，却没想到，心爱的女儿会带着他以未来女婿的身份出现在眼前。作为母亲，她当然希望孩子拥有一份关系简单的感情，不要掺杂任何不稳定因素。

当初青垚也曾痛不欲生，现在从母亲的口中得到证实，更为自己的冲动后悔莫及。任何时候，把自己承受的苦难转嫁给旁人的行为，都是自私的。“因为炳桓和他的特殊经历，我刻意隐瞒了自己，初衷是不愿意同事朋友包括绎心的亲人混淆这层关系，单纯的医患之间更容易沟通理解相互信任。”林翘音对青垚这样说。

当母女俩再次回到病房时，她们发现，沈绎心失踪了。

林翘音和青垚出门不到十分钟，回到病房就空无一人。医院监控显示，有个男人将沈绎心带出了病房，青垚认出，那人正是高勐。

“也许他不想跟我们告别。”林翘音安慰青垚，“尊重他吧，或者他确实很难面对我们，面对那段往事。”

“他说过，回忆那件事挺难的，他不想回头。可他不把这事理顺了，他就永远不得安宁。”青垚固执，虽然认同母亲，但无法说服自己放弃，或者还有更深层的原因，如果没有这个借口，她便不得不放弃。显然沈绎心已经放弃了，就像当初放弃那个疯狂的女孩儿那样。

一再加固的心，被现实猛砸的时候，还是那么疼，疼得让人发疯。

“那是他自己选的，”林翘音阻止青垚，“你要勇敢。让时间冲淡过往的芥蒂，让距离指引各自的感情。只有学会了隐忍，你才能变得像绎心那般坚强，只有那样，你才配得上他。”青垚叹了一声，眼泪蓦地往下滚。妈妈的话再明白不过了，“只有变得像他那般坚强，才能配得上他。”

高勐是从巴黎飞到成都的，10小时的航程，一下飞机就马不停蹄地赶到医院，病房中没有人，他直接将熟睡的沈绎心带回了公寓。

“该叫上你去看看的。”再也不用展示自己的风范，也无须硬扛着身心的极度疲惫，沈绎心从床上坐起来，掐着眉心说，“我应付不来，丢脸了。”

高勐将手中的Ipad放在床上，舔了舔嘴唇没说话。

“你们都知道，全都瞒我！”沈绎心忽然抬起头来，提高了声音，“当我是个傻瓜，亲眼看看才他妈过瘾呢！”

“绎心，”高勐搓了搓手，他还是第一次听沈绎心爆粗口，“为了个女人，何苦呢！哥哥明天再送你一个……”

“砰”的一声巨响，沈绎心抓着Ipad扔了出去，打翻了台桌上的灯，“那天在酒店你就认出她了，你故意的！”

“我也是听爷爷的，他说你跟苏小姐不容易，而且……”

“而且还可以利用她，得到苏炳浩手里的半张古方是吗？”沈绎心咆哮着打断了高勐，刚站起来又一个趔趄跌了回去，他拍打着床头低吼，“酒，给我酒！”

高勐原本是个粗人，看着沈绎心苍白的脸，感到手脚无措，想了想赶紧转身跑开。当他提着酒瓶站在门口，看到沈绎心在窗前，抱着头一下一下往墙上撞，不断发出“砰砰砰”的响声。他吓得六神无主，急忙将酒递上去。沈绎心仰头就往嘴里灌了一大口，抬手擦了擦嘴，“勐子哥，我没那么弱，你真不该瞒我。如果，青垚能拿到那半张古方，我会跟她商量。爷爷这么大年纪，你不该让他想这种办法……”

高勐走到沈绎心的身后，说：“爷爷不是你想的那样，他知道苏小姐的来历还把玉佛交给她，就是真心希望你们好，勐子拿身家性命担保，爷爷做的每一件事都是为了你。”

“这是为我吗？”

“有的东西只能做不能说，一说出口就全错了！那天你也跟苏炳浩见了面，他究竟有没有那半张古方还不能确定。即便他真的有，苏小姐能不能拿到谁都不知道。可你看你，现在心里想的、嘴上说的都是些什么混账话？你把爷爷的意思全都理解偏了！”

高勐不知道沈绎心是否真的明白，只见他双肩颤抖，捂着头滑坐在地板上。

“绎心！”高勐从他手里抢过酒瓶，往自己嘴里灌了一口，“想想三年前那女的，做得多绝啊！你都那样了还捶着你大骂骗子，但你也没皱过半丝眉头。我勐子打心里就服你这点，看得破，拿得起，放得下！可是，这苏小姐究竟有什么能耐，把你搞成这样？”

沈绎心没说话，高勐继续说：“你不觉得奇怪吗，苏教官刚死，他老婆就变成了你的康复医生，他女儿就到修远中药百般接近你，而他的弟弟摇身一变，也就快成你姐夫啦！别忘了还有白仲公司，峨山那块地修远拿不来，蕴诚却能运作成功。如果苏炳浩哪天真拿着半张古方出现在董事会，你知道那会意味着什么吗？”

“苏炳浩将成为修远中药的大股东。”沈绎心接过高勐手中的酒，灌了一口。

“不错，董事会居然这般迟钝，毫无反应，接着呢？修远地产？还是修远国际？”

“所以，爷爷也只能装着什么都不知道，极力成全我和青垚，他认为青垚是个机会，只要争取了她，就能对苏炳浩形成掣肘是吗？”沈绎心转过头来，竖着眉尖，看起来甚是痛楚，“连我也成了棋盘上的一枚棋子……”

“绎心！”高勐一把揪住沈绎心，愤怒地喝道，“你知道你在说什么？！”

“勐子哥……”沈绎心低低地说了一句，酒瓶“啪”的掉在地上。

他昏了过去。

26. 方向的选择

苏炳浩跟沈绎兰订婚的消息，首先由本地的杂志副刊对外公布，但是他的电话却长期无法接通。青垚去过沈绎兰的别墅，梅姐说她出国度假去了。

沈绎心也没有再与她联系。

“……有你同行，我便不枉此生；有你在，我什么都不怕，什么也敢闯，我信，你信吗？”

青垚整夜整夜地失眠，拿着沈绎心给她写的信。

“他是个危险的人，别去！”一个声音在告诫自己，而另一个声音却说，“你既然决定要好好守护他，就去告诉他！只要他肯听，他就会心软，就会跟你和好如初。”又是一个声音在说，“妈妈是对的，给绎心时间选择，让他好好考虑清楚，如果他爱你必然会来找你。”

青垚一遍遍地摩挲着那块玉佛，迷乱中抓不住任何有用的信息，自己给自己做心理建设也不行，她不得不把自己弄得很忙，“可是太难了！”青垚憔悴不堪地面对蔚子，“做梦都在不停地做选择题。”

蔚子最近又来成都帮老师做设计，这个样子的青垚她还从未见过，“你跟他上床了？”

“怎么？”青垚冷不防被蔚子这么一问。

“我猜对了！”蔚子注视着青垚，埋头抿了一口红酒，“哪怕你有丁点儿心机，就不该跟这人上床，那现在着急的就是他了！”青垚不想为这个话题辩解，“蔚子，你知道我当初为什么留在成都，可是现在都变了，我该不该告诉他，让他知道？”

蔚子坐下来，眨着狭长黝黑的眼睛，每一个字都掷地有声，“听好，沈绎心这么强势的男人不会要你教他如何选择，抛开感情分析利弊，换成是我，我也会选择跟你分手。在看得见的未来里，你们必然会成为敌人。苏炳浩向修远集团宣战的那天，就是你跟沈绎心反目的一天。试问，你会同苏炳浩决裂吗？他是选择相信你输掉整个‘麝予仙’，还是选择放下你，专心应对可能的危机？青垚，我不信你真的懂了，沈绎心离开你是不想利用你。你飞蛾扑火的结果是什么呢？你以为他会跟你上演罗密欧与朱丽叶吗？”

蔚子的话让青垚醍醐灌顶，她看着那双炯炯夺目的眼睛，长长地嘘了一口气，“你说的对，如果绎心还能若无其事地跟我继续的话，那他就太可怕了。”

蔚子刮了刮青垚的鼻子，“我呢，是旁观者清，沈绎心要成了情种，那才笑死人呢！”

青垚没笑，却承认蔚子看得清楚，这段感情就像那个著名实验里的猫，早就既死犹活。如果什么都不做，彼此的感情看似存在，却只能各自归属在无法交织的平行空间里，无疾而终。可惜人是宇宙的生灵，总想着要去主宰命运，只不过，在触动命运的瞬间，比如，在沈绎心决定拜访青垚的那一刻，他们的结果已经注定。

“没了沈绎心，还有陈扬嘛。对了，陈扬告诉你他去日本了吗？”

“春节不是说了，他跟修远集团合作去日本进修。”

“他没有加入中科院跟修远公司的合作团队。倒是自己申请了什么生物提取的专利，如果能成功，回来说不定就是名医呢！”蔚子说得含糊，看着青垚颓败的气色，她为之可惜，“陈扬怎么舍得把你弄成这样子！”

青垚苦笑，对陈扬的了解，她远不如蔚子。

“难怪成大器的都是男人，人家是拿得起放得下呀。”蔚子最近感慨颇多。

“人家？”

“我在分析沈绎心，他不值得你这样！春节回北京，陈扬剜心一样地醉了一晚上，我是帮他抱不平呢！”蔚子一副恨铁不成钢的样子，“早知道，就该拦着不让他去日本了。”

“蔚子……不操心我跟陈扬好不好。”青垚有心无力，话到嘴边了却说不下去。

青垚接到莉荔的邀约，听说陈跃翔真把物流公司开起来了，还注册了很洋气的名字叫“顺德”，跟风靡时下的物流企业不同，他专注于中药材运输，跟修远、玫康等几家省内知名的药企签了长期合约。青垚想，这个大红包怎么都不能少。据说他还在“白仲”投资公司的帮助下，在某工业园区规划了上万平方米的中药材物流基地，建成后，可实现中药材的动态库存、来料加工，到那时，全省的大健康产业将以他的“顺德”为龙头引领。

“阿翔哥这一步走得漂亮！”青垚不由得感佩，“这才是真正的弯道超车！”

让青垚感到意外的是“顺德”公司的成立非常低调，很不符合陈跃翔一贯的做派，公司仅仅在丽鑫的一个包厢里举办了一场二十来人的酒会，修远中药的那几位股东全都没参加。

青垚和莉荔被披着狐毛披肩的经理带进8号包厢，里面星光闪耀，奢华无比。陈跃翔对青垚的到来倍感欣慰，“浩叔去欧洲没回来，电话也打不通！给你介绍个人，他跟我说了好几次，要你回公司上班！”

“回公司上班？”青垚愣了愣。没等她反应过来，就见一双大手伸到眼前。

“沈……蕴诚，你好！”青垚笑了笑，伸出手去。

沈蕴诚穿着棕红相间的格子衬衣，显得高大时尚，微卷的栗色短发轻舞飞扬，依然那般阳光帅气，在包厢里格外醒目。

“我给你的卡不止150%的收益哟！”事隔一年，他看到青垚的第一句话竟然是这个。但凡拥有一项了不起的本领，忍住不让用，就是最大的折磨。青垚表示理解，“修远国际还不够你发挥吗？”她开着玩笑。沈蕴诚邪气地笑了一笑，露出整齐白皙的牙齿：“你说呢？”青垚被那嚣张的眼神逼迫，悄然感叹，都是沈墨谨的后代，沈蕴诚的性格张扬不羁，其实更像爷爷，与之相比，沈绎心似乎太过内敛了。一想到沈绎心，青垚感觉心口扯痛，她告诉自己，怕什么呢，除了坚强你别无选择。

“小沈总，给我看看这个！”

他们的话还没说上两句，就被人围过来打断了。

“一百万给你试试水。”

蕴诚不耐烦地回答说：“五百万以下不接，懒得费精神！”

青垚看了陈跃翔一眼，稍稍退开，感觉是进了哪家传销窝点。今天到场的都是有钱人，至少是见过钱的人，能引起如此狂热的围观，不知道沈蕴诚又用的什么招数。

陈跃翔和莉荔站在一边，无可奈何地笑了笑。过了很久沈蕴诚才从人堆里拔出脑袋，他展开双手站起身，说：“稍息稍息，请各位就座！”主人陈跃翔在沈蕴诚的万丈光芒下，吃力地发着微光，他希望青垚和蕴诚坐到主桌，蕴诚却拉着她坐在旁边来。

“今天来的都是中药零售协会的会长和各大药企的老总，你不跟我坐，谁会睬你？”沈蕴诚在她耳边低语，青垚当然知道那些人对她不感兴趣。推杯换盏间，她发现了一个事实，沈蕴诚接手“麝予仙”的时间不长，却已经形成了不小的影响力。他在修远国际做资本运作，动辄上亿，几百万的数目当然不感兴趣。眼前这些企业主们，都在积极寻求另外一种形式上的资本累积。刚才的景象，不过是商人逐利的平常形式罢了。在沈蕴诚营造的祥和气氛下，一位姓李的会长站起来说：“蕴诚，哥是粗人，六百万算不得啥，以后你们需要我帮着走账的，招呼一声！”他话音刚落，另外的企业主纷纷表态。整个饭局的气氛一团和气，沈蕴诚谈笑风生游走在三桌客户中间。

酒过三巡，青垚感觉有些燥热，趁包厢里喧嚣热闹没人注意，独自到露台上吹风。身后响起脚步声，没等到转身，一股温热的气息扑来，整个人从后面被紧紧搂住。

“沈蕴诚，放开！”青垚有些恼怒，反手一撩挣脱他的桎梏。沈蕴诚揉了揉被青垚几乎扯脱臼的手腕，耸了耸肩，“不愿意？”

“为什么？”青垚不认为沈蕴诚可以如此无理，就算一年前曾短暂相遇，她也没有给过、更从未接收过任何暧昧的信号。

“好奇，沈绎心的女人到底如何有趣？”沈蕴诚眯着眼，并不看她。

青垚一愣，原来她在沈家已不是秘密了。

沈蕴诚冷笑着问：“告诉我，沈绎心什么地方好？”他勾起的嘴角，“兰姐夫也觉得他的忠厚很可疑，所谓长厚似伪，好人的套路不过是那几招。你还不懂看人吧，如果难以分辨的话，且看看他是怎么对待女人的。即便从日常为人讲，他顶多中规中矩，在这个社会不争不抢就算好人吗，你觉得呢？总不会因为飞机开的好被培养重用吧？”

青垚倒吸了口凉气，“你们是兄弟，你就这么看他？”

“跟他做兄弟？请不要侮辱兄弟这个词！”沈蕴诚笑意更深，脸上却是不屑，“他的母亲是被爷爷赶出集团的，等殷姨能承认他，大伯父将他公之于众那天再说‘兄弟’二字吧。”

青垚对蕴诚的不屑感到愤怒，却很想知道那个叫沈慧的女人到底怎么回事。她眯着眼睛笑了起来：“原来是这样，小户人家多嘴，他母亲怎么了？”小尖酸、小精明在沈蕴诚这里全无用处，他直言不讳地说：“这话问的，真不像见过世面的女人。”不过他似乎终于找到了能够谈论这种不入流话题的对象，见青垚没有回答，他又笑了起来，“见过世面的女人即使心里好奇得发疯，也会忍住不问的。”沈蕴诚无视青垚的不悦，继续说，“他的母亲试图偷取‘麝予仙’古方被爷爷赶走，丢下沈绎心自杀了。爷爷不忍心看他沦为孤儿才收养了他，这样的人有什么资格跟我做兄弟呢！”

青垚不想听他羞辱沈绎心，转身要走，想了想回头说道：“绎心比你懂得人间疾苦，他的性格弹性大，你不具备这样的优点。”

“哈哈！性格弹性，”蕴诚大笑着点了点头，“我还第一次听到这种说法。不过沈绎心哪是懂得什么人间疾苦，他根本就是苦藤上结出来的苦瓜好不好！这就是人间疾苦，被他逼疯的女孩子算什么？你这个从小缺爱的女人，别是被他的好人招式套牢了吧？”青垚看着蕴诚放肆地开怀大笑，怒不可遏，想起沈绎心说过，不要去追求苦难，他是因为别无选择，“尽管笑！你接受了精英教育，却只会谈些出身的调调，看不出你有什么本事分得清优秀和平庸的区别嘛！”

“我出身好也是没办法的事，”看起来，沈蕴诚的优越感与生俱来，“我跟他从小就不是一类人。他是什么他自己清楚。从小被国家养着，让爷爷捧着，以为自己真就是沈家排名第一的大能人？那他为什么要骗女人，你想过没有？因为他的能力就针尖那么丁点儿，自保都难，更别说保护人家了！不争就能得到最好的，这样的人禁得起现实的检验吗？”

“你们连基本的了解都谈不上，就一口认定优不优秀？别是嫉妒得发了疯吧！”

“嫉妒？哈哈！亏你想得出来！”沈蕴诚乐不可支地说，“不过话又说回来，我和蕴真被丢到美国的时候才十三岁！我们十六岁开始勤工俭学，要跑来跑去打几份工，跟家里要了一辆破车。转头爷爷就送他限量版的飞行腕表，价值一百多万刀，你认为我嫉妒了吗？从小他们就告诉我要接手集团，做大事，所以对我的要求比沈绎心高，我铆足力气学到吐血，每天睡四个小时，在华尔街实习半年就回了集团做事。凭什么？他忽然掉头就来跟我平起平坐？他差点儿死掉，又不是我干的！”

“沈蕴诚，你过分了！”眼前的沈蕴诚没有半分修养，青垚脸上的笑容戛然而止，眼中发散着冷冽的寒意，“我知道你不屑那些做派，可是起码的礼貌总该有的，这些烂情绪早就把你憋坏了吧？”蕴诚听了这话，收敛了自己的放肆，他皱着眉，似乎不像在开玩笑发泄情绪，“你真的觉得他好吗？那个人没有半分温度，你们喜欢那种怪物？如果集团到了他的手里，你认为他有能力像我这样，带大家走出一条路来吗？”

青垚总算听懂了他的话，她抓住他胳膊说：“沈蕴诚，如果他真如你所说没有能力，集团这么多董事，都昏了头吗？”

“董事们倒没昏头，是爷爷他老人家昏了头！”沈蕴诚冷笑道，“他居然把自己的股份转给了沈绎心，所以我好奇，我就想问问，沈绎心到底有什么魅力，让爷爷、让你、让高勐都肯看好他！苏小姐，我不妨给你个忠告，沈绎心是个冷血的人，注定有你泪流成河的一天，信不信？”

青垚紧咬着唇，半晌才缓缓说道：“你们是兄弟，我不想操心是什么原因让你有这么多怨言。可是，修远集团是你们自己的产业，你不是买办。‘麝予仙’的未来，绝不是某个人可以决定，有那么多股东、董事，他们会有议案，他们只是决定集团的主事人，你们俩，却是任何人都改变不了的血缘兄弟！”

“兄弟？呵呵！”沈蕴诚笑了一声，伸手掰着青垚的下巴将她往自己唇边送，“别跟他一起了，跟我吧，你会打开新世界的大门，试试，嗯？”

“沈蕴诚！”青垚抬起手来，那巴掌没挥下去，被沈蕴诚拿手捏住。她没有反抗，因为自己只要稍稍用力，沈蕴诚的右手非得脱臼不可。他的成见太深，根本没有想过去了解沈绎心。青垚凝视着沈蕴诚说：“不管你是不是发酒疯，你的话我都记着，希望你也记着，时间会证明一切！”

沈蕴诚笑道：“既然你希望时间证明一切，不如回‘麝予仙’亲自证实，怎么样？”

青垚一愣，回修远公司去？她摇了摇头。

青垚醉了，一回家就躺倒在床上，眼泪滚滚而落。迷蒙中仿佛回到眉山，想起沈绎心，想起爷爷曾经说过，“他默默地做事情、搞调研，做实实在在的事业，爷爷觉得这才是男人该做的事情。”

这就是沈绎心和沈蕴诚的区别，是方向的选择。

27. 清理门户

桌上的手机在振动。

“我该称呼你什么呢？”电话那边的声音冷冷的。

“苏炳浩，回国了？”青垚心想，他都知道了，皱着眉问道。

“给我马上到北京！”电话里，苏炳浩暴怒，是青垚从未听到过的声音。

苏炳浩宠她，跟所有的长辈一样，虽然妈妈一直抗拒和他接触，但她想知道他有什么非同寻常的打算。“苏炳浩，等几天，我去找你。”青垚平静地说。

“到你爸爸面前跟我见面吧！”苏炳浩那边话音未落，便听到“啪”的一声电话挂断，青垚甚至想到了他狠狠摔掉手机的样子。她没心思做事了，在猜想苏炳浩会干什么，他跟沈绎兰出国那么久，会立刻结婚吗？结婚之后，会介入“麝予仙”吗？刚听到消息时，自己发疯样打他电话求证，想从他的口中听到根本没那些所谓阴谋阳谋，他选择与沈绎兰一起只是单纯地因为爱情。唯有这样的答案才是青垚所希望的。

夏日的陵园空旷寂静，青垚独自一人，转过几道弯，远远看见苏炳桓的墓前一个黑色背影。她走上前去，在他身后一米的地方停下脚步。

“跪下！”声音冷若冰霜。

青垚站着没动，眼睛盯着墓碑上苏炳桓的照片。

“不跟你爸爸讲一讲你都做了什么吗？”苏炳浩仍不回头。

“小叔，你跟沈绎兰订婚，也跟爸爸讲了吗？”青垚想好了，今天索性问个明白。

“放肆！”苏炳浩吼着打断她，“我就不该宠你，让你胡作非为！”

青垚上前两步，紧挨在苏炳浩身边坐下来，柔和地问：“小叔，为什么反对我跟绎心在一起？”事实上她根本没有跟沈绎心在一起，青垚觉得苏炳浩冒出来的那股邪火，烧得他丧失了判断是非的能力，“当年的事故是意外，绎心同样受害，你不也跟绎兰订婚了吗？”

苏炳浩压抑着怒火：“他受害？你被他的浓情蜜意冲昏头的时候，问他为什么要改变航线去桑给巴尔了吗？为什么回来的时候飞机出了事？为什么死的人不是他！这些你问过吗？”

为什么？青垚愣住，妈妈说沈绎心背负着父亲的人命生不如死，她已经不打算追究了，“你的意思是他故意设计的？”强烈的阳光刺得睁不开眼，后背却冷汗潸潸，“苏炳浩，你还知道什么？”

苏炳浩扭过头来直面青垚，双眸通红噬血，“我见过出丑的！没见过你这样丑的！”

青垚愣愣地看着苏炳浩，她知道他自幼偏执，可外公常说，苏炳浩所受到的委屈和磨难多过幸福安稳，对世态有着近乎冷漠的敌意，外婆和妈妈不喜欢他可以理解，青垚你不能不喜欢，因为他是你爸爸留在这世上唯一的亲人了。

“当年那么多试飞教员，为什么是沈绎心跟你爸爸上机？为什么从桑给巴尔回来的半途出故障？为什么驾驶位的弹射椅动不了？为什么死的人就是你爸爸？！不过只剩几个月他就离开那该死的地方了，为什么偏偏是那个时候！”青垚看着苏炳浩的脸压下来，杵在她面前，他的眼睛里噙着一汪血泡，全身颤抖着从牙缝中挤出暴戾的声音，那个宠她、爱她的苏炳浩消失无影，青垚本能地觉得害怕。

“沈绎心现在很滋润啊！装模作样躺了几个月，就名利双收！躲回家里，照样风生水起，他凭什么？啊？连你也贴上去让他糟蹋！他在糟蹋你！糟蹋你爸爸！苏青垚，你脑袋里装的是狗屎吗？！给我跪下！”苏炳浩抓着青垚的衣领，将她按倒在墓碑前，指着苏炳桓的照片歇斯底里，“你自己跟你爸爸说，你对得起他吗？谁把你教成这副鬼样子，你的良心被狗啃了？”

青垚被苏炳浩桎梏着，心都快跳出胸膛，担心苏炳浩会控制不住怒火，把她给掐死。

“苏炳浩，你冷静点儿！沈家是事前知道要出事，还是沈家导演了这场事故？或者沈家从中谋了几分利，吃了多少钱？你说啊，你把你知道的都说出来，全部告诉爸爸！”

“呵！”苏炳浩怒极反笑，桎梏她脖子的手越发用力，他的眼底一片血红，悲怅大吼，“大哥，睁开眼看看你的女儿！看看她都在干什么！让我清理门户吧，我就是蹲班房孤苦伶仃一辈子，也不想看到她背叛你！”

青垚觉得喉头发紧，一句话也说不出来，眼睁睁看着苏炳浩丧失理智，一边掐着她的咽喉，目眦欲裂。慢慢地，眼前的景致变得模糊，光影明明灭灭，声音也开始空旷厚重，然后落入一片黑暗之中……

待她从无边的黑暗中醒来，映入眼帘的却是一张美丽熟悉的面庞。

“兰姐姐……”青垚皱着眉，一瞬间忽然想起什么，四下张望着，双手在身边摸索，“电话，我的手机呢？”她要给沈绎心打电话，告诉他，苏炳浩疯了！

沈绎兰微笑着抚摩着她的手，温柔地说，“别激动。我给绎心打过电话，他还不知道，我怕他耽误了重要的事情，就把你带回成都了。”

青垚的眼睛扫过，这里确实是沈绎兰在成都的别墅。从北京到成都差不多十个小时，这么说，她至少昏迷了一天。青垚看着沈绎兰，这是一张干净白皙的脸，饱满的额头下有着与沈绎心一样入鬓英气的长眉，下面是一双清澈的眼眸，怎么也不象充满算计的样子。沈绎兰似乎看出了青垚的疑惑，柔声说，“以往的事，再痛苦都会过去，姐姐是过来的人，你的难过我都懂。你没见着炳浩打来电话的样子，看他着急那样儿！人死不能复生，要学会自己走出来。”

青垚怔怔地看着沈绎兰，心想苏炳浩编瞎话儿的功夫真是张口就来。

沈绎兰见青垚没说话，继续解释：“绎心就在北京，我都没敢告诉他。炳浩也很伤心，我从没见过他那个样子。”

原来沈绎心回国了，青垚深深地吸了口气，想跟沈绎兰说些什么，但看着她明媚的样子，散发着沉醉在幸福中的女人特有的光彩，觉得话到嘴边说不出口。沈绎兰满心欢悦，在无名指的指环上摩挲，“你看，我都还没告诉你呢！”一边说着，起身从床头拿起一个木质的盒子，打开取出一对情侣腕表，“我和炳焕在瑞士找了独立制表师订制的。绎心年初就跟我说想跟你求婚，我都记着。作为礼物，看看还喜欢不？”

青垚没心思研究这对腕表，起身对沈绎兰说，“兰姐姐，苏炳浩呢？”话音刚落，沈绎兰的手机就响了。

“还真是有心灵感应，青垚在我这里。”沈绎兰说着，把电话递上前。青垚伸手的时候在抖，未等说话，耳边传来沈绎心浑厚温暖的嗓音，“最近好吗？”

“绎心……”

“乖，兰姐姐陪你，我要在北京耽搁一段时间。”

“绎心……”青垚的委屈噎满喉咙，几乎说不出话来，“你，怎么样了？”

“没事，让你担心了。”

“没事……”

“好好的。”感觉沈绎心的心情不错，声音听起来清澈悦耳，“过段时间回来看你。”

“好，我等你。”

电话已经挂断了，青垚还在回味，她抬头问：“兰姐姐，苏炳浩……”

“炳浩在楼下，我这就去让他上来。”

“不用，我下去。”

青垚走下楼梯，见苏炳浩独自端坐于客厅，手里握着一杯白兰地。他将嗜血的面孔收敛，又成了沈绎兰眼中俊朗潇洒的苏炳浩。

此时，他冷眼看着青垚一步步走下楼梯，“醒了？”

青垚扶着栏杆，看着苏炳浩没说话。

“没事就走吧！”苏炳浩下了逐客令，一口吞下杯子里的酒。青垚也不想留在这里，她刚抬脚，忽然转身问：“苏炳浩，你到底想做什么？”

“我在想，也许阿兰可以不带你回成都，留你在北京。如果我是你，就告诉沈绎心别浪费精神了，他拿不到网络A证（CFDA批准的网上药品批发企业资质），省内玫康已经形成了产业集群，‘麝予仙’烧再多钱也没用。”苏炳浩看着手中的空杯，独坐乾坤的样子分外陌生。青垚知道他是能人，同时也认为他在墓园里的话中颇有漏洞，恶意揣测的成分居多，当狂暴的恨意占据了整个人的身心，就会在自己的逻辑圈里如困兽缠斗。

一如他此刻表象平静，却需要酒精来平复内心。

青垚相信林翘音的判断，如果沈绎心有问题，妈妈不可能几次三番鼓励她冷静等候。她看过事故通报，从导演指挥部，到机械维修处篦虱子一样追究责任人。真实的生活本就繁乱复杂，往往对错穿插，尘埃落定的往事一再掀起，真相难免会被蒙上面纱。活着的人可以选择带着仇恨生活下去，也可以选择重新开始。青垚敬佩沈绎心的选择，也感谢他的坚强慈悲。她相信只有内心真正富足和强大的人，才有能力把命运叠加在身上的痛苦踩在脚下继续前行。

青垚看到沈绎心在努力。但苏炳浩还办不到，他的恨找到了攀附的目标，任由它肆意生长。

苏炳浩看到青垚怔怔地没动，得意地笑了笑，“你不用那么看着我，沈绎心是阿兰的弟弟，还将是我的侄女婿，兴许我也会帮他的。”

这话到底说到了青垚的心坎儿上，如果这样，岂不皆大欢喜。

苏炳浩的目光却透过她，笑着说：“我说不用带她回成都吧，你看她恨我的样子。”没等青垚回头，沈绎兰已经从身后揽住了她，“别任性了，让你小叔为难。”她皱了皱眉，在这之前她绝不会恶意揣测苏炳浩。可是刚才，苏炳浩为什么告诉她，沈绎心拿不到他想要的A证？是在等着待价而沽吗？

“你怎么帮？”

“看他是否需要喽！”

沈绎兰笑眯眯地看着叔侄俩斗嘴，忍不住插嘴说，“炳浩，别跟青垚开玩笑了。青垚好好陪姐姐在这里住，帮我挑婚纱。”

青垚不再坚持，内心的担忧却丝毫未减。

28. 走出过往

沈绎兰的婚礼时间定在年底，因为多年前的旧事，集团内部刻意低调。苏炳浩却豪气干云，从注册登记到婚宴行礼，无不热闹奢侈。

“绎兰是我苏炳浩的女人，修远的人爱来不来！”

青垚眼看小叔如此凌厉霸气，心想难怪沈绎兰爱他透骨入髓。这气势同样镇住了腐儒的集团董事，沈忠民被沈墨瑾老先生一顿怒斥，从香港赶回来亲自率队观礼。

婚宴设在峨山紫御尊邸，不远处就有房产公司梦寐以求的空地。30桌酒席云集的官员和富商，显示着苏炳浩非比寻常的势力。从政坛权贵到商业巨子，一时间紫御尊邸被来自四面八方的宾客和媒体挤得爆满，甚至某路口还设置了交通管制。

整场婚宴从下午两点开始，仅嘉宾入场环节就持续了三个小时。

新娘沈绎兰着一袭大红色深V低胸的露背礼服，佩戴着精美的钻饰，犹如女皇；苏炳浩则一身黑色订制西服，帅气逼人。婚礼现场，沈忠民和夫人殷嘉宜、沈忠魁和夫人袁琳、沈忠实，还有郁顺尧、卓亮、陈军、彭学智、沈蕴诚、沈蕴真等纷纷到场。

嘉宾入场结束，青垚陪沈绎兰在房间换装等候。

房门轻响，“咔”地开了，四姐转过身去，“咦”了一声，“……怎么才来？”

门口站着一个丰神俊朗的身影，只是脸色过于苍白，越发显得瘦削。青垚转过头去，如夏夜暴雨中的荷塘，冬晨暖阳下的凝霜，各种复杂到极致的矛盾心情让她喉头哽噎，她使劲儿地眨着眼睛，好容易才笑着迎了上前。

“嗨！”青垚看起来毫无芥蒂，仿佛他们之前根本没有发生任何过节。

沈绎心点了点头，走到沈绎兰身边说：“本来不该这时候进来，但我迫不及待想看看兰姐姐，恭喜你！”沈绎兰拉着沈绎心的手递给青垚说：“忙了这么久，还不赔罪！”

沈绎心二话不说，一把将青垚拥进怀里。那温柔的拥抱胜过千言万语，耳边传来绎心吞咽的声音，“你，好吗？”

“嗯。”青垚在他怀中点头。

四姐将沈绎心拉开，嗔怪说：“早干啥去了？下来有的是时间，让你们说个够！”

沈绎心尴尬地放开怀抱，问四姐说：“听说爷爷昨天就来了，他人呢？”

“跟老亲家在房里说话呢。”四姐看了看青垚，叹了口气，“哪想到，居然碰上他了！”四姐嘴里的老亲家正是青垚外公，黎络渊。苏炳浩在注册前，除了祭拜父母，还带着沈绎兰回了趟林家渡。苏炳浩跪在黎络渊老人的面前，谢谢他一生无私的教诲。外公外婆老泪纵横的样子，让青垚备受鼓舞，小叔虽然偏执，但感恩记情，始终把两位老人摆在重要的位置，她不愿相信苏炳浩会做出匪夷所思的事情来。

在这场婚宴的前夜，沈墨瑾和黎络渊第一次见面，他们单独在房间里谈了很久。青垚觉得那眼神中太多感慨，说不出的沧桑。此刻听得四姐感叹，忍不住问：“爷爷和外公是旧相识？”

“岂是旧相识，是一个老师带出来的学生！往上捋捋还是一个姓的老祖宗呢！”四姐脱口而出的话，让青垚大为吃惊，“眉山沈家？”

“嗯。”沈绎心点头回应，“是有些纠葛，在林家渡外公就告诉我了。”

“呀！”青垚急得跳脚，“这么大的事怎么瞒着我？”

“你没问啊！再说外公和爷爷早已年过古稀，谈起来没什么意思。”沈绎心平淡地回答。两位老人在年轻的时候，因立场不同，相互持着戒心和怀疑，经过历史洪流的冲刷，彼此的信仰殊途同归，翻过几十年的光阴再度相遇难免唏嘘感慨。

接下来四姐告诉他们的话，却超出了所有人的想象，“解放前，沈家坟园外面有所学堂，爷爷和黎络渊老先生都是沈老太爷的学生，他们俩跟老太爷的独生儿子从小玩到大，是最好的朋友啦！那些年好多人家都死过人，老太爷没留下什么后代，唯一的孙女，就是绎心的妈妈，可惜啊……”

“妈妈……爷爷曾提过，妈妈跟爸爸创业正是沈家老先生的心愿。”沈绎心愣愣地不知想起了什么，青垚的心湖早已波涛翻涌。总算知道为什么沈绎心的妈妈姓“沈”，为什么他说自己虽然姓沈却不是沈家人。不过，现在他得到了爷爷沈墨瑾的馈赠，有了“麝予仙”的股份，已经可以堂堂正正地表明自己就是沈家人了吧。

四姐自顾着抹眼泪，对沈绎心说：“我昨晚看到络渊爷爷，心里难受啊！从前的旧事就一股脑儿地往上冒。你妈妈是沈老太爷的孙女，络渊爷爷放心啦，他说那一脉有你在，总算是没断根！”沈绎兰听得目瞪口呆，她顾不得今天是自己大喜的日子，问道：“四姐，络渊爷爷这么说，是有什么心愿吗？”

“那时我太小，人又笨，跟在奶奶身边啥也不懂。络渊爷爷做了错事要被劳改，我记得有一晚他跟奶奶哭诉，说对不起老师。后来就走了，再也没有回来过。”四姐眼圈通红，对青垚和沈绎心说，“我老觉得吧，老天爷是有安排的，上几辈子的旧事情，逛了一圈不是又圆回来了吗？你们俩，还有绎兰和姑爷能在一起……是天大的好事啊！这不他们两位老人，从昨晚一直聊到现在，还谈不够！”

四姐的话，让青垚迷惑又紧张，还掺杂着激动、雀跃的情绪，很多无法想通的事情似乎就在瞬间，一点就破。沈绎心看起来已经想通了，他站起身来说：“今天是绎兰姐姐的好日子，这些话以后再说吧，我先出去。青垚你来。”

“去吧去吧，这里不需要那么多人！”沈绎兰笑嘻嘻地将青垚推到沈绎心跟前。那邀请让青垚无法拒绝，她对沈绎兰和四姐说：“我一会儿就来。”

沈绎心拉着青垚的手，慢慢走过繁花似锦的长廊，穿过衣香鬓影的人群，绕过帷幡招展的大厅，脚下的步伐越来越快，几乎是跳跃着飞奔，直到紫御尊邸最不显眼的一处水畦桃林停下。这里背靠着峨山的山脚，桃树、柑橘漫山遍野，现在已是冬天，光秃秃的桃树虬枝盘曲在山间田地。什么话也没有，沈绎心抵着一棵树紧紧地抱住了她，震雷豪雨般的亲吻落在青垚的脸上、脖颈和唇边，因为太过用力，虬枝“咔吧”一声断裂开了。犹如雨后彩虹透出云层，所有的委屈、挣扎和锥心刺骨就在热辣的亲吻中慢慢消散，青垚抚摸着他的肩膀，双颊红红的，内心充满着迷醉与甜蜜。

“二百三十三天，青垚，每一天我都数着，不知道该怎么面对你和林阿姨。”沈绎心说。

“二百三十三天了……”青垚紧贴着沈绎心的胸膛低低呢喃，“我一直在等，等你想通了来找我。”

“想通了。”沈绎心坚定地说，“不管遇到什么，只要有你陪着，我都敢闯！你愿意吗？”

“愿意。”青垚回答，还能遇到什么？无非是那些纷乱复杂的情绪、怀疑，还有残垣断壁般的现实。“好，我明白了。”沈绎心更加用力地抱紧了她，鼓胀的肌肉紧紧嵌入肩背，眼泪滴落在胸口，烙铁般滚烫，“坐这里，我给你讲……”

时间回到2010年，刚经过小雨季的巴加莫约潮湿闷热，这里有国内民航与当地政府合建的一所航校，主要培训来自当地的年轻人。停机坪上，沈绎心追着老师苏炳桓走了很长的一段路，他终于停下脚步，喘着粗气大声喊着：“老师，最后一次飞完了，您就要回国了，告诉我那东西在哪儿吧？”

器宇轩昂的苏炳桓回过头来，指着沈绎心回答说：“你小子心里想什么，我全知道，就是不告诉你！”

沈绎心发急：“那我也申请回国，跟你寸步不离，说不定就让我找着了！”

苏炳桓大笑着摇手：“见过耍赖的，没见过你这么赖的！都跟你说了，那不是我的东西。酒话哪能当真，谁知道都说过啥了。”

沈绎心跟苏炳桓索要的，正是“麝予仙”的半张古方。在坦桑尼亚两年，苏炳桓对这个来自四川的小老乡格外关照，两人性格相投，渐渐无话不谈。有一天醉了酒，沈绎心聊起他的家庭，聊到自己尴尬的身份，不经意间说到父母结缘是因为半张名叫“麝予仙”的中药古方。苏炳桓忽然想起什么，含含糊糊地说：“这个名字有印象，我似乎在哪里见过，蝇头小楷的毛笔字，‘麝予仙’就是神麝赠予的仙方对吧？”

沈绎心盯着苏炳桓，酒醒了大半，掩饰不住迫切和激动，“真的！在哪里？”

“让我想想，能找到的话，你家里人肯定对你刮目相看！”

第二天酒醒，苏炳桓却矢口否认，“喝醉了，不记得了！哪天想起来告诉你！”

就这样，沈绎心在期待中走过了漫长的时间。这天是苏炳桓最后一次飞行，他服役期满，马上就要回国了，他很得意地说，自己有个弟弟，性格脾气跟沈绎心就像一个模子刻出来的，就在北京等着他团聚呢！可沈绎心念念不忘的却是“麝予仙”，缠着他一定要他记起来。

苏炳桓走到塞斯纳C-172教练机的旁边，他说：“这东西既不是我的，也不是你的，想不起来就想不起来吧！”

沈绎心不甘心，他推开旁边的学员说：“走吧，明天我给你补上，让机务赶紧的。”那小个子的学员木讷地站着没动，苏炳桓笑着对他说，“听见没有，明天补上。”

学员叫住正拿着工卡学习检测的机务员，边走边问：“学校问起来怎么说？”

“怎么说？就说苏老师说的！”沈绎心在苏炳桓身后，对学员和机务大声回答。

“你要跟着我，就自己检查机械，快去！”苏炳桓没好气地指挥沈绎心。可是沈绎心满腹心思都在话题上，他草草地围着飞机走了一圈，跟上苏炳桓继续问：“老师，你说是用毛笔写的，是锦缎上吗？什么颜色还记得吗？”

“还锦缎呢，就是个小本本，可能是私人笔记吧，要不是‘麝予仙’几个字比较特别，我还真不记得。”

“这么说，你都记起来啦！”沈绎心瞪着双眼，兴奋地引导说，“哪位写的？”

苏炳桓拍了拍脑袋，双手一摊说：“忘了。”

沈绎心心里凉了半截，他还不死心，说：“今天最后一天飞行，我们去石头城鸟瞰一番怎么样，听说那里漂亮得不像话！”

苏炳桓若有所思地“嗯”了一声，说，“在这里待了这么久，还真没飞过桑给巴尔。萨达尼有航校的机场，回来的时候可以在那边停一停，吃点儿东西！”一边说着，一边哈哈大笑起来，坐上机长的位置，“今天没有学员，我跟塔台联系，国内不比这里，回去可没机会任性飞啦……”

沈绎心埋着头，断断续续地讲述着往事，不是痛悔地拍打着自己。不停地忏悔，他忏悔自己不该那么执拗地要老师记起醉酒时说过的话，不该因为私事而支开机务潦草检测，不该提议去石头城。他说了无数个不该，青垚早已泪流满面。长久以来的执着在这一刻放下，她明白为什么沈绎心不愿意回忆。美好的感情还在，人却毁灭在自己的无意识之间，父亲临走时也没有任何怨恨，他跟沈绎心的欢笑历历在目，除了原谅和感恩，别无选择。

“该死的是我！”沈绎心在煎熬中结束了自己的回忆，他自始至终没有掉一滴眼泪，那些“假如、或者、应该”，对生活没有丝毫帮助。他早就明白，这种射向内心的利箭，应该抓住它，折断、抛弃！青垚拥抱着沈绎心，冰凉柔软的双唇轻轻凑上去，原谅的话虽然没有说出口，内心却早已有了选择。

沈绎心明白自己可以走出来了，在他面对青垚坦诚这一切，并接受拥吻的时候。

“原来你们躲在这儿！”一个面庞饱满的靓丽女人从柑橘园里走来，袅袅婷婷，手里还擎着一树挂着果的椪柑。青垚扭过头去，“是蕴真啊！”此前见过，在温泉酒店的红毯上，相比哥哥沈蕴诚，她显得纯真许多。沈绎心眯着眼睛问她：“还没找到勐子哥？”蕴真的眼睛亮亮的，一听这话双颊绯红，她将椪柑递给沈绎心说：“勐子哥今天忙，帮着盯安保那块儿呢。婚礼可隆重了，你们居然不去观礼？”她穿着孔雀蓝抹胸的渐变五彩下摆裙，肩上披着雪白的裘毛，看起来像一只快乐的翠鸟。

“哎呀，是不太好！”沈绎心接过，转手给了青垚，说，“回头看录影。”

蕴真调皮地笑起来，抬头打望着天空说：“我不是存心找你们的啊，没事四处走走，哪儿想到在这里遇见你们！”“知道，你在找勐子嘛！”沈绎心漫不经心地揭穿她，一边站起来对青垚说，“走，我们回去。”后来青垚很多次问沈绎心，为什么蕴真会那么喜欢勐子，付出那么多。沈绎心回答说，因为看到那个人心会动。

三个人走回会所，晚宴正在陆续散场，沈蕴诚挽着一个漂亮的女伴出来，迎面碰上的瞬间，他愣了愣，很快便点了个头算是招呼，连女伴也没介绍就迅速地加入宾客应酬的行列，一刻不得清闲。青垚想，陈跃翔在就好了，不知道会说出多少让人瞠目结舌的八卦来。正胡思乱想着，沈绎心接到董事长沈忠民的电话，让他带青垚上楼一趟。

两人拾级而上，来到会所二楼。

紫御尊邸是苏炳浩和沈蕴诚合作后首次介入运作的项目。这片度假别墅区，在整个峨山尚未形成气候的时候就开始规划，目光之精准，在业界引为传说。为了他的婚礼，紫御尊邸的老总将还未交付的商用别墅区贡献出来供他招待宾客，给足面子。会所二楼尽头的房间，镶着铜边的胡桃木质大门紧闭着，沈绎心携着青垚推门而入，转过隔断，房间里三面沙发，沈忠民夫妻二人端坐于西侧、新郎苏炳浩挽着新娘沈绎兰坐在东侧，主位上是一位年纪六十岁上下的男人，看起来气势颇大。

今天的主人是苏炳浩，他将青垚和沈绎心介绍给那位尊贵的客人，“王老，给您介绍，修远集团未来的大梁，沈忠民董事长的独子沈绎心；旁边这位是苏青垚，我哥哥的女儿，说起来都是一家人呢！”

沈绎心显得拘谨慎重，跟老人握了握手，席间言语也不多。

王老对青垚似乎有些印象，和煦地笑着说：“长大了，炳桓带着你来沈阳的时候，还扎着小辫儿呢！”因为他提到了苏炳桓，提到了沈阳，聊天便在回忆中度过。苏炳桓生前种种，再次从王老的口中呈现，又在青垚的记忆里闪回。沈忠民夫妇和沈绎兰在一旁静默无声，如同电影的背景虚设。由始至终，沈绎心都紧紧握着青垚的手，认真地聆听那些陈年旧事。在他心里，苏炳桓同他短暂的同僚之谊愈发弥足珍贵。

“炳浩放心，你拜托的事，我会放在心上。看到你们一大家人这么美满，我心里啊放下了一大半，也为炳桓高兴啊！”王老笑眯眯地结束谈话，看着沈忠民意味深长地笑着。青垚注意到沈忠民并不开心，他的表情虽不如沈绎心那般拘谨，可是带着客套，眼神中的光泽也有所隐匿。

聊了一会儿，随行人员进来，王老要回成都。

送走了尊贵的客人，男人们换了房间继续应酬，会所大厅的宾客还在继续狂欢，沈绎兰则被亲友们团团围着脱不开身。

“青垚，带我去见见你的母亲吧！”殷嘉宜说，“绎心是我儿子，跟未来亲家母见见面你说该是不该？”

“应该的，阿姨。”青垚点点头，她很好奇殷嘉宜如何肯承认沈绎心，这是她第一次这么近距离地接触她，女人个子不高，虽然上了年纪看起来却很年轻，尤其是她笑的时候。

“阿姨长期在香港，平常对绎心照顾不够，让他吃了很多苦。”

“阿姨别这么说，绎心向来是尊重您的，他有自己的生活。”

殷嘉宜像是有话要说，顿了顿才开口，“当初他被爷爷带回家，我接受不了忠民对我欺瞒，就去了香港。绎心跟爷爷长大，称呼他爸爸是董事长。阿姨没有自己的孩子，不知道怎么当母亲，这样别别扭扭地过了很多年。现在总算能谈开了，阿姨很高兴，有这么个帅气懂事的孩子，还有你。”

青垚跟着她笑起来。

正说着话，迎面走来袁琳，宝蓝色的羊绒大衣配着钻石胸针，头戴同色系的帽子，羽毛在风中凌乱飘舞，依旧是那身不得体的打扮，奢侈而夸张。

“大嫂，这就是青垚吗？”没等殷嘉宜介绍，来人倒先开了口。

“青垚，这是三婶婶，蕴诚、蕴真的母亲。”殷嘉宜趁机把青垚介绍给袁琳，“绎心和青垚都忙，他们的事直接让爷爷做了主。以后你们家蕴诚、蕴真可不许这样。”袁琳的表情有些僵硬，回答说：“大嫂好福气！媳妇这么贴心。忠魁说起绎心到公司做事情，事先都没跟长辈们商量，否则照顾一下也好啊，免得又去非洲待一年，让我们提心吊胆的。”

“绎心从小都是自己的主意大，你还不知道吗？私自进公司是他不对，还好及时跟叔几个赔罪了。对了，今天怎么没看到三叔？”

“他去招呼客人了。大嫂你们忙，我去那边。”袁琳说着，微笑着离开。

殷嘉宜适时地点点头，护犊子样地将青垚揽在身前。相比起来，蕴诚、蕴真的母亲就生硬得多，可能因为她面临的情况更复杂些吧，毕竟还有外面女人生的小女儿。青垚想起被阿翔哥攀附过的女孩子，这样的场合她都没有露面。

夜幕已经降临，青垚将殷嘉宜带到外公外婆和林翘音所住的独立别墅，两个女人相见甚欢，聊着聊着便把青垚和林玉琴冷落到了一边。

“走走走，带外婆四处转转！”林玉琴拉着青垚出门，皱着眉头嘟囔，“你外公跟沈家爷爷也是说不完的话，早知道我把英子带来了！”

“外婆，我这不是来陪你嘛！”青垚撒着娇，“外公遇到沈墨瑾爷爷，两个老朋友当然有说不完的话啦！”青垚陪着林玉琴走在彩色沥青的小路上，地灯和霓虹交相辉映，将别墅区装扮得格外迷人。

“你外公也是，居然藏了这么大的事。”青垚还未细问，林玉琴早已按捺不住，不悦地倾诉道，“他刚到林家渡那会儿，光着脚，连鞋都没有。我见他一个人住在坟园外的破房子里怪可怜的，每次回乡就顺便给他带些吃的用的，一来二去地就好了。老东西，原来在眉山就有相好，却从来不说，骗得我好惨！”

“啥？”青垚几乎跳起来，哭笑不得地问，“什么时候的事？外婆，你见着她人啦？”

“别提了！”林玉琴烦躁地挥了挥手，“我猜准是绎心的奶奶！俩老头子刚一见面，络渊就问他，绎心奶奶怎么没来？这么大年纪了，也不嫌害臊，我就在跟前杵着呢！难怪他一见着沈绎心就跟见着宝一样，哈！居然还喝上了！”青垚早知道外婆的脾气，也没细听她絮絮叨叨的话，心里有股异样的情绪铺天盖地袭来，心想难道外公跟沈墨瑾爷爷为了个女人闹掰了，这才离开眉山的？

“不会吧，说不定都是旧相识，外婆别想多了。”

“哼！”林玉琴冷笑道，“外婆活了这么大把岁数，白活的？你外公眼睛一瞪我就知道他想什么。”

“说什么呢……”

“沈墨瑾爷爷在问什么锦缎，是绎心奶奶给撕开的。不是旧相好，送什么半块锦缎呢，你是没听过戏文呢！”

锦缎？“麝予仙”古方！“在哪儿？”

“让你外公烧了。”

青垚心里“咯噔”一声，顿时凉了半截，难怪苏炳浩和爸爸都说见过“麝予仙”古方，原来是在外公手里，可是居然已经烧了！“烧了？外公怎么能把它烧了呢？”青垚忍不住大声地脱口而出。

“当然要烧啊！我才是正份儿好不好！”林玉琴很愤怒青垚的表现，“你是不是我孙女？还没嫁给沈绎心呢，这就向着他们家人了？”

青垚见外婆误会，赶紧打住，说：“沈墨瑾爷爷的一张中药古方丢了一半，就是半张锦缎，不是什么信物。”

“你也知道啊，都瞒着我！”林玉琴更加火大起来，“他们家吃饭的家伙，居然就给你外公一半了，还说不是信物！鬼才信！”

“我……”青垚让外婆的强词夺理噎住，半天说不出话来，转念一想居然觉得有道理，这么重要的东西，绎心的奶奶为什么要撕开一半让外公保留呢？可现在讨论这些全无用处，那锦缎已经被外公给烧了！“哎呀，外公糊涂！这么草率，太可惜了！”

“你还年轻，不懂。”林玉琴冷静地往前走了两步，低声说，“那年月，他一个劳改犯，身上哪能揣这么奇怪的东西，他自己不烧还等着别人给搜出来烧吗！”

外婆的话，青垚已经大致明白了。沈墨瑾爷爷和沈家人心心念念的半张古方“麝予仙”，是被绎心的奶奶亲手一分为二，一半给了外公黎络渊，一半保存下来。看来两位老人彻夜长谈，除了聊些往事，大概正在回忆那丢失的半张“麝予仙”吧！

其实，事情并不完全是青垚想的那样。沈墨瑾和黎络渊并没有谈起那半张古方，他们谈的全是年轻时候的往事，回忆了一遍又一遍。两个老人相对而坐，哭得像个孩子。当然，这些是后来青垚回到眉山老宅才得知。此时，她和外婆已经慢慢踱回别墅，殷嘉宜也正好告辞，林翘音站在门口，嘱咐青垚好好相送。

青垚把殷嘉宜送回住所，一个人步行到会所。刚到楼梯口，身后一阵凉风拂过，她冷不防被一只胳膊拖着拽进了拐角的房间。

“也就是你了，”青垚无奈地叹了一口气，转身面对着沈蕴诚，他今天穿着一身宝缇嘉的灰色总裁系西服，恰到好处的挺拔。青垚的平静让沈蕴诚莫名烦躁，或者是晚上的酒喝得太多，他扣着她的双手举过头顶，脸庞直直地压下，杵在她的眼前，“让我向他学习，凭什么？”这姿态实在暧昧，但青垚却只专注沈蕴诚的话，一时没听懂。

“放手，沈蕴诚！”沈蕴诚身后的门被推开，沈绎心不知什么时候站在门口，身边还站着高勐，他面无表情地伸出手，将青垚拉回自己怀中，侧头说，“勐子哥，扶蕴诚去休息。”

沈蕴诚索性呵呵笑起来，举起双手说：“不用。他们不让我向您学习吗？我想多了解了解大嫂，以后找女人也向你学。”话音刚落，沈绎心的脸色就变了，他一手握着青垚，直着腰板面向沈蕴诚，“你不用在乎三叔说的话。”

“你可以，我不行。他是我爸爸！”

“蕴诚！”沈绎心直视着沈蕴诚，“我认为三叔只是在鼓励我。”

高勐皱着眉，严肃地说：“为了楼上一席话，你挟持大嫂，对你哥哥语无伦次，这样的你，可以承担重任吗？嗯？”沈蕴诚在拷问中显露颓态，或者因为高勐的威压，他头抵着墙壁没回答，却吊儿郎当地歪着头审视着沈绎心。

过了一会儿，沈绎心拍拍青垚后腰说，“我跟蕴诚单独谈谈。”

青垚点点头，握拳在他的掌心用了用力，与高勐一起退出房间，反手关上了门。

“勐子哥，绎心进‘麝予仙’做事，蕴诚反应这么大，是他想多了吧？”在青垚心目中，沈蕴诚不论从资历还是能力上讲，都远远超过沈绎心，“修远集团不只有‘麝予仙’，还有医疗器械和地产，他容不下绎心，不单单是身份问题吧？”

“那就回公司去嘛，去帮他。”高勐低头看了她一眼，半笑不笑地说。

“董事长是蕴诚，绎心也会帮他呀！”

“谁跟你说的？”高勐皱眉停下脚步，“蕴诚？”

“不是吗？”青垚问，“如果没有发生事故，绎心不会回集团，那么除了蕴诚还有谁接替集团事务呢？”

高勐听青垚这么说，表情松懈下来，“你只对了一半。我跟绎心从小生活在爷爷身边，看着修远从一家制药厂，变成了多元化集团，项目繁多，投资分散。钱倒是挣得不少，可是在社会上的名声却大不如前。如果没有发生事故，董事长不会疏于集团管理，不会让修远集团走成如今的样子，爷爷也就不用拿自己的钱投资桥头庄基地，这样，麝业公司也许早就成立。至于蕴诚，他接手集团也未尝不可，但是如果一意孤行把集团带离创业初衷，那样的话，爷爷和董事长是不答应的。”

“这样……”青垚大悟。

29. 电商构想

年轻气盛的沈蕴诚似乎急于施展，在没有跟集团沟通的情况下，“白仲”投资公司忽然对外宣布，投标峨山CDLQ-1788号宗地，这块位于规划路以北的地皮，毗邻紫御尊邸，是沈忠魁最先看中，后来因为种种原因而搁置。“白仲”公司的行为看起来毫无问题，却通过某些渠道被解读为沈蕴诚在向修远集团亮剑。

陈扬回国休假，没赶上苏炳浩的婚礼，正好青垚在北京，两个人碰了面。陈扬果然以个人名义申请了一项生物提取技术的专利，再有几个月完成这个项目回国，在医学界也算小有成就了。过去的一年，青垚离了职，去北京的目的很简单，那里是中国政治经济文化的中心，即便苏炳浩这棵大树不能荫庇，她还有陈扬和蔚子的支持。

新年伊始，郁顺尧主持召开了“麝予仙”中层以上工作会议，各部门提出自己的年度创新规划。

营销中心总监LeanderLee提出“麝予仙”要做医药电商，这是他在GSP做总监的时候就有的想法，也是来到“麝予仙”以后，沈绎心跟他几番讨论的构想，“网上药店的销售正以每年100%的速度增长，可是相对于整个电子商务市场二十六万亿的交易规模，医药电子商务仅有280亿元，占比非常小。有经营牌照的奥莱网上商城，占国内B2C市场容量的50%，也只有68亿的销售规模。修远国际受制于处方药的监管和医疗保障体系无法对接，但‘麝予仙’不同，它是具备核心竞争力的品牌产品，尤其是OTC和保健系列，特别适合网上销售。要抢占这个市场，我们可以先试着跟奥莱合作，迎接行业的第二次洗牌。”

副总监沈蕴诚没有发言，持谨慎怀疑的态度。

市场部展开了与奥莱商城的合作，将“麝予仙”的尊贵礼盒与二十多款保健品一起上架，用抢亲情券的促销方式在全国试点。销售部通知全国各分公司，在终端零售药店宣传，同时加大媒体广告力度，于是跟广告公司的合作又成了这段时间的首要任务。

下午销售部经理温司寇开车去广告公司，半路上碰上刚从北京回来的青垚。

“寇老西儿！”青垚远远地认出了公司的车，站在路边挥手招呼。温司寇与青垚在中药公司的时候就比较谈得来，不同于陈跃翔的外向，温司寇稳重靠谱，开得起玩笑，“恭喜你升职了哟，最近怎么样？”

“上车吧，去哪儿？”

“去广告公司见个朋友。”

“别是去杨主编那里吧？”温司寇笑起来，“正好。”

“公司有新动向？”

“嗯，下个月开始‘麝予仙’在央视买断的各时段都上新广告，网络广告同时跟上。”温司寇望着车窗外，食指关节咬在嘴里，“杨主编最近不太好找，你是我的贵人呢！”

青垚听了这话，想到Maggie给她打电话约着见面时的语气，苏炳浩和沈绎兰的婚礼对她来说是个打击，她有没有心情谈工作还难说。

“今天Maggie约我谈点儿私事，要不我先帮你约个时间，改天再去她公司吧！”

温司寇点了点头没说话，满腹心事的样子。

青垚只顾着想自己的事情，忽然听他说了句，“如果退股的话会怎么样？”

“什么？”青垚没听明白，追问道。

温司寇纠结了一会儿，说，“阿翔哥的公司，我们不都投了钱吗，我现在有些新想法。”他看了青垚一眼，索性一鼓作气全说了。陈跃翔从基层到营销中心再到市场部，可欧舒丹不肯用他，只是好吃好喝当神仙般供着，让他一身功夫得不到发挥。即便他能依仗陈军副总的关系，也就只能上到部门经理那个位子便封了顶，偏偏陈军以前就不怎么提携自己的儿子。因此陈跃翔才会说，他从小进公司就拿它当所学校，心里早就萌生自己创业的念头。

“阿翔哥并不差劲儿，他也是凭自己的实力考进营销中心的。”青垚闷了许久，觉得陈跃翔的处事方法跟“麝予仙”不太合拍，能突破自己走出去也好。

“是啊。”温司寇笑了笑，“阿翔哥在整个销售系统是出了名的讲义气，我很早就知道。得到通知进了前十，我还提前去成都拜访了他，他这个人特别好相处。其实我们考进营销中心的，除了你跟沈绎心、李明星外，其他几个都是在他那里认识。阿翔哥这人，经理们喜欢用他，却又怕用他，因为他的能量太大，很难驾驭。他辞职自己做事也在情理之中，现在好不容易机会来了，我理解的。”

是啊！陈跃翔的能量太大，“顺德”成立不久，就得到了注资，还给了现成的物流渠道。其他人觉得不可思议，青垚却不用想都知道是“白仲”公司的大手笔。

“陈跃翔约了我，他承诺按股分月红，不希望我退出。可是我在销售部，”温司寇蹙着眉对青垚说，“我怕以后顺德会对‘麝予仙’形成掣肘，变成我的把柄。”

这些原本没有实质的证据，换成旁人定会说不出口。

青垚当然懂，顺德在苏炳浩的授意下，肯定会大力发展终端物流。没有证据表明他在针对“麝予仙”提前卡位，但“麝予仙”的小股东那么多，难免让人心存怀疑。温司寇是销售部经理，对顺德的运作比其他人敏感。

“所以我想退股。”

青垚打趣地笑了笑，说：“等你成为温董事的时候再纠结这也不迟啊！”

温司寇的表情松动了一些，“跟你聊天就是舒心，一说就懂，也许是我自己太紧张了。”

这也正是青垚把温司寇当朋友的地方，在利益面前有自己的底线，心中有所畏惧。“顺德会不会对“麝予仙”形成掣肘现在还难说，一旦郁总决定铺开，很快也要上物流，说不定根本轮不到顺德成型。不过你自己的利益就受损了哟！”青垚笑嘻嘻地说。

“所以，我才想现在退股。”

“好好跟阿翔哥说说吧，他也许体谅你呢，你的股份也不多。”

“嗯。”

按青垚的提示，汽车并没有去广告公司，而是去了枫丹白露。依旧在法兰西古典风格的小巧包厢，青垚站在落地窗前静静地等候Maggie的到来。她还记得第一次见面，Maggie穿着猩红的晚装，打量着她问，“苏炳浩是你叔叔？”真的是物是人非。青垚仿佛觉得，她还在旁边的沙发上调侃苏炳浩的“男神病”。

“等很久了？”软糯甜美的声音在身后响起，把青垚从回忆中拉回现实。她转过身，看见一身栗色束腰包裙的Maggie，手臂上还搭着一件驼色羊绒衣。

她随时随地都那么精致、美丽。

“Maggie，你喝酒了？”青垚看到她弯月般的眼睛里，阵阵微醺迷离。

“都这个时候了。”Maggie微笑着坐下来，“想吃什么，我请。”

“我可以请你啦。”青垚抿着嘴，在她心里，Maggie更像她的婶婶，这样的感觉让她愧对沈绎兰。苏炳浩与沈绎兰一起，每根神经都一触即发，每个细胞都剑拔弩张，每时每刻都在展示自己的实力和魅力。但在Maggie的心目中，苏炳浩更像任性的小孩儿。他与Maggie在一起总是自在、松懈、游刃有余的，那是一种被深深的爱和理解包裹的人才有的样子。

“最近好吗？”待两人坐下来，青垚忍不住关心，毕竟苏炳浩结婚了，新娘不是她。Maggie含着酒杯的边沿笑道：“你这样为我操心，我都不忍心责怪你了。我问你，新婶婶怎么样？她对炳浩好不好？”

青垚愣住，半晌才说，“新婶婶人很好，她什么都不知道。”

Maggie的笑容凝结在脸上，问：“有什么是不能让她知道的？那场婚礼我们报社也被邀请，不过在场的敏感人物多于企业家，不如网络上富豪明星的花边多。”

“哦，”闲聊的过程很伤神，青垚觉得Maggie并没有敞开心扉。她还记得答应温司寇的事，便转移话题问，“Maggie，你们新闻部需要电商的选题吗？”

“嗯，有筹划。怎么，‘麝予仙’也搞电商？”

“‘麝予仙’最近的动作很大，小叔没跟你讲？”青垚眯着眼睛，她不相信苏炳浩会跟Maggie断绝联系，只要这一切都瞒着沈绎兰，在他心里就会自欺欺人地认为没有伤害。

Maggie沉默了片刻，似乎在考虑要不要说那么多。青垚沉静地看着Maggie，耐心等待，心中不由自主地浮现出沈绎心的影子，他就时常会摆出这副样子，让人感觉即便是沉默着，他的呼吸也在提醒对方，让人无法忽视。

终于，Maggie在她的注视下开了口：“我觉得‘白仲’公司在峨山的宗地中标的话，炳浩会拿它作为礼物入股修远房产。如果你说‘麝予仙’搞电商是真的，估计他随后就会注资三方物流园。”

青垚感到惶然，苏炳浩拿着那块宗地入主修远房产意味着什么，她并不十分清楚，但她却看见，沈蕴诚的愤怒让自己变成了苏炳浩刺破修远集团的尖刀。她闭着眼睛吸了口凉气，心想也许绎心早就知道了，所以他去北京跑网络A证，要做自己的B2C。他们分开时蔚子的话言犹在耳，“他是选择相信你输掉整个‘麝予仙’，还是暂时放下你，专心应对可能的危机？沈绎心选择跟你分手是不想利用你。你飞蛾扑火的结果是什么呢？你以为他会跟你上演罗密欧与朱丽叶吗？”

与Maggie告别后，青垚独自沿着街边缓步而走，她记得每次绎心不开心时都会走很长的路，直到心绪平整为止。这一次，她想了很多，承诺在她答应陪着绎心的那一刻就已经开始。没有家族之间的矛盾，也没有罗密欧与朱丽叶，苏炳浩的偏执会给“麝予仙”造成多少困扰，如果可以，那些孽债能洗多少算多少。

Maggie答应给温司寇留了新闻版面，时间定在农历年后。

苏炳浩的婚礼结束，黎络渊和林玉琴外出旅游，青垚没来得及坐下来跟外公好好聊聊。林翘音也是在紫御尊邸才听说了父亲的往事，她知道的并不比青垚更多，“老一辈的纠葛，就让时间去化解吧，你不要陷进去了。”

“理智上，重回‘麝予仙’并不恰当，可是冥冥中，像有什么东西一直把我往‘麝予仙’上扯。”青垚说的是实话，她也许并不知道，牵挂是缘于深沉的爱。爱沈绎心，爱“麝予仙”，爱那片广袤的土地。

“趁妈妈还养得起你，静下心来，多走走吧！”林翘音说，“让时间去证明一切。”

时间已经证明过很多事，青垚明白，但她怎么也想不到，“麝予仙”竟然有一半曾在外公手里，又由他亲手烧毁。

30. 古方传承人

又是一年的春节即将来临，沈绎心将提前回国的消息从四面八方传来，青垚未曾亲自打电话证实。此时，她正身处眉山。

中心城区有一条被称为“纱縠行”的古街，传世扬名的三苏祠就位于这里。沿着古径老宅，流连于疏竹池塘，祠中古银杏摧枯拉朽地黄了一路，瓦房顶、石板路上纷纷扬扬，铺着一层金黄色的地毯。游人不多，一位身穿汉服的讲解员带着客人在石碑丛林中低声演讲，千古风流的赤子东坡，如何以他独特的魅力向世界展露，在历经堕落后的重生。惊天地、动乾坤，千年以后，依然被整个华人世界所歌颂。这里就是“三苏”父子的故乡，也是沈绎心的故乡，是爷爷沈墨瑾、外公黎络渊出生、成长的地方。是什么样的人文环境造就如此风骨，在风云际会的岁月里百折不挠？青垚的眼睛不知什么时候模糊了，她忽然想到了什么，掏出手机拨通了眉山老宅的电话。

电话里传来四姐惊喜的声音，“青垚！你来了？”

打车不过半小时，就来到老宅。沈墨谨神色无异，轻描淡写地说：“今天陪爷爷去桥头庄。上次来的时候是冬天，过了一年，田七长势不错呢！”

青垚的心动了动，看着沈墨瑾清澈的眼眸，什么也没问便点头答应了。

记得上次来到桥头庄的时候，研究基地内的大型温室里还是一簇簇的田七苗，这次只在外间走了走，陈工便带着沈墨瑾和青垚进了实验室。

青垚感觉到了震撼，眼前是标准整洁的洁净室、全钢中央台，一排玻璃通风柜前，十来个穿着白衣的年轻人正在各自忙碌。陈工介绍说这套设备从德国引进，通过ISO14000国际环境管理体系认证，并且对生物提取田七基因组DNA的方法进行了粗浅的解说。

青垚从包中掏出笔记仔细记录。沈墨谨一边走一边告诉她，这里正在用购买的专利致力研发，提升“麝予仙”所含田七皂苷的内在品质。目前的瓶颈是人工麝香和田七皂苷的提取，要达到古方记载的疗效，必须才用科学的方法证明，才能下结论；关于中药的口舌之战一直存在，从病理、药理上证明才是王道。所以需要通过中科院的一系列检测和药监、卫生部门的认证。

相比起来，集团的研发比较落后，投入不多，只能靠自己先做起来。

沈墨瑾爷爷在等机会，看董事会什么时候通过决议对这片基地进行收购。青垚对老先生充满敬重，同时深深地理解绎心进入集团的决心。只有获得话语权，他们经营良久的心血才能得以成就。那样一个蓬勃进取的男人，让青垚感觉自己的爱情不同寻常。

“想回去了吗？”沈墨瑾悠然地问道，“可惜绎心不能陪你，他要过完春节才能回国。”

“爷爷，青垚还想跟您多了解‘麝予仙’。”

“好啊！在傻小子眼里，爷爷老眼昏花不得行喽！”沈墨谨神色疲倦，旁边的四姐站起来，递上了几粒白色药丸。

青垚一惊，关切地问道：“爷爷，您怎么了？”

“爷爷这两天心脏不舒服。”

沈墨谨闭着眼睛摆摆手，“人老了，麻烦总是多。这些我帮绎心看着，迟早要交给你们的，那就轮不到我操心了。”

青垚忽然鼻子一酸，哽咽说：“爷爷，你要保重身体！”

“是啊，为‘麝予仙’您可是操碎了心！绎心虽然懂事，未必懂你，万一……”

“老四，闭嘴！”沈墨瑾打断了四姐的话，说，“回去。”

青垚跟着沈墨谨回到老宅已经半夜，她安稳无忧地睡到第二天清晨，醒来时，清晨的阳光正照在窗前，将整个房间切割成黑白两半。沈墨瑾走过来，见青垚正伏在窗边的案台上写着什么，阳光包裹在她身上，闪烁着一层光晕。

“昨天去科研所，心里有很多感触，也许可以通过杂志宣传一下，爷爷您觉得呢？”青垚抬头看见了沈墨瑾，将手上的文稿递给他。

沈墨瑾接过一看，标题是“传承国粹，科技之美——眉山桥头庄田七研究基地纪实”，“京剧、国画和中医药被誉为中国的三大国粹，不错。”他专注地浏览，眼中溢满笑意，“还没到宣传的时机，不过你写得很好。现在的年轻人都在笔记本上敲字，还用钢笔写字的人不多了。”沈墨瑾满意地点着头，将文稿收起来夹在一本《牛津词典》的里。

接下来的一段日子，青垚过得分外惬意。园林是生活的好地方，大门一关，自拥仙境，这样闲适写意的半隐居日子，是多少人梦寐求之而不得。池塘边有间延伸向水的玻璃小屋，安放着长榻和靠椅，有堆积如山的书和蓝光影碟。四姐说那都是绎心的东西，他最爱泡在里头看闲书、睡大觉。屋里烧着地热，四姐将垂帷挂起来，凉风吹过，白色的纱幔翻飞，清浅的残荷与焦糖浓郁的咖啡香味就在空气中弥漫开。长榻旁的小桌上烧着水，笔记本电脑上展示着公司销售系统的网页，青垚慵懒地伸直长腿，目不转睛地看着。

“看到什么了？”沈墨瑾不知什么时候过来，问道。

“玫康这段时间有大动作，他们的几款胶囊广告铺天盖地，处处针对‘麝予仙’，西南除了成都，其他省会城市的销售环比都在下降。”青垚看着网页上的报表，在手机上跟销售部温司寇聊了聊，“各个分公司都被玫康的销售攻势挤压得回不了神，有些县城还出现了患者现身说辞，说修远的药效不如玫康。虽然影响面不大，可一旦我们不做出反应，这股趋势会波及到其他地方。”青垚将温司寇的话转达给沈墨瑾。

“你认为怎么应对比较好呢？”

青垚想了想说：“针对基层乡镇出现的状况，可以制作一批宣传台卡，印上药监和卫生部门认证的内容，让各个销售点在所辖片区的终端分发，同时要广告公司把买断的农舍外墙统统更换成新的宣传内容。玫康的宣传侧重点在城市一级，我们要采取阶梯式宣传跟玫康打错位战，加上终端和户外的大幅广告，死守目前的市场份额应该没问题！玫康以前并不侧重乡镇市场，这一波是专门针对‘麝予仙’的，效果不好的话他们不会加大投入，毕竟如果抵起来，他们付出的成本会更高。”

“嗯，快速做出反应是最重要的。不错！”沈墨瑾抬起头来，眼睛望着屋顶，似乎想起了什么。“绎心说过，这样的竞争已经很落后了。他想着能尽快将电商平台做起来。传统销售企业里的渠道为王已经不合时宜，再骄傲的巨头也可能在一夜之间被颠覆，只有抢占客户资源，不仅是‘麝予仙’，甚至是修远集团也应如此，这样才有出路。”

青垚目不转睛地看着沈墨瑾，那张慈祥的面庞沉静得犹如一杯甘醇陈酿的美酒，绎心的眼睛里也有过那样的光芒，深邃而悠远。

“当初，顺尧在中药公司引入的客户关系管理的时候，曾被同行笑话，他坚持下来了。我们在逐渐走入一个数据时代，高科技含量的多寡将直接影响企业在业界地位，谁最先掌握了客户资源，谁就掌握了市场。‘麝予仙’如果能够成功拿到网络销售的资质，挟着中医药的电商平台并入集团，整个修远才算得上走入正轨。”

“集团母公司布局太广，跨域经营分散了很多资金和精力，董事会经常不能达成统一决议，造成人力、物力的浪费。绎心说，他宁愿在一个领域做龙头，也不到十个地方做凤尾……这是绎心为集团规划的未来，也算是他的野心吧！”

青垚的眼睛亮了，她说：“这不是野心，爷爷。能力达不成的欲望才称为野心，绎心的规划顺应时代潮流，如果集团上下能够团结起来，这条路是正确的啊！”

“看来，绎心说的没错，你确实应该回去。”沈墨瑾笑了笑，“你对销售数据很敏感，离了职还能获得旧同事的信任，这很难得，更重要的是你懂他，回去能很好地帮助他。”

“回去……”青垚在沈墨瑾的注视下犹豫，回去意味着她将与沈绎心一道肩负振兴“麝予仙”的责任，只是这担子确定属于他吗？“集团那么多人，二叔、三叔还有郁总，他们给予的帮助不是更大？”

“当然！他们也有责任。”沈墨瑾坐下来，抬手抚摩着电脑上的数据报表，“爷爷老了，年轻的时候未必会这么想。但是现在，告诉你也无妨。”

在沈墨瑾娓娓动人的叙述中，时光停了下来，历史的迷雾被一层层拨开。

眉山地处古西南丝绸之路和茶马古道两大路网之上，不论陆路还是水路资源都非常丰富。沈氏是眉山客籍土著，祖上已不可追溯。实际上，整个四川在明朝末年，经张献忠与群寇清洗，再加几番内乱，本土人氏早已所剩不多，大部分都是康雍时代，从湖广等地填充而来。百年来，沈家族人走出乡村，往西、往南，翻越大相岭，沿灵关道，经汉源、泸沽、西昌，再到大理、腾冲；或者走五尺道，下乐山、抵宜宾，经昭通、到昆明，沿着大理腾冲西去印度，那是古西南丝绸之路的重要节点，称为永昌道。他们年复一年，将精挑细选买来的麝香草药，按照配方比例加工制成“麝予仙”药锭，再批量发往成都府，经茶马古道去甘南，或经绵阳广汉到汉中。就是这样，“麝予仙”在这片广袤的土地上延绵不绝地滋养着后世的子子孙孙。

“古方经过不知几代人的传承，由德高望重的族长保存，直到沈家正邦老太爷手里。”

“沈家老太爷？”青垚一愣，“沈家学堂的老先生？”

“你知道了啊，看来络渊没少跟晚辈讲。”沈墨瑾幽幽地叹了口气说，“当时，勐子告诉我绎心跟他提起一个女孩儿，不问不知道，稍稍一查竟然就查到了黎络渊。我很吃惊，不想让绎心受打击，于是想了个折中的法子，建议他去非洲。希望这样一来，你们的关系还没成熟，自然就断了。没想到，唉……沈慧恐怕也是这样，以为原本属于她们家的古方，是爷爷通过什么下作的手段骗来的。如果放在那时候，爷爷不会讲废话，也没空坐下来理清从前的旧事，或者像赶走沈慧那样，把你赶走，以为就可以一了百了。其实，爷爷错了，错得离谱啊！那些事情并没有什么不可说，如果能早早说开，沈慧也许不会那么偏激，她不会一条道路走到黑。每次想到绎心，想到第一眼看到他的样子，爷爷的心就像重新被撕开一样。是我对不起他，对不起他的父亲！还好有你啊！你跟绎心经过这么多坎坷还是坚持要在一起，不容易，爷爷现在就一五一十地把从前的事讲一讲，也算是解开心结啦！以后，你们就是‘麝予仙’真正的传承人。”

“我们？”青垚睁大眼睛，不知为什么竟有些发抖。

“没错，就是你们！”沈墨瑾严肃地说，“那是1949年冬天，我的老师正邦老太爷病入膏肓。他唯一的儿子，我和络渊兄弟的拜把子哥哥，沈栋却在成都生死未卜。沈老太爷将我和绎心奶奶叫到学堂，亲手将‘麝予仙’的古方交给我们。当时贺龙元帅指挥的十八兵团通过剑门关已经突入川西，紧接着刘邓二野在成都会师，成都和平解放。正邦老太爷将我认做义子，让我发誓，等国家安定，再将古方发扬光大。解放战争后，我响应号召，准备将古方献出来，这才发现锦缎少了一半，拿出来没有意义。绎心奶奶直到临走前，才跟我说了实话，她希望等沈栋回来决定，毕竟那是属于他的东西，于是将半张锦缎给了络渊兄弟。那时你的外公早就离开了眉山，沈栋也没回来。改革开放后，绎心的爸爸在成都认识了一个女孩子，带回家来提出两人准备一起创业。我认为我是老太爷亲自选定的继承人，有权处理‘麝予仙’。于是准许他们在我这里抄走了半张古方，将‘麝予仙’的名号打出去。

“得益于国家政策的宽松，中药公司很快成长起来，但是“麝予仙”在市场上的业绩却始终不好。我们都清楚，古方先天不足，并非以前的那味名药。后来的事情很离谱，那个叫沈慧的女孩子悄悄到眉山老宅，到处打听沈老太爷。被我知道，原来她竟是沈栋的女儿！沈栋去世多年，没有留下其他亲人，只有这个女儿。他们并不知道我是如何取得‘麝予仙’的古方，沈慧的心里，一直认为是我骗取了她爷爷的信任。”

“爷爷不是这样的人！”青垚听到这里，脱口而出。从她第一次见到沈墨瑾，就知道这是一个行为端正的学者，跟她的外公黎络渊一样。

沈墨瑾眯了眯眼睛，继续说道：“我记得那时绎兰刚结婚，她的丈夫在仕途上很顺利，正是一颗冉冉上升的明星。沈慧利用文正，并将一部分股份出让给外人，我一怒之下将她赶出公司。没想到文正还是让她腐蚀了，他们给一个买官的牵线，结果葬送了文正不说，她自己也很不堪地自杀了，导致绎心被丢在了福利院。这件事对绎心爸爸的打击很大，当他知道自己有儿子时，绎心已经八岁了。从那以后，他还是名义上的董事长，却早已心灰意冷，公司事务大都由蕴诚的父亲打理，忠魁把集团发展得红红火火，‘麝予仙’便更加边缘化、更加没落了。”

“沈慧，她跟绎兰姐姐的前夫……真的是传说中的情人关系吗？”青垚忍不住问。

“她是单身，她的私生活我们无权打听。不过文正承认了他们的情人关系，那就是啦！忠民觉得，她跟文正在一起是为了得到‘麝予仙’的地标认证。她牵线的那个人，正是当年主管认证地理标识的官员。”

“地理标识？”青垚想了想，“‘麝予仙’能够申请到地标当然好，只是生产技术和历史渊源这两大问题不解决的话，很难。”

“是啊。也是沈慧毫不理智的行为提醒了我，应该为‘麝予仙’做些什么了。不过爷爷老啦！已经没有更大的心力，走一步算一步吧，凭着自己最后一口气死撑，撑着看看老天爷会不会突然开眼，让‘麝予仙’重现辉煌，那样我才能跟义父有个交代啊！”

沈墨瑾双手摩搓着膝盖老泪纵横，青垚也哭了。

“绎心从小孤苦伶仃，爷爷也知道这个责任对他来说负担太大了，我也不忍心。把他放到部队是希望他走一条简单的、适合他性格的路，一辈子无灾无病、生一堆儿女过得潇洒愉快。哪想得到造化弄人呢，绎心受那么大的灾，是爷爷跟老天过不去，叫他背了债呀！”

“爷爷千万别这么想！”在青垚心目中，沈墨瑾是个异常冷静的老人，比起情绪化的外公黎络渊，他有更强大的气魄和定力，此时见他花白的头发因情绪激动而颤抖，青垚感到心酸。人生的悲哀不过如此，无法说出口的遗憾，每出现一次就像落下一片雪花，时间长了，憾事便一层一层地堆积起来，直至累积成冰。

青垚想安慰什么，还没出口，就听见门外传来一阵哈哈爽朗的笑声，四姐说：“爷爷，勐子回来了！”

沈墨瑾赶紧抹干眼泪，抬起头来。

31. 复职

高勐是个浑人，走进小屋丝毫未曾觉察异样，“苏小姐也在，太好了！”他脱下外套坐下来，说起刚得到的内部消息。

“国务院宣布取消互联网药品交易B证、C证审批后，将再次取消互联网药品交易A证审批，改为备案制。来之前我跟绎心通电话，随着新一轮政策落地，又将明确第三方配送的地位，这将是一个具有500亿市场规模的医药电商衍生产业，时间很紧迫呀！拿不到A证，只好选择进行平台合作，或者收购现有的具备资质的平台。我们不能跟国药这样的大型B2C电商竞争，只能做精品牌旗舰店。”

沈墨瑾皱着眉听他将几个关联重大的消息混为一谈，却无前后逻辑，忽然问道：“勐子，你怎么回来了？”高勐傻笑着，原本以为沈墨瑾会对他带来的消息极为重视，询问详情，连接下来要回答的话都想好了，忽然听到这话问的，愣了愣说：“我听到消息回来跟爷爷汇报嘛，也跟兄弟伙聊了聊，他们都认为我是资深业内人士呢？爷爷，你觉得怎么样？”

“胡闹嘛！”沈墨瑾大喝一声，“就凭你这几句着三不着两的话，北京的公司呢？”

“爷爷神人呐！”高勐睁大眼睛，露出佩服的神色，“我什么也没说，您怎么就单单问我公司的事情？”

“去去去！”沈墨瑾不耐烦地摆手阻止他说，“问你，公司呢？”

“爷爷。”高勐收敛起嬉皮笑脸的表情，恢复了天生的警觉，让人极具压迫感。只见他扶着沈墨瑾的肩膀，垂头道，“勐子自小跟着爷爷，没有爷爷就没有勐子。绎心出事那年我就想把公司倒给人了，他马上就要回国了，单枪匹马的，除了勐子，谁肯赴汤蹈火啊！再说，绎心能学的东西，勐子就学不会？”

沈墨瑾看起来分外疲惫，他说：“勐子，爷爷当初收留你，是受人之托，忠人之事。既然你已经决定了，想来绎心也高兴，你们兄弟同心，其利断金。爷爷感谢你，只是你也要为自己多想想，你还没结婚呢！”

高勐摸了摸头，嘿嘿笑起来，“兄弟同心，其利断金！勐子这辈子就这一个兄弟，不帮他还能帮谁？再说，绎心肯让大哥吃亏？”

青垚心中略略一动，高勐这人粗中有细，竟这般仗义。不过很明显，苏炳浩的消息灵通程度远胜过他们，于是她问：“勐子哥，你说还有几个月就取消A证审批啦，绎心在北京跑那么久，有眉目了吗？”

“别提啦！”高勐摆手说，“去年绎心给那帮子禄鬼烧了好多钱没细算，找了能找的关系跟进还是相互推。我看着绎心忙到焦头烂额，但就是好比骡子眼皮下的胡萝卜，看得见吃不到。我总觉得有人捣乱嘛，临头了总是各种变卦。”

“会不会是玫康？”

“他也考虑是玫康，这是目前跟我们‘麝予仙’仅有的竞争对手。但是，玫康拿到A证批文也是搁起，或者找合作伙伴承包，再投资收购连锁药店和加盟药房，他们的产业集群虽然做得大，我们‘麝予仙’也在跟进，他们却没得现成的各级代理。”

青垚想起苏炳浩说过话，“兴许我也会帮他的。”他很笃定A证是玫康的，如果绎心需要，他就能够帮忙。但青垚觉得此时说出让苏炳浩帮忙的话，并不见得是件好事情。

“去年那几个月，绎心人在国内怕是比在非洲的时候还忙，成都北京来回跑，不知积了多少里程哦！”高勐说着，不由自主地看了看青垚，那些日子，正是她跟沈绎心分开的时间，“以前他一上飞机就紧张喊头痛，如今倒不药而愈咧！我跟他不知参加了多少场应酬，喝醉了多少回，数都数不过来。他那样高傲的人，好多次低眉折腰煞费苦心，勐子在旁边看到都受不了，他还平心静气的不觉得。就凭这，勐子说什么也要跟到他，跟定了！”

青垚的头埋得低低的，这些话原是高勐在跟爷爷表白，青垚却觉得是说给她听的。在她痛不欲生、度日如年的时日里，沈绎心却咬着牙关在为“麝予仙”周旋，相比起来她觉得自己的生活过于苍白和渺小。

也就在这一刻，她跟勐子下定了同样的决心，回到“麝予仙”去，与绎心并肩作战！

这年的农历春节过完，青垚便给郁顺尧打了入职申请。“麝予仙”的组织架构已经改变，营销中心旧同事都还在，总监周秦率队和副总监沈蕴诚出差，莉荔面对她的突然到来大感意外，欢呼雀跃的同时显得过于夸张和刻意，欧舒丹却是傲慢得不屑一顾，小组成员们面对青垚去而复返，虽然都表达了欢迎的态度，却因她没有入股顺德显得另类，对她抱有戒心。还好温司寇跟她有些默契，带她去了Leander Lee的办公室。

“Lee，您好！”青垚看到Lee总监，第一次感到踏实，那是一种职业化的踏实。不论人事如何变迁，即便他心爱的姑娘沈绎兰已经另嫁他人，Lee依然会秉承他在合约中的条款，专注地做好分内的每一项工作，包括此刻。

“青垚，欢迎你回来，郁总已经跟我交代啦！你还在市场部负责品牌推广的工作。”Lee是郁总的常务总监，他的中文越发标准，甚至还掺杂着一点儿本地的口音，“不过职位需要过一段时间才能调整。”

关于职位，青垚并不十分介意，她回来就是要先熟悉具体事务。

“温经理，市场部刚来了一个小伙子，叫多吉，可以让他先配合青垚。”Lee对温司寇交代，“这小孩不错，挺活跃的。”

从Leander Lee的办公室出来，温司寇忍不住问青垚说：“你跟沈绎心，是真的吗？”

青垚这次回来，首先就要面对这样的问题，“是的，当初离职也是因为，我没有考虑清楚。”温司寇点头理解，“你们的关系在公司里知道的人并不多，我是因为跟阿翔哥走得近。听说沈绎心就快回国了，我跟他从来没有共事过，不太了解。不过既然是你看好的人，我想，跟他做事绝不会有错。”面对温司寇的表白，青垚感到很高兴，这也算是为绎心收服的第一个外人。

“阿翔哥下午请客，他刚才给我打了电话，邀请你参加。不管怎么说，顺德的事情从来没有瞒过你，大家是好朋友，你觉得呢？”

青垚有些犹豫，“我去，合适吗？”

“我觉得不去反倒不合适。”温司寇直言不讳，说：，“既然你已经回到公司，去了反倒显得坦然。我跟阿翔哥谈了退股的想法，他这次很干脆地同意了。你看，我也很坦然呢。”

“好。”青垚点点头，“谢谢你跟我说这些！”

陈跃翔邀请她吃饭，地点在花家天堂。

青垚是坐莉荔的车去的，两个人虽然有说有笑，但总是不着调，也不知道莉荔那夸张的笑声里，多少是开心多少是掩饰。

“听说绎心总监很快就回国，想不到你也回来了，我们姐妹俩总算又在一起了！”莉荔说。

“是啊，绎心去非洲这么久，我也离开很长时间了，以后还要拜托你这位大行政好好帮衬呢！”青垚努力地迎合，内心在也检讨，从办事处的时候起，莉荔就对她关怀备至，倒是她自己因为方方面面的原因，无法百分之百地回馈。

“青垚，说起来，我对你怎么样，你最清楚，”莉荔忽然转变了态度，“以前我劝你对绎心总监注意点儿，说了很多不知轻重的话。那是我一厢情愿站在你的角度，怕你吃亏，以为蕴诚总监才是你朋友，你不会介意吧？”

“哪儿呀！”青垚笑着拍了拍她的肩膀，“我们能因为男人就生疏了哟？再说是我不对，很多事一时半会儿解释不清。不过莉荔，跟你说句推心置腹的话吧，绎心是善良的人，他对人对事的态度是被认可的。他被派往非洲，现在又回来，也是公司的安排。我想既然服务于公司，做好自己分内的事就没错！你觉得呢？”

莉荔在这之前，还真冒出过辞职离开的念头，听青垚这么说，一块石头落了地，不禁又恢复了轻松愉悦的语气：“你们两个哈里哈气的，夫妻店开到营销中心，这可得了！”

汽车停在花家天堂，青垚觉得兜了一圈又回来了，大家真的好久没见。

“我们小组现在人心涣散，沈绎心高高在上就罢了，连你也抛弃我们。”陈跃翔打着哈哈迎接青垚，他在公司的时候刻意凹精英，出来就变了，神情做派更成熟也更收敛，反而隐约有了老总的风采。青垚调皮，“怎么敢？翔总不剥了我的皮才怪。”

晚餐是包厢的大圆桌，因为有两位女士在，席间推杯换盏很是文雅。平常陈跃翔有很多好听的龙门阵，这次不知什么原因，他的话明显少了。不知是谁最先提起顺德的股份，温司寇疑惑地问：“阿翔哥，顺德最近的分红比刚开始少了，是遇到什么困难了吗？”

“不用担心，”陈跃翔意气风发地摆了摆手，说，“上个月一朋友把他在整个西南的服务中心让给我们，这些都是投入。”

青垚没有参股，冷静地没说话，其他人则哇啦哇啦又是兴奋又是吃惊，“翔哥路子这么广，不会被嫉妒吧？”

“欧舒丹和乔彤彤就嫉妒得发疯，每次我的单子走顺德她们都不高兴。”

“公司领导咱们能顶着干吗，这不给翔哥招黑吗？”

“有人说顺德在教唆公司销售走捷径。所以我们不能跟欧舒丹，尤其是乔彤彤对着干。女人发起疯来，自己都敢打。”

“汪海洋你瞎说啥，莉荔姐和青垚还在呢！”

“当然不是说两位姐姐，我觉得我们也要加油，要用能力和业绩来证明，我们是在为公司创造利润，真金白银呀！”

“这话说得还成，不过怎么证明嘛，我这个月销售任务还没完成呢，估计还得垫底！”

“是哦，这有点儿难。”

“多跑跑，平常让你多用点儿功嘛！”

“实在不行，发动朋友圈搞搞促销，少打麻将，为了翔哥这都做不到吗？”

陈跃翔很不愉快，他意味深长地看了看青垚，告诉大家实情。顺德刚成立时，他说过不会跟“麝予仙”的业务相冲，靠着各位销售指缝里漏油养活，如今摇身一变，成了气候。“麝予仙”在重组之后，也开始试点三方物流，靠客户关系管理系统支撑配送，以此省掉了很多代理业务，只是跟顺德比起来，规划运营的广度显得很落后。

在座的恐怕只有青垚心如明镜，那就是顺德在之前接受了“白仲”注资，如今又接手了它的渠道资源。这种时候“白仲”把渠道让给陈跃翔玩儿，苏炳浩搞什么鬼太清楚不过了。

“物流市场那么大，‘麝予仙’吃不完的。可是没有代理公司，靠终端一片儿一片儿地卖药，卖到哪年哪月啊？”做销售的做梦都想遇到大客户，有阿翔带着，不仅参股分红还有成熟的销售渠道，那就不是客户而是贵人了，“青垚，阿翔这里随时欢迎你来的，自己考虑啊！”

青垚笑了笑没作声，她忽然有些新的思考。如果苏炳浩通过整合物流、仓储基地资源，建设现代医药物流配送体系，将分布全国的现代化医药仓储物流中心连接成片，就可以覆盖全国各药材主产地成百上千个二级服务网点。看起来“麝予仙”的三方物流，已经被苏炳浩牢牢卡死，他只是提前在这里布置了一颗棋子，利用陈跃翔扩大渠道，与将来的“麝予仙”争取物流，或者……全国到底还有多少苏炳浩的棋子？

32. 对峙

“麝予仙”尊贵礼盒与保健品套装在网上商城的销售异常火爆，西南的订单全部由客户关系管理系统支撑配送，以此检验新上线的物流分拣系统，反馈过来的讯息显示运行成本高于传统销售，但由于是新鲜事物，由此引发的广告效应还得到地方媒体的关注，并做了一期特别报道。将正式成立“麝予仙”物流公司的议题便被提上了议事日程。

下午的会议设在25楼总经理办公室的套间，一间能容纳四十人的小厅召开。重大议题产生之前通常都在这里进行讨论，然后才召集各分公司总监以上负责人参加讨论。当青垚抱着厚厚一堆资料推开会议室的后门，里面已经坐得满满当当，她环视一圈，将复印的资料分送到各位负责人手里。三位老总的座位空着，旁边是常务总监Leander Lee和营销中心总监周秦。

只见Lee侧身接过资料，朝青垚微微颔首，“再多复印两份。”

青垚出门，碰到等候着的莉荔。她一见青垚便使劲眨眼，脸上神秘莫测似有话说。青垚忙着将资料递上去，告诉她手上还有正事没完，没时间听她八卦，“麻烦，两份。”说完便退回房间，在薪酬考核中心郭主任身边坐下，这里靠着后门，方便莉荔一会儿拿资料进来。

这时，总经理办公室的正大门被推开，郁顺尧和陈军前后进来，大家纷纷起立，青垚听到前面有人低低地“咦”了一声。

她心中一动，不由得探出脑袋朝前打望，这一看不要紧，差点儿摔回座上。

只见沈绎心一身浅蓝衬衣外套藏青色西装，姿态潇洒地与沈蕴诚一起并肩步入会议室。两个人一庄一邪，微笑着低声跟熟人打招呼。青垚皱了皱眉，心想今天一早还通了电话，没听他提到回国的事，而且居然是跟沈蕴诚一起出现。

“请坐下，开会之前先给大家介绍新的营销中心副总监。”郁顺尧站起来大声说道。虽然是早已敲定的事，青垚依然恍惚，旁边的郭主任低声说，“这一次保密工作好到位，我也是昨天才接到通知，你们更不会知道了。”

好啊！保密工作都做到家了！

根据郁总介绍，沈绎心作为新的营销中心副总监负责推进电子商务和市场部的工作，沈蕴诚则分管销售部和终端物流。周秦虽被架空，但看样子事前已被约谈另有重用，表情显得轻松镇定。

青垚吞了吞口水，沉着眼眸看沈绎心挺拔的样子，气场逼人。

莉荔在门口轻扣了一下，青垚猫着腰出门去，接过她复印好的资料问，“你事前就知道对吧？”莉荔抿嘴一笑，低声说，“今早知道的，刚才正想跟你说来着。”她颇有深意地朝青垚挤挤眼，“你们家沈绎心！”

莉荔说这话，让青垚的内心颇为复杂。虽然温司寇说她们的关系局限于小范围内知道，可是这所谓的小范围，其实已经囊括了工作的全部。

青垚接过复印件，从会议室边沿绕到沈蕴诚身后，由侧面放到他手边的桌上，他连头也没回。递到沈绎心的时候，他转过身来双手接住，朝青垚深情一笑，却碰上她一对眦睚瞳仁。

“各位手上拿的是营销中心市场部今早测算出的数据，时间比较紧张，临时通知大家开会，主要受集团董事会委托，主题之一请沈绎心副总监为大家解读关于电商平台的设想，等会儿蕴诚副总监会再讲一讲三方物流的试点运行情况，希望在听取发言的过程中结合自己分管的领域思考，下来我们再讨论论证。”郁顺尧的开场简明扼要，他的话音一落，整个会场便响起了“哗哗哗”翻动纸张的声音。

沈绎心伸手将麦克风挪到嘴边，开始有条不紊地讲诉医药电商的前世今生。

青垚注意到她辛苦整理的数据趋势和预测他只是拿在手上当道具，整个过程并没有翻动丝毫，翔实的数据几乎全部存在于他的头脑之中，与测算的趋势相差无几。“……‘麝予仙’重组成立以来，职能系统HRS（人力资源）、ERP（企业资源）和业务系统SCM（供应链管理）、CRM（客户关系管理）通过有机整合，基本实现信息共享和业务流程的自动化，B2B运营开展有序。随着新一轮政策落地，我们要尽快成立电商服务中心，接受行业的第二次洗牌。从现有的情况分析，与其通过国家局拿牌照，不如收购有资质的平台，做我们自己的精品旗舰店。”

他的话音还未完全落下，会议室里便嘤嘤嗡嗡一片低语，这议论声中包含了太多意思，存疑最多的大概就是这个传说中的人物终于现身了，果然手段老辣。青垚却一门心思地在思考沈绎心的话，他既然决意收购平台，说明苏炳浩说中了，网络A证到最后也没有搞下来。此时，会场内普遍觉得沈绎心的想法有些冒进，经过几年前的行业清洗，特别是大平台进入医药行业，多家以官网为主的医药电商前辈都惨遭失败。

财务总监黎展毅首先反对，他站起身来神色冷峻。

“沈副总监的想法很好，紧跟时代步伐。可是，我们‘麝予仙’自身的盈利能力并不强，融资渠道封闭。从资金预算考虑的话，亟待解决就有人员培训问题，系统安全问题，还有政府支持等问题，这都需要钱。今天市场部的测算和我们财务估值有差别，从财务角度得出的结论跟营销结论是不同的，会后我会拿出分析报告，请郁总提交董事会过目。”

黎展毅的话很有分量，一来他是修远中药公司的老员工，本人性格比较强势，又具备会计师专业知识，在DR.Lee到“麝予仙”之前，公司决策均以财务为中心，任何议题都需要首先经过他的首肯才能决定。

青垚看到沈绎心的眼神不易觉察地沉了下去，可是脸上依旧笑容平和，他朝黎展毅点点头表示认同，“黎总监从财务管理的角度为企业谋算是对的。但电子商务是大趋势，势头迅猛机会稍纵即逝，我们要在新一轮的行业洗牌中占据主动，从而确立领头地位。我想说的是B2C的核心竞争力，要从价格竞争过渡到产品力的竞争，也就是提升‘麝予仙’自身的品牌核心，而不是在渠道商之间‘打架’。这样，平台和代理服务商的作用将非常关键，我们不是迷信电子商务，驾驭好它的话，它就值得信赖。”

他的话音刚落，会议室再次响起一片低语讨论，现场意见分成了两派，以黎展毅为首的反对派和营销中心的赞成派，引经据典各抒己见，讨论异常激烈。

最终郁顺尧双手按压，制止了发言，“暂停讨论，请蕴诚讲一讲物流的试点情况。”

沈蕴诚站起来，眼光扫射全场一圈，双手按在西服下摆沉声说道，“与澳莱网上商城合作这段时间，西南分公司的物流配送出现了很大问题。跟澳莱自己的配送系统相比，‘麝予仙’的配送路线优化不到位，送货成本占到总成本的50%。这一块利润以前是由代理商，还有我们的终端零售药店取得，他们失去了这部分利润，又加上我们的配送成本超额，不论从盈利角度和客户满意的角度来讲，本次试行都是失败的。终端零售行业协会对我们的意见很大，甚至有部分区域开始联合抵御‘麝予仙’产品。沈绎心副总监，请问我了解到的情况是否真实？”

沈蕴诚挑衅地看着身侧的沈绎心，等待他的答复。

沈绎心垂着眼眸承认，“是的。”不过他很快站起来，环顾会场缓缓开口说：“降低成本，靠优化送货线路和订单冲量就能实现，这是另外的问题。本次试点的目的是检测平台，看系统分拣和订单是否配套，事实证明可行，试点就算成功。我们可以通过收购平台的方式实现专业营销，当然，终端零售药店会长期存在，也是我们必须牢牢把握的客户，需要各个销售人员转变职能，从单纯的拿订单转化为打造客户服务名片，以服务来赢得客户。”

他的话未说完，沈蕴诚便“啪”的一声将手里的文件拍在桌上，冷笑着打断说：“沈副总监，你恶补的那些营销知识太务虚了，做企业要务实求真，市场竞争是很残酷的，用数字才能说明一切！”

沈绎心冷不防被他如此发难，有些愣住，“蕴诚！”

青垚心里“咯噔”一声。具备国际注册会计师资格，参加过CFA考试的沈蕴诚比起黎展毅来更专业。见沈绎心被镇住，沈蕴诚换了温和诚恳的口吻说：“修远集团近五年来总体业绩翻多少番你知道吗？所有者权益、资产负债情况你研究过吗？‘麝予仙’是如何靠集团输血支撑到现在？电商平台不是不可以上，但集团不是某一个人的，请记住！”说到这里，沈蕴诚诡异地朝青垚看了看，掷地有声大声说道，“集团的未来，绝不是某一个人可以决定，有那么多股东、董事，他们会有议案，集团属于每一个股东，我们要为股东的利益着想！”

青垚恍然大悟，这话曾经是自己对沈蕴诚说过，他居然原封不动地扔回给沈绎心。沈绎心显然为他的这句话所打击，放在任何一个公众场合，做企业为股东负责，无可反驳。

下午的会议在沈蕴诚的强烈反对中，对峙双方严重偏离，毕竟在公司内部，沈蕴诚的身份认同度更高。

郁顺尧做了总结发言，他并没有全盘否定沈绎心的议题，很郑重地宣布各部门继续进行调研分析，力求克服现有的壁垒，从数据上把电商平台的可行性分析透彻，不留遗憾。

会议结束后行政部安排在公司餐厅用餐。

青垚见沈绎心接了个电话，跟郁顺尧耳语一番便快速走出会议室去。她将材料收拾妥当，正打算去餐厅，手机里显示一条短信，“车上等你。”

是沈绎心。

她请了假，由电梯直接下到车库。远远看见沈绎心修长的身影正靠在车门旁，他双手交叉环在胸前，低着头不知在想什么。

青垚微笑着扬起车钥匙，开锁声将他从沉思中唤起，青垚走上来，靠在车窗旁说：“沈副总监，很荣幸为您开车！”话音未落，却被他一把拉到怀里。青垚抬起双臂紧紧地环在沈绎心的脖颈上，迎上去贴他的脸，舌尖在唇齿中起舞，清香甜腻的气息让人迷醉。

“不许调皮了。”沈绎心的吻优雅而节制，似乎还有些心不在焉。青垚觉得今天他在大庭广众下被沈蕴诚猛呛，有点儿下不来台。于是她上了驾驶位，发动汽车飞速开出大楼，“沈蕴诚一点儿风度都没有……”

“不！”沈绎心抬手制止，“蕴诚说的有道理，纸上得来终觉浅，还要实践。”

“太可恶了，”青垚不满沈绎心如此退让，恨恨说道，“他跟爷爷的理念背道而驰，这样会带坏‘麝予仙’的！”

“是我没有事先做好准备，数据支撑不足，光靠理论连与会的人都说服不了，何况早已形成思维定式的董事们。”沈绎心揉了揉太阳穴，“饿不饿，我想吃面。”

“好啊，回家给你做！”

“我还没吃午饭。”沈绎心笑着。

“不早说！”青垚心疼，“没吃饱哪有底气跟人争论！”一边嗔怪着，一边朝外打望。

“喏，就是它了。”沈绎心指着前方霓虹闪烁的丽鑫会所。

“吃面，丽鑫？”青垚感到刺激，说话间却已减速朝着丽鑫会所的停车场开去。

“你想吃海鲜也成，我要碗面条就好。”沈绎心笑起来，顿时春暖花开。青垚将车停好，心情舒畅，走到侧门的瞬间，看见沈绎兰的保时捷也在车位上。显然沈绎心早就看见了，他朝青垚挑了挑眉，拉了她的手走进金碧辉煌的门厅。迎宾经理眉开眼笑，捏着耳机的声音开关，引着两人朝二楼走去。小巧的包房只有青垚和沈绎心两个人，侍应生得知他们只是进来吃碗面条，并没有另眼相待，这里都是训练有素的客服，能够踏进丽鑫，本身就很说明问题。

“你看，如果我们‘麝予仙’的销售能达到这样的服务水平，整个营销团队将提升不止一个档次。”沈绎心背靠着软绵绵的镶边高椅说。

青垚没接话，侧头问：“沈副总监，从下午到现在没有什么跟我说的吗？”他的男朋友，大模大样回到营销中心成为她的九十度上司，居然毫不解释。沈绎心眼底泛起一阵笑意，眸瞳黝黑发亮，一本正经地说：“我想你，想家了。”他的手原本搁桌面的，修长的指尖划过光可鉴人的台面，捧起青垚的脸，温和柔软地触碰着，仿佛呵护一件精美的艺术品。简单的几个字落在青垚耳中，如同飓风刮过心湖，引得一阵悸动。

她的绎心想家了，还有比这更动人的理由吗？

两个人的脸颊未曾贴拢，就被门外两声轻叩打断。进来两位身穿绛紫色滚边上衣的女子，笑盈盈地推着小餐车，餐巾展开，在各人面前放置了一块青色的文化石，上面铺上一片巴掌大的发财树的叶子。青垚不动声色地看着如此繁复的模式，再看了看沈绎心，他倒是很耐心地笔挺着身体等待。

女孩把餐车上的二十多个小碟一一摆放妥当，最后才将香气扑鼻的面条端上，“沈先生、苏小姐两位请慢用。”

青垚目不转睛地看着沈绎心慢腾腾地挑动面条，如此饥肠辘辘的时刻，仍不忘保持姿态，忍不住笑起来。沈绎心瞥了她一眼，唇角微动没说话，静静地对付美食。待碗见底儿，他擦了擦嘴，端起旁边的菊花茶水啄了一口，开口问道，“笑什么？”青垚摆摆手，只听房门再次叩开，服务过的女孩进来，恭敬地问：“沈先生，隔壁有位苏先生问是否可以进来叨扰？”

苏先生？门口停着沈绎兰的车，自然是苏炳浩。

沈绎心点点头，那女孩儿还未退出门，就听门口一个声音，“刚才阿翔说看见公司的车，我一猜就是你们俩。”苏炳浩一身浅灰的暗格衬衣，单手搭在门框上，似笑非笑地望着屋内。沈绎心站起来，对苏炳浩点头问好，“小叔，请坐。”沈绎心称呼苏炳浩小叔，是站在青垚的立场。

苏炳浩显然已经喝过酒，身体有些微晃，“隔壁有几位客人，想必你也感兴趣，要不要过来一起？”

沈绎心顿了顿，朝苏炳浩点头说了声“好”，揽着青垚走过去。

那是间带套间的包厢，穿过整面翡翠雕刻镂空的牡丹隔断，厅内端坐着四个人。主位和下首的位置空着，上首坐着一个微胖的中年男人，旁边的人青垚认识，是那位有名的“四哥”，其他两位是沈绎兰和陈跃翔。

见绎心、青垚双双进屋，沈绎兰起身上前说了声“好久没见！”然后将青垚拉在身边坐下来。沈绎心被苏炳浩安排到他的下首空位，对中年男人介绍说，“陈秘书，给您介绍，‘麝予仙’的沈绎心副总监，刚从坦桑尼亚回成都。”

那位陈秘书显然对副总监并不感兴趣，不痛不痒对沈绎心点了点头，“四哥”见状则干脆摆起谱来，提着右手挥了一下算是招呼。苏炳浩笑着对沈绎兰说，“绎兰，你给绎心介绍介绍我们修远集团的贵宾！”沈绎兰站起来，温声和气地将自己弟弟介绍出去。沈绎心谦卑地向陈秘书问好，而后又分别与四哥和陈跃翔打了照面。陈跃翔那张嘻嘻哈哈的脸，此时颜色铁青，僵硬地招呼，似乎心存怨怼，碍于人前无法表达。

陈秘书扭头跟苏炳浩抱怨，“炳浩兄弟的婚礼我都没资格参加，算哪门子的贵宾？”话一出口，“四哥”也点头附和说：“炳浩太不够朋友了，这么大的事也没通知兄弟们去捧个场！”

苏炳浩“哟”了一下，回头对沈绎兰嗔怪说，“这不，今天炳浩特意摆酒请罪，还请两位兄长体谅炳浩的处境，身不由己嘛！”

“体谅，体谅！”陈秘书和“四哥”朝着沈绎兰呵呵一笑，“英雄难过美人关！”

沈绎兰甜美地笑着回应了一番，低声问青垚：“绎心什么时候回来的，都没跟姐姐讲？”

“可不！”

“连你也没说吗？”

“要不呢！”

两个女人窃窃私语，那头沈绎心已经主动担当，频频向陈秘书、“四哥”敬酒。陈跃翔被晾在一边，郁闷地夹菜猛吃。苏炳浩放下酒盅，对陈跃翔说：“阿翔怎么了？沈副总监是你的同事朋友，你的顺德公司日后也需仰仗他的关心支持，放着大好机会不放开了喝个不醉不归吗？”

陈跃翔怔了怔，忽然被点醒似的，他看了青垚一眼，站起来端过酒盅走到沈绎心身后，倾身将他手边的杯子斟满，大声说：“绎心好兄弟，阿翔离开‘麝予仙’，单枪匹马、无门无路，日后还要仰仗你照顾，我先干满三杯，你随意！”

沈绎心顺势夺过陈跃翔的酒盅，笑着说：“苏总不知道我们在‘麝予仙’的交情才那样说，阿翔哥可是绎心职业生涯的第一位老师啊，我先干为敬！”说完端上酒杯，仰头干了，“阿翔哥的公司涉及哪些业务？我刚回来，还不知道呢！”听他这么说，青垚莫名地一战，沈绎心似乎还不知道陈跃翔的顺德跟苏炳浩的关系。

只见他蹙着眉仔细听着陈跃翔的介绍，点头在表示什么，说话间两人又各自干了满杯。苏炳浩那边也在跟陈秘书、“四哥”三人聊着峨山地块的投标话题，不亦乐乎。饭桌上推杯换盏，酒香四溢。青垚一直密切地关注着沈绎心，他酒量虽然不小，但也喝得差不多了，醉倒只是时间问题。

33. 阴谋的味道

回滨江公寓的路上，沈绎心烦躁地撕扯着领带，酒精的反应很强烈，刚推开门，他便跌跌撞撞地扎进浴室。青垚只听得水声哗哗作响，半天不见动静。她敲了敲门，没有回应，推门一看，只见沈绎心仰躺在浴缸里，双手摊放在边沿。青垚走上前，刚触到他的肩，一股大力便将她拖进水里，热水“哗”地漫出浴池，淌了一地。

像一把烧得太烈的火，将浴池的水煮得沸腾起来。沈绎心的粗野再次穷相，随着浴池水的荡漾声，他曾经的煎熬与抵抗在当下丢盔卸甲，理智荡然无存。当青垚那单薄的衣衫被撕开，亲吻便如雨点般不由分说地落在最敏感的地方。眼中氤氲着薄雾，青垚在朦胧中迎合，吮吸着他眼中的光泽，品尝这半糖微酸的甜蜜。

男人取悦女人，无非是为了获取肉体的欢愉。

青垚脑中刚闪过这句话，转眼便打定主意，即便前方是无涯的苦海，她也要毫不回头地迎上去，无须狂放当歌、天地宽仄，只管释重快活。浪花在一声一声的喊叫中欢快地飞溅，身体的震撼完成了此生最强烈的燃烧，焚心似火燎原。战栗在临界刹那、灰飞烟灭间响起野兽般决绝的嘶嚎。沈绎心仰着头颅，湿漉漉的水顺着发梢滴落在眉尖和睫毛，黝黑的眼眸，闪动着猎豹般清冽的光，充满着狡黠和对未知的审慎。

青垚盯着他的眼，泪水盈满眼眶，颤动中一缕处子血在水中晕开，身体仿佛悬在半空，疼痛并不明显。她想起他曾说过，绝不碰妻子以外的女人。

“青垚，”沈绎心喘着粗气，咽了咽口水，手在浴缸边沿的洁具盒里摸索，不知什么时候他的掌心里出现了一对卡地亚指环，“你……嫁给我，好吗？”他的手在颤抖，说不出的紧张，等着被宣判的心情，就像面对那道生与死的难题。

眼前是剥去了教养和克制的最本真的彼此！双眼对峙久了，青垚觉得惘然，世间那么多爱而不得的感情，相比起来，她真的是无比幸运。

取那颗心就对了……

“好。”青垚伸出手来，在他的注视下，意马收缰，心猿锁。

那声“好”让沈绎心仿佛从死神的指缝中逃生，他激动地抱着青垚呜咽哭泣，不知是浴缸的水还是汗水抑或泪水在脸上一遍一遍地冲刷。

终于，在极度的疲惫和酒精的双重作用下，他沉沉安睡。

整整一夜，青垚辗转难眠，不知什么时候才勉强睡着。半梦中被推醒，睁开眼睛看见沈绎心端着一杯咖啡，坐在床沿愣愣地看着她。

“郁总和Lee总监允许你迟到吗？”

“嗯？”青垚刚醒，脑子还在梦中。绎心站起来朝房门外走，“要不我帮你请假，他们可能会体谅你。”青垚揉揉头发跳下床，一把抱住了他的腰，“副总监我错了！”

绎心望着青垚穿着毛茸茸的拖鞋走到盥洗间去，直达眼底的是迷茫的笑容。

待青垚梳洗妥当来到餐桌，早餐早已准备妥当。沈绎心放下手中的早报打量了她一番。

“等我？”青垚觉得好日子刚开头，没有什么比这还让人振奋的事了。

“你这样很好看。”沈绎心说完低下头，专心对付手中的三明治。青垚看了看自己身上的紫色鸢尾的绒衣，又看了看沈绎心脖子上的同色领带，笑着伸出手去帮他理了理。

“本来，工作上的事不该带回家，不过……”沈绎心端起牛奶杯子小啄了一口，深深地看了青垚一眼，说，“我想这是应该跟你讲的。一周前我就回国了，在北京，小叔帮我联系了有资质的平台。”

青垚迎着他的眸光，“A证没有拿到？”她明白，心情难免有些复杂，昨晚的失控已经说明了什么，“跟苏炳浩合作？为什么？”青垚不确定沈绎心到底了解苏炳浩有多少。

“苏炳浩用峨山的地表达诚意，以房地产公司的战略投资者入股，并担任总经理。三叔和蕴诚那边他已经做足功课，我无非是说服爸爸。”沈绎心擦了擦嘴，双手放在腿上直起腰板，“是我能力不够，A证没有拿到，请他帮我找合作平台作为见面礼。”

青垚伸手搭在他的手背上，埋着头，“这是你跟他的交易？”

“你觉得呢？”沈绎心微笑。

“兵来将挡水来土掩，实在不行还可顺其自然。”青垚抬眼看他，没有丝毫笑意。

“希望蕴诚能体谅我的苦心，他的成见很深。”沈绎心皱了皱眉，“显然，他更愿意跟苏炳浩合作，而对‘麝予仙’没有任何兴趣。”以蕴诚的性格和他长期做事的风格，他当然不会对一个中药老字号的研发和复兴感兴趣，如果可以，他更愿意去华尔街，跟着投行的大鳄们进行数字游戏。

“苏炳浩那边……”青垚不知该怎么说关于陈跃翔公司的事，对苏炳浩的布局，沈绎心了解多少。

“垚垚。”沈绎心打断了她，“他是我的小叔，是爸爸在世上唯一的亲人，我会尽量不与他为敌，希望你相信我。”青垚全明白了。像被一根绳子勒住心脏，疼得要哭，她咬着唇摇摇头，“我信。”她想说不是这样，但说不出口。沈绎心的话是对的，苏炳浩的确是爸爸在这世上唯一的亲人。

“所以，陈跃翔的话我会考虑。”

“你……昨天……”

沈绎心看了青垚一眼，继续说：“蕴诚的‘白仲’公司投下峨山的宗地以后，转手给了修远，接下来就要‘麝予仙’买下顺德。时间掐得太短，根本容不得集团董事做出什么具体的反应。不得不说，苏炳浩的资本运作手段在业内堪称上乘。‘白仲’一个空壳，卖给玫康净赚10%。”

“‘白仲’公司卖给了玫康……”青垚呢喃着，难怪苏炳浩说A证属于玫康。

“你觉得单凭小叔一个人，他办得到翻手为云、覆手为雨吗？”

青垚摇头，“不行。”

“所以，我并不担心修远房产，他不敢让峨山的房产项目出任何问题，反而是‘麝予仙’。”

“你担心苏炳浩通过顺德吞并‘麝予仙’？”青垚看着他问。

“我可以这样担心吗？”沈绎心抓住了她的手，因为用力以至于有些颤抖，“‘麝予仙’，真的很重要。”

“你觉得苏炳浩会对‘麝予仙’做什么？”

“我答应不对小叔恶意揣测。所以我什么都不知道。”

“嗯。”青垚看着沈绎心，理解作为一个男人应该负担的责任。

滨江公寓离“麝予仙”并不远，青垚开车，沈绎心想走一走。他心事很重的时候通常会走路，甚至走很长、很远，青垚知道。

她刚走进办公室，小伙子姑娘们便围拢过来。

“苏姐，恭喜你啊，欧经理调去办事处，市场部经理……呵呵……”虽然大家都在恭喜，青垚却知道未完待续的话里，她和沈绎心的关系不可避免地要公之于众，沈绎心私生子的身份早已传得沸沸扬扬。

还有几天就是端午小长假，市场部的工作在节前告一段落，大家都聚拢在青垚的办公室闲聊八卦。她的做事风格跟欧舒丹不同，因为与Lee总监有相同的学院背景，为人处世活泼直接，沟通便显得分外顺畅，加上有郁总的另眼相看，整个营销中心市场部的地位凸显，凝聚力都要高上几分。

“苏姐，沈绎心副总监跟沈蕴诚副总监什么关系啊？我听说他们是两兄弟。”小王终于按捺不住好奇，问出了许多人心中的疑问。

青垚展了展眉，正在想着该怎么回答这个问题，旁边的小刘扯了扯小王衣襟，办公桌上的电话响了，小林将电话递给青垚，“副总监请您过去。”

“看吧，私谈领导八卦，是要背书的！”青垚走出门去，回头说，“不过，他们是千真万确的兄弟。”

沈绎心的办公室是以前周秦在用的，与蕴诚的办公室分列DR.Lee的两边，是个套间，红木的办公家具，四角放置着发财树和滴水观音，大班台后一排书柜直达天花板，巨大的落地玻璃窗外，可以看到娇子塔的塔尖在阳光下熠熠生辉。青垚走进办公室，沈绎心正在清理书柜里的书籍，周秦离开得比较匆忙，很多东西都没来得及搬走，他去研发中心担任总监，薪水高了一大截，难怪昨天状态平和。

“领导您找我？”青垚站在门口，态度温和恭敬。

沈绎心捧着两本杂志转过身来，看着青垚眼光流转，愣了半晌才说：“角色转变得很快啊，比我还快。”青垚欣然接受，走到桌边拿过马克杯端到他面前。沈绎心接过，放在桌上，将她拉在身边，“公司里很快便会有我们的传言，你准备好了吗？”

“你希望我怎么回应？”

“哦……”沈绎心喉头滚动了一下，深邃的眸子停留在青垚的脸上，“如果影响工作，势必要把你调离。”

“我离开营销岗位合适吗？”

“不。”沈绎心的唇几乎触碰到了青垚，他的手扶在她身后，磁性的嗓音在耳边沙沙作响，“你要留在我身边，帮我。”

“有人问起，我怎么回答才合适呢？”

“有人问就告诉他，我们在一起。”

“实话实说吗？”青垚很意外，她并不回避沈绎心的身世，甚至希望自己能够为他分担，只是如果影响了工作又怎么应对？沈绎心几乎要把青垚抱在怀里了，他低低地说，“嗯，但最重要的事情我们不说。”说着将手上的卡地亚指环取了下来，“你同意吗？”

青垚笑了笑，也将自己的指环取下来。沈绎心将她紧紧搂住，显得异常忧郁，“你来保管好吗？我答应你，我会用最快的时间……让你获得全世界的尊重。”青垚觉得沈绎心的呼吸慌乱，深深的内疚压迫着他，以至于找不到合适的言语表达。青垚只好将唇凑上去，温柔地堵住了他的嘴。沈绎心的身体一僵，圈着她的手臂愈发用力，十指嵌入那头乌黑的长发，主导着深深地吻着她。

办公室外响起叩门声，未等两人分开，沈蕴诚已经倚在门口。他玩味地望着他们，冷冷说道：“我认为你们先把门锁上比较好。”

沈绎心波澜不惊地将青垚扶正，放手抚平自己衣襟的下摆，走回椅子上说：“正好，蕴诚你来。”沈蕴诚走上前，沈绎心将电脑显示屏朝外移动了一下，“物流成本的压缩报告，有运行的数据对比，你要不要看看？”

蕴诚瞥了青垚一眼，“这事，还是等销售工作会的时候再讨论吧！各大区分公司总监比我有经验。”说完，他用深黯的眼光看着沈绎心，一字一句地说：“市场部这边，我想推荐一个人。”

青垚心想，他这是在赤裸裸地安插亲信啊！没想到沈绎心居然爽快地点了头，“跟郁总请示一下，我这里没问题，青垚你呢？”青垚无奈地看了沈绎心一眼，之前前小伙子多吉被调去驻北京，市场部正好缺人，难为他还想到征求自己的意见。

34. 颠覆者

端午节林翘音去北京看望朋友，青垚和绎心回林家渡，碰到苏炳浩和沈绎兰也在。面对着外公外婆，绎心郑重其事地向老人家提起跟青垚的婚事，随后沈墨瑾打来电话，商量合适的时间亲自登门下聘。沈绎兰向他们道喜，一大家人开开心心地吃饭聊天。

节后上班，绎心抽空去了一趟三亚，又是各种忙碌。

回来后，他并没有急于跟分管部门的员工见面，而是在DR. Lee的主持下，召开了营销中心部门经理以上的碰头会，“麝予仙”的工作安排将在月底召开的全国销售工作会中部署，需要提前做好规划。

“在还未得到董事会的否决决议之前，我希望营销中心将打造电商团队的相关论证做出来。”DR. Lee湛蓝的眼眸熠熠生辉，他言语沉稳而坚决，有着在大药企工作背景的强大气场支撑，整个会议气氛被渲染到毋庸置疑的高度。

沈蕴诚端坐在椅子上皱着眉头，极力忍耐着。

DR. Lee及时捕获了他的不满，转动着手中的钢笔沉声询问：“蕴诚副总监似乎有不同的想法，请暂时搁置反对意见，不妨先听听绎心副总监怎么说。”

沈绎心黝黑的眼眸横扫了在座的部门经理，没有任何开场白，说道：“不管大家承不承认，行业电商在经过第一轮的清洗之后，即将迎来‘互联网+药品流通’的创新发展。刚刚在三亚结束的小范围医药电商研讨会，主题称为‘颠覆者’，颠覆什么呢？颠覆传统的营销方式，回归医药的本源。我们不能心存幻想，以为可以在‘淘汰竞赛’中侥幸，换汤不换药不行，新瓶装旧酒也不行，必须涅槃重生，舍弃已知，换取未知，用专业的推广能力和市场营销管理能力来适应新常态！我们今天上平台，不要想着明天就达到多大的规模，我也来不及做大家的思想转变工作，总之不换思想就换人。目前我们要论证明确的是，上平台之后如何设置核心岗位，如何转变营销中心的职能等具体问题。”

沈绎心这段话斩钉截铁，几个部门经理不约而同地用眼神交流一番，会议室的气氛有一瞬间的凝滞。

“核心关键岗位应该是和终端用户及客户直接联系的销售类岗位，这些岗位将带来最关键的价值链。”青垚打破僵局，将话题带入，并且一语中的。

“对，首先搭建电子商务平台，所以平台的开发人员、技术人员都不是根本价值链，显然是支持性岗位。”温司寇接过话题继续。

沈绎心抬了抬手，“这一块可以通过直接收购现有平台实现。”

“有了稳定的平台，‘麝予仙’产品从生产‘运’到终端，这有个物流的环节。”青垚不失时机地补充。

“在物流的过程中，为了控制风险、保障运转、提高效率，需要相应的信息流程、工作流程、资金流程，这些流程是为了根本性保障实物的流转。要实现‘货畅其流’必然会有关联的很多个岗位，这一系列的岗位都是为了保障，不直接产生价值链，所以一样都是支持性岗位。”温司寇言之有物，经过长时间的工作配合，他与青垚有了相当的默契。

“电商团队最核心的部门应该是客户服务部，”沈蕴诚一直没有说话，在这时候慢悠悠地接口说道，“最核心的岗位是客服。”

“对！客服人员是电子商务团队产生关键价值的岗位。”沈绎心看着蕴诚，露出欣慰的笑容，他点头说道，“摆在我们面前的，一是销售部客户经理的职能转变，二是年前的讨论会中出现的分歧。物流运营成本的问题亟待解决，这些都是蕴诚副总监的分管范围，需要得到你的支持配合才行。”沈绎心的反应迅速，一句话将蕴诚堵死。

沈蕴诚愣了愣，说：“当然！销售工作会之前，我会把优化方案提交给Lee总监。”

半天的会议结束，私底下营销中心各部门的经理没说什么，其他各总监更缄默，以前大肆议论过的关于沈绎心身份的话题，在沉默中更显诡异。中午在餐厅青垚没有看到绎心，沈蕴诚端着餐盘坐到青垚对面，冷着眸子低声说：“果然夫妻同心，其利断金呢！”青垚理解蕴诚的不甘，她觉得这表现属于正常范围内的不满，只是即便形势已经很微妙了，他仿佛还想继续待在

“麝予仙”而没有回修远国际的打算。

“蕴诚，我们是一家人，你还没想明白吗？”青垚朝他笑了笑。

“明白！当然明白。”沈蕴诚笑得邪魅，执箸的手微微上扬，“好一句不换思想就换人！炮灰也是有尊严的，况且谁是炮灰现在还没有定论呢！”他说着，看了看青垚的餐盘，“我发现你吃得很少。”

他话题跳跃太快，青垚愣了愣，看着自己手中的酸奶说：“嗯，最近胃口不太好！”正说着，电话响了，接起来是高勐，他告诉青垚自己和绎心正在去机场的路上，下午飞北京。青垚挂断后，才发现绎心早前就发过一条短信，告诉她要去北京一段时间。她低头忖量，这个时候去北京，应该是搞定平台的事宜。

沈绎心这一去就是半个月，月底才回来，回来的时候身边跟着多吉。

“姐，我跟着绎心副总监学到不少东西呢！”多吉笑起来憨憨的，一口大白牙。当初Lee让多吉跟她，只说这是个活跃的小孩，并没有告诉她，原来他是彭学智的小儿子。

紧接着筹备月底全国销售工作会，今年的工作会不同以往，几个重大意向要在会议中获得表决，营销中心必须在事前将各种可能的方案做好，以便表决结果一出来，便立即上报集团董事会进行最后决策。其中有收购桥头庄田七研究基地的项目、电商平台收购意向、三方物流公司的成立意向等几个大项。青垚第一次觉得很疲惫，力不从心。

这天，她接到Maggie电话，《锦城财经》要做一期电商的版面，年前她答应留给青垚，“怎么样？准备接待美女记者。”

“谢谢Maggie，我这就汇报。”青垚径直来到Lee的办公室。巨大的落地窗前，Lee正悠闲地喝着咖啡翻看杂志，看到青垚进来，扬了扬手中的杂志说，“SU，你看这个！”

青垚接过杂志，这是一本国内权威的中医药核心期刊，公司领导层都有订阅。她翻到的部分，标题赫然写着“三七总皂苷基因组提取方法与病毒性肝炎研究报告”，后面还附带着青垚的那篇新闻稿“传承国粹，科技之美——眉山桥头庄田七研究基地纪实”，除了文字介绍，还附有照片。

“沈墨瑾先生的科研所购买的专利已经获得中科院监测和药监、卫生部门的认证，如果集团同意收购，‘麝予仙’品牌申请地理标志又会向前推进很大的一步。”

青垚不禁神往，捧着杂志问，“Lee，绎心知道吗？”

“当然，他的办公室也有一份。”

青垚几乎忘了自己的目的，转身就朝外走，刚走到门口，自己不由地笑起来，“对不起，Lee，你看我都忘了自己的工作，《锦城财经》要做一期电子商务的选题，询问我们‘麝予仙’有没有这方面的需要。”

“需要。我立刻跟郁总汇报。”

青垚告辞出来，敲开沈绎心的办公室，见他也正在翻阅那本杂志。

“收到稿费没？”沈绎心看到青垚，嘴角噙着一丝微笑，难得见他这么放松。青垚看着他的表情，心里一动，“还有其他好消息？”

沈绎心没说话，站起来拉着她说：“陪我上天台吹吹风。”

两个人乘电梯来到大厦三十二层的顶楼天台，整个城市的风景一览无余。沈绎心搂着青垚凭栏而立，俯瞰着这片富饶的区域，阳光照耀下，鳞次栉比的高楼大厦反射出灼眼的光芒，汽车犹如蚂蚁在街道上来来往往，穿梭不止。

青垚仰起头，深深地吸了一口气，展开双臂将身心打开。过了一会儿她转过头去看着沈绎心，只见他迎风而立，短发飞扬，露出光洁饱满的额头，狂风刮起衣襟呼呼作响，整个人显露出一种志在必得的踌躇。沈绎心隐忍多年，这样挥洒意气并不多见。

青垚灵光一闪，问道：“除了桥头庄，电商平台的收购董事会也通过了？”

沈绎心眉眼舒展，浅笑着承认，“只是意向性的。但你是怎么想到的？”

“看到你这么开心，就想到了呀！”青垚将头靠在他的肩上，同他一起凝神望着远处。

关于桥头庄的报道，沈绎心在与苏炳浩做交易的那天就开始准备，这次去北京半个月，必然是跟进地标认证和平台收购。选择在销售工作会前吹风上线，时机拿捏准确稳妥。平台收购一直是沈绎心最大的顾虑，黎展毅的强烈反对让项目搁浅，沈绎心的支持度处于弱势，可是却因为搞定了彭学智而让形式急转。彭学智虽然远在非洲，可他在分公司总监中的影响力很大，全国一半以上的销售总监会为他马首是瞻，加上总经理郁顺尧和营销中心的支持，决议很可能会在接下来的工作会中顺利通过。

既然他有闲情逸致拉着她专程上天台，必定已经消除了最大的顾虑。青垚没有提物流公司，她知道苏炳浩的能力，沈蕴诚分管物流就已经是一个信号，沈绎心没有扳倒它的实力，不提也罢，免得扫兴。

沈绎心将她拥在怀里，下颌抵着她的头发，“有你陪我，真好。”

青垚从心底升腾出迷醉，仰着头在他耳边轻啄，“你也很好。”

是啊！还有什么样的好比得过这份心心相印的默契感情，失意时的扶持和得意时的分享呢！这一晚，沈绎心全情投入，用身体向青垚诉说着无尽的情意，青垚在惊涛骇浪中肆意挥洒、缱绻缠绵，心无杂念地享受着极致的欢愉和美好。

35. 青春的句号

这天是周五，午休之后，还有几分钟才上班。

离销售工作会的时间越来越近，青垚希望能把几个重大项目的文案做到尽善尽美，正在商量周末加班事宜。

这时，正在玩手机的小王忽然跳起来，“喂喂喂！又是哪里地震了？”她的惊呼顿时扰乱了青垚的工作部署，大家的焦点立刻被吸引过去。从2008年汶川地震开始，时不时就会传出某地地震的新闻，整个四川早已处乱不惊，她觉得姑娘们反应过度了。

“微博上！呀，是日本九州！”

日本。青垚脑中莫名其妙地闪过一阵眩晕，2011年日本那场恐怖的大地震还在人们的心中挥之不去。她不由之主地拿起手机，陈扬有一个微信号，平常很少发信息。

“出来了，出来了！”小王激动地说，“当地时间零点时46分，日本九州发生7.3级地震。”不会这么巧的，青垚默默叨念，忍不住拨通了蔚子的手机。这些年，她自顾晃悠，不知不觉疏离了好友的联系，但她知道蔚子会一直跟陈扬保持联络的。

蔚子的手机占线，这个时候，她大概正想尽办法联系陈扬。

一整天青垚都心神不宁。

网络、电视媒体全都是关于日本地震的新闻，截至上午9时，连环强震已致20人遇难，900余人受伤，当地大规模停电，多地房屋倒塌，一座大桥崩坏，公路被劈成两段。当地民众在户外避险，日本气象厅一度发布地震海啸预警。人类在大自然面前渺小如蝼蚁。

平日里家中的电视一贯是摆设，这天青垚破例打开电视机，人坐在沙发里，一边拿着手机刷陈扬的微信，他的消息不多，前后不过几十条。

青垚注意到其中一条是今年大年初一写的，因为项目进程，他没有回国。

那一天他独自驱车从福冈到东京，然后去了新舄县的温泉，照片上看得出那是个非常隐蔽的地方，四面环山，景色优美，积雪厚度达一米多。

“晚上，繁星点点，寂静得听不见一点儿声音，只有白雪和冒着水气的温泉，躺在大自然的怀抱中，聆听自己的心声：陈扬加油，给自己的青春画上一个完美的句号，接纳全新的一切重新开始。”

青垚心头一动，点开看见下面有蔚子的一条留言：加油！

她眼中不知何时已经蓄满泪水，自责充盈内心，她到底是有多久没关注过陈扬了！她一遍一遍地刷新，多么期望忽然刷出陈扬的更新，告诉亲友们一切安好。

沈绎心应酬到很晚才回来，见她拿着手机呆坐在客厅的电视机前，什么多余的话也没有，只静静地陪着她看电视新闻。

半夜林翘音打来电话，她人已经在北京，“陈扬失踪了。老陈已经同驻日本使馆取得联系，鉴于灾区通信不畅，无法确认在福冈的科研人员是否伤亡，使馆人员表示，一旦获得消息，将千方百计采取各种方式尽快通报国内。”

青垚只觉得冷汗一阵阵地从后背沁出，眼前天旋地转。沈绎心见她脸色煞白，赶紧抱着她安慰着说：“别这样，不会有事的。”青垚迷迷糊糊地看见陈扬站在面前，笑眯眯地戳着她的额头，“受不了你，脑袋瓜里都装着什么呢！”

青垚开心极了，拽着他的手腕不放，“警告你啊，赶紧回来！”

可是陈扬却显得有些踌躇，他白净的脸庞被一团圣洁的光芒笼罩，眯着眼睛一边笑，从青垚的手中抽出手腕来，“这次，恐怕不能听你话了。”一边说着，转过身去渐行渐远。

青垚急得大叫，“陈扬！陈扬！”

她猛地睁开眼，发现自己被沈绎心紧紧搂在怀中，乌黑的眸瞳正关切地注视着她。

“绎心！”青垚的眼泪喷薄而出，“陈扬不听话，他不回来了！”

“不会的，是梦。”沈绎心将她圈在自己的胸前，抬手掖了掖被角，“陈扬习惯了，就爱听你的。”

青垚失声痛哭，沈绎心微凉的手指掠过她的脸颊，不经意地叹了口气。

她哭着哭着，又倦又累，迷迷糊糊再次陷入沉睡，醒来天色已经大亮。沈绎心正在窗边打电话，见她睁开眼便对电话那头说了句，“好的，就这样。”说完俯身在她额前吻了吻说：“起来，我们去北京。”

“去北京？”

“你担心陈扬，我也是。刚才我给公司海外部驻福冈的经理打了电话，他们今早就出发，一定要找到陈扬。”沈绎心温热的呼吸萦绕在青垚的额头上，沉稳的语调给了她莫名的安心，她目不转睛地看着自己的爱人，晨光中的剑眉星目，焕发英朗的气息。

高勐和他们随行，三个人一下飞机，北京分公司的车就把青垚带到北三环S大的家属小区，沈绎心和高勐则直接去了中科院。

在陈教授的家里，青垚见到了妈妈林翘音和蔚子。陈扬的爸爸陈俊宏教授，原是林翘音的同事，陈扬妈妈早逝，两家人的关系一直很亲密，在孩子高二那年，陈教授接到北京S大的邀请，到此执教已经好多年。青垚的到来，让好不容易恢复的平静又掀起波澜，尤其是陈俊宏。几年未见，他明显老了，憔悴的眼神盛满悲哀，他拉着青垚请她坐下，“你就要结婚了，陈叔叔都没来得及恭喜你，还让你特意到北京看我。”青垚心想陈扬只是暂时失踪，不能把事情想得太坏了，于是安慰说：“陈叔叔，绎心去中科院了，公司海外部驻日本分部的同事今天已经出发，务必要找到陈扬，您先把心放下来，好好休息。”

蔚子神情复杂地看着青垚，欲言又止。青垚会意，起身与她一起走到外面的阳台上。

两个人像少年时那样紧紧地拥抱着。

“蔚子，我要跟绎心结婚了，没有告诉你，不会怪我吧！”

“不会。”蔚子的眉眼流光溢彩，不知是什么东西让她的哀伤显得如此美丽。

陈扬曾说，蔚子会让男人的骨头变成粉末的。

以前青垚不懂，如今她即将身为人妻，脑海里不由自主地想起陈扬说这话的样子。“蔚子，你跟陈扬……你们在一起了？”青垚伸手将蔚子脖子上的丝巾整理一番，“我很高兴知道吗？”

蔚子看了青垚很久，慢慢露出一口整齐洁白的皓齿，她在笑，眼中却含着泪光。

“得不到回应的感情就像自己跟自己独白，相似的人一起才会幸福，就像你跟沈绎心。陈扬说，他等到青春都快散场了才肯承认这个事实。”

蔚子跟陈扬才是相似的人，青垚相信蔚子一定懂，只是不想跟她解释罢了。

第二天下午，沈绎心出现在陈俊宏教授的家里。

“我们的人还没有回消息。不过外交部今天的新闻并没有华人的伤亡报告，可以先放心，有消息我马上通知你们。”沈绎心带来的消息不算好，可是他的沉稳让所有人都看到了希望。

林翘音给绎心端来一杯水，“带青垚回成都吧，陈叔叔没事的。”

回成都的路上，青垚忍不住跟绎心讲起陈扬和蔚子。

“嗯。我知道。”沈绎心挑着眉。

那高深莫测的表情让青垚浮想联翩，“你做什么了……”

沈绎心没回答。

回到成都，两个人很快被无尽繁杂的工作淹没，日本方面依旧毫无消息，前往福冈的人一直在陈扬可能出现的地点探访搜寻。月底，“麝予仙”全国销售工作会如期召开。不出意料，所有议题均获通过，除了收购桥头庄田七研究基地的项目、峨山地产项目、电商平台收购议案，还包括了收购“顺德”并成立三方物流公司的意向。

从修远集团成立至今，没有任何一家子公司在一年之内有过如此巨大的投资收购动作，仅电商和三方物流部分就有超过三个亿的预算规划。桥头庄研究基地和“顺德”三方物流均以非货币折算方式入股，“麝予仙”将面临重组以来最大的变动。沈绎心的部署规划，总算在今天有了一丝眉目和曙光。前期最艰难的运作已经搞定，股东中间有多少谈判和妥协，明争暗斗，争执厮杀无法赘言，在接下来的很长时间内还将继续上演。

“青垚，你最近脸色不太好，休息一下吧？”这天早上，沈绎心盯着青垚看了老半天，皱着眉头很严肃地说。

“哪有。”青垚噘嘴嘟囔，“这就开始嫌弃我了？”

沈绎心坐到青垚身边，搂着她说：“我要出差几周，给辰星打电话，让他过来看看。不要急着去上班，还有，妈妈陪陈叔叔去了日本，她让我跟你说一声。”

青垚擦了擦嘴，“现在妈妈有事都直接跟你说了吗？”

“当然！有意见？”

青垚无语反驳，只得答应在家等待。

同绎心吻别后，她一个人走来走去，收拾房间。客厅里本埠新闻频道正在播放一期纪录片，林家渡的名字一闪而过。她停下手中的活计，看见了电视画面上老家的青瓦房。林家渡是城外的乡下小村庄，十来户人家，青垚从小在那里长大，不知道有什么特别的人文历史值得电视报道。这是一期名叫《寻找失落的手迹》的节目，制片人不知道从哪里获得几份书帖的照片，到这里寻访书帖的主人。细致紧密的蝇头小楷引起青垚的注意，那正是外公黎络渊送她的那本小册子！节目对照片中的书法评价颇高，与文徵明的《离骚经》比肩。记者在寻访中，从小镇人家的口中得知黎络渊老人的事迹，专程敲开了林家院子，在外公的书房里采访了他。可是黎络渊看了书帖照片之后，只是轻描淡写地评论了书法，并没有指出那是自己的作品。

看画面中的气候穿着，这期节目应该是去年夏天时候录制的，青垚奇怪，外公外婆居然没跟自己提起过。她拿起手机正准备拨通外公的电话，敲门声响起，开门只见身穿白褂的辰星站在门口，礼貌地朝她点头。

“施医生，麻烦你了！”

施辰星是沈绎心的医生，青垚请他落座，给他端了杯咖啡，“只是胃口不太好而已。绎心一定跟你描绘得很夸张吧！”

施辰星笑了笑，“绎心倒不会，通常是我比较夸张。”

不一会儿检查完毕，施辰星意味深长地问：“你以前有过怀孕的经验吗？”

青垚使劲眨眨眼，长睫毛下黑亮如曜石般的眸瞳直瞪着施辰星，“怎么会！”

“我打电话告诉绎心，看他怎么安排吧。”施辰星一边说着掏出手机，被青垚拦住。

“我，我还没有……嗯，暂时，让我想想，最好我亲自跟他说好吧？”青垚有些语无伦次，毕竟连她自己都还没有好好地消化这个消息。施辰星张开双臂，抱了抱青垚，“恭喜你，绎心知道会非常开心的。”

“我可以等一段时间再跟他说吗？等孩子稳定了。”

“嗯。当然。”施辰星看着青垚手足无措的样子，感到很好笑，“你的身体素质很好，不用担心，只是我想提醒绎心，你们的娱乐项目最好等到十四周以后。”

“噢，我明白，我会的。”青垚说着，一张脸红透了。

送走施辰星，青垚把要给外公打电话的事丢到了脑后，她走出家门，独自沉浸在战栗的喜悦中。

她和沈绎心的孩子！

想到这儿，她就觉得自己的灵魂如同被三月的暖风吹拂过，这种震颤是她二十多年的人生中从未有过的体验。和沈绎心走到今天，她得到了世人眼里的名利，可是她相信她的爱情里最珍贵的礼物却不是这些。最珍贵的是此刻他在她身上留下的种子悄无声息地发芽，如同河水给予山棱的磨砺，沧海留给桑田的执守，这些年他们学会了认同妥协，学会了营造快乐，学会了理解体谅，学会了在爱情里成长，这才是彼此最好的改变。

因为这些成长，青垚觉得自己有足够的勇气和智慧成为一位母亲。

想到这儿，她有些迫不及待地要跟沈绎心分享这份喜悦了！

走进公司的办公室，她还因为兴奋显得心不在焉，多吉连敲了几次门她都没听见。

“姐，您在想什么出神呢？”

“啊，有什么事吗？”

“早上开会你请假了。Lee总监让我转告你，如果你在的话就去他办公室一趟。”

“好的，谢谢！”青垚见多吉要走，叫住了他，“多吉，怎么没跟绎心副总监出去呢？”

“我刚来，准备跟着蕴诚副总监先学习一下物流这块儿。”多吉态度诚恳，黝黑的面容后露出灿烂的笑容。

“物流？”青垚存疑，不禁强调了一遍。

“对啊！”多吉想赶紧溜。

“多吉——”青垚提高了音调。

“姐。”多吉懊恼地低下头，“‘顺德’公司的规模并不大，我觉得公司出价过高，谈判也不给力。今早开会的时候跟总监提出来商讨，Lee总监就让蕴诚总监带带我，让我参与剩余部分物流的投资建设。”

“这是好事啊，你怎么不跟我说？”

“我来成都是爸爸要我跟着绎心哥。”多吉费力地想表白自己，“可是我之前就是搞物流的，蕴诚副总监都未必有我清楚！”

青垚眯着眼睛微微一笑，“好了，我明白了。”她朝前倾着身体，一板一眼地对多吉说道，“这是绎心副总监特意为你考虑的，明白吗？”

多吉听到这话，收敛起灵动的眼神，“我一早也这么想来着。姐，我觉得你比绎心副总监了解我。有时候，我真的不知道他心里在想什么，看不透。”

青垚皱了皱眉，正色说道，“多吉，你跟了他这么久，他害过你没有？”

“没有，相反，他还一直帮我。”

“那就是了。迎合他的心意做事，往往聪明反被聪明误。要相信他决不会害你，你也不能伤害他！那，你做的事情就都是对的，明白吗？”

多吉的身体蓦地一直，顿了顿说，“是，姐！”

等多吉离开，青垚随后走出去，敲开了总监办公室的门。

“Lee，您找我？”

Leander Lee背着手站在落地窗前，优雅的法语低声说了句，“成都真是一座迷人的城市。”青垚站在他的身后，微笑着回应说，“是啊，你不就是爱上了它的迷人才留下的吗？”

Lee转过身，一汪碧玺样的蓝眸看着青垚，“也许我应该离开了。”

青垚知道他是为了沈绎兰才留在成都的，跟公司也只签了短期的合同，到现在刚好一年。如今沈绎兰嫁做他人妇，而他也专业尽职地完成了自己的合约，想起来确实没有再留下的理由。

“尝一尝这个！”Lee一边启开柜子里的红酒，倒了一杯递到青垚手中，“来自我的故乡卢瓦尔河谷，你一定去过。”青垚愣了愣，举起酒杯回应说，“欧洲大陆最浪漫美妙的地方，Lee你想家了？”

Lee小啜了一口，裹挟着醇厚的丹宁在舌尖回味，侧头看见青垚将酒杯放在桌边并没有喝，“怎么？因为是工作时间吗？”

青垚不置可否地笑了笑，“这是在中国，Lee你已经入乡随俗。”

他意味深长地看了青垚一眼，“我上周末去北京拜访了绎兰，她也同你一样。不喝酒。所以……”他顿了顿，露出整齐洁白的牙齿，“别告诉我，你也怀孕了？”

“绎兰姐姐怀孕了？”青垚听到这个消息，不亚于今天早上得知自己怀孕的消息那般震惊和欣喜，“Lee，是的，我不想瞒你，可是我真的太高兴了！能够第一个与你分享这份喜悦，我太荣幸了！”

Lee紧紧地拥抱着青垚，“是的是的！恭喜你！SU！我在中国永远的朋友！绎心知道吗？”

“还不知道，我打算等他回来亲自告诉他！”

“那样，你们的事情一定会惊动整个‘麝予仙’。郁总今天还要接受《锦城财经》的专访，也许会惊动媒体！”

“不！”青垚皱了皱眉，说，“我还没有做好准备，暂时还没有这样的打算。”

“你知道，收购计划一旦启动，你的绎心将会成为持股超过郁总经理的股东之一，集团如果考虑上市融资解决庞大的资金问题，他的家庭和婚姻状况都将是需要公开的信息。你得有心理准备。”

“还早，那个时候，我想一切都不是问题了。”

“好！我在欧洲会祝福你的。”

“谢谢！”

从Lee的办公室出来，青垚觉得浑身发热，因为兴奋。她立刻拨打了沈绎兰的电话，“绎兰姐姐，我刚刚听说了你的好消息，怎么？不打算庆贺一下吗？”

沈绎兰呵呵一笑，“本来想你们到北京再告诉你们的，没想到你提前知道了！”

“苏炳浩知道吗？他怎么说？”青垚心想他如果有了孩子，因为是沈家和苏家的血脉，他会不会放下执念偏激，致力于修远集团的长远发展呢？

“炳浩，他当然很开心。这段时间他在成都，因为峨山的项目，我应该跟着一起回成都的，可是他说头三个月最好不要到处乱跑。”

“嗯，对！他考虑得很周到。”听到沈绎兰幸福的声音，青垚放下心来。

苏炳浩入主修远房产以来，非常忙碌，从陈跃翔那里已经听不到什么信息了。当初考入公司总部的小组八人，因为“顺德”被收购，都忽然有了一笔意外惊喜，大多数人对陈跃翔感激多过犹疑。青垚安慰过温司寇，那是他应得的股份，不必心怀芥蒂。

36. 外公的小册子

同沈绎兰通完电话，青垚想到应该将好消息告诉外公，顺带问问电视节目是怎么回事。可林家渡没有人接，英表姐告诉她外公外婆被苏炳浩接到成都了。

外公外婆在成都！

青垚兴奋地给苏炳浩去了电话，铃声响了很久才接，那头闹哄哄的，像在工地上。

“苏炳浩！”青垚还没说明用意，苏炳浩就用高出八度的声音在说，

“这边太吵了，晚上到我家吃饭！”

苏炳浩在成都的家，青垚非常熟悉，在那里她第一次碰到他和沈绎兰在墙角偷情。

青垚把车停好，黎络渊已经站在草坪前等候。她飞身扑上，狠狠地在外公的脸颊亲了一口，挽着他的胳膊步履优雅地走进别墅。

梅姐接过青垚手里的挎包和外套，青垚问：“外婆呢？”

梅姐笑着回答：“和姑爷在厨房，今天姑爷亲自下厨。”

青垚“哦”了一声，瞪大眼睛看了外公一眼，故作夸张地朝屋外望去，“今天的太阳是不是从西边出来的呀！”黎络渊哈哈大笑，拉着青垚坐下来，问：“怎么绎心没陪你？”

“他出差了。”

正说着话，林玉琴从厨房里走出来，“准备开饭，走！”

青垚笑眯眯地上前，亲了亲外婆的脸颊，挑眉看了厨房一眼，低声问：“什么情况？”林玉琴不喜欢苏炳浩，众人皆知，今天不仅亲自光临，还共同掌勺，堪称跨时代的转折。

“人总是会变的，”林玉琴懒洋洋地说，“炳浩结婚后变化很大，我都看在眼里。”

“不是说江山易改，本性难移吗？”青垚质疑。

“凡事都要观察，期待不能太高。”林玉琴歪着头，一字一句地说，“我以前说他不好其实是希望他好，他慢慢在改，只是时间太长了点儿。现在看来，好多男人还比不过他呢！”

青垚张着嘴，吃惊地笑起来，“苏炳浩没给外婆下药吧？”

三个人说笑着走进餐厅，正撞见苏炳浩端着满满一大盘的清蒸生蚝进来。他身穿棕色羊绒毛衣，露出杏色衬衣的高领，袖口挽在肘部，一见青垚，便皱眉说，“让你来吃饭，到点儿才来，不知道谁惯的公主病！”

这副模样的苏炳浩，居家体贴，温和儒雅，从小在林家渡沾染的书卷气不知不觉回到了他身上，到底是结婚了的男人。青垚跟他走进厨房，边走边笑，“准爸爸，恭喜啰！”

苏炳浩一听，转身捏着她的鼻头，“消息倒灵通呢！”青垚揉了揉鼻子，觉得从前的苏炳浩又回来了，因为有了孩子，他会褪去他嗜血的本性吗？

“小叔。”青垚忽然如此称呼。

“嗯？”苏炳浩停下来，转身看着青垚，眼中神光一片坦然。

“绎兰姐姐有孩子了，是我们苏家和沈家共同的血脉。”她说得动容，“那些纠缠不清的往事都放下了吧！”苏炳浩的眸瞳在灯下闪烁，终于，他勾起唇角笑了笑，“谁说不是呢！小叔不是没见过世面的人。”

青垚长长地舒了一口气。

饭桌上苏炳浩陪黎络渊喝酒，讲他在北京遇到的各种奇葩怪事，讲他为人处事时始终牢记着伯伯的教诲。在酒精的作用下，黎络渊眼中泛起潮红，几度泪眼迷蒙。看到苏炳浩对外公外婆的孝敬感恩，青垚不知不觉将他所做的荒唐事一笔勾销。

“伯伯，我还记得当年去北京之前，你给过我一本小册子，您说您一辈子的心血都在里面，可惜炳浩那时太年轻，不懂您一片苦心。”苏炳浩给黎络渊斟了一小杯酒，叹了口气说，“如果有机会，炳浩还想翻翻那本小册子呢！”

青垚停下筷子。

那本小册子，正珍藏在她家中的书房里，更巧的是电视台刚刚播放了关于那册子的故事。黎络渊闭着眼睛，轻轻笑了笑，“去年夏天有记者上门拍片儿，还问了我关于册子的事呢！”

“《寻找失落的手迹》？”

“原来你也看那种节目啊？”黎络渊笑咪咪地看着青垚，“我认为没什么价值，电视台应该去找年代更久远的东西。”

“我还一直想问呢，记者从哪里得来的照片？”林玉琴问。

“是2008年还是2009年，浩娃儿不是送了个拍照手机给我吗，就给小册子拍了几张发到本地论坛上，大概是文联那些书法爱好者找出来的吧。”黎络渊一边说，看了看苏炳浩，“册子在青垚那里，看她愿不愿意给你吧。”

苏炳浩脸上露出奇怪的表情，却只在瞬息间便恢复了常态，他“呵”了一声，对青垚说：“没想到你也对这个感兴趣。”

青垚斜睨了他一眼，心想，这话说的，仿佛有了阴谋的味道。

回到家，青垚给沈绎心打电话，他还在跟一家电商的老总商谈应酬。

“有事？”

“迫不及待地想告诉你，绎兰姐姐有孩子了！”她没有说自己，最好的消息当然希望能跟他当面分享。沈绎心很高兴，“当真！等我接你一起看她。”

青垚没等到沈绎心回来接她，沈绎兰却在一周后回到成都。

“不是说不乱跑的吗？”青垚很意外，“打个电话我就过去了。”

“炳浩推不开应酬，我一个人在家闷得慌，找你陪我说说话。”

“正好我今天大显身手，给你煲汤！”青垚独自在家，正翻着书学习孕妈妈食谱。

“听炳浩说伯母去日本了，陈扬有消息了吗？”沈绎兰靠在厨房的操作台边，垂着眼眸问青垚。

“嗯，去了一周了，我每天看她的微信，有消息她会告诉我的。”青垚说得轻描淡写，可心里无时无刻不为陈扬揪心，“小叔也拜托了朋友帮忙留意，应该很快就有消息了。”其实到现在过去了一个月，官方陆续公布了失踪和死亡名单，没有陈扬的名字就意味着还有希望，只是随着时间的推移，希望越发渺茫。

就在昨天，蔚子也去了日本。

“对了，小叔最近怎么样？”青垚不愿意谈陈扬，转移话题问道。

“挺好啊！”沈绎兰微笑，“他最近爱上了看书，还跟我说你这里有一本书，是伯伯亲自撰写的，他很想读一读呢！”

青垚擦了擦手，“正好！我去给你拿。”

外公的册子青垚当宝贝一样放着，她很快找到，递给沈绎兰说，“我还没读完，苏炳浩想看，先给他吧！”那本册子是用安徽手工贡宣线装订的，普通辞海大小，薄薄的一本，青垚很珍惜，捏在手中有些不舍，“苏炳浩自小就不爱读书，绎兰姐姐你可要帮忙保管好，免得他弄丢了！”

沈绎兰接过，赞不绝口，坐在沙发上慢慢翻看起来。

青垚则关了小火，倚在她的身边。

“册子的最后几页跟前边的内容毫不相关，是什么？”青垚问。

“不懂，我也不明白。”沈绎兰把册子放进挎包里，“等炳浩看了，还是给你还回来。”

沈绎兰走后，青垚想了想总觉得什么地方不对劲儿，她在房间里走了一圈，拿起电话。

黎络渊已经回到林家渡，电话正是他接的。

“外公，你那本小册子，最后几页我没看懂，是什么啊？”

“没什么，是我抄录的半截方子。”

青垚一惊，“什么方子？”

“说来话长，跟沈家还有些联系，不过只是小部分。”黎络渊淡淡地说。

跟沈家有联系的半张方子？

"'麝予仙'的半张古方？"青垚瞪大眼睛，脱口而出。

"当年是我保管不善，年代久了怕损坏，所以就抄下来当个纪念。绎心说沈家的'麝予仙'一直做得很好，你放心不会对他们造成影响的。"

青垚亲耳听到外公说出这样的话来，几乎跌坐到沙发里。多少年来，"麝予仙"渐渐消失在中华老字号的浩渺烟云中，可不就是因为缺失了半张方子吗！沈家隐瞒了缺失的真相，沈墨瑾耗费半生的心血研究，和中科院合作派遣科研人员远赴日本，不就是为了还原这半张方子吗！这求而不得的半张方子，竟躺在外公手中大肆沉睡，叫人情何以堪！

苏炳浩！

青垚的后背倏地冒出一股冷汗，他这个时候忽然跟她要册子？他怎么无缘无故对一本以前毫不在意的册子感兴趣了？原来他果然知道册子的秘密！那天外公亲口告诉他册子在这里，沈绎兰立刻就从北京赶回成都，苏炳浩多么聪明的一个人，他让沈绎兰来找册子，是不想引起自己的怀疑，他便可以神不知鬼不觉地拥有半张"麝予仙"的古方！

想到这儿，青垚几乎要昏倒在地了！她放下电话强撑着发抖的身体，喝了一口水，让自己镇定下来。不能让苏炳浩觉擦到自己发现了什么，趁沈绎兰还没走远，得赶紧把它要回来！

"绎兰姐姐！"青垚拨通沈绎兰的手机。

"哎，青垚？"沈绎兰感到很意外。

"你到哪儿了，等等我好吗？"

"有事？"

"很重要，原地等我，我马上到！"

青垚下楼，索性开了沈绎心的GTR，轰着油门冲上大道。

一路上青垚的头脑如飓风般呼啸，沈绎兰也是"麝予仙"的股东，很难相信她不知道苏炳浩的盘算，届时仅凭半张方子和"顺德"的股份，加上房产公司的背景和沈绎兰的支持，苏炳浩铁定能进集团董事会，跟沈绎心抗衡更是轻而易举。如果她知道自己在干什么，是否意味着沈绎心将面临姐姐的背叛呢？

苏炳浩啊！

青垚的脑海中回荡着Maggie的话，"炳浩，终于还是走上了那条路。"她终于明白，不论有没有搞清沈绎心和爸爸的往事，苏炳浩都不会回头，他回不了头！他不肯原谅沈绎心，不过是为自己的规划找到最合适的借口！当年他劝她，"青垚，你是女孩子，如果有那么一天，小叔希望你能从修远公司全身而退，不要陷得太深。”不要陷得太深，是否意味着他由始至终都清楚自己在做什么，要做什么？！

青垚感到非常混乱，几次差点儿闯红灯。当她把车停在绎兰的保时捷跟前，看见驾驶位上的苏炳浩时，心更是一点儿一点儿地往下沉。

“兰姐姐，册子还我！”青垚不打算拐弯抹角了。

沈绎兰没吭声，转头看着苏炳浩。

苏炳浩下车，对沈绎兰说：“老婆，你先回去，这是我跟青垚的家事。”

“不！”青垚朝沈绎兰大吼，“你留下来！看看你老公是怎么巧取豪夺的，兰姐姐你，又是怎么背叛自己弟弟的！”苏炳浩压抑着恼怒，皱着眉头冷冷地说：“册子原本就是我的，给你面子才让绎兰向你讨！”

青垚直视着苏炳浩，如果眼神可以化作一把刀，那将是最锐利的锋刃，“苏炳浩，‘麝予仙’是沈家的产业，外公并没有想过把方子给你，他要给你的，是一生的智慧和教养，你到底明不明白？”

“怎么不明白！”苏炳浩抓住青垚的手，眼瞪瞪地望着她，低声说，“老天有眼，你不想看到这一天吗？还是你早就忘了自己姓苏了？”

“爸爸看到你这样不会高兴！”

沈绎兰站在旁边，感觉两人的对话中，似乎别有意味，她掀开车门问道：“什么方子？炳浩你们在说什么？”

苏炳浩露出阴戾的目光，对沈绎兰吼道：“叫你回去，听到没有！”

沈绎兰一愣，索性下车走到了青垚身边，“炳浩，你……”

话没说完，远处过来一辆黑色的奔驰商务车，打横停在三人面前，苏炳浩侧头示意，下来两个粗壮精悍的男人。

“上车！”

“别碰我！”青垚退后两步抵靠在车门旁，下意识地扯断衣领上的那块玉佛，趁那男人踉跄着后退，另一只手悄悄将玉佛丢到了GTR后座。

“砰”的一声车门紧闭，苏炳浩站在路旁，冷眼看着商务车绝尘而去，这才示意身边人将GTR开走。

沈绎兰在商务车厢里高呼：“炳浩！停车！”，精悍的男人毫不理会，客气却不手软地将她按倒在后座上。青垚冷静地看着这一切，什么话没说，她倒要看看苏炳浩究竟想干什么！随着车窗外的灯光闪烁，沈绎兰终于放弃反抗，无力地倒在座椅上。

汽车一路向东，离开城市，穿山过岭，黄昏时分才下高速。

沈绎兰睁开眼，再次气急败坏地呼叫苏炳浩。青垚劝说：“不要喊了。”

37. 临江山庄

汽车沿着长江顺流而下，经过一段冗长的盘山小路，蜿蜒曲行不知多少时候，终于在一处绕满藤蔓的大门前停了下来。从另一辆车上下来几个人，簇拥着苏炳浩走在前方，青垚赫然发现秦昊天也在其间。当年在驴岭，秦昊天被沈绎心逼着放人的情形历历在目，此刻再见，秦昊天认出了车里的青垚，邪气地笑起来。她若还不明白就当真傻了，正是那两次骚扰和舞台坍塌事故，集团董事会才出现人事调整，沈忠魁的席位得以大幅提升，为苏炳浩入主房产公司提供了便利的条件。

大门打开，两辆车缓缓而行，穿过茂密的树林，眼前出现一栋三层会所，两边各有一栋稍矮的副楼。刚进门厅，便有几个身穿黑色西服的小伙子上前，恭敬地向苏炳浩打招呼。苏炳浩示意秦昊天将青垚和沈绎兰领进三楼的一间客房，外面留人把守。

沈绎兰气愤难当，吵着要见苏炳浩，那些人显然知道她的身份，很客气地低声安抚。青垚安静地坐在沙发上，仔细地打量这个地方。房间很大，分上下两层，绛红的天鹅绒帷幕至顶垂下，掩映着双开的落地玻璃门，豪华而阔气。茶几的小红炉上，正咕嘟嘟地冒着热气。她缓缓地冲茶，吃东西。现在是妈妈了，青垚要让自己的内心无比强大起来。她没想到苏炳浩会二话不说就把人带走，这恰好说明随着公司收购重组的动作加快，苏炳浩开始急躁起来，不允许出现一丝纰漏，就连沈绎兰都信不过了。

但青垚不理解，沈墨瑾爷爷投资的桥头庄基地即将被集团收购，即便苏炳浩拿到了小册子，还是需要鉴定认证，认证通过还有投产、临床等一系列过程繁复的检测检疫程序。苏炳浩又何至于立刻把她们带走呢？

傍晚时分，房门打开，苏炳浩走了进来。

“阿兰。”他很抱歉地将沈绎兰拥在怀里，眼中已尽是暖阳春水。

“放开！”沈绎兰恼怒地推开他，力气并不大，苏炳浩却接连后退了几步，毫无防备地撞在茶几角上，痛苦地“嘶”了一声弯下腰去。他叹了口气，低声下气地说："生气对孩子不好。我怕你激动，才带你一起来。"

青垚冷眼看着苏炳浩，见他温柔地、诚挚地，甚至有点儿无赖地向沈绎兰告白，"请你去拿册子事先却没跟你说明白，是我不对，只怪青垚脾气犟，一言不合就甩脸不给面子。你想，我拿半张说不清、道不明的手抄方子做什么？何况青垚不说，我根本不知道里面有方子。我这就给蕴诚打电话，过了明天就送青垚回去。"

"撒谎！"青垚见苏炳浩睁着眼睛说瞎话，恼怒地说，"你会不知道？你把外公外婆哄到家，听说册子给了我，就哄着兰姐姐千里迢迢赶到成都跟我讨，不是为了方子，你会发神经？"

"我哄老人家高兴行不行？"苏炳浩显得不耐烦，"我把他们接到成都尽尽孝。伯伯娘娘虽然不是我亲爹亲妈，这么多年我可一直拿他们当爸妈孝敬的！那册子，伯伯说过要留给我，怕你舍不得才让绎兰问问，你要不肯给，还给你就是。我拿着屁用没有，是不是'麝予仙'的方子谁知道？董事长说一句不是，就是废纸，我为什么要这么蠢？"

"是啊！你也知道自己蠢，如果不是为了方子，你何苦把兰姐姐骗到成都，何苦被我戳穿就恼羞成怒绑了我们！"

苏炳浩无奈地看着青垚，"你有臭脾气，小叔就没脾气了？自从你跟绎心一起，什么时候给过小叔好脸色？还反了你！"说到后来，伸手就在青垚头上敲了个暴栗。

沈绎兰紧绷的神经被两人的一顿闹腾舒缓下来，在她眼里，叔侄俩就是冤家，无时无刻不在互掐，"好好的一家人，何苦闹成这样。"苏炳浩一听沈绎兰这话，立刻把她抱在怀里，"老婆，别跟她闹，我们去吃饭。"沈绎兰看了青垚一眼，拉着她的手说："别闹了，听话！你也知道你家小叔脾气大着呢！"

青垚暗自咬了咬牙，心想自己爱上沈绎心在旁人眼里是不是也这么蠢？苏炳浩顺利地收复了沈绎兰，也顺理成章地将册子据为己有。

"算了，放我回去！"她认栽，只希望早点儿回成都跟沈绎心商量。

"你觉得我会吗？"苏炳浩哼了一声，搂着沈绎兰的腰，拽着步子朝外走。

青垚跟上去，被秦昊天的人挡住。

"苏炳浩！你不能禁锢我，这是非法的！"青垚高声警告。

苏炳浩回过头，微笑着说："留你陪我们玩儿两天。"那神态挑衅又霸道。

“炳浩，别这样，让她跟我一起吧！”沈绎兰望着苏炳浩。

“她花样太多，你看不住的。”苏炳浩柔声安慰沈绎兰，“她是我的侄女，我还能杀了她不成？”

现在青垚确定自己被苏炳浩挟持了，这里唯一能依赖的只有沈绎兰了，可不能丢了。想到这儿，她立刻泪眼汪汪地拉着沈绎兰不放，“兰姐姐，你别丢下我！”

沈绎兰劝道：“别把她一人丢屋里，吃完饭我们就上来。”

苏炳浩沉默片刻，说：“这里还有其他客人，你最好别乱说乱动，要是真惹火了谁，我都没办法保你。让你留在房间是为你好。”

“苏炳浩，还有你搞不定的人吗？”青垚嘲讽。

“这都是玩儿命来的，不信你试试。”他说完转身，青垚跟上去，没有再被阻拦。苏炳浩带着两个女人，身后跟着秦昊天，一行四人大摇大摆地走过大厅，绕道后院来到副楼，花园里聚集着三五成群一些人，秦昊天上前示意，他们便走开了。

一个中等个头的男人笑眯眯地站在副楼阶梯下，青垚觉得眼熟。只见那男人大步流星地走上前，紧紧握住了苏炳浩的手，“炳浩，小王总在里面，晚些时候王老会来。”

青垚一听，忽然想起他是谁了。

老米！只见苏炳浩喜形于色，搂着老米的肩背拍了拍，“我去一趟。”说着附在他的耳边轻笑着说了句，“提前恭喜你，米大秘！”说完便撇下沈绎兰和青垚，独自踏上电梯。老米愣了愣，忽然控制不住喜形于色。他已经认出青垚，就着那张笑脸伸出手来，说，“苏小姐我们见过，这位是弟妹吧。走，先吃饭！”

秦昊天知趣地留在大厅外守候。

两人跟着老米走进副楼，与主楼相比，这里是完全不同的装修风格，苍松古井，小桥流水，处处充满禅意。墙角的紫薇树下，一尊真人大小的仕女陶俑，手持琉璃宫灯，兰指微抬，说不出的古朴优雅。

“这尊陶俑是北邙山古墓出土的，曾在纽约大都会博物馆展出。”老米见沈绎兰目不转睛地盯着陶俑，便适时解说。青垚微微张了张口，不知道会是谁送出这番大手笔的礼物。一路走来，无论墙面还是摆件，无一不是珍稀文物，从老米轻描淡写的叙述中，青垚感知到这个地方的神秘和贵不可言。

在包厢里用过餐，老米问沈绎兰：“弟妹要不要玩会儿牌，找人陪你？”沈绎兰摇头，她在孕期，容易疲倦，何况这地方对她没什么吸引力。

于是老米便把她们送回客房，由始至终秦昊天都在丈远的地方守着。

第二天，天气晴好，苏炳浩和老米都没露面，青垚和绎兰在秦昊天的监视下走出房间，四处闲逛了一圈。远处走来一个高大的身影，没等青垚认出是谁，沈绎兰已经吃惊地喊出声来，“蕴诚，你怎么来了？”

沈蕴诚朝沈绎兰笑笑，“浩哥事多，我来接青垚回去。”

沈绎兰责怪沈蕴诚，“绎心怕是急疯了，电话给我，给他报个平安！”

沈蕴诚耸耸肩说：“你要跟外面通话，喏！”他朝不远处的几个黑西装努努嘴，“他们有。”那些人全是些面黑心冷的，沈绎兰看了看只好作罢。青垚装出一副满不在乎的样子说：“你们趁绎心出差把我和兰姐姐劫持了，看你怎么跟爷爷交代！”沈蕴诚的脸色果然有些变化，悻悻说道：“兰姐姐的机票已经买好了，直接回北京吧。青垚我们住一晚，明天走。”

“为什么啊？”青垚大声质问，沈蕴诚没理她。

不久，老米果然来接走了沈绎兰。青垚一个人在房间里辗转反侧，半夜时分，青垚听见窗格子“咔”的一声轻响，她猛地一翻身，抓起床头的水杯用力砸过去。黑暗中一个高大的身影敏捷地夺下水杯。青垚还未做出具体的反抗，人已被捂着嘴按倒在床上。

“是我，勐子！”

青垚一听是高勐，又惊又喜，抬手就要开灯。

“嘘！”勐子按住了她的手，翻身退到一边，低声问，“你没事吧？”青垚省悟，外面还有秦昊天守着，她“嗯”了一声，“没事，勐子哥，绎心呢？”

“等会儿说，跟我走！”勐子拉着她下楼，推开落地玻璃来到阳台，下面是主楼花园。“跳下去吗？”青垚显得犹豫，三楼啊！何况她现在还怀着孕。

“别怕，我在下面接你。”

“不，我……”青垚不知该怎么说，换成平时，跳也就跳了，可是现在……

勐子没有逼她，她毕竟是女人，虽然比一般女孩子显得强悍些。他重新上楼去，拉出床单说：“到我背上来！”青垚也不跟他矫情，配合勐子用床单将自己捆在他后背。床单宽大厚实，勐子的后背温暖安全，青垚笑了，“勐子哥，早干吗去了！”高勐没回答，身手矫健地跃出阳台，攀附着外墙的管道像壁虎一样游走。

“要不是在车上发现那块玉，绎心和我都想不到从哪儿着手找你。”

“看来当时的急智还有点儿用处的。”

“我们发现了那块玉佛，打你电话关机，绎心就慌了。他说你不会把这东西随便乱放，肯定出事了。汽车方向盘上的指纹被擦过，行车记录仪的内容也都格式化了。”勐子说着，人已经落到地面。他解开被单，拉着青垚，猫着腰很滑稽地走走停停，沿着奇怪的线路朝右边的副楼走去。

青垚不解，明明可以向前跑几步就到了。

“这里的四个监控，每10秒钟扫射一个来回，我是跟着蕴诚进来的，直到现在才来找你，你以为我干吗呢？”高勐解释。见青垚有些气喘，高勐指着前方说，“旁边有条小路直接下江边，绎心在码头上等你。”

青垚很兴奋，那地方白天散步时路过，远远地还看见停靠着游艇，“绎心也来了？”

高勐点点头，继续说：“这边没有监控盲点，里边的人很快会发现，我引开他们，你只管跑，不管发生什么事都不要回头，到了码头就没事了。”青垚心里“咯噔”一声，莫名地想起当年，沈绎心也说过同样的话，“不管发生什么事都不要回头”。

她颤抖着问：“这地方很隐蔽，你怎么找来的？”

“我找了能调天网的人，发现你开车跟绎兰和苏炳浩见面，然后上了一辆商务车。蕴诚跟郁总请假外出，我们跟着他到这里，偷了安保的门卡才进来。”

“蕴诚是来带我回去的，明天就走。”

“明天回家就晚了。”

“什么意思？”青垚的直觉没错，苏炳浩不会无聊到跟她怄气。正说着，果然从副楼冲出好几个人来。

“好了，我引开他们！今晚你得赶回去，很重要！”

青垚不敢怠慢，一个箭步窜了出去。身后的脚步纷至沓来，但很快被勐子牵制，青垚来不及欣赏勐子高超的格斗技巧，随着耳边风声呼呼作响，打斗的声音渐渐远离。青垚精神一振，只要转过一簇枝叶繁茂的月季丛就可以看到码头了，夜晚格外静谧，只有她自己的呼吸回响在耳际。

“站住！”

一个声音在黑夜响起，无异于炸雷。她抡起拳头朝着声音的来处，借着朦胧的月光，对面竟然站着沈蕴诚。

“苏青垚！你疯了！”沈蕴诚闪身躲过，低声大吼。

“你才疯了！”青垚收起拳头，愤怒地盯着他，“让开！”

“明天一早我就带你回去，你跑什么？这里都是些不要命的，勐子哥再厉害，也不能以一敌十吧。这里的人连浩哥都指挥不动，你没事瞎跑什么？”

青垚感到不妙，问：“勐子哥落他们手里会怎样？”

“跟我回去，认个错看看浩哥会不会帮你说话。”

“不行！”青垚想到苏炳浩说的那些人，勐子铁定要栽。

“蕴诚，跟我去码头，告诉绎心勐子有危险，求你！”青垚哆嗦起来，心底泛起一阵阵的恐惧，这恐惧让她恶心得想吐。

沈蕴诚皱着眉头，“他果然来了。难怪爷爷说你是他的软肋呢！”

青垚一听沈蕴诚提到爷爷，大声喊道：“蕴诚，勐子落到他们手里会很惨的，苏炳浩帮不了忙，勐子有个闪失会要爷爷的命的！”

沈蕴诚忽然回过神来，低着头不知在想什么，过了一会才说：“你在这里等着，希望你别想着侥幸跑掉，否则让浩哥为难，也帮不了你们。”

“好，蕴诚，无论发生什么事情，你跟绎心还有勐子，你们都是一家人！”青垚暗自祷告，只要他见到绎心，绎心一定会想办法说服沈蕴诚。

青垚坐在小径旁的石阶上，全身颤抖，说不清是担心或者恐惧。

正在这时，身后忽然“哗啦”一声响动，青垚扭头一看，竟是个黑西装保安。

“躲在这里！”那人大喊一声扑上来，青垚来不及躲避，就地滚了一圈，起身开跑。无奈那人更快，抓着她的衣襟一扯，青垚趔趄着扑倒在地，下腹重重地压在一块石头上，顿时天旋地转，一阵剧痛钻心而来。她深深地吸了一口气，比疼痛更让她痛苦的是悲哀，“宝宝，对不起……”眼前光影稀疏斑驳，全世界都在慢慢远离，好像散了一样，连痛觉也随之而去，光怪陆离的扭曲的影子穿梭着，最后只听到传来“轰隆”巨响，那声音似乎要把脑袋都震碎了，到后来，连声音也渐渐消失，只剩下无边的黑暗……

她完全记不清后来发生的事，却记得睁开眼睛看到绎心的样子。从前她以为，除了爸爸的离开，不会有更悲惨的事降临自己，可是看到绎心，看到他苍白的脸，还有……脸颊的两行血泪。

“绎心……绎心，对不起……”她颤着双手摸他的脸，要有多么巨大的悲痛无法释怀，才能流出血泪来。绎心紧紧地抱着她，全身发抖，含糊不清地说着：“我错了，对不起！我没有保护好你，我不该去北京，不该想着古方，不该把你带出来，我该死！”青垚有些恍惚，她的身体向来很好，宝宝可以再有，绎心的情意、自责与难过她统统领受下来，却不得不承认确实太遗憾了！

青垚皱着眉叹了一口气，他说过苏炳浩是爸爸留在世上唯一的亲人，不会对他恶意揣测的。如果他对苏炳浩哪怕有一丁点儿的信任，或者能听取沈蕴诚的忠告，第二天再带她离开，那么她和勐子就都不会身陷险境了。想到勐子，青垚忽然一激灵，四下打望一番才发现，这里竟然是在C大的医院里。他们这是回了成都！

“勐子哥呢？”青垚从绎心的悲伤中醒悟了什么，抬头看着他。

“阿姨的同事们正在给他做手术。”

“妈妈？”青垚一愣，“妈妈回国了？勐子哥怎么了？”一连串的疑问劈头盖脸，绎心无法回答，只把她深深地拥在怀里。

青垚从未见过他这个样子，以往最痛苦的经历也没能把他怎么样，现在却像被摧毁似的，“绎心……”

38. 危机

林翘音和陈俊宏带着蔚子从日本回来了，一同回来的还有陈扬的骨灰。

那时候，青垚正在临江山庄和苏炳浩、沈绎兰一起。高勐为牵制住保安，只身与十多个亡命徒缠斗，右腿腿骨被敲碎，在他危在旦夕之际，山庄副楼起火，警报声大作，保安纷纷散去。沈绎心趁机将他背上了码头的游艇。由于伤及神经，又车途劳顿，林翘音找到最权威的外科主刀，也没能保住他的右腿。之前，绎心不是没有设想过危险，可他拍着胸脯说，“你上去只会给我添乱，等着！”绎心从小信任高勐，他说没事肯定没事！

当绎心从码头跑上副楼，眼睁睁看着高勐倒在地上生死未卜，他咬碎牙槽一声不吭将他放在背上，在狂奔中默默地吞咽、舒缓。他认为承受苦难是习以为常，等上了游艇，看到青垚昏迷在床，下身还流着血，这才明白之前的痛苦不过是预演。他跪在地上，一口血喷溅而出，崩溃了。

那场火是沈蕴诚放的，触响警报的人也是他，做完这一切，他返回小路寻找青垚。青垚昏迷前听到的巨响正是他提着一盆花砸在保安的身上。他当时并不想卷入这些违法乱纪的事件当中，绎心警告他，如果跟苏炳浩狼狈为奸，就是沈家的罪人。沈蕴诚不想当沈家的罪人，所以选择了跟绎心合作，负责引开保安。

那时的沈蕴诚也不敢相信，恐惧和悲痛都不足以描述他的震惊，他从没想过，绎心会为了所谓家族事业甘于付出如此巨大的代价。高勐紧紧地抓着他，摇晃着嘶吼：“蕴诚，山上的人随时会下来，只能靠你了，不要让任何一个再出什么事！”沈蕴诚听到了！那时那刻，唯一清醒着、还能决策的人只有他。他强迫自己冷静下来，伴随冷静的，是内心滋长出的一股责任感，他也是沈家人！是的，这里所有的人，都是他要去保护的人！“勐子哥，你说，接下来我该做什么？”他走上游艇的操控台，目光炯炯。按照高勐的指示，蕴诚将游艇开到江面上，沿着长江逆流向西，直到白家湾才弃船登陆，在那里换乘了一辆福特MPV。

等到上车后，绎心才清醒了些，他强忍悲愤把高勐和青垚安置好，跟林翘音通了电话，一下车就立刻将他们送上了手术台。

青垚在绎心的怀抱中度过了整整一周。她依稀记得高勐说过，要她提前一天回家很重要，可是在过去的一周里，绎心除了问她“哪里不舒服？”、“要不要吃东西？”以外，没有离开过半步，所有的电话也不接。其间英表姐来探望过，四姐也特意从眉山赶来。

这天，沈蕴诚来了，神色很凝重。

绎心一看到他，就铁青着脸色，挥手吼道：“走开！”

沈蕴诚无奈地准备告辞，青垚叫住他，“我没事了，告诉我发生了什么好吗？”绎心闷声喝道：“不要管！”蕴诚犹豫片刻，对绎心说：“哥，你真的不打算理会‘麝予仙’了吗？”

“‘麝予仙’？”青垚警觉起来，“麝予仙”是绎心，不，是爷爷以及沈家男人最大的梦想，怎么能不理会呢！绎心一脸涣散的表情，低声说：“我不想听。”

“看看今天的新闻总没问题吧！”沈蕴诚拿出手机递上来，“爷爷不想打扰你，可我觉得你该看看。”

绎心没动，青垚接过一看，新闻标题赫然写着：古方合璧，“麝予仙”递出地标认证申请。

“什么意思？”新闻说今天“麝予仙”正式递交古方配方，相关部门正在确认地标申请的资格。

“麝予仙”的配方不完善，所以才有桥头庄的科研基地和跟中科院的合作。现在递交申请，说明公司拿出了完整的配方，并等待省级权威鉴定机构的确认。是桥头庄的成果认证获得突破性进展，还是公司承认了黎络渊书写的半张方子？

青垚见绎心的手在颤抖，低着头不知在想什么。

沈蕴诚说：“我们回来那天，苏炳浩筹备了一场媒体见面会，还安排了记者采访黎络渊老先生，他说电视节目《寻找失落的手迹》里播出的，正是他亲手写的半份配方，是从一张古绢上抄来的‘麝予仙’配方。今天董事会决议，将苏炳浩提供的配方送检鉴定，并递交了地标申请。”

青垚的脑中忽然一道闪电划过，是了！苏炳浩抢在桥头庄成果认证出来之前，得到黎络渊亲口认证的“麝予仙”配方，然后向修远集团交出半份配方，他就可以名正言顺地获得集团折算给他的股份。爷爷和绎心多年投入的科研结果出来，也只不过在为他做嫁衣，证实半份配方的真实有效而已。难怪他要强留青垚到那个无法与外界联系的地方，欺骗绎兰说仅仅为了跟青垚怄气。黎络渊不会为了获取股份告之外界这些旧事，更不知道自己在记者面前说的话，会有什么样的后果。绎心的判断没错，虽然事前并不知道苏炳浩筹划媒体见面会的目的，但青垚突然失踪肯定与之有关，只要赶在见面会之前把青垚带回来，就可以搞清楚，也可以决定是否阻止他。

苏炳浩利用了外公！青垚痛苦地闭上了眼睛！

“我们去林家渡！”青垚说。她不甘心，她要再亲口问问外公，一定有其他办法将既成的事实扳过来！

“够了！”绎心甩开青垚的手，捧着头痛苦不堪，“我错了。苏炳浩说得对，他是沈家的女婿，如果沈家承认他也是其中的一分子，就该给他经营权，显然他会做得更好！”绎心心灰意冷，愧疚占据了他的身心。青垚失去了孩子，勐子失去了一条腿，爷爷沈墨瑾投资巨大的桥头庄基地和中科院合作的生物提取技术即使由集团勉强收购，也已经缩水至少80%的价值。他答应过青垚不恶意揣测苏炳浩，然而正是他的恶意揣测，才导致身边人的苦难。

青垚愣住，绎心这是认输了？

她心里有那么一瞬间的犹豫，觉得苏炳浩仿佛是对的。抛开敌意，如果这一切都在神不知鬼不觉的情况下完成，如果青垚不是太聪明去质问，或者苏炳浩很年轻的时候就拥有了那本册子——这半份配方就是他的，他凭什么不能拥有“麝予仙”的股份呢？

绎心的坚韧，在这几天内被统统摧毁，良心的折磨让他无法做出任何强有力的回击，他认输了。

“蕴诚，你去备车，我和绎心马上跟来。”青垚打定主意，她要拽着绎心去林家渡。

原以为会浪费很多口水，没想到他早已疲倦之至，妥协说："好，我陪你。"

三人刚到小镇镇口，林玉琴和英表姐已经在外等候。

"炳浩正准备回北京，听说你们来了，特意留下！"英表姐说。青垚一怔，转头看了眼绎心，他什么表情也没有，倒是沈蕴诚双目眦睚、怒火中烧。

林玉琴把三个人带进堂屋，向里指了指，示意他们去天井花园。

阳光正好，花香满园。紫薇树下，黎络渊躺在藤制沙发上，身上盖着一张薄毯子。苏炳浩与沈绎兰双双坐在他身边的矮凳上，面前茶几的小壶里正升腾出阵阵水雾。绎兰看见青垚"咦"了声，苏炳浩微微抬了抬眼皮，提着小壶专注地洗茶，冲茶。他恭敬地抬起手来，将茶杯置于黎络渊的面前，比画着说道："伯伯，试试。"黎络渊直起腰来接过茶盏，对绎心一行招呼说，"来！"

茶几四周摆放着空椅，绎心径直上前，坦然坐在了苏炳浩的身边。青垚和蕴诚双双站着没动，他们不理解绎心的行为，明明痛苦到都要成灰了，此刻却如此从容。苏炳浩眯着眼睛与绎心对视片刻，微微一笑，说道："不都讲清楚了吗，今天还来打扰伯伯？"

"我陪垚垚来看外公。"绎心的声音平和安宁，听不出半点儿情绪，是彻底放弃之后的冷静，还是酝酿着飓风前的沉默，一时间反倒让苏炳浩有些吃不准。

青垚忽略了绎兰伸出来的手，她走到苏炳浩跟前劈头就问："苏炳浩，外公接受媒体采访，说出了你想要的话，满意了？"

苏炳浩皱了皱眉，眼睛却看着黎络渊，"伯伯你看，该不该让我管教管教？"

黎络渊怜爱地看了看青垚，对沈蕴诚说，"小伙子坐吧。"

"之前发生的事，你想糊弄过去？"青垚恼怒苏炳浩的狡猾，他总会三言两语便得以脱身，这一次她不打算兜圈子，趁外公和绎兰都在，她尽管说出来留给他们自己去判断吧！

"你故意把我和绎兰姐姐关在临江山庄，就是不想让我干涉你安排的采访！"

"我不知道你在说什么，绎心，你不打算管管你老婆吗？"苏炳浩有些恼怒。

绎心眯了眯眼没打算回应，黎络渊却说话了，他先示意青垚到他身边坐下，摩挲着她微凉的手掌说："垚垚，小叔并没有安排外公该说什么不该说什么。他在我这里住了一周，哪儿也没去，是他接了电话知道你出了事，才让英子去看你。"

青垚不知苏炳浩跟外公说了些什么，听到这话急得直跺脚。

苏炳浩厉声喝止，"青垚，快结婚的人了，还这么任性！"绎兰没在意青垚的忽略，柔声嗔怪："外公听到你小产的消息，担心到病倒了，姐姐还以为你这么懂事专程回来看外公呢。却不想脚都没站稳就跟炳浩掐！"

绎兰的话音刚落，不仅是青垚，连沈绎心和沈蕴诚也都愣住了。

难怪黎络渊躺在沙发上，看起来如此憔悴。

"外公！"青垚反手握着黎络渊，眼中的泪夺眶而出，"你怎么啦？"

"外公心急了些，知道你没事就好。人老了是这样，还好你们都乖。"黎络渊摸了摸青垚的头发。

"苏炳浩！"青垚腾地站起来，绎心紧紧地拽着青垚，意味深长地看着她，示意她不要再说了。青垚感到愤怒，苏炳浩这戏精，可以把黑的演成白的，当着这么多人不正是揭穿他的好时机吗？绎心为什么要放弃得这般彻底？为什么不能说？

难道就在这一段时间里，绎心变了？

孩子没有了，勐子残废了，"麝予仙"的配方让苏炳浩得了一半，青垚非常痛苦。那痛苦化作尖利的啸叫无时无刻不在折磨她，不允许她坐以待毙，要她做点儿什么，如果什么都不做，她会发疯！她到今天都还没去看过高勐，因为她不知道能为勐子做什么可以跟勐子谈什么，勐子是为了她，不！是为了绎心才弄成这样。单薄地安慰根本无法化解心中的愧疚，她必须要对自己有所交代，才有脸去面对勐子。凭借这股力量，青垚挺过了悲哀，但她想不到绎心会被打倒。整整一周，他都了无生趣，他拽着不让青垚发飙的神情，是如此懦弱，让她从头顶升腾出一股怒火，几乎控制不住要甩开绎心的桎梏，让他走开！外公有权知道他被苏炳浩利用，他是一个天生傲骨的知识分子，品行端正疾恶如仇，隐瞒才是对他最大的亵渎！当年外公就是因为管不住自己的脾气才流落到林家渡，青垚性格里多多少少带着他的遗传。

这时苏炳浩站起来，居高临下地对沈绎心说："老婆要管好才行。"说完对绎兰扬了扬下巴，"伯伯好好休息，我和绎兰先走。早知道还是这么不愉快，我就不等了。"

黎络渊抬了抬手，呵呵一笑，"走吧。青垚会气你一辈子不成？"

听了这话，苏炳浩朝青垚哼了哼，指着她的鼻子警告说：“伯伯有什么不舒服，第一个找你算账！”

青垚搞不清苏炳浩凭什么这么嚣张，不仅嚣张，大家都还默默感念他的好。沈绎兰被鸡屎糊了眼睛就罢了，怎么连外公都跟她一样呢？

细细想来倒也是了，青垚小产和勐子受伤都是因为绎心私自要带她走，苏炳浩在外公跟前一副无辜到底的模样，绎兰会原谅她，外公当然也会。不仅不责怪苏炳浩，还因为他原谅了绎心的莽撞、青垚的急跳而带来的麻烦，让大家加倍感念他的好。青垚不也暗自遗憾过，如果不是沈蕴诚告诉她内情，连她也会责备绎心自私。看着绎心有苦难言的表情，她忽然理解了他。

青垚深吸了口气，迎上苏炳浩的目光说：“我送你！”说着就跟在他身后朝门外走去。

出了天井，来到外间的院子里，林玉琴还在热切地挽留绎兰。

青垚在苏炳浩身后喝住他：“你早就设计好了，不仅设计了外公外婆，还设计了绎心！”

苏炳浩前脚已经踏出院门，听到这话收回了脚，不耐烦地说：“青垚你有完没完？不管你怎么看你小叔，我可以告诉你，你的叔叔从小到大，所做的每一件事情都是设计过的，我的人生就是按自己的设计一步一个脚印走出来的，这么回答你好了没？伯伯、娘娘、大嫂，包括你，还有你那个沈绎心，走进我的生活里问过我的意见吗？我还不是尽自己最大的努力？我想让你们满意，如果没办好是小叔能力不济，我再加油，再努力好不好？你穷追猛打的，到底想怎么样？你的孩子掉了，是我干的吗？高勐弄成现在的残废样，是我指使的吗？我好心好意让蕴诚带你回家，你偏要跟你老公冒险！那地方不是谁都能进去的，这个世界有很多禁区，你对那些力量一无所知，凭本事进去了，就还得凭本事出来！本事不够，害人害己，明不明白？！”

青垚被苏炳浩训斥得哑口无言，怒火逼迫得无处发泄。不对，他一定有什么地方是错的！她想冲上去扇他一耳光告诉他胡说八道，只有这样才能让他的那套东西不对她和家人产生危害。

正在这时，绎心不知什么时候跟着冲了出来，他一把抱住青垚，“小叔说的对，本事不够，害人害己，是绎心错了！垚垚你不要冲动！”

苏炳浩看到绎心认怂，眼中露出不屑的光芒，“沈家人里，我还算看好你的。可惜，你以前过得太顺了，养成了一身的毛病。这次算个教训，你是青垚的老公，绎兰的弟弟，我不希望下一次是绎兰来求我，求我扶你起来！”青垚感觉到绎心紧拽着拳头，全身的骨头都在咯吱作响，他也在努力地控制着自己。

苏炳浩见他埋着头没出声，补了句说，“青垚的脾气一向很好，怎么跟了你，德行差了好多！”话音一落，绎心身体倏地绷直，青垚意识到苏炳浩是在故意激怒他。

“嫂嫂的德行在沈家人人称颂，怎么到了浩哥眼中如此不济？”背后响起戏谑的笑声，沈蕴诚双手插在裤兜里缓缓走上来，脸上露出浅浅的笑容，他转头问，“林奶奶你看呢？”林玉琴站在台阶前，一直疑惑地看着两人针锋相对。沈蕴诚这话她听懂了，于是对苏炳浩挥了挥手，责怪说：“哪有这样说自己侄女的，我还在呢。你哥可没教过你要辱骂他女儿！”

苏炳浩挑了挑眉，对林玉琴点点头，“娘娘教训得对，炳浩从小没规矩。绎兰，我们走啦，下次再来看望老人家，如果您还欢迎炳浩的话。”

话音刚落，堂屋里传来“砰”的一声巨响，青垚转过头去，只见外公黎络渊斜斜地倒在地上，旁边的花盆从架子上倒下来，泥土散落一地。

“外公！”青垚大喊一声，院子里乱成一团。绎心眼疾手快冲了过去，将黎络渊抱起来，“蕴诚，快！”

……

39. 沈氏家训

黎络渊老人走了，脑血管破裂。

昏迷中他拉着苏炳浩的手，反反复复地呢喃：“炳桓是我的半子，伯伯却一直当你是我的儿子啊！”这个端直的知识分子希望苏炳浩能够成为一个真正的正派人，原本他以为做到了。

青垚长这么大，这是她第二次看见苏炳浩流泪，第一次是在爸爸苏炳桓的墓前。

她在外公闭上眼的那一刻就倒下了，醒来一直处于混沌之中。她觉得外公的死是她造成的，绎心已经一再恳求她不要冲动，可她憋不住。如果没有院子里那番针锋相对，黎络渊不会意识到，苏炳浩有他看不到的另一面。

苏炳浩始终没有承认自己的错，他的人生观实用而且有效，这么多年他就是朝着既定的目标不屈不挠地向前，在这个活跃的、充满机会的世界里打拼。走到现在，他超过了很多自以为是的优越的人，但他并不准备把这些人踩在脚下，告诉他们什么是成功、什么是体面，什么叫高高在上。他吃过敌人最苦的茶，也尝过朋友最毒的酒，他的心硬得像铁，全靠自身的顽强活下来，还准备着继续顽强地活下去。他从心底蔑视黎络渊这些人的价值体系，看着他们背负着没用的所谓德行、操守踟蹰不前。可恨的是他们一个个自己不前，还一脸正义地阻挡着他成长，不愿意看他前进。大部分时候他都懒得据理力争，与其浪费唇舌，不如干脆绕道做自己的事！对沈家人，他有着骨子里的愤恨，从开始调查大哥的死因开始接触，觉得这是一些可以轻易被利用的人，与绎心正面交锋之后他的愤怒到达极致，愤怒中掺杂着具体的恨，恨他为了虚伪的体面，在伤害他的人面前苟且偷生。

爷爷沈墨瑾参加了黎络渊老人的葬礼。

但很快爷爷便回到了眉山，当晚就把晚辈们叫到“退思堂”来。高勐刚出院，也由沈蕴真推着坐在轮椅上。

“跪下！”沈墨瑾当着青垚、蕴诚、蕴真和高勐一干晚辈的面儿，对绎心说。

绎心顺从地跪在爷爷跟前，他身后的太师椅上方，是整面金丝楠木的“沈氏家训”。

“啪！”的一声，清亮的耳光扇在孙子的脸上，事前毫无征兆。

众人大惊，不敢上前阻拦。沈蕴诚内心尤其震动，他知道爷爷对绎心的爱，从小到大谁也不敢碰他一下，更别说亲自动手打。青垚嘴角动了动，默默地退到勐子身边。

“知错没？”

“绎心知错。”

“错在哪儿？”

“绎心不该自以为是，跟踪蕴诚。”

“啪！”地又是一耳光，绎心的脸上清晰地出现了五个指印，“自以为什么？”

“自以为跟着蕴诚就可以找到青垚，自以为想办法带她回来就可以阻挠苏炳浩，自以为外公不接受电视台采访就能保住‘麝予仙’不被横插一手。”

“啪！”的又是一声，“这有什么错？”

“我什么也没做到。还害得青垚小产，勐子哥也——”绎心说不下去，他被满腔的悔恨噎着喉咙，“外公，他走得太苦了。爷爷，是我让您的心血白流了，您打死我吧！我没资格担当重任。”

绎心提到外公，青垚的眼泪便止不住扑簌簌地滚落下来。黎洛渊的脾气不像沈墨瑾爷爷那样暴躁，但他对苏炳浩的爱不亚于沈墨瑾爱绎心，他又何曾动过他一根手指头呢？时光倒转，她宁愿自己从没揭穿苏炳浩，外公便不会对视如亲子的苏炳浩失望，他会悠闲地生活在自己的无明知觉中，骄傲地看着苏炳浩慢慢变成他所期待的、体面的、正派的人。沈墨瑾在黎洛渊的墓前连说三个“痴人”，“痴人，何苦哦！”此时，青垚抬头，只见沈墨瑾气得浑身颤抖，挥着健硕的手臂毫不留情地又一巴掌甩在绎心脸上，无视他嘴角浸出的血迹，怒吼着骂道：“混账！抬头看看，沈家男人要怎么当！”

绎心的脸颊变得肿胀青紫，青垚心痛地想，若说痴人，爷爷何尝不是。

绎心仰着头，盯着沈墨瑾身后的“沈氏家训”，一字一句地念道：“……沈氏男儿以懦弱无刚为大耻，困心横虑，磨炼意志，玉琢成器……”

“沈家人，错了就认错，咬碎牙齿吞下肚！跪天跪地跪先祖，什么时候认怂了！”沈墨瑾振振有词，他的脸上泛着红光，威严地站直身体问，“你几次捡回命都没认过怂，这一次为什么要认？”绎心高昂的头微微一沉，“我……”青垚却懂了，以前不论生死是为自己负责，绎心不害怕，但是这一次面对她、面对勐子、面对外公和爷爷他怕了，是他牵挂太多，苏炳浩心目中那些所谓虚伪的体面和自以为是的德行，正是绎心心底最大的软肋。

勐子在轮椅上，忽然挣扎着要起来，“爷爷，是亲情太重啊，绎心……”

沈墨瑾厉声喝止，“坐下！”

绎心说：“爷爷，绎心知错了！”

“错在哪里？”沈墨瑾依旧不依不饶。

“绎心错在不敢担当，害怕犯错！”

“声音太小，听不见！”

“绎心错在不敢担当，不敢犯错！！”他提高声音，身体跪得笔直。

“大声点儿！”

“错在不敢犯错，不敢担当！！”绎心吼到破音。

“下一次，还遇到这样的事，去还是不去？”

“去！”

“害死爷爷、害死父母，甚至葬送整个修远集团也去吗？”

“绎心不会再浮躁行事，我会做好万全准备，考虑周详！”

“倘若考虑周详也不行，又怎样？”

"绎心自会承担所有罪责，接着做！"这一次，绎心没有过多犹豫，似乎是吼了出来，长久积郁的痛苦化作喉中的呐喊，随着眼泪统统释放了出来。他一下想通了很多事情，爷爷这几巴掌不仅打在他的脸上，还打在沈家晚辈的心口，拍出迂腐沉渣，让人身心通透。

"很好！一个准备背负家业的男人，首先要学会背黑锅，还要背负自己的罪责。"爷爷沈墨瑾的脸上露出一丝宽慰的笑容，"蕴诚你也来。"

沈蕴诚听到爷爷喊出自己的名字，上前一步与绎心并肩跪立。

"蕴诚自小在国外，现在勐子也回来了，虽然所学各有不同，但都是沈家的男人，是男人就要有男人的样子，今天这几巴掌打在绎心脸上，换成是你们，一样打在你们的脸上明白没！"

"蕴诚明白！"

"勐子明白！"

"好，绎心必须留在集团做事，他赖不掉！但是蕴诚和勐子，你们还有得选，是留还是走，任何人无权干预。爷爷只希望有生之年，看到你们兄弟三人同心同德，而不是为一己之私损害集团利益。"

"是！"

沈墨瑾交代完这句话，器宇轩昂地走出厅堂。

绎心挽起沈蕴诚，两人走到勐子的轮椅跟前，三个男人紧紧拥抱在一起。

青垚与沈蕴真对望，同样眼含热泪。

这天，绎心陪着青垚去给陈扬扫墓。

她不记得自己在什么情况下得知陈扬已经故去的消息，接二连三的事件像海啸一浪高过一浪，她透不过气来消化，只能被动地、麻木地承受着。

蔚子不知已经在那里坐了多久，身边的画夹子上，涂满了大片艳丽的色彩，组成扭曲奔忙的两个人，双唇刚刚触碰，身体却虚无在缥缈间。

蔚子啊！

青垚喊不出声来，平常蔚子最爱调侃陈扬是情种，可若说"情种"二字，谁又比得过蔚子。她今天一袭黑衣，扎着简单的马尾，钻石耳钉闪闪发亮，墨镜挂在头顶，一双剪水秋眸灼灼地盯着青垚。绎心捏了捏青垚的手说："我去那边看看，你们聊。"

蔚子看着绎心离开的背影，对青垚说："陈扬并不比沈绎心差，你们从小在一起，出国也一起，他那么爱你，你真的从来没有想过接受过他？"

青垚眯着眼睛遥望，与蔚子熨帖而坐，陈扬就沉睡在她们身边的土地上，仿佛还是那么多年来三个人的世界。碧空如洗，天高云淡，青垚眼中的景色已经迷糊，那个可以抬杠的人从此再也没有了。

“蔚子，原谅我从前不知道，你和陈扬……你那么爱他，何苦还一直把他往我跟前推，为什么？”

“不要认为我有多崇高。”蔚子理着鬓角被风吹散的乱发，“我爱陈扬，可是更爱自己的尊严。”

“我若说真的没有，你信吗？”青垚回头摸了摸照片中陈扬的脸，似笑非笑地说，“他就像我哥哥一样，我怎么能接受自己的哥哥呢？妈妈和陈叔叔把克制了十多年的感情倾注在我和陈扬这里，他们希望在我和陈扬的身上看到他们未曾实现的爱情。可我办不到！”

蔚子听到这话，全身筛糠似的抖起来，她看着青垚泪如雨下，“原来，你一直都明白。”她盯着青垚的眼睛，那目光无比清澈，仿佛是第一次清晰地看透了她，“这次去日本，陈叔叔跟你妈妈求婚了。他说陈扬也是同意的，希望阿姨仔细考虑，可阿姨还是拒绝了他。”

青垚眼中再次泛出泪花，“真的吗？那我真该给妈妈打个电话，妈妈和陈叔叔过得幸福，爸爸和陈扬泉下有知也会欣慰的！”她从小就是个敏感的孩子，初中毕业闹着要出国，只是因为不想继续装着不懂，她装不下去了。她很早就知道妈妈和陈扬爸爸的感情，她也相信妈妈没有背叛爸爸，可是爸爸一直深深地爱着妈妈，深深地爱着这个家，这不公平！现在她长大了，即将成为绎心的妻子，看着他们两个自由的人爱而不得，心里慢慢释然，她爱妈妈，爸爸也爱妈妈，他们都希望她幸福。

青垚对蔚子说：“陈扬是个孝顺的人，他即便知道我从来没爱过他，还是执意坚持了这么多年，其实是爱上了他自己的爱情。”

“陈扬也是个善始善终的人，决定去日本之前他跟我说，辞职去做这个项目固然有名利上的考虑，同时也是希望给自己的青春年华画上一个圆满的句号。”蔚子望着湛蓝的天，长长地吸了一口气，“他给你留下了一个专利，大概沈绎心还没告诉你吧！”

青垚想起陈扬的微信，上面写着：陈扬加油，给自己的青春画上一个完美的句号，接纳全新的一切重新开始。她的眼圈一红，抱着蔚子就哭了：“蔚子，陈扬要全新接纳的，就是你，对吧？你们这两个大傻瓜，总算想通了！我不要他留给我的东西，陈扬是你的！很早以前他就跟我说，蔚子能让男人的骨头变成粉末，那时候他就是你的，对吗？”

蔚子也哭了，整个山头响彻两个女人的恸哭，久久回荡。

从墓地回来，青垚很长一段日子都恍惚，在林家渡休养。与其说是休养，不如说她是不愿意面对苏炳浩和绎心白刃相向。其间，她独自去了一趟北京，见到了陈俊宏教授。陈扬留下的专利对“麝予仙”很重要，集团董事会决议用股权置换，青垚把这部分股权给了陈扬的父亲，自己做他的代持人。两个人谈陈扬、谈林翘音，谈两家人在成都生活的美好时光，青垚放下所有的心结坦言对他们父子的感情，谢谢他们在父亲离家的日子里，对母女二人的关怀照顾，并诚挚地期待着名正言顺地称呼他为“爸爸”的那一天。

40. 一失两命

“麝予仙”被苏炳浩插手已经在所难免。

Lee离任回国，营销中心总监的位置就由沈蕴诚补上，温司寇提升为副总监。至于绎心，郁顺尧直接提任他做自己的助理，作为总经理职权的具体实践和补充，通常来说，郁顺尧这个总经理务虚的时候多，总助却必须务实，这对绎心是个极大的锻炼机会。

接下来，沈蕴诚跟他的父亲沈忠魁有了一次非常激烈地冲突。这冲突源于“麝予仙”提请董事会关于电商项目的预算申请。沈忠魁持反对意见，他手上有财务的评估，可是表决的时候竟然有超过三分之二的董事赞同，这让他委实大吃一惊，调查后发现竟是沈蕴诚在搞鬼。他暴跳如雷，将沈蕴诚暴打一顿，旋即沈蕴真便从修远国际被抽调到“麝予仙”做财务副总监，跟黎展毅一起牢牢把控了“麝予仙”的资金和预算。

青垚觉得三叔不太懂得自己的子女，蕴诚是，蕴真更是。

蕴真打小就爱勐子，如果没有这次调职她会提请休假一年。青垚每次去看勐子，都会碰到蕴真陪在身边帮助复健。她受不了最亲近的两个男人，在商场中的激烈较量，所以她留在眉山老宅的时间便越来越多、越来越长。

绎心觉察到青垚的疏远，他提议去领证结婚，也被青垚轻描淡写地推脱了。他原本话就少，青垚一沉默，两个人便整夜整夜地相对无言，只有偶尔谈几句公司新近的动向。

“垚垚，‘麝予仙’不再设立三方物流，而是成立修远集团的物流子公司。”

“垚垚，集团买下顺德，陈跃翔回‘麝予仙’任职营销中心市场部经理。”

“垚垚，野生麝的生物提取技术专利通过认证，研发启用了。”

“垚垚，电商平台基本选定，我出差几天签意向。”

“垚垚，最近很累。”

……

青垚努力迎合，仔细听他讲公司的全新动向，借以揣测他和苏炳浩的争端到了什么样的地步，可是他的发言往往比新闻标题还短。有时候青垚觉得他可能真的很累，半夜独自在书房中喝酒，醉了就干脆睡在书房。

相反苏炳浩在房产公司的项目倒是如火如荼，他的身影频频出现于各大媒体之中，各种头衔纷至沓来。本年度慈善排行榜刚一揭晓，苏炳浩个人捐款两千万被《锦城财经》评为“西南公益第一人”，还为此给他量身制作了一期人物专访，称呼他是“21世纪先锋代表人物”。相对于苏炳浩的高调，绎心仿若微尘，青垚有时甚至会替他捏一把汗。外人看起来他们并没有什么争端，即便有争端也根本不是一个层面的较量。可青垚知道，苏炳浩最忌讳的人就是绎心，因为他的深沉难以估量，尤其他身后背负着整个修远集团的核心势力。

这种时候，聪明如青垚，远离漩涡的中心是最好的选择。

苏炳浩将工作重心转移到成都，却把绎兰安置在北京。这天晚上，青垚接了一个电话，是绎兰，“青垚，还埋怨兰姐姐吗？”

沈绎兰对青垚的爱是基于弟弟绎心，掏心掏肺却不得法。她同时也很认真努力地为苏炳浩做了很多事情，同样得不到认可，她由始至终都没有走进苏炳浩的心里，她被苏炳浩用爱囚困在一个奢华光彩的玻璃瓶里，与众人隔绝，生活得毫不真实。有时候青垚会忽然想起第一眼见到沈绎兰的样子，一袭大红色的长裙衬着她高挑丰满的身材，惊艳了多少人的眼睛！

青垚安慰她说：“怎么会，跟姐姐没关系。”

“青垚，绎心从来不求人，唯一那次临去非洲前，求我帮他想办法把你留住。姐姐知道绎心非常爱你。以后不管遇到多大的事情，都要相信他好吗？”这事沈绎兰跟她讲过，再次提起来，大概是因为她最近常常留在眉山老宅，跟绎心疏远太多的缘故。

“我相信他，姐姐放心。”

“如果姐姐什么地方做错了，不要怪我。”

“姐姐没错，你不要胡思乱想，下个月宝宝就出生了，好好的，我跟绎心一起来看你啊！”青垚觉得沈绎兰一个人在北京待闷了，因为她流产的事而自责，老是放不下。

“好好照顾绎心，他很辛苦。”

告别之后，青垚总觉得哪里怪怪的，想起绎兰的交代，她给绎心打了电话去，那边还在加班组织开会。

“有事？”

“没有，想你了。”

听到此话沈绎心精神一振，语气轻松起来，“乖，明天等我吃晚饭。”

晚上青垚睡得不好，迷迷糊糊听到房门“砰”的巨响，她猛然坐起来。却是绎心站在门口，神情怪异地盯着她，胸口剧烈地起伏不停。

“怎么？”

“兰姐姐！”绎心双目通红，“兰姐姐出事了！”

青垚的脑子“嗡”地一阵轰鸣，听不清绎心到底在说什么。

沈绎兰死了，连同肚子里的孩子。

她的葬礼同奢侈的婚礼比较起来相当低调，警方确定是自杀，留下的遗书只有四个字，“炳浩珍重。”

“怎么了……”青垚挽着脸色惨白的绎心，感觉他从葬礼开始就抑制不住在发抖。苏炳浩一身阴冷地坐在屋中黑暗的角落里，身后站着面无表情的秦昊天。

蕴诚、蕴真、高勐都来了北京，悉数聚集在苏炳浩的家里。

苏炳浩换了住宅，与沈绎兰结婚以后重新买了一间四合院，装修堪比老米的办事处，有专门负责照顾绎兰的厨师和保姆、司机。这些人在绎兰出事后已经被警察带走盘问，绎心并没有征得苏炳浩的同意，非常强势地让勐子找人再次对他们进行调查。绎兰性格孤僻清高，前夫周文正出事以后去英国居住了很长时间，与众位兄弟姐妹相处的时间不多。除了绎心，其他人对她都谈不上了解。保姆提到绎兰出事前拿着一张打印纸，这引起了高勐的注意，因为还没来得及交到苏炳浩手里便让警察拿走，所以苏炳浩还不知道。那是一张电邮的打印件，是法国的中介公司发给苏炳浩关于更换酒庄管理人的征询函，上面没有任何指向与绎兰的死亡有关。

“苏炳浩，不要让我查出来，否则我会杀了你的！”绎心揪着苏炳浩的衣襟，说时迟那时快一拳抡在苏炳浩的脸上。苏炳浩避让不及，顿时鼻血如注，秦昊天冲上来，苏炳浩抬手推开他，单枪匹马与绎心扭打在一起。

“绎心！”青垚乞怜地望着绎心。她当然知道男人自有男人解决问题的方式，也许积郁的怒火早已燎原，拔刀相向的局面在各自的头脑中不知预演过多少次。绎心没有理会她，手脚却已经收回来，他对苏炳浩低声嘶吼：“兰姐姐那么爱你，你怎么能这样对她！”

“阿兰是自杀，不要什么屎盆子都往我头上扣！”苏炳浩站直身体抖了抖衣襟，他环顾着屋中众人，冷冰冰地说道，“有本事查清楚！沈绎心，看在青垚的面子上我不跟你计较。不过，以后不要指望我会让着你！”

青垚不断地回想着绎兰前夜打来的电话，说着那么奇怪的话，她到底做错了什么，会让她连肚子里已经成型的孩子也不要了。

这件事对爷爷沈墨瑾的打击更大，在沈家老宅，一向活得通透的老人也陷入了无尽的悲伤。“当年我要绎兰与阿正离婚，是不是真的做错了……”他喃喃自语，对身边站立的众位晚辈视而不见。

“爸爸别这么说，离婚的事阿正自己也同意，绎兰不是已经走出来了吗？”沈忠民看着二叔沈忠实抱着头蜷缩在沙发里，安慰着自己的父亲。

绎心最近都无法入睡，他说在书房看书，有时凌晨醒来，青垚会发现绎心抱着她，肩头还有泪湿的痕迹。

“绎心，让我回公司上班吧！”青垚下定决心，不再逃避。

在风起云涌之中，时间如同白驹过隙，“麝予仙”的每一天都在更新。

市场部办公室内人头攒动，各个岗位好像加载宏的自动化脚本，忙而不乱地运作着。陈跃翔走走停停，偶尔有人上前递给他文件签收。他觉得自己虽然回来了，这间熟悉的办公室里，却早已物是人非。增设电商部呼叫中心以后，市场部抽调了一部分人，又有新人从研发那边过来，协助新“麝予仙”新旧两款产品的过渡推广。他这个市场部经理虽然是沈蕴诚提携，却是按苏炳浩的要求安排，他挺胸抬头上班一个月就发现沈蕴诚跟以往有了很大的变化，他曾自诩是沈家的叛徒，此时却比任何人都更像是沈家的人，显得孤僻而冷淡。

最让他头痛的却是这批不太听话的小年轻。想当初风光的时候，他振臂一呼整个销售部甚至营销中心都有感应，现在每每布置新任务，总有人提出质疑，“以往Leo说……”、“苏姐曾经说……”、“Leo总监和苏姐告诫我们说……”

阴魂不散的除了女鬼就是前任！他满以为得到总监的支持会好些，但蕴诚却将市场部的决策给了温司寇。在顺德他是温司寇的老板，卖掉顺德反而成了温司寇的下属，这算什么事儿！

“浩哥，我去你的房产公司吧！在‘麝予仙’浑身不舒服！”

“好好待着，会有你舒服的一天。”苏炳浩不紧不慢地回答。

若不是为了报答苏炳浩的知遇之恩，他永远不想再回“麝予仙”！他与父亲陈军早已势同水火，他在办事处东奔西跑的时候，陈军就未曾履行过作为父亲的责任。他是单枪匹马冲杀而来，如今还能驻扎在市场部，是因为苏炳浩撑腰。

至于苏青垚和沈绎心，陈跃翔更是恨得夜不成寐，思前想后觉得这得是多么巨大的阴谋啊！他早已从苏炳浩那里获知了所有隐秘不宣的内情，度过刚开始的震惊后，就是一股被欺瞒的耻辱感占据着头脑和身心。沈绎心是集团掌门又怎样？还不是见不得光的私生子，靠着摇尾乞怜才坐上高位！陈跃翔一开始就看他不顺眼，他相信苏炳浩才是真正的强者，他见识过苏炳浩的能量，他说他会是王者归来，虽然跟预期有些差别，但他相信那一天是迟早的事。

最近，市场部策划了新款“麝予仙”为期半年的推广宣传，营销中心内部在制定产品生命周期的营销策略上便出现了分歧严重，陈跃翔和温司寇之间产生了争执。

“以前的‘麝予仙’是个残疾，安了假肢穿上西服依然是残疾。现在我们要通过宣传告诉大家，这是全新的产品，是新品而不是老品牌改良换代，懂吗？”

温司寇不答应，据理力争，“‘麝予仙’在老百姓心目中口碑甚好，不能推倒重来，要知道一个百年品牌的延续和建立是多么不容易！”

“废话！谁告诉你‘麝予仙’百年不倒？它早倒了，你去医院问问，现在还有哪位医生会给肝病患者处方‘麝予仙’？再等几年，老一辈人都死了，还有谁记得‘麝予仙’能治肝病？”

“可我们不能否定‘麝予仙’，宣传侧重在唤起人们的追忆上，让百年品牌重新焕发活力，我相信蕴诚总监和郁总也会同意我的看法。”

不提大头目还好，陈跃翔顿时火冒三丈，“寇老西儿！你也学会了拿鸡毛当令箭。在顺德的时候我可从没这么教你，别说是你，汪海洋、谢东辰你们一个个想想，我什么时候拿着大棒子压过你们啊？老话说得好啊，路遥知马力，日久见人心。最靠不住的就是人心，要说钱靠得住，我陈跃翔也没少给你们一分钱，怎么他妈的说翻脸就翻脸了，啊？”

旧事重提让温司寇气短，当初他向青垚吐露心曲，就是担心某一天顺德会变成他的软肋，果不其然。

“是哪个翻脸了？”

大门推开，一个甜美悦耳的声音传来。温司寇扭头一看，只见青垚一头卷发披肩，杏黄色的短袖套裙，包裹着摇曳的身姿款款而来。一年未见，青垚愈发成熟优雅，眸瞳清亮，略略上翘的鼻子底下，是润泽欲滴的唇色，白皙的面孔如瓷器般散发着淡淡的光彩，整个人因为面色红润显得贵气十足。

“苏总监！”温司寇喜形于色，他已经听说青垚会回来任职副总监，没想到是今天。

陈跃翔愣住，看着青垚面色复杂，最后定格在硬冷之间。

“阿翔哥，你看我给你带了什么？”青垚笑盈盈地走上前，递上一本硬皮文件袋，抽出一张镶着绿色条纹的卡片。他接过一看，上面赫然写着“‘麝予仙’地理标志保护专用证书”几个大字。

“我们的‘麝予仙’不仅是中华老字号产品，还申请到了地标认证，这才是名副其实的中药瑰宝！阿翔哥，把它镶起来挂在市场部吧！”青垚的眸子直盯着陈跃翔，那容光焕发的样子闪得他脑际生锈，疑窦丛生。

他记得苏炳浩说过地标申请并不顺利，虽然抢在沈绎心之前制造舆论，拿出了“麝予仙”的正宗古方配置，可是相关信誉证明只有黎络渊的电视采访，其他地方志、农业志和产品志均无记载，他靠搞定政府部门获得了批复和推荐函，在集团内部取得沈忠魁总经理的支持，却因专业检测进展不畅导致他在市场部很憋屈地待到现在。今天青垚忽然出现，还拿出了地标认证书，说明什么呢？

陈跃翔接过青垚手中的证书，喏喏地问：“搞定了？”其实他想问：为什么证书在你手上？青垚眸光闪耀，露出微微狡黠的笑容，仿佛看透了陈跃翔心中所想，“温总监，陈经理有一句话说得对，现在没有哪位医生会给肝病患者处方‘麝予仙’，我们的‘麝予仙’品牌只存在老一辈人的口碑里，如果不尽快将品牌亮出来，‘麝予仙’迟早会默默无闻地消失下去。‘麝予仙’不仅在品质上有了质变，而且拥有了中华老字号和地理保护两块标示，牌已经拿好，看我们怎么打出去了！”

温司寇看到青垚回来，不由自主地松了一口气。眼看陈跃翔拿着证书离开，他意味深长地说：“你和总助，你们……瞒得我们好苦！”到了温司寇这个位置，集团的很多事情已经不是秘密，青垚笑笑说，“对不起，实在是身不由己。”

“跟我说什么对不起啊，认识这么多年了。”温司寇眯着眼睛，自嘲着说。

与温司寇告别，青垚向绎心的办公室走去。

绎心正埋头在写着什么，没发觉有人进来。阳光从落地窗洒进房中，撒播在他的肩上，从她的位置看去，一簇金色的光影之下，绎心聚精会神，犹如雕塑一般。

“总助。”

随着青垚清喉一唤，绎心抬起头来，扑扇的眼睫下，是明澈的琉璃瞳仁，眼波里锋芒暗藏，威严自现，他展了展眉站直身体，淡淡说了句：“来了。”

都忘了有多久没像现在这般注视过他，青垚感觉心田似有一股温柔的涓涓细流。绎心消瘦了许多，以前他的表情也冷清，但眼光是柔和的，只是不爱笑而已。此时却因为太多心绪埋藏的缘故，那耸立的眉尖，深深地拧出了几道沟壑。

绎心接手总助之后，郁顺尧去香港一待就是几个月。他们这是希望集团董事会尽快调整人事结构，“麝予仙”是确定要交给绎心的，希望他能做足充分的准备。绎兰的自杀对绎心的打击很大，青垚知道他们姐弟情深，更重要的是源头在苏炳浩。青垚虽然下定决心不再逃避，但感情上未必如此爽快，失去了孩子，外公突然离开，她也有过渡期，残存的理智让她坚定地站在绎心一边。他们还在一个天晴的日子低调地领了证，婚礼却只能无限期后延，谁也不知道会等到什么时候。彼此的内疚与抗拒同时到达极致，刻意的迎合失去了真诚，假装的欢喜连自己也欺骗不过。

就在半年前，青垚接到林玉琴的电话，要她回林家渡。她立刻前去处理，回“麝予仙”上班的事情才耽搁到今天。

绎心知道青垚今天回来，看着那娇艳的容貌显得踟蹰，喉头动了动，手脚都僵了。

青垚无奈地看着自己的丈夫，“哄哄我啊！”随着她嗔然一叹，整间办公室瞬间明媚起来。已经忘了有多久没见到过这般发自内心的舒展！绎心不由自主地将她拉到身边，捧起她的脸贴了上去。这是一个缠绵细腻的深吻，唇齿间的芬芳在彼此口中荡漾，整个房间便弥漫了一股暧昧的气息。“别动，宝贝儿。”绎心圈着她，青垚觉得自己绵软得可以化掉了，被他搂在怀中的感觉如此踏实安稳。她仰着头望着他，手指放在两唇中间，态度认真地说：“地标认证书拿到手我才回来的，要不怎么跟你交代？”

绎心眉头展开，愈发生猛地探寻着索吻，“你在我身边才是交代。”

半年前，林玉琴让青垚回林家渡。

她拿出一张泛黄的古绢，“你外公临走时要交给你的，拿去完璧归赵吧！”这是一张被人为撕开的绸绢，只有一半。青垚立刻明白是真正的“麝予仙”古方重现天日，当所有人都以为古绢已被黎络渊烧毁的时候，它出现了。

“我就说嘛，是相好！”林玉琴拿袖子抹着眼梢，不知在咒骂还是哭泣。

由于真正的古绢在青垚手里，修远集团董事长沈忠民专程从香港回到成都，邀请青垚以非货币资产投资入股“麝予仙”，苏炳浩前功尽弃。

这便是“麝予仙”地标认证从青垚手中拿出来的缘由。

当初，“麝予仙”第一次进入苏炳浩的视野，他就和苏炳桓一样，在记忆中搜寻这个特别的名字。直到无意看到媒体朋友制作的电视片，才痛悔原来他跟“麝予仙”失之交臂。在苏炳浩的商人生涯中，安排黎洛渊接受媒体采访并非作恶，只是微不足道的日常，连算计都称不上。他坚信在利益的面前，任何人都无法免俗，绎心如同被踩了尾巴似的搞出这么多大事故，也不过是见不得自己的利益受损。

41. 熟悉的陌生人

这天广告公司发来邮件，相关推广方案依照温司寇的思路整理完毕。青垚想到应该去见见Maggie，但接待她的只有陈总。原来Maggie已经在一年前就出国，先是在欧洲待了一阵，然后去了美国。青垚没有多想，觉得是因为苏炳浩结婚，让Maggie心灰意懒了。

接下来，“麝予仙”在电视、网络、新媒体进行地毯式轰炸宣传，一夜之间全国人民的眼睛里都闪耀着一种名叫“麝予仙”的神奇药方。紧接的研讨会、品鉴会，经销商座谈、电商网络培训上，总助沈绎心和总监沈蕴诚频频上镜，两位青年才俊，一个沉稳清远，一个飞扬跳脱，为“麝予仙”增添了夺人眼球的话题。尤其是沈蕴诚，在代言“麝予仙”品牌的同时客串投资理财，收获着无数的流量粉丝。

11月底集团董事会将宣布任命新的总经理，绎心却离奇地消失了两周。

他告诉青垚说自己心很乱，想找个地方寻个平常心。他先是拜会了释慧言大和尚，在他的禅房中住了一段时间，又去到北京，在苏炳桓的墓前从早晨坐到黄昏。

在这期间蕴诚主持工作，电商运营正式上线。

与此同时，集团物流公司宣布重新选址，地点就在眉山的“西部药谷”，建成之后将辐射整个西南地区，郁顺尧任物流公司筹备组组长，成为集团执行董事。奠基仪式场面宏大，彩旗飘扬，不仅集团董事会全体到场，各个子公司中层以上的管理人员悉数就位，还有政府部门的相关领导和各个媒体代表参加。

苏炳浩的名字也在筹备组内，青垚见他神采飞扬，穿着黑色的西服套装与一干执行董事和政府官员站成半圈，手里握着铲子往碑柱填土。奠基剪彩仪式接近尾声，在电视台的采访车停靠的地方，有一辆外地牌照的黑色商务车悄然而至。车上下来两个人，径直走到陈跃翔跟前，低声耳语几句，将他带离了会场。当大多数人的注意力都集中在奠基仪式与祝贺声中，只有青垚和温司寇眼睁睁看着汽车绝尘而去。

青垚很敏感，立刻去找苏炳浩。

电话那头，苏炳浩关机。

晚宴隆重，衣香鬓影间，苏炳浩没有出席。

青垚俯身在沈忠民的耳边轻声询问：“爸爸，苏炳浩什么时候走的？”

沈忠民回答说：“跟我请过假，说是不参加晚宴了，随他吧。”说完，见青垚转身要走，叫住她问，“绎心还没回来吗？”

“嗯。”

“他压力太大了，不要怪他。”沈忠民这话令青垚觉得怪味，似乎别有所指。绎心做总助的时间超过一年，被任命“麝予仙”总经理是迟早的事情。她从林家渡回来以后，两个人的感情恢复得不错，青垚享受着绎心的强势掌控，她放下过往专注做个幸福女人。也许是父亲的关怀而已，青垚觉得自己想多了，“我明白的，爸爸。”

她离开酒席，心中却是另一种心神不宁，想了想把沈蕴诚拉到一边，“刚才陈跃翔被检方带走，我想去找找苏炳浩。”沈蕴诚一听，立刻放下酒杯，“我跟你一起去。”

天色已晚，汽车开到熟悉的浅色小别墅前，苏炳浩的车果然停在草坪上。

两个人刚下车，只见梅姐提着一个硕大的旅行袋开门出来，昏暗的路灯照着她瘦小的身体，显得荒凉。她转身看见青垚和蕴诚，咬咬牙没说话，低着头默默往外走。

“梅姐，这么晚你去哪儿？”青垚叫住了她。

她第一次来这里的时候梅姐就在了，这是个害羞内向的女人，曾经把绎兰照顾得很好，“姑爷说要把这里卖掉了。”

青垚很意外，“我去看看。”说着和蕴诚一起走进别墅。

客厅一片黑暗，打开灯，房中干干净净，陈设跟以前没什么两样。她四下没找到苏炳浩，上楼看书房、卧室里也没有。青垚皱着眉停在楼梯上，想起苏炳浩端着红酒杯独坐乾坤的样子，恍惚间听到楼下响动。

沉降式餐厅在楼底，从楼梯转角下去，蕴诚已经推开餐厅的门站在那里。

苏炳浩还穿着典礼上的那件白衬衣，他斜倚着餐厅的高靠背椅，双腿交叉搭在餐桌上，一手提着人头马，一手握着酒杯，蓬着头醉醺醺的，神情挖苦地鄙视着蕴诚。青垚走进去，差点儿踩着脚下砸得粉碎的手机。

“来，沈家二少爷和大少奶奶！”苏炳浩笑起来，露出整齐的牙齿，“他娘的打电话一个都不接，还好你们来了，坐下喝酒！”

“苏炳浩，你看见陈跃翔被带走了？”青垚问。

“哼！”苏炳浩将鄙夷的目光从蕴诚身上挪到青垚的身上，“什么意思？以为我垮了是吗？告诉你，苏青垚，他们还动不到你小叔的头上来！”

“是谁？”青垚上前问，“是谁动你？”

“问问你老公啊，他很能的，怎么没来？”

“绎心？”青垚踉跄着退开半步，转头看看沈蕴诚。

“不是绎心！”蕴诚瞪着苏炳浩，腮帮子绷得紧紧的，“你还想挑拨大嫂跟他的关系！”

“我这个侄女早就不姓苏了，不信你问问。”苏炳浩摇晃着想站起来，感觉徒劳，最终还是坐了下去，他嘲弄地指着青垚对沈蕴诚说，“他老公，你了解对吧……身边有个高勐，他想找人带走陈跃翔。给我点儿颜色，简单；想从我身边人下手弄垮我，幼稚！”

“苏炳浩！”沈蕴诚一把揪住他的衣领，眼中呼呼喷火，“如果是他，查你的人早就上门了！绎心哥不想青垚伤心，忍着不准我们动你！”

苏炳浩邪气地笑了笑，“我怕？”

“你不怕，波尔多酒庄的主人也不怕吗？”沈蕴诚无视青垚在侧，冷冷地说道，“管理人去了美国，现在还好好地养着你的孩子没人打扰，你觉得是找人带走陈跃翔容易还是直接打电话给纽约容易？”

“什么？”青垚听到蕴诚的话，脑中“嗡”地响成一片，五脏六腑都好像被绳子勒着，痛得冷汗淋漓，“孩子？”

苏炳浩脸色一变，“腾”地从椅子上跳起来，双目龇犸露出凶狠的眸光。蕴诚撒开手，朝苏炳浩摇了摇头，悲苦地说：“兰姐姐还有一个月就当妈妈了，那也是你的孩子啊！她跟了你，忍着对沈家的背叛，你却如此对她！我就是杀了你都不为过！绎心哥不许我们对你动手，明白吗？你以为你在修远集团为所欲为是自己本事大，我们动不了你是吗？你到底什么时候才能清醒？”

“沈蕴诚！你胡说什么？”青垚尖叫起来，苏炳浩瞒着她，沈绎心也瞒着她，他们到底还有多少事瞒着她！保姆说绎兰临死前看过一张更换酒庄管理人的征询函，是发现了什么让她无法接受，还是因为苏炳浩在美国有个孩子？那个孩子是哪里来的？是他和谁的孩子？

蕴诚没有理会青垚的质问，迎着苏炳浩沉声说：“为什么你打不通那些人的电话？你感觉到什么没有？那都是些什么人，你心里比我清楚对吧？如果你要继续下去，协助调查的人就是你！你通过离岸银行打给某人的钱，蕴真那里正在想办法帮你填，房产公司的法人代表是你，当初没有跟集团并账你心里在沾沾自喜吧，觉得修远集团都是一群蠢货是吗？为什么董事长会赞成独立核算呢？我现在告诉你，因为这样，集团就可以随时壮士断腕！至于你，苏炳浩，人在做天在看，你不懂吗？”蕴诚似乎豁出去了，他紧紧地杵在苏炳浩的跟前，“我们家，从来没有对不起你。我爸爸有多信任你、多欣赏你，你他妈不清楚吗？他把房产公司交给你打理，为你争取到那么多利益，可是你！为什么要那样对兰姐姐？你，一开始就在利用兰姐姐！”说到这里，蕴诚突然被什么噎住，断断续续地说，“她害怕，她怕你像阿正哥那样，怕她的丈夫再次走进高墙里出不来！你根本就没有给她活下去的勇气！”

随着一声巨响，苏炳浩将手中的水晶酒杯摔得粉碎，紧接着一拳将蕴诚打倒在地，他嘶哑着大吼：“活腻了你！你以为我是在你们家讨生活的吗？看来你爸爸没教好你！金融危机后修远集团什么样子你回去问他，修远国际靠着一群美国人在背后撑着没倒，回国内寻求发展四处碰壁无人理会！地产项目没有我根本做不出来！还有‘麝予仙’——”他抬头看了看青垚，不屑地冷笑了一声，“现在能够风生水起，不是沈绎心求我帮他，不靠我费心尽力走得到今天吗？”

青垚颓然地跌坐在地上，沈蕴诚气势汹汹要站起来，被苏炳浩重新按倒，他恶狠狠地说：“我最讨厌你们这种高高在上、装腔作势、指手画脚的鬼样子！你刚回国那阵儿不也讨厌沈家只会装腔作势吗？怎么！开始发达，回头清算起我来了？说好听点儿你们是仗着祖上阴德，说不好听你们家赚的钱就干净吗？一个个脚上的泥巴都没洗干净，就自称上层人！你，包括你青垚，你们什么时候真正拼过？给人舔过脚趾、端过屎盆子吗？被人撵得鸡飞狗跳、东躲西藏过吗？我苏炳浩有！是！我是借用了些你们家的资源，不过我都加倍地还了！你睁大狗眼看看！‘麝予仙’、物流公司、房产公司，哪里没有我苏炳浩的人脉，哪里没有我加倍赐还的情分？你们睁着狗眼蒙着心眼，算计我谋夺你们家什么？那些你自以为赏赐给我的股份不都是我应得的吗？对绎兰，我什么时候少尽过做丈夫的责任？我给她请最好的保姆、司机，专业的厨师，她跟着我是越活越穷了还是越长越瘦了？她自己想不开，有心病就去看医生，她自杀我承担了多大的社会舆论你们替我想过没有？她是你们沈家养出来的女人，遇到鸡屎大的事就拿命开玩笑，还害死我的孩子！这些我都一点儿一点儿地嚼碎了咽下去，没找上门瞎嚷嚷，没吭过一声对吧？你们凭什么，凭什么一副恩赐的嘴脸跟我这儿讲屁话？你，沈蕴诚，嗯？你跟我的时候我尽心尽力带你，你要回你沈家当二少爷接总经理的班，我讲过你一句不是、阻拦过你吗？今天跟我这翻脸跟翻书一样，你以为我就怕了你，不敢应你一声儿了？”

苏炳浩一口气说了一大通，青垚目瞪口呆地倚靠在门框边，觉得眼前得苏炳浩何其陌生，简直可怖！蕴诚被他说到哑口无言，气势也颓败下来，“我今天跟你说这些，是希望你早点儿收手，不要怀疑是绎心在害你！”

“你说沈绎心没害我，我信！”苏炳浩呵呵地笑了笑，抬手拍着蕴诚的脸，啪啪作响，“知道为什么你争不过沈绎心？他比你看得透！他知道没资格跟我叫板，他没脸叫板，你懂吗？”苏炳浩说着转头看向青垚，神情显得有些疲倦，他不耐烦地扯了扯衬衣的领口，挥手说道，“小叔跟你说句实话，你选沈绎心，是你这辈子眼光唯一准的一次。滚出去吧，让我自己待着，别在我眼前碍事！”

青垚不走，她的脑子被塞住了，没办法思考什么。她泪流满面，嘶哑着问：“苏炳浩，求你告诉我，这些年你到底做了什么？那个人是Maggie吗？你跟她什么时候有了孩子？”

苏炳浩径直转身，指着蕴诚厌恶地吼道：“趁我现在还醒着，滚！”

青垚被蕴诚拽出了门，直到上车还在抖，“蕴诚你说的对，苏炳浩要赶紧收手，否则我怎么面对爸爸和外公！你都知道什么，全告诉我吧！”蕴诚瞥了青垚一眼，说：“我气昏了头，该说不该说的全说了，等绎心回来，让他告诉你好吗？”

青垚红了眼，“不！”她说，“你觉得他如何能在我跟前说这些？”

沈蕴诚微微张了张嘴，“嗯”了一声。

“法国酒庄的管理人是谁？”

“是一个叫杨素的中国女人。”

“Maggie杨！”

“对。兰姐姐出事前看过一张从波尔多寄给苏炳浩的邮件，很平常的商务函，是苏炳浩在法国的酒庄代理人换成一个叫杨素的中国女人。杨素的广告公司与集团有合作，她还是《锦城财经》的新闻部主编，很容易就查出来了。”沈蕴诚平静地说，“她辞职去法国，理由是学习，其实是怀孕待产。”

青垚的心沉了又沉，早知道苏炳浩与Maggie不会断，他们的情谊如此根深蒂固，不管是苏炳浩还是Maggie，都无法割舍，他跟沈绎兰结了婚，同时又跟Maggie有了孩子。沈绎兰一定是进了苏炳浩的邮箱，她把网页打印下来，是想跟苏炳浩大吵对质吧，但她终究没有。

“你和勐子哥出事那阵子，爷爷气倒在床，绎心在院子跪了一天一夜，兰姐姐一直为苏炳浩开脱，觉得是绎心不信任苏炳浩才做了错误的判断。我不知道她是什么时候才彻底明白过来，可她回不了头，只能跟着苏炳浩走到黑了。兰姐姐受过伤害，走到这一步固然是因为内心太脆弱了，可是苏炳浩也绝对脱不了干系的！”

青垚心痛难耐，一边是苏炳浩的亲情，一边是他给绎心、给绎兰、给爷爷和沈家人造成的伤害，连外公都无法面对这个视同骨肉的孩子，她又如何面对这个亲人！

42. 大胆的决策

陈跃翔协助调查的事还未掀起轩然大波，“麝予仙”市场部就已如开锅的沸水，曾经跟他过往从密的人都感觉惶然无措。绎心还未回来，看来是打定主意要散心了。青垚在这一年来承受力强大很多，她想起Lee的教导，专业的职业形象一遍遍地出现在脑海。职场虽然不是人生的唯一战场，可是带着私人情绪上战场，注定是一个蹩脚的经理人，说到底，一个人承担的责任虽然有限，可是责任越大，抛开自我的地方越多，就越会闪闪发光，这一束光，可以汇聚集到更多的优秀者，最终照亮世界带给人光明和希望。青垚很思念绎心，他这一年来独自承受着难以想象的重压，便是为给她无限的光明和希望。她觉得如果有一天要她必须忘记所有的事情，她也一定会记得他。

这天，副总陈军忽然敲开青垚的办公室门。

“陈总，内线呼我就行了，您还亲自过来。”青垚请陈军入座，亲自泡了一壶好茶。陈军摆摆手，说是顺道过来聊聊天。他原是制药厂的老厂长，沈忠民与他共事多年，对他的人品信任有加，于是邀请他担任“麝予仙”副总到现在。此刻，陈军看起来竟是衰老了很多，青垚还记得第一次在台下看到他的样子，头发光亮如漆，眼神坚毅如铁。

“青垚。”陈军并没有称呼她的职务，“阿翔跟你同事的时候，你们关系一直很好。”

“是啊！”青垚在他的身侧坐下来，安慰说，“阿翔哥脾气大，得罪了什么人自己都不清楚。等绎心回来找几个朋友，保证他不吃亏，调查结束就出来，没事的。”

陈军点点头，没有多余的客套，“绎心到‘麝予仙’做事，我这叔叔没认出来就算了。”他垂着头自嘲地笑，“阿翔不争气反倒劳烦他去奔走帮忙。”

“不要担心，绎心跟阿翔哥的交情，他不会让他在里面待很久的。”

“我的儿子我自己知道。以前我看不惯他在外乱交朋友，一出事吧，谁都找不到。”他一边说着从衣兜里掏出一张白色的小票，颤巍巍地递到青垚跟前，“你看看这个。”

青垚接过一看，是一张银行转账的小票，北京某银行50万，收款人是昌平一家公司，表面上看不出什么。

“是阿翔哥的账户转的吗？”

“是他母亲的账户。”陈军叹了口气，“今天老伴儿把这个给我，我上网查了那公司，电话停机，公司也注销了。我估计着那个臭小子是栽在这笔钱上了。”

“五十万的转账，不会查不出来的。”青垚一边安慰陈军，一边问他究竟怎么回事。

“一年前的事儿了，借了他妈妈的账户过笔钱，我也是今天才知道。”

青垚理不出头绪，对方收款人是谁，这笔钱的来去是什么用处，“要我帮你查一查吗，或者等绎心回来，让他看看？”

“算了，总经理刚上任，就不拿这些小事情去烦他。”陈军站起来要走，“心里不踏实，找个人说说，没事最好。”

青垚一时无言，看着陈军离开的背影竟有些酸涩的滋味。

陈军刚走，温司寇进来。

“昨天开过会了，广告公司的新策划，你看看哪些有用？”温司寇说着递给她一份汇报材料。青垚拿着汇报材料走进沈蕴诚的办公室，他正抄着手站在窗边打电话，语气轻慢，颇不耐烦，“……专家说欧债危机是大利空你们就信，转头欧美股市创新高又忍不住来找我，有你们这样做朋友的吗！坦白说我这不是气魄是技术！”看见青垚进来，他朝沙发努努嘴，对着电话哈哈大笑，“A股嘛，上次刚提了句创业板，创业板就吓得跌停，这一次勉强提示下银行，自己看盘！”挂断电话，沈蕴诚走到青垚跟前，解释说，“是那几家土豪，我人走了还得继续为他们的钱负责不是？”

青垚心想从这点来说，沈蕴诚蛮有人品的。

他接过青垚手中的汇报材料，说：“这个先放一放，绎心哥让我跟他一起去见苏炳浩。”

今天绎心回来，她得赶回家精心制作一顿晚餐，这是她早就想好的，“见苏炳浩干吗？”沈蕴诚没法回答，“去了才知道。”

半夜，青垚靠在床头看书，翻来覆去盯着某一页纸发呆。房门轻响，浴室的水哗哗响了，“知道你在等我，就赶紧回来了，蕴诚还那儿跟苏炳浩搅酒呢！”一阵清香扑鼻，绎心已经钻进了被窝。

“聊什么，喝这么多！”青垚拍了拍他的脸，还有酒气没消散。

绎心没回答，翻身将她拥在怀中，捧着她的脸轻吻，“想你。”青垚心不在焉，很多话没有说开，肌肤的亲近便显得敷衍。绎心仔细打量着她，想了想说，“‘麝予仙’走到现在，要慢慢走出国门，是时候考虑上市了，虽然不是最好的时机，不过蕴诚建议宜早不宜迟。”

“上市？”青垚愣了愣，“单独上市吗？修远国际跟‘麝予仙’虽然没有竞争，但是关联交易的子公司，很难获批。”

“嗯。”绎心吻了吻青垚的头发，忍耐着说，“小叔提出集团整体上市，交给他运作。”

“苏炳浩运作？”青垚瞪大眼睛，“董事会肯吗？”苏炳浩对沈家人造成的伤害，怎么能放下，这时候把集团交给他运作，疯了！

“苏炳浩是资本运作的高手，他的PE参与上市收益最高达到了500%，加上他的壳资源多，‘麝予仙’特别需要。我承认我在这方面还很外行，但蕴诚专业，集团还有其他专家。”

“为什么选择苏炳浩？那么多投行！”青垚本能地感到不理解，苏炳浩对集团的企图如同司马昭之心，“当年修远国际在纽约上市，摩根士丹利投资八千万美元，在IPO就套利六千万，百年老店尚且这么狠，苏炳浩呢？”

“是的。”绎心点点头，“选择苏炳浩，因为他了解国内金融市场，我跟他联盟，在利益捆绑下就可以避免他立刻套现。”

“你怎么能肯定？他不欺骗倒不正常了！而且投资控制权在董事手里，让他们决策不好吗？”青垚看着绎心的眼眸，不明白他的打算，黑夜中，更显得深不可测。

“欺骗？”绎心掐了掐额头，闭上眼睛说，“真不该对你说这些，说出来就不对了。我向你保证过，不去恶意揣测苏炳浩，为什么要说这些不开心的呢？选择PE，本来就该抱着双赢的决心，否则就不做。”

绎心的话看似在理，却于情不通，他大可选择更专业更可靠的PE，为什么一定是苏炳浩，如果是因为董事会的决议也就罢了，偏偏不是，是绎心自己的选择。

“垚垚。”绎心抱着她动情地唤了一声。

“嗯。”

“那些日子你在家待着心情不好，想上班我同意。”绎心把头埋在青垚的胸前，“现在，回家好不好，我们要个孩子。”

“孩子……”青垚全身一僵，想起自己失去的那个孩子，没等她回应，绎心已经抬起头来，不由分说用舌尖撬开了她的唇。

“我答应过爸爸妈妈，要尽自己最大的努力，给你一个安稳的家，让你一辈子快乐开心！”一番深沉地拥吻过后，绎心紧紧地揽着她，臂膀坚实有力，“我还可以怎么做让你开心？我们重新要个孩子，好吗？”绎心再次喘息着索吻，抱着她痴缠攀越，随着战栗的巅峰近在咫尺，青垚的脑子里闪过一股念头，犹如黑暗天际里的一双眸瞳俯视原野，看到绎心的决绝。

难道他在拿整个集团跟苏炳浩对赌？

不是你死我活的赌注，而是共生共死！赌苏炳浩的企图心，要么与集团双赢互利，要么同归于尽。在“退思堂”里发下的誓言，绎心说只要他考虑妥当，就算结局是葬送整个修远集团他也会去做！

不会的。世界上没有人会做这样的事情，这么想他，是自己也疯了！青垚的念头很快就被自己否决，虽然她知道绎心那么骄傲，绝不会轻易放过苏炳浩，可如果真的如她所想，未免太可怕了！

眼前的绎心却是真的疯了。

像携着巨浪呼啸，他以排山倒海之势席卷而来，让人窒息。青垚双手攀着他的肩背，睁着眼睛看着绎心，他的表情狂乱却坚毅，一遍一遍地低号冲刺，“答应我！”瞳孔中凛冽的寒光近在咫尺，青垚在震撼和快感的包围之下，脑子里道道电闪雷鸣，“不，绎心你不能！”着了火的身体在碰撞中充盈了巨大的力量，几乎绷断的骨骼和肉体也压制不住这股力量，终于在喊叫声中，焚化的灰烬随着身体的熔岩轰然而出，消散在无尽的时空之外。

床单被褥让汗水浸透。“绎心！”青垚捧着他的脸，认真地问，“你答应过我，什么事情都要亲口告诉我，记得吗？”

“嗯。”绎心闭着眼睛点头，胸口还止不住地起伏。

“你想拿集团跟苏炳浩对赌？”青垚盯着他的表情，眼睛一眨不眨。

“你想多了，是正规的商业运作，在法律、制度的约束之下。”绎心睁开眼看了她一会儿，将她抱进浴室。青垚不放心，“绎心，别拿父辈的心血做赌注，输不起的。”她太知道苏炳浩了，他可怕在背后深不见底的力量，那些吞噬修远集团像吞掉一只蚂蚁的力量。

绎心的眼光沉了沉，揽过青垚的肩笑了笑，“嗯。我记住了。”

最终绎心屈服，没有再强求青垚回家做全职太太。

这时，手机又响了，接起来是高勐。

“突发事件。”高勐的声音很慎重，“刚刚得到消息，陈跃翔跑了！”

“跑了？！”青垚抑制不住自己的声音，“他有病啊，为什么跑？”

“调查并没有什么情况，但他就在刚才，借口闹肚子跑的。”高勐想要的消息，总是能在第一时间得到。

“接下来会怎样呢？”

“不知道。”高勐很无奈。陈跃翔是在释放之后失踪的，这一跑意味着他感觉到来自其他方面的危险。

沈绎心去了陈军家中，安慰他们不用担心，一有消息就会立刻通知家里。

很长一段时间以来，沈绎心自从做出集团整体上市的决定，就开始与苏炳浩频繁合作。为了确保在成本和风险可控的前提下上市，集团会在全面分析、调研后审慎地拿出意见，有了清晰的答案再交由董事会决议。在绎心被任命总经理的同时，他和沈蕴诚也进了董事会。明眼的人都能看出新一代的接班人在茁壮成长，但形势却非常微妙地发生着转变。

荔莉知道陈跃翔出事了，外表看起来很冷静，只有青垚明白她多么无助慌张。这天她到市场部办公室聊天，多吉在旁边煮咖啡。

“姐，听说今天董事会上沈董发脾气了，直接扇了老大一耳光。”多吉口中的沈董是三叔沈忠魁。绎心还不知道自己在“麝予仙”的口碑，小年轻们背地里都叫他老大，以他为榜样。

莉荔大吃一惊，问：“为什么？”

当青垚还是菜鸟的时候，销售大神阿翔哥就曾告诉她，必要的八卦有时比埋头干活还重要。所以她并不抗拒闲聊，经常会有各种小道消息第一时间传入她的耳朵。

“集团成立改制小组，讨论各个子公司并账，老大坚持将房产公司剥离出主营业务，苏董踢翻椅子离了场，沈董就甩了老大一耳光。”

为了证实传言的真实性，青垚去了沈蕴真的办公室。

“没那么夸张，不过姐夫离场爸爸确实很生气。修远国际的出口下滑很厉害，靠房产提振业绩才能保持财务报表的光鲜。”

“投票结果呢？”

“爷爷出面了，你知道他从来没有到过董事会现场的。”

由于“麝予仙”地标成功认证，沈忠魁承诺给苏炳浩的股份落到青垚名下，人情要还，就得在关键时刻力挺。青垚却记得沈蕴诚在苏炳浩醉酒那次就坦白地告诉了他，集团随时可以跟他进行利益切割。青垚不得不体谅苏炳浩的感受，他是沈家女婿，修远集团却随时准备“壮士断腕”，这是多么令人痛心的现实！绎心在这种情况下将集团交给苏炳浩，万一他稍有恶意，轻易套现丢下一具空壳全身而退，留下所有的风险就得由集团承担。

太冒险了！

既要利益捆绑，却又在董事会上力主反对并账，摆明抛弃房产公司，绎心不惜激怒苏炳浩又是为什么呢？他做事向来磊落，此时此刻却让青垚感觉高深莫测起来。

“姐，我也不明白绎心哥为什么这么做。”沈蕴真皱着眉头。也许三叔沈忠魁没想到，他把蕴诚、蕴真调入“麝予仙”原本是为争一门利益，小一辈的几个人反倒在这里都团结了起来。

绎心很忙，不过总会尽力留足时间和青垚一起吃饭。晚餐时对董事会上发生的事，他只字未提，一边吃饭一边跟青垚讲了自己的打算。

“大部分董事都同意房产公司不参与集团上市。”

“你用什么理由说服他们？”

“为了避免出现严重的现金流冲突。”

集团的健康产业和物流均能产生正现金流，房地产却是典型的负现金流业务。地产的重资产和慢周转特性，使得集团每年要追加上亿资金。负现金流业务的消耗，会使正常的健康产业与物流因投入不足而萎缩，最终拖累集团整体业绩的表现。

青垚审慎地注视着沈绎心。这两年他变得更成熟了，对市场以及对集团事务的了解速度呈现几何级数势增长，早已超过了青垚对他的想象。

“绎心。”青垚伸出手，掌心覆在他的手背上。

“怎么了？”绎心放下手中的筷子，认真地看着她。

“你，为什么这么肯定？”青垚问，“为什么肯定苏炳浩不会乱搞？”

“他为什么要乱搞？”绎心笑起来，“又不是小孩子。”说完，见她严肃的样子，便收敛了戏谑，认真说，“我知道你在想什么，无论事情怎么发展，你看着就好，我不想你参与进来。你会怪我吗？”

青垚自嘲地笑了笑，勉强点头。

连她在想什么他也知道。

43. 红色法拉利

夏至。

空气潮湿，阴雨连绵，持续连绵的高温高湿让青垚的心情也连带着烦腻起来。

这天沈绎心回到家，在沙发上坐了很久，忽然说：“陈跃翔，死了。”

“什么？！”青垚弹跳起来，“什么时候的事？”

“昨天发现的，已经超过了48小时。”沈绎心欲言又止，最终还是开了口，“另外，小叔也失踪了。”

青垚觉得没有什么是不可承受的了。好像该来的总算来了，该发生的总算发生，该落下来的达摩利斯利剑总算落下来。

“也是昨天吗？”

“嗯。”

青垚的心脏又开始熟悉的疼痛起来，这一次似乎勒得更紧、更难受，她努力让自己保持平静，可是嘴唇发干、眼睛发痛，嗓子眼儿被什么东西堵着。

“苏炳浩跟陈跃翔的死有关吗？”

“不知道。”

“怎么会不知道！”青垚不知道自己已经崩溃了，几乎是朝着沈绎心喊出来，“陈跃翔刚被发现，他就失踪了，怎么会没关系呢？你没去找人问吗？他去了哪里，为什么要跑路，他到底都做了些什么？我不相信你不知道，你骗我！”

沈绎心的手被青垚紧紧抓着，抚慰说：“我会问清楚的，放心。你不要这样！”

“沈绎心，你什么都不告诉我！”青垚泪流满面，“你答应过我，无论发生什么事情都要告诉我，你忘了！这么久了，别跟我说你没有调查过苏炳浩，你别跟我说你真的如同你自己说的那样，对他从未揣测！你为什么要这样做？我是你的妻子，嫁给你的那天我就告诉自己，不管发生什么，我都跟你站在一起！我自始至终都跟你站在一起的，你不相信我！”

面对青垚的怒吼，沈绎心有些无措，她的表现在理解范围之外。他知道她的心，知道她做了很多妥协，他全都明白，记在心里。“垚垚。”沈绎心抱着狂怒的青垚，任她挣扎折腾，拳头如雨点儿般打在身上。他不停地安慰，“我相信你，一直都信。我爱你！”

终于，青垚累了，如同一块化开的冰瘫软下来，目光呆滞地望着屋顶。

沈绎心拂开她鬓角的乱发，“我会查清楚的。”他安慰着，“勐子哥说也许跟一起50万的贿赂有关。陈跃翔曾向北京转过50万的款项，可他交代的那家公司，账目往来没有显示。”

“50万？”青垚的瞳孔蓦地聚焦，恢复了一丝清明，她想起陈军给她看过的那张银行小票！

“勐子哥分析，贿赂肯定另有其人，陈跃翔或者只是想抛出这个消息试探，希望有人出面保他。”

“可是非但没有人保他，还受到了威胁，所以他提前跑路。”

“不错。毕竟50万的转账，根本没必要取他性命，应该有其他原因。”

“嗯。”青垚迟疑了一会儿，问，“另有其人，是指苏炳浩吗？”

“没有证据。”

“那他为什么要跑？”

“也许跟陈跃翔一样呢？”

青垚一愣，苏炳浩面临的状况跟陈跃翔一样？她一直以为苏炳浩是个无坚不摧的人，他有通天的本领和人脉，在这个世界上他可以尽管草菅人命，断不会有人可以威胁到他。仿佛很多事，她都想错了，“你是说，小叔有危险？”

沈绎心不看青垚，“你知道我也有一些朋友。小叔的事只能推测，无法断言。垚垚，我不想误导你。”

话音刚落，电话铃就响了，是沈蕴诚。

他现在也算身兼数职，由于董事长放权，集团刚完成上市辅导的申请和备案，苏炳浩那边的申报材料还未递交人就失踪，趁消息还未扩散，沈蕴诚请示沈绎心要马上飞北京。

“我爸已经知道了，他很震惊，接受不了。”蕴诚在电话里告诉绎心，总经理沈忠魁接受不了他最信赖的苏炳浩失踪的消息，去美国散心。

总经理的决策权暂时下放到绎心和蕴诚手里，集团的事务便基本掌控在兄弟二人手中，蕴真则领导着财务处和资金中心完成改制前的账务调整。

“垚垚。”沈绎心捏着青垚的手，似乎在考虑什么，“回家休息好吗？”

青垚直了直身体，“我不！”她冷静下来，“回去我会发疯的。”

沈绎心无奈地点点头，“我和蕴诚要飞北京，成都需要留人。”

“我留下！”青垚自告奋勇，“我不想回家。”

“我和蕴诚走后，你主持‘麝予仙’吧。”沈绎心态度认真。

青垚很意外，也有些茫然，“我吗？”她在副总监的位置上刚满一年，直接越级主持工作，于理不合。

“爷爷和爸爸早就说好把‘麝予仙’给你，只是我一直舍不得，不肯放手罢了。”绎心看着青垚，眼波似深潭古井，“我是男人，没理由让老婆在外打拼，我……”

青垚有些失望，“我一直以为自己的老公很了解我。”

“我了解你，你不知道我多喜欢看到你踌躇满志、指手画脚的样子，而且除了你，没有谁比我更爱‘麝予仙’，没有谁比我更了解它。我和蕴诚要专心运作集团上市的事，房地产公司那边也需要随时挂着。‘麝予仙’交到你手上最适合，你觉得呢，有没有问题？”

“麝予仙”很重要，青垚不止一次听他说过。她当然不会有问题！

“你是想，我帮你看着‘麝予仙’对吗？”她睁大眼睛看着绎心，小心地问。

“不是。”绎心笑了，紧紧地握着青垚，“不是帮我，是我们。‘麝予仙’是我们一起做出来的，是在我们的手里振兴的，我们要让它一直领先下去，你觉得呢，你愿意吗？”

青垚明白了，点头答应说“好”。

没过几天，苏炳浩却回来了。

董事长沈忠民接到三分之一以上董事的提议，不得不赶回成都召开董事会临时会议，这时距离苏炳浩被传言失踪刚满五天。青垚主持“麝予仙”日常事务，没有亲眼看到当天的情形。其实沈绎心和沈蕴诚去北京的第二天，高勐就说苏炳浩也许只是到某个地方办事，比如临江山庄，那里是没有任何通信联络的。

网络发达以后，消息的传播速度是呈爆发状的形式扩散，尤其苏炳浩那样的商界名人，如果不能在第一时间做出有效的针对性的回应，对集团的负面影响将不可估量。

事情的起因是有个海外注册的博主挂了张照片，一个身着时尚的东方女人怀抱幼儿。虽然只是背影，她的身边却是一辆红色的法拉利。刚开始大家都只是对跑车感兴趣，渐渐有人对跑车的主人发生了兴趣，纷纷询问那东方女人是谁。慢慢讯息发酵，八卦阵地转移到一家著名的论坛，海外党开始扒底裤样地人肉这辆车，一个叫杨素的女人落入了人们的视线。

莉荔如旋风般飘进青垚的办公室，拿着手机给她看，“Maggie杨！”

Maggie不仅是广告公司的股东、锦城著名的美女主编，还是青垚的好朋友。青垚一看到Maggie怀中的小孩儿，心头一阵恐慌，这个小孩儿就是自己的小堂弟吧？

仅仅48小时，网友八卦的内容很快便从汽车转向女人，甚至女人背后的男人，苏炳浩的名字呼之欲出。青垚仔细地在一千多页的评论中仔细翻看，其中信口胡说的不少，也有蒙对的。她觉得这事不简单，似乎有人在操纵这场游戏，连Maggie曾在法国波尔多当过酒庄管理人的消息都点了出来。与此同时，论坛上也有陈跃翔之死，苏炳浩失踪的帖子，两个都是修远集团的人，不是全民关注的焦点，却在相关圈子里埋下一枚炸弹，一旦有人将这两条讯息联系起来，舆论狂潮将如海啸侵袭，势不可挡。

青垚惴惴不安，董事会在这样的背景下召开，讨论的无非是如何明智保身。

听沈绎心讲八卦总不痛快，他只会轻描淡写地告诉青垚：当时各董事正在讨论要不要在集团网站上发表声明，苏炳浩就回来了，临时会议只好散场。

换成沈蕴诚就不同了。

绎心和青垚推开他的办公室门的时候，他正在接受电视采访，著名的女记者周蓓与他面对面坐在沙发上，两人不知道在说着什么，面对镜头毫无顾忌地开怀大笑。

这时，女记者收敛了笑容对沈蕴诚说：“最后问沈董大秘一个冒昧的问题，因为牵涉集团上市，如果不方便，我可以请摄像先关机。”

沈蕴诚理了理西服的双襟，掌心盖在腹部，姿态镇定自如，“没关系，修远集团是一家正规的企业，没有什么不方便的，请说。”

女记者露出赞许的表情，问道：“集团董事之一苏炳浩先生，一直以来是修远的核心干将，他不仅身兼房产公司总经理、物流公司筹备组成员、集团董事，还曾掌管过一家资金管理公司。资本圈流传说，‘苏总出手，想有就有。’最近有关他的传言很多，尤其是上周他忽然失去联络，不知道董秘有什么可以告诉我的吗？”

沈蕴诚是董事长提名、董事会聘任的董事会秘书，由他来答记者提问符合程序。

青垚感觉沈绎心听到这话，明显地直了直身体。

只见沈蕴诚呵呵一笑，“不错，浩哥是我崇拜的偶像，他的传奇够你们拍十集纪录片。上周失联的传闻沸沸扬扬，我在这里澄清一下。注意，这条采访你们没有事先给我准备，下面的话不能代表集团意见，就当我私人讲个八卦给媒体朋友听。”

女记者会心地笑了，示意摄像关机。

“上周我们集团一名部门经理意外死亡，紧接着苏董失踪，这些事放影视编剧手里就是一台好戏，民众喜欢，我知道八卦论坛也在编。不瞒你说，我平时也会披个马甲上去瞧瞧热闹。这次召开临时董事会议，是很多老人家提议，你知道他们都是一些脾气火爆的家伙。”

听到这里，女记者忍不住笑起来，青垚也笑了。

“他们找不到苏董，于是联合提议召开临时董事会议，要罢免我们的PE。那天我们的董事正在激烈争论，大门掀开，苏董神色泰然地走进来，他说更换PE可以，如果需要帮忙去联络黑石、摩根士丹利也行。老人家的脸面不好放，所以集团内部闪烁其词，搞得神神秘秘，并不是因为苏董出了什么问题，而是给老人家一些面子，你懂的。”

女记者“哦”了一声，恍然大悟，“这么说网络上的传闻都是谣言喽？”

“网络上的传言很多，我不知道MISS周指的是哪一条？”蕴诚态度诚恳，好奇地问。

“比如说苏董的资金公司里有高人，而且是控股股东。”

沈蕴诚点点头，“嗯，是这样。苏董自己的公司与集团无关，我没有资格去过问他的股东背景。我认为你说的高人是指资本运作的高手，说实话我非常认同，苏董的PE团队确实高人辈出。”

蕴诚的回答得到了记者周蓓的肯定和好感，也让沈绎心频频点头。

这番言论不似官方回复那般死板僵硬，也没有回避存在的问题，舆论导向恰到好处，当晚就在电视台《财经叉点》栏目播出，最后的问题做了一些编辑和处理，改为“引用消息人士称”。

沈绎心很快接到了苏炳浩的电话。

“网络上的帖子已经扎口，该删的也都删了。”苏炳浩应该是在家里，他清浅的口气听不出什么情绪起伏，“你安排今天的电视采访恰到好处，蕴诚这个董秘很称职。”

“小叔你在家里吗？我跟青垚马上过来。”沈绎心的话正中青垚下怀，她的确有很多想问的问题。没料到苏炳浩断然拒绝，“不用了，我还有客人。”

接下来的日子，修远集团进入改制的阶段，苏炳浩的团队全面进入。

青垚觉得沈绎心愈发心事重重，行事更加如履薄冰，经常通宵达旦地审阅苏炳浩团队递交过来的融资计划和实施方案，包括保荐、评估、会计审核等资料。以苏炳浩的能力，他的确可以用最短的时间将修远集团运作上市，可同时也存在某种风险，沈绎心不得不小心翼翼地规避。

青垚懂他。

这天，沈蕴真打来电话，要和勐子一起到家中蹭晚餐。

青垚给蕴诚打电话，也请他参加聚会。

电话那头蕴诚踟蹰着问，可不可以多带一个朋友。

“当然可以！”只见绎心朝她挤眼示意，似乎有什么新情况。

果然，蕴诚一进门，后面还跟着一个身材高挑的女孩。那一头乌黑的直发披在肩头，肌肤雪白如脂，眸瞳漆黑似梦，手臂上搭着黑色的羊绒大衣，灰蓝衬衣搭配着波点亚麻围巾，身材玲珑凹凸，牛仔裤包裹下有一双笔直的美腿，脚上是黑色羊皮UGG。少女感和成熟女性的融和恰到好处，极具风韵。

周蓓！青垚对她的印象非常深刻，那天，她与蕴诚面对面采访的时候，穿着职业套裙，含蓄知性，今天焕然一新，却是都市女郎的热情奔放。

“王牌记者大驾光临，欢迎欢迎！”青垚张开双臂迎接客人。说话间，绎心和高勐也走到玄关来。高勐装了义肢，带微处理器的高智能仿生支架，步伐矫健看不出什么异常。

周蓓大方地与青垚相拥，她年纪轻轻，走南闯北很有些名气和人缘。

蕴诚带她认识了绎心和高勐，蕴真正在厨房给四姐帮忙，也赶紧出来打招呼。

客厅里的气氛热闹起来，众人的话题始终围绕着周蓓展开，沈蕴诚在她身边显得满足而骄傲。她确实是个优秀的女人，虽然只有二十多岁，但是从国内最高学府毕业的，金融、法学双学位的她已是身经百战的老记，经常满世界地飞，拍摄的采访照片拿过相当于普利策的大奖，除了娱乐圈以外，上跟各国元首对话，下同煤矿民工共餐，食品安全、经济工作会、自贸区谈判她都会站在新闻第一现场，她主持的《财经叉点》是收视率排名前十的热门栏目。

周蓓与青垚、蕴真谈得非常融洽，这得益于她的工作性质，她总能能迅速地融入到团体之中。大家都乐于同她一起讨论相关的财经视点和对未来趋势的预测，整个晚餐聚会因为周蓓的到来变成了一台由她主持的财经节目，好看又好玩儿。

青垚依偎在绎心身边暗自欣喜，感叹蕴诚与周蓓真的是才子佳人的绝配。

44. 天网恢恢

聚会结束后蕴诚要送周蓓，等蕴真和四姐告辞后，高勐留了下来。

青垚想到他们应该有什么重要的事谈，于是送了一壶金骏眉进书房。正准备退出时，绎心叫住了她，“坐下吧。”

“杀害陈跃翔的凶手抓住了。”高勐说，“是秦昊天。”

“秦昊天！”青垚长叹一声，不得不联想到苏炳浩。

“是的。”高勐抬了抬手，“突击审查正在进行，我们都知道他跟苏董的关系，估计这次苏董很难脱身了。”

绎心耸了耸眉尖，站起身走到落地窗边。

“目前掌握的情况不多，某家属名下的皮包公司接受了陈跃翔转账的50万。他可能知道一些贪腐的内情，所以抛出其中的50万自保，没想到引来了杀身之祸。”高勐说，“要一层层地剥开墙皮不容易，我估计短时间内查不到苏董的身上。现在是集团上市的关键时期，我们不得不做好万全准备。”

绎心转身看着青垚，只见她脸色苍白，嘴唇直哆嗦。

“垚垚，我没有回避你，是因为我们夫妻的情分大过任何事情。”绎心上前握着她冰凉的手，“这不是集团单方面的事情，是大是大非的原则问题。小叔这些年到底做了什么我们都不知道，他没有参与最好，万一有责任，我们给他透露的任何一丝内情都是加速他的覆灭，你明白吗？”

“绎心，”青垚哽咽着，全身颤抖，“我们什么都不说，让他出国吧，让他去纽约！”青垚说出这样的话，已经是在绎心的心口插了一把刀——纽约是什么地方？那里有他的情妇和儿子，是沈绎兰选择自杀的原因。但她顾不得思考，本能地脱口而出。

果然，绎心紧紧地闭上眼睛，松开了她的手。

高勐摇摇头，对青垚说：“你太糊涂了！他如果没参与，根本不用跑路；如果他参与就不是简单的刑事责任！你让他出国做什么，亡命天涯吗？现在多少外逃人员被遣送回来！他们在外面的日子生不如死你知道吗？”

“不！”青垚腾地跳起来，“难道要眼睁睁地看着他一步一步走进坟墓吗？”

“告诉他秦昊天被抓就能挽救他吗？”高勐声色俱厉，“以他的能力，也许不出明天就知道了！”

“勐子哥！”绎心打断高勐的话，摆手道，“别说了，送青垚回眉山。一周之内她哪儿都不能去，也不要跟外界接触。就这样！”

青垚愣住了，从认识到结婚，她还是第一次听到绎心如此严厉的口吻。这让她笃定秦昊天很关键。绎心试探了她的反应之后断然采取了措施，说明什么呢？

“沈绎心。”青垚忽然冷静地叫了一声。

绎心愣了愣，瞳孔微微一缩，只听青垚冷冷地笑了笑，“你做了什么？我一直为你担心，怕你对苏炳浩太过仁慈而葬送了沈家的事业。看来我真是小看你了，你挖着大坑在这里等着，你早就等着这一天了是吗？网络上被操纵的言论，也有你的功劳是吗？”

绎心眯着眼睛听着一字一句冷如霜剑的话，一动不动。

倒是高勐沉不住气，他扳着青垚的肩膀，咬牙说："你是不是疯了！他为了苏炳浩殚精竭虑，到现在你还这么说他！"

绎心却显得淡然，"我沈绎心从来不屑阴谋，我给他留出了天道，无奈是他自己要自掘坟墓！"

青垚愣住，脑子里消化不了他话中的意思。

这时，只见绎心痛楚地皱了皱眉，不耐烦地对高勐说，"送她走，我要一个人静一静。"

高勐要带走青垚本就轻而易举，何况还有蕴真帮忙。很快她便被押到车上，"哄"的一脚油门，汽车朝眉山方向行进。

一路上蕴真专注开车，高勐就坐在她身边，"如果爷爷知道绎心被你气得旧病复发，肯定一辈子都不会原谅你！"高勐很烦躁，临走时他们都看见绎心按着头摔门走进卧室。

其实青垚刚出大门就冷静了。苏炳浩是什么样的性格，她已经清楚，不论绎心给他留出多少后路，他都无法回头，也不屑回头。只是多年的亲情割舍不下，想到苏炳浩可能会面临的结局，她很难说服自己不跑去报信。

绎心说的对，隐瞒是对夫妻情分的亵渎，但是放任她感情用事后果只会更严重，唯一的办法就是隔离。

青垚在眉山老宅住了一周，每天被四个高大的小伙子跟着寸步不离，她很配合没有做出任何反抗，倒是爷爷沈墨瑾很不乐意，呼喝着他们离远点儿。

她每天跟四姐学做各种菜肴、手工、园艺，将生活安排得井井有条。

这天周末，园子里来了一辆车。

苏炳浩和绎心、高勐一行下来，有说有笑的，毫无芥蒂。

吃过午饭，沈墨瑾带着他们去参观了桥头庄基地的科研所。田七培育只保留了一个温室用作种苗培育，大规模的养殖迁移到云南，这个科研所已经正式被集团收购，规模扩大了很多，不少专业对口的毕业生选择到这里工作实习。

青垚看到苏炳浩完好无损地出现在她面前，心中狂喜，意味深长地看着绎心，他却由始至终没有同她有任何眼神的交流。

苏炳浩显得踌躇满志，对"麝予仙"取得的硕果他没有太大的兴趣。这次来，是接受了爷爷的邀请，虽然绎兰死了，可他依然是沈家的女婿。从他们与爷爷的对话中，青垚知道，秦昊天被捕后，承认因私人恩怨杀害了陈跃翔，揽下所有罪行。她不知道苏炳浩如何得以脱身，但是看得出他故作意气风发的背后，是没有边际的空洞。

秋去冬来，经过漫长的无眠之夜，很快又是一年。

修远集团上市进程有序进行，辅导阶段需要一年的时间，然后才会进入申报阶段。

青垚跟绎心道歉，为她说的那些话。绎心欣然笑纳，自嘲说是自己老婆调教得不好，活该自作自受。话虽这么说，青垚知道伤害已经不可避免，弥合需要时间。

春节后的一天，多吉突然造访。

物流筹备处成立以后，他在一年前已经担任物流分公司经理，管理着偌大的西南仓储基地。

“绎心哥！”多吉这些年长大了，身体健硕，笑起来显得腼腆，一口白牙亮闪闪的，很阳光。

“来之前怎么不打个电话！”

绎心没跟他多客套，拍着他的肩膀到书房，青垚收下礼物，泡上一壶上好的果茶送了进去。

“爸爸交代我亲自跑一趟，有个消息告诉你们。”多吉坐下来直奔主题。

青垚听他这么说，知道事情很重要，彭学智一年前从非洲调任北京分公司，多吉亲自来这里必定跟集团的事有关。

绎心脸色沉静，高管生涯让他越发地深沉了，“你说。”

“最近调查了几个官员，其中有一个叫老米的。”多吉刚说到这里，青垚就忍不住“嘶”了一声。多吉笃定地说，“他的问题很严重，爸爸觉得应该先跟你打个招呼。”青垚勉强让自己镇静，绎心伸手将她拉在身边，眉头纠结，“这个人能量很大，垚垚你认识？”

怎么会不认识呢！

要不是这个人，她就不会打主意到修远公司，也不会认识绎心！

“他跟苏炳浩很熟，那年我在临江山庄的时候，他也在。”

“那山庄是几个有钱人合资开的会员制俱乐部，苏炳浩也有参与，我估计是他们平时聚会交易的场合。”绎心说着转头问多吉，“这是什么时候的事？”

“就是今天。”

因为多吉的到来，青垚特意下厨做了一桌好菜，看两个人饮酒聊天。

绎心醉了。

“垚垚。”

“嗯？”

“我该怎么做？”他抱着她，“你教我。”

青垚也不知道该怎么做，她知道绎心给了苏炳浩他能力范围内所有的机会。

苏炳浩不知从什么时候开始陆续转手所持的股份，绎心均按照市价折算接手。夏天的时候他曾离开国内，取道香港和新加坡赴美，过了不久还是选择回国接受调查。

当青垚知道情况的时候，接到了Maggie的电话，她也回国了。

两个人约在枫丹白露见面，她已经很久没到这个地方来了。青垚很清楚地记得Maggie那身绛紫色的洋装，她说，炳浩终于还是走上了那条路。

这是一条不归路。

真的是为了报仇吗？可是绎心与他，又何仇之有？当人性被贪欲吞噬、被痴恨蒙蔽时，所有的行为都会与表面背道而驰。他已经在所谓的复仇路上越走越远，无可挽救。当年的外公，不也是因为伤心失望才撒手人寰的吗？

随着苏炳浩背靠的人陆续因贪腐下台，他也随之入狱。

“青垚。”多年未见，Maggie越发风情万种，流光溢彩的眼中带着些许沧桑。

“孩子，怎么样了？”

“他叫苏悟过，长大了，每天拿着你们的照片一个一个地认，认识奶奶、大伯母还有垚垚姐姐。”Maggie说着，青垚的眼中开始闪动着泪花，“炳浩回国之前，跟他相处了一段时间，跟他说爸爸会出差很久……”

“你不准备陪他长大吗？”

“要的，我会一直陪他长大。”Maggie回答，“这一次回来是想让你帮我最后见炳浩一面。”

由高勐多方协调，青垚和Maggie终于得以见到苏炳浩。

律师和工作人员悉数在场，苏炳浩被两名身穿制服的警察带了出来，从厚厚的玻璃望过去，苏炳浩消瘦很多，没有质地优良的订制衣服，只是一件普通的深蓝色衬衣。

青垚泣不成声。

苏炳浩年轻时到处混，认识了还是普通经纪人的Maggie，有钱后开始捧明星、养马仔。慢慢地，那些赤裸裸的交易再也无法刺激他的兴趣，对女人的态度也多是戏谑和轻蔑，这么多年只有Maggie，她见证了苏炳浩的成长，包容了他的落魄、无耻、谎言甚至是与各色女人之间的暧昧周旋。

只有在她妩媚地唤他“炳浩”的时候，他才会偶尔心动。

到现在，也只有她而已。

苏炳浩与Maggie遥遥相望，眸色凄冷，带着一种无法言说的、似是而非的笑容，抬手在空中远远地描画着她的轮廓，眉眼、嘴唇，他氤氲着雾气的黑瞳映射着她的面容。

她的柔情在眼底弥散、蔓延。

“炳浩！”

“回去，我不会再见你了。”

这是苏炳浩唯一说的一句话，说完便转身，留下Maggie伤痛欲绝。

至此，资本市场红极一时的偶像轰然倒塌，随着烟尘落地，坊间传言慢慢因无趣而变得悄无声息。可是这个市场从来不乏嗅觉灵敏的投资者，很快便有新的PE团队进驻接洽。

沈绎心莫名失踪了，沈蕴诚急忙到“麝予仙”找到青垚。

“绎心哥不是撂担子的人，最困难的阶段都撑过来了，这时候不声不响去哪儿了？”

青垚看了看日历，淡定地安慰道：“散散心也好。”

（全本完）